YVONNE JENSEN

Das Atelier am Meer

Roman

W0380428

KNAUR

Besuchen Sie uns im Internet:
www.knaur.de

Aus Verantwortung für die Umwelt hat sich die Verlagsgruppe Droemer Knaur zu einer nachhaltigen Buchproduktion verpflichtet. Der bewusste Umgang mit unseren Ressourcen, der Schutz unseres Klimas und der Natur gehören zu unseren obersten Unternehmenszielen. Gemeinsam mit unseren Partnern und Lieferanten setzen wir uns für eine klimaneutrale Buchproduktion ein, die den Erwerb von Klimazertifikaten zur Kompensation des CO_2-Ausstoßes einschließt. Weitere Informationen finden Sie unter: www.klimaneutralerverlag.de

FSC www.fsc.org MIX Papier aus verantwortungsvollen Quellen FSC® C014496

Originalausgabe Mai 2021
Knaur Taschenbuch
© 2021 Knaur Verlag
Ein Imprint der Verlagsgruppe
Droemer Knaur GmbH & Co. KG, München
Alle Rechte vorbehalten. Das Werk darf – auch teilweise – nur mit Genehmigung des Verlags wiedergegeben werden.
Redaktion: Gisela Menza
Covergestaltung: www.buerosued.de
Coverabbildung: Collage unter Verwendung mehrerer Motive von Udo Siebig/mauritius images, Jean François Humbert/Arcangel und www.buerosued.de
Satz: Daniela Schulz
Druck und Bindung: GGP Media GmbH, Pößneck
ISBN 978-3-426-52530-2

2 4 5 3 1

TEIL 1

Entwurf

1

Simone öffnete die Tür der bretonischen Crêperie, und ein verführerischer Duft hieß sie willkommen. Es roch nach Zwiebeln, frischen Muscheln und Käse, der auf Buchweizenpfannkuchen schmolz. Das Zischen von Teig auf den Galettières, das Klappern von Geschirr und französische Satzfetzen drangen an ihr Ohr. Augenblicklich fühlte sie sich Hunderte von Kilometern weit weg in Frankreich. Irgendwo an der Atlantikküste, wo die Wellen so gegen die Felsen schlugen, dass Leuchttürme sekundenlang in der hoch spritzenden Gischt verschwanden.

Das Gefühl von Urlaub. Zwar nur für eine Stunde, das aber mitten an einem gewöhnlichen Arbeitstag. Eine Stunde Auszeit aus der Hektik des Redaktionsalltags mit Besprechungen, Fotoshootings, Recherche, Außenterminen, Artikel schreiben und auswählen, Zeichen zählen. Immer schnell, immer eng am zeitlichen Limit.

Vor der Glasfront des modernen Verlagsgebäudes, in dessen oberster Etage sich die Redaktion von *Kultur heute* befand, rauschte der Verkehr auf der Willy-Brandt-Straße den ganzen Tag dahin. Doch keine fünfzig Meter entfernt begann eine ganz andere Welt – das alte Hamburg. Hier waren die Straßen schmal, und die alten Speicher neigten sich einander zu, als wollten sie sich umarmen. Hinter ihren Fassaden befanden sich schon längst keine Warenlager mehr, sondern kleine Geschäfte, Manufakturen und einige Restaurants.

Die Mittagspause in einem dieser Restaurants direkt am Fleet genießen zu können gehörte zu den Privilegien, die Simone hatte, weil sie nicht mehr nur eine kleine freie Mitarbeiterin war, die für jedes Wort bezahlt wurde, sondern eine der beiden stellvertretenden Chefredakteure von *Kultur heute*. Dennoch aß sie meistens in der Kantine. Sie hätte sich selbst dafür gehasst, die Vorgesetzte herauszukehren. Außerdem bot das zwanglose Mittagessen in der quirligen Kantinenatmosphäre die Möglichkeit, auch mit den Mitarbeitern und Praktikanten ins Gespräch zu kommen, die ihr im Redaktionsalltag nur selten über den Weg liefen. Auf diese Weise hatte sie schon oft erfahren, wo der Schuh zu drücken drohte, bevor es wirklich an allen Ecken zu kneifen begann und die Mitarbeiter unzufrieden wurden.

Heute allerdings war sie aus der Redaktion regelrecht geflohen. Sie flüchtete vor den Fragen, die Johannes' Rundmail bei jedem in der Redaktion aufgeworfen hatte – sie selbst eingeschlossen – und die sie nicht beantworten konnte. Fragen, über die sie nachdenken wollte. In Ruhe. Und allein.

»Bonjour, Madame!« Jules, der Inhaber der Crêperie, kam auf sie zu und schüttelte ihr beide Hände, als wäre sie der Mensch, auf den er sich heute am meisten gefreut hätte. Jules war ein Gastgeber im wahrsten Sinne des Wortes – er gab jedem das Gefühl, ein hochwillkommener Gast zu sein. »Wie geht es Mademoiselle Charlotte?« Er sprach das e am Ende des Namens nicht mit, was ihrer Tochter immer eine Röte ins Gesicht zauberte. Die Art von Röte, die einem selbst irgendwie angenehm ist.

»Danke, Jules. Sie freut sich schon auf die Ferien. Drei Wochen sind es noch bis dahin, wir zählen die Tage. Ist oben noch ein Tisch frei?«

»Oui, Madame. Sogar Ihr Lieblingstisch in der Ecke am Fenster.«

Simone stieg die Treppe hinauf zu der Galerie, auf der sich kleine Tische verteilten. Die Stufen knarrten leise unter ihren Schritten und erzählten von Kaffeesäcken, Teekisten und Stoffballen, die einst in diesem Haus gelagert worden waren. Jetzt waren Holz und Wände weiß gestrichen und verbreiteten selbst an einem Regentag die Atmosphäre von Sommer und Strand. Sie zog ihre Strickjacke aus und nahm auf der gepolsterten Bank Platz. Ein junger Kellner begrüßte sie auf Französisch und reichte ihr die Karte.

»Simone!«

Sie sah auf. Vor ihr stand Stefan Warnholz. Wie sie selbst war er stellvertretender Chefredakteur bei *Kultur heute*. Er war kompetent, ehrgeizig – und in diesem Moment der Letzte, den sie sich beim Essen als Tischpartner gewünscht hätte.

»Stefan? Wieso …«

»Ich habe dich eben aus dem Verlag huschen sehen und dachte mir schon, dass ich dich hier finde.« Er zog einen Stuhl unter dem Tisch hervor. »Darf ich?«

»Du sitzt ja schon fast.« Simone seufzte. »Aber klar, setz dich.«

»Hast du schon bestellt?« Stefan griff nach der Karte.

»Nein. Ich bin ja auch gerade erst gekommen.«

»Sag mal, bist du sauer?«

»Nein.« Das war nicht die ehrliche, sondern die höfliche Antwort.

»Wirklich nicht?«

»Na gut, wenn du es genau wissen willst – ja, ich bin sauer. Eigentlich wollte ich nämlich meine Mittagspause allein verbringen.«

Doch wenn Stefan diese Antwort störte, verbarg er es gut. Er grinste breit.

»Jetzt bist du wenigstens ehrlich.«

Der Kellner trat an den Tisch.

»Was darf ich bringen?«

»Für mich bitte eine Boule Val de Rance und eine Galette mit Spinat und Käse. Danke.«

»Ich nehme … ebenfalls einen Cidre und die Galette mit Putenfleisch.«

Der Kellner verschwand, und Stefan lehnte sich auf seinem Stuhl zurück. Sein Blick durch die halb geschlossenen Lider irritierte Simone. Sie fühlte sich wie ein Gemälde, das er begutachten und dessen Wert er schätzen sollte.

»Was?«

»Ich frage mich nur, ob du weißt, warum Johannes die außerordentliche Redaktionssitzung heute einberufen hat.«

»Nein.«

»Was nein?«

»Ich weiß es nicht. Ich war vorhin ebenso überrascht wie jeder von uns, als ich die Nachricht auf meinem Bildschirm hatte.«

»Sicher?«

»Ja, ganz sicher. Das kannst du mir gerne glauben.«

»Und du hast auch keine Vermutung, was er uns nachher mitteilen könnte?«

»Nein. Wieso sollte ich?«

Er zuckte mit den Schultern und spielte mit der Salzmühle auf dem Tisch.

»Nun, ihr seid doch miteinander befreundet, oder nicht?«

Simone schnaubte. »Befreundet? Ich kenne seine Frau und war zwei- oder dreimal zum Grillen bei ihm zu Hause – neben fünfzig anderen Gästen. Wenn das ein Zeichen für eine enge freundschaftliche Beziehung ist, bin ich mit der halben Hansestadt befreundet.« Sie verschränkte die Arme vor der Brust. »Gib es auf, Stefan. Ich weiß nichts, du weißt nichts. Wir können jetzt hier sitzen und spekulieren oder einfach das Essen genießen und bis drei Uhr warten. Ich bin sicher, Johannes wird uns dann alles erzählen, was wir wissen müssen.«

Der Kellner brachte den Cidre. Simone nahm ihre Keramikschale in die Hand und trank einen Schluck. Der Apfelwein war frisch und herb und so dezent süß, wie nur ein bretonischer Cidre sein konnte. Wie lange war es jetzt her, seit sie in der Bretagne gewesen war? Zehn Jahre? Nein, deutlich länger. Charlotte wurde im August dreizehn Jahre alt. Und als sie zum letzten Mal in der Bretagne Urlaub gemacht hatte, war ihre Tochter nicht einmal ein fehlender Strich im Kalender gewesen. Wir sollten mal zusammen hinfahren. Vielleicht ist die Bretagne ein Ferienziel für den nächsten Sommer? Charlotte würde es da bestimmt gefallen.

»Woran denkst du gerade?«

Stefan beugte sich über den Tisch und kam ihr dadurch näher, als ihr angenehm war.

»An Urlaub. An Urlaub in Frankreich, um genau zu sein. Ich glaube, ich werde mal mit Charlotte hinfahren.«

»Ja, Frankreich ist schon toll. Vor allem die Provence. Und die Côte d'Azur!«

Der Kellner brachte die Galettes. Und während Simone den duftenden Buchweizenpfannkuchen aß, hielt Stefan einen seiner berühmten Monologe – diesmal einen über die Vorzüge seiner favorisierten Urlaubsgebiete. Während er von den Stränden an der französischen Mittelmeerküste schwärmte, war sie froh, dass sie sich Stefan Warnholz immer eine Armeslänge auf Abstand gehalten hatte. Er war ein fähiger Kollege, keine Frage, dabei gut aussehend, witzig und schlagfertig. Viele der jüngeren Kolleginnen schienen ihm förmlich zu Füßen zu liegen. Doch auf Simone hatte sein Charme keine Wirkung. Sie empfand ihn als blasiert und anstrengend, zu sehr von sich überzeugt. Und seine nasale, irgendwie quäkende Stimme ging ihr zu schnell auf die Nerven, um ihn länger als für die Dauer einer Mittagspause in ihrer Nähe ertragen zu können. Dabei durchschaute sie regelmäßig seine

Übertreibungen, die gelegentlich sogar haarscharf an einer Lüge vorbeischrammten. Sie wusste von seiner kleinen Rechtschreibschwäche, die er durch ein Korrekturprogramm kaschierte. Und sie hatte Augen im Kopf. Sie sah, dass er getönte Tagescreme benutzte, sich die Haare färben ließ und sich im vergangenen Sommerurlaub einer Lidkorrektur unterzogen hatte. Eitelkeit gehörte zu den Eigenschaften, mit denen sie nur schwer umgehen konnte. Das kam gleich nach Unzuverlässigkeit und Intoleranz.

Und so ließ sie ihn reden, ohne wirklich zuzuhören, genoss ihre Galette und den köstlich erfrischenden Cidre und dachte an die schroffen bretonischen Felsen und die Brandung des Atlantiks. Es würde Charlotte sicherlich in der Bretagne gefallen.

Um kurz vor drei versammelten sich alle Mitarbeiter der Redaktion von *Kultur heute* in dem großen Sitzungssaal, in dem sonst Pressekonferenzen, Vorführungen, Seminare und in regelmäßigen Abständen auch Vernissagen veranstaltet wurden. Als Simone sich auf einen der hinteren Stühle setzte, sah sie sich aufmerksam um. Es schien jeder da zu sein, sogar die Praktikanten hatten sich eingefunden. Und sie waren alle pünktlich. Ein sicheres Zeichen, wie viel Interesse Johannes' Rundmail geweckt hatte. Sie alle waren neugierig. Und Simone selbst konnte sich da nicht ausnehmen. Sie hatte vorhin Stefan gegenüber die Wahrheit gesagt – sie hatte keine Ahnung, worum es ging. Aber in ihrem Bauch rumorte es. Sie hatte das sichere Gefühl, dass Johannes gleich eine Hiobsbotschaft verkünden würde. In Gedanken überschlug sie die Auflagenzahlen und Bilanzen des Magazins. Drohte der Verlag, die Redaktion zu schließen? Oder sollten sie von einem der Münchner Verlagshäuser übernommen werden? Sie hätte nicht sagen können, was sie schrecklicher gefunden hätte – *Kultur heute* war eines der renommiertesten Kulturmagazine

Europas. Es einzustampfen wäre in ihren Augen gleichbedeutend mit dem Schließen der öffentlich-rechtlichen Fernsehsender. Außerdem war es für sie ein Teil von Hamburg, ebenso wie der Michel und die Elbe.

Die Tür öffnete sich, und Johannes kam herein. Mit seinem schwarzen Leinensacko, den weißen Haaren und dem gepflegten Bart sah er aus wie ein Literaturnobelpreisträger oder preisgekrönter Regisseur. Ein passender Vergleich, denn Johannes Lüdecke hatte bisher nahezu jeden Journalismuspreis verliehen bekommen – national und international. Er stellte sich nach vorne ans Mikrofon und lächelte. Doch Simone fiel auf, dass er sich die Hände rieb.

Er ist nervös, dachte sie und fühlte sich unbehaglich. Er wird uns gleich mitteilen, dass wir uns alle nach einem neuen Job umsehen müssen.

»Meine Lieben«, Johannes' angenehm beruhigender Bass ließ auch die letzten Gespräche verstummen, »ich freue mich, dass ihr alle gekommen seid. Und um gleich die größten Zweifel und Ängste zu zerstreuen – nein, unser Magazin wird nicht eingestellt, und wir ziehen auch nicht in die Provinz.« Gelächter. Es klang heiter, fröhlich. Vor allem aber nach Erleichterung. »Was ich euch zu sagen habe, hat nur am Rande etwas mit *Kultur heute* zu tun. Es ist sehr persönlich. Im Grunde betrifft es nur mich. Aber ich finde es wichtig, dass jede und jeder Einzelne von euch gleich Bescheid weiß.« Wieder rieb er sich die Hände. Und als er weitersprach, hörte Simone, dass seine Stimme zu zittern begonnen hatte. Unwillkürlich schlug ihr Herz schneller. »Wie ihr alle wisst, werde ich in acht Jahren in den Ruhestand gehen. Und wie ihr ebenfalls wisst, ist es der größte Traum von meiner Frau und mir, den Ruhestand auf unserem Boot zu verbringen und die Welt zu umsegeln. Nun ist es …« Er brach ab und räusperte sich. »Gelegentlich hat das Leben die unliebsame Angewohnheit, unsere Pläne zu durchkreuzen. So ist es uns jetzt ergangen. Meine Frau ist an Multipler Sklerose erkrankt.«

Was? Aber das kann nicht sein! Das ist doch … Im Saal wurde es so still, dass Simone den Wind hören konnte, der die Sonnenlamellen vor den großen Fenstern zittern ließ. Und während sie noch an diesem medizinischen Begriff kaute, fuhr Johannes fort.

»Die Diagnose steht erst seit wenigen Wochen fest, und wir sind immer noch dabei, mit diesem Wissen zurechtzukommen und die therapeutischen Optionen auszuloten. Es geht ihr noch ziemlich gut – tatsächlich merkt sie von der Erkrankung zurzeit kaum etwas. Aber niemand weiß, wie lange das so sein wird, genaue Prognosen sind nicht möglich. Vielleicht kann sie in acht oder zehn Jahren immer noch segeln. Vielleicht ist sie aber auch schon in einem Jahr auf den Rollstuhl angewiesen. Deshalb haben wir, meine Frau und ich, gemeinsam beschlossen, nicht mehr bis zu meinem offiziellen Ruhestand zu warten, sondern jeden Tag zu nutzen, uns jetzt den Traum zu erfüllen und über die Meere zu segeln, solange sie gesundheitlich noch dazu imstande ist. Deshalb werde ich zum 1. Oktober dieses Jahres die Redaktionsleitung niederlegen. Die Verlagsleitung hat meine Kündigung bereits akzeptiert. Ich wäre auch gern schon früher gegangen, aber ich möchte durch mein privates Unglück das Magazin nicht im Chaos zurücklassen. Bis Oktober bleibt jedoch genug Zeit für die Verlagsleitung, um die beste Nachfolge für mich zu finden.« Er lächelte wieder, sah beinahe aus wie sonst, höchstens ein bisschen blasser. Wie viel Kraft brauchte er für dieses Lächeln? Simone wagte kaum, sich das vorzustellen. In ihrer Kehle steckte ein dicker Kloß und erschwerte ihr das Atmen. »Das war schon alles, was ich sagen wollte. Wenn sich nach meiner Mail heute Vormittag mancher von euch Sorgen um seine Zukunft gemacht hat, tut mir das aufrichtig leid. Doch ich wollte es euch allen persönlich mitteilen, nicht durch eine schnöde Mail. Danke, dass ihr mir eure Zeit und euer Ohr geschenkt habt. Und jetzt bitte ich euch, geht wieder an eure Arbeit. Dienstag ist Redaktionsschluss. Und wir wollen das beste Magazin herausbringen, das uns bisher gelungen ist. Damit wir alle stolz sein können, in dieser Redaktion zu arbeiten.«

Er trat vom Mikrofon zurück und wollte zur Tür, doch sofort stürmten einige der Redaktionskollegen auf ihn zu, drückten seine Hand, sprachen ihm ihr Mitgefühl aus. Simone blieb sitzen. Sie fühlte sich wie erstarrt, als wäre sie am Sitz festgeklebt. Sie dachte an Johannes' kleine, quirlige Frau, die immer so aussah, als hätte sie gerade am Bug eines Bootes gestanden und dem Wind entgegengelacht. Sie konnte sich nicht einmal ansatzweise vorstellen, wie es Johannes und Henriette mit dem Wissen um diese Erkrankung gehen mochte. Und sie war wütend auf ihre Kollegen, die auf Johannes einstürmten, anstatt jetzt seine Privatsphäre zu respektieren. Sie benahmen sich, wie Journalisten in Filmen und Romanen üblicherweise dargestellt wurden – wie empfindungslose, sensationsgierige Hyänen.

Es schüttelte sie fast vor Abscheu. Natürlich war Stefan in dem Haufen ganz vorne dabei. Und sie wollte nicht ausschließen, dass er bei der Gelegenheit bereits seine Chancen auslotete, Johannes' Posten zu übernehmen.

Simone erhob sich schwerfällig. Es fühlte sich an, als würden kräftige Hände versuchen, sie auf dem Stuhl festzuhalten. Johannes war ein überragender Journalist und zugleich ein bewundernswerter Mensch, der sich ebenso angeregt mit einem rumänischen Straßenkünstler unterhielt wie mit dem Intendanten der Wiener Oper. *Kultur heute* ohne ihn – das war wie die Alster ohne Segler. Es würde schwer werden, diese Lücke adäquat zu füllen.

Es war bereits sieben, als Simone endlich ihren Computer ausschaltete. Sie hatte die Artikel der Praktikanten korrigiert, einen Entwurf der ersten zehn Seiten des Magazins am Bildschirm zusammengestellt und selbst ihre Reportage über die neue Ausstellung in der Kunsthalle geschrieben. Es hatte alles etwas länger gedauert als sonst. Sie hatte Schwierigkeiten gehabt, sich zu konzentrieren. Immer wieder schweiften ihre Gedanken ab und glitten zu Johannes, zu Henriette und natürlich auch zur Zukunft des Magazins.

Sie stand auf und schob ihren Stuhl unter den Schreibtisch. Dann nahm sie Jacke und Handtasche. Als sie aufschaute, sah sie, dass in Johannes' Büro immer noch Licht brannte. Sie ging hin und klopfte an die Tür.

»Ja?«

Sie öffnete und streckte ihren Kopf durch den Spalt. Johannes stand an der großen Fensterfront seines Büros. Von hier aus hatte man einen atemberaubenden Blick über die Speicherstadt und den Hafen.

»Darf ich kurz hereinkommen?«

Er drehte sich zu ihr um und lächelte. Es war ein trauriges Lächeln.

»Natürlich, Simone.«

Sie schloss sorgfältig die Tür hinter sich.

»Wie kommt Henriette mit der Diagnose zurecht?«

»Danke, dass du danach fragst. Die meisten unserer Kollegen haben sich benommen, als hätte ich ihnen mitgeteilt, dass sie gestern gestorben ist.« Er seufzte. »Sie ist stark, kämpft, lacht, will sich nicht unterkriegen lassen. Aber manchmal ist sie verzweifelt. Wir haben doch noch so viel vor. Wir wollen nach Tortuga segeln und nach Rio. Das Cap der guten Hoffnung umrunden und vor Samoa vor Anker gehen. Und am Great Barrier Reef schnorcheln. Manchmal denke ich, es ist unfair, dass ausgerechnet uns dieses Schicksal trifft. Was haben wir getan? Womit haben wir das verdient?« Er steckte die Hände in die Hosentaschen. »Weißt du, was Henriette dann sagt? ›Warum nicht wir? Warum sollte es uns nicht treffen? Wir haben bis hierher ein verdammt gutes Leben geführt, Johannes. Wir haben immer Glück gehabt. Jetzt ist es vielleicht an der Zeit, etwas davon zurückzuzahlen. Und wir sind stark. Wir beide sind stark, und gemeinsam werden wir das hier schaffen.‹« Er schluckte hörbar.

»Henriette ist eine wunderbare Frau.«

»Ja, das ist sie. Und weißt du was, Simone? Ich bin sicher, dass sie auf ihrem Weg noch sehr vielen Menschen in gleicher Lage bündelweise Mut und Hoffnung geben wird.« Er drehte sich wieder zu ihr um und lächelte. »Möchtest du morgen Mittag zu uns zum Essen kommen?«

»Ich würde sehr gerne, Johannes, aber ich kann leider nicht. Meine Großmutter hat sich endlich entschlossen, ihr Haus zu verkaufen und in eine betreute Wohnung zu ziehen. Wir werden dieses Wochenende die Schränke ausräumen.«

»Wie alt ist deine Großmutter noch gleich?«

»Neunundachtzig. Geistig ist sie immer noch topfit, aber natürlich lassen ihre Kräfte nach. Eine Putzhilfe hat sie schon immer gehabt – als alleinerziehende Geschäftsfrau liegt es ja nahe, Arbeit zu delegieren. Doch es ist in den letzten drei Monaten deutlich beschwerlicher für sie geworden. Ihre Gelenke machen ihr zu schaffen, und manchmal ist es für sie anstrengend und schmerzhaft, die Treppe in den ersten Stock zu ihrem Schlafzimmer hochzusteigen. Nicht auszudenken, wenn sie da mal stolpert. Sie ist eine selbstständige Frau, doch mittlerweile hat sie selbst Angst, dass etwas passieren könnte. Und meine Mutter und ich haben auch nicht täglich die Zeit, vorbeizufahren und nach dem Rechten zu sehen. Der Gedanke, dass sie in einer Wohnanlage nur einen Knopf drücken muss, damit jemand kommt, ist für uns alle beruhigend.«

»Ja, das ginge mir nicht anders. Übrigens, hast du dir mal Gedanken darüber gemacht, ob du meine Nachfolgerin werden möchtest?«

»Ich?«

»Ja.« Johannes lächelte erneut. »Überrascht dich der Gedanke? Du bist die fähigste Kollegin der Redaktion. Du hast ein Gespür für Themen und Ästhetik, aber auch für die Mitarbeiter. Nicht umsonst kommen die Praktikanten und Frischlinge immer zuerst zu dir.«

»Aber …«

»Stefan ist schon scharf auf den Stuhl der Chefredaktion, obwohl er nicht einmal halb so gut ist wie du und das vermutlich sogar weiß. Aber er kann mit seinem internationalen Renommee glänzen. An der Met in New York kennt man ihn, bei den Nachkommen der Guggenheims war er mal zum Barbecue eingeladen. Das beeindruckt natürlich unseren ansonsten doch recht ahnungslosen Verleger. Trotzdem werde ich in erster Linie dich als meine Nachfolgerin vorschlagen.« Er legte ihr eine Hand auf den Arm. »Du hast alles, was du brauchst, um den Job nicht nur gut zu machen, sondern vielleicht sogar besser als ich. Das Einzige, was dir noch fehlt, ist der internationale Ruf in Kulturkreisen. Aber bis Oktober ist noch viel Zeit.«

Simone war so gerührt und überrascht, dass es ihr erst einmal die Sprache verschlug.

»Danke für dein Vertrauen, Johannes.«

»Keine Ursache, Simone. Ich bin dabei keinesfalls selbstlos. Es würde mich schlicht beruhigen und mir den Weggang erleichtern, wenn ich die Zukunft von *Kultur heute* in deinen Händen wüsste. Ich wüsste, dass weder Anspruch noch Qualität oder Arbeitsklima unter deiner Führung leiden würden. Vielleicht ergibt sich ja in den kommenden Wochen etwas für dich, um diese kleine Schwäche auszugleichen.«

Simone lachte und schüttelte den Kopf. Wie sollte sie das anstellen? Sich bei der Familie Rothschild vor die Tür setzen, bis sie sich ihrer erbarmten und sie in den Schlossgarten ließen, damit sie bei der Preisverleihung einer ihrer Kunststiftungen dabei sein durfte?

»Ich werde mir Mühe geben.« Sie drückte seinen Arm. »Grüße bitte Henriette herzlich von mir. Sag ihr, dass ich sie für ihre Haltung bewundere. Und ich wünsche ihr, dass die Krankheit stillhält, solang es nur irgendwie möglich ist.«

»Ich werde es weitergeben.« Johannes' Augen schimmerten feucht, als er sich vorbeugte und Simone einen freundschaftlichen Kuss auf die Wange gab. »Danke für deine Worte.«

Dann ging Simone hinaus und schloss behutsam die Tür hinter sich. Auf dem Weg zur Tiefgarage beschäftigten sie zwei Gedanken. Der eine galt Henriette. Jeder von uns blickt letztlich in eine ungewisse Zukunft – niemand kennt den nächsten Tag, und theoretisch kann ein Schritt zum falschen Zeitpunkt in die falsche Richtung das Ende bedeuten. Doch Henriette wusste jetzt, dass ihre Zukunft anders und kürzer sein würde, als sie selbst es sich gewünscht und für sich geplant hatte. Wie ging man damit um? Henriette tat das offensichtlich auf bewundernswerte Weise.

Ihr zweiter Gedanke galt der Zukunft von *Kultur heute*. Johannes war ein freundlicher, aber anspruchsvoller Chef, der mit seinem Lob so sparsam umging, dass man immer sicher sein konnte, dass es ehrlich gemeint war. Dass er ihre Arbeit und ihre Fähigkeiten so hoch schätzte und ihr die Redaktionsleitung zutraute, war Simone neu. Ihr wurde ganz warm bei dem Gedanken, und für einen Moment fühlte es sich an, als würden ihre Füße ein paar Zentimeter über dem Boden schweben. Während sie in der Freitagabendstille der Tiefgarage ihren Autoschlüssel aus der Handtasche kramte, fragte sie sich, ob sie selbst daran glaubte, den Posten ausfüllen zu können. Und wie es ihr gelingen könnte, sich innerhalb von wenigen Monaten im positiven Sinn in der internationalen Kulturszene ins Gespräch zu bringen.

Ich werde alle meine Kontakte durchforsten. Vielleicht fällt mir ja etwas ein.

2

Simone hockte im Wohnzimmer ihrer Großmutter vor der Vitrine und wickelte sorgfältig Gläser in Papier ein. Durch das Panoramafenster flutete das Sonnenlicht herein und brachte den Kristallschliff der Gläser zum Funkeln. Einen Moment hielt sie inne und schaute in den Garten hinaus. An dem alten Kirschbaum in der Mitte der Rasenfläche hatte früher eine Schaukel gehangen. Beim Schaukeln hatte sie Kirschen naschen können. Mittlerweile war der Baum in die Jahre gekommen und trug schon lange keine Früchte mehr. Irgendein Käufer würde sich über das Haus und das großzügige Grundstück freuen. Und der alte Kirschbaum würde wahrscheinlich anderen Gestaltungsplänen weichen.

Sie zwang sich, den Blick abzuwenden, denn in den Garten zu schauen führte nur zu Melancholie und Trübsinn. Ihre Großmutter brauchte Unterstützung und Optimismus und nicht, dass sie einander weinend in den Armen lagen.

Sie verteilte die eingewickelten Gläser auf zwei Kartons. Ein Karton sollte als Spende an die Bedürftigen der Kirchengemeinde gehen, der ihre Oma angehörte. Der andere wesentlich kleinere war für den Eigenbedarf bestimmt. Der Umzug in die Seniorenwohnanlage bedeutete eine Reduktion der Wohnfläche um knapp hundertzwanzig Quadratmeter. Das hieß weniger und kleinere Schränke und damit auch von allem anderen weniger: weniger Geschirr, weniger Kleidung, weniger Wäsche. Ihre Großmutter hatte diese Entscheidung freiwillig und ohne Drängen schon vor etlichen Monaten getroffen. Jetzt wanderte Oma Luise durch das Haus wie ein melancholischer Geist, nahm hier eine Vase in die Hand, dort eine Porzellanfigur oder ein gerahmtes Foto.

Sie nimmt Abschied, vermutete Simone. Abschied von Gegenständen, von Erinnerungen, die mit ihnen verbunden sind. Abschied von einem Leben, das sie in Zukunft nicht mehr führen wird. Sie musste schlucken. Oma fährt nicht für ein paar Wochen in den Urlaub.

Und wenn ihr selbst schon beim Gedanken an den Kirschbaum im Garten die Tränen in die Augen stiegen, wie musste sich ihre Großmutter dann fühlen, die seit Jahrzehnten in diesem Haus lebte? Sogar die lebhafte Charlotte, deren Mundwerk sonst keine Minute stillstand, rollte schweigend zierliche Sektgläser in Papier ein.

»Ich hätte nicht gedacht, dass es mir so schwerfallen wird«, sagte Oma Luise leise und nahm das neueste Familienfoto in die Hand, das ein Fotograf kurz vor Weihnachten aufgenommen hatte. Es zeigte Oma Luise, Simones Mutter Elly, Simone und Charlotte. Vier Frauen, vier Generationen. Keine Männer. Schon Luise Hansen war eine fortschrittliche Frau gewesen, hatte ihren Mann noch vor der Ehe zum Teufel gejagt und ihre Tochter lieber allein großgezogen. Simones Mutter hatte zwar geheiratet und eine Weile mit Simones Vater zusammengelebt, sich dann aber wegen unüberbrückbarer Differenzen scheiden lassen, als sie gerade zwei Jahre alt war. »Wir brauchen keine Männer«, sagte Oma Luise immer, wenn die Sprache darauf kam. »Männer sind unzuverlässig und bis auf wenige Momente entbehrlich. Wir sind besser dran ohne sie.« Trotzdem hatte sie in ihrem Schlafzimmer ein Doppelbett stehen. Und Simone hätte Wetten darauf abgeschlossen, dass Oma Luise in all den Jahren nicht nur allein darin geschlafen hatte. Doch auch das war in

Zukunft vorbei. In der Seniorenwohnung war für das breite Bett kein Platz mehr.

Die Vitrine war mittlerweile leer geräumt. Simone klappte die Kartondeckel zu und beschriftete beide. Dann öffnete sie den nächsten Schrank. Neben einem Stapel Leinenservietten und Tischdecken stand ein dickes goldgeprägtes Buch in Leder, dem man ansah, dass es sich um eine Antiquität handelte.

»Was ist das?«

»Das ist ein Fotoalbum.«

»Ein Fotoalbum?« Charlotte sprang auf, ihre blauen Augen leuchteten. »Wie cool! Ist das von früher?«

»Ja, Charlotte, von ganz früher. Wir hatten damals ja weder einen Computer noch ein Handy, das Fotos machen konnte. Tatsächlich sind in diesem Album sogar noch Fotos, die mein Vater aufgenommen hat.« Das traurige Lächeln auf dem Gesicht ihrer Großmutter schnitt Simone ins Herz. »Da war ich noch ein Baby. Das ist fast hundert Jahre her.«

»Oh! Darf ich mir die ansehen?«

»Natürlich. Setzen wir uns auf das Sofa, dann kann ich dir ein bisschen was dazu erzählen.«

Oma Luise streckte eine zitternde Hand nach dem Fotoalbum aus. Elly warf ihrer Tochter einen gequälten Blick zu. Ihr standen die Tränen in den Augen.

»Ich glaube, du hast recht. Es ist Zeit für eine Pause«, sagte sie und blinzelte. »Ich koche uns Kaffee.«

Simone folgte ihr in die Küche. Ihre Mutter stützte sich auf der Arbeitsplatte ab, ihre Schultern bebten. Als sie Simone hörte, hob sie den Kopf und wischte sich hastig über die Augen.

»Entschuldige. Es geht gerade mit mir durch.« Sie holte tief Luft, ihre Unterlippe zitterte. »Das Haus, der Garten … So viele Jahre. Und jetzt … Wenn es schon für mich so schwer ist, wie muss es dann erst für sie sein?«

Simone nahm ihre Mutter in den Arm und drückte sie fest an sich. Es war still in der Küche. Die Uhr über der Tür tickte, im Rhododendron vor dem Fenster sang eine Amsel. Im Wohnzimmer kicherte Charlotte. Vielleicht konnte die Fröhlichkeit und Lebendigkeit ihrer Urenkelin Luise Hansen helfen, mit dem Abschied besser fertig zu werden.

»Oma hat die Entscheidung selbst getroffen, Mama, und sie ist gut und vernünftig. Wir haben doch schon lange darüber gesprochen. Sie hat sich die Wohnanlage selbst ausgesucht, nichts musste überstürzt werden. Und sie ist noch fit genug, um …«

»Ich weiß, Simone. Du hast ja recht.« Ihre Mutter seufzte und schnäuzte sich in ein bereits ziemlich zerknülltes Papiertaschentuch. »Geh wieder ins Wohnzimmer. Kaffee kochen kann ich auch allein, und ich glaube, ich brauche ein paar Minuten für mich.«

Im Wohnzimmer saßen Charlotte und Oma Luise nebeneinander auf dem Sofa. Als Simone eintrat, hob das Mädchen den Kopf.

»Mama, das musst du dir ansehen. Kannst du dir vorstellen, was die früher für komische Badeanzüge getragen haben? Darf ich Mama das Bild zeigen?«

»Natürlich darfst du.« Oma Luise blätterte ein paar Seiten zurück.

»Schau mal, das sind die Mama und der Papa von Oma Luise. Sieht das nicht komisch aus?« Der geringelte Einteiler des Mannes auf dem Foto und das fast schon als Kleid zu bezeichnende Badekostüm der Frau sprachen für eine Aufnahme aus den Zwanzigerjahren. »Oma Luise sagt, das sollen Badeanzüge sein!« Wieder kicherte Charlotte, und auch Simone musste schmunzeln.

»Nun, so sind die Leute eben damals schwimmen gegangen.«

»Du auch?«

Jetzt lachte auch Oma Luise. »Nein. Dieses Foto ist fast hundert Jahre alt. Als ich mit meinen Freundinnen baden gegangen bin, hatten wir schon solche Badeanzüge, wie du sie auch kennst. Warte mal.« Oma Luise blätterte in dem Fotoalbum. »Da ist es. Siehst du? Das bin ich im Badeanzug. Das war 1952. Da war Oma Elly noch gar nicht geboren.«

»Ui, der ist aber hübsch! Der würde mir vielleicht auch gefallen. Leider kann ich die Farbe nicht erkennen …«

»Weil das eine Schwarz-Weiß-Fotografie ist. Aber ich kann mich noch daran erinnern. Der Badeanzug war rot.«

»Welche Art von Rot?«

Oma Luise schloss die Augen. »Am ehesten ein warmes Tomatenrot.«

Charlotte nickte. »Ja, der hätte mir auch gefallen. Und wer ist der Mann auf dem Foto?«

»Das ist Oma Ellys Vater.«

»Der sieht aber nett aus!«

Charlotte schien die Veränderung in der Stimme von Luise Hansen nicht bemerkt zu haben, Simone hingegen schon. Oma Luise klang plötzlich kühl und distanziert. Über ihren Großvater wurde im Hause Hansen nicht gesprochen. Nie. Und bis zu diesem Tag hatte sie nicht einmal gewusst, dass ein Foto von ihm existierte. Neugierig beugte sie sich vor, um das Bild besser sehen zu können.

»Das hat nichts zu sagen. Männer sind unzuverlässig, Charlotte. Eine Frau sollte ihnen nicht einmal so weit trauen, wie sie spucken kann. Und die, die nett aussehen, sind meistens die Schlimmsten.« Oma Luise schaute auf. »Simone? Kind, was ist? Du bist ja plötzlich ganz bleich um die Nase!«

Simone hörte kaum, was ihre Großmutter sagte, denn sie starrte das alte Schwarz-Weiß-Foto an, das vermutlich einzige Bild ihres Großvaters, das noch in diesem Haus existierte. Das glatt rasierte Gesicht mit dem fröhlichen, selbstbewussten Lächeln – sie kannte es.

»Oma, wie heißt Mamas Vater?« Sie sah ihrer Großmutter fest in die Augen, entschlossen, nicht nachzugeben. Diesmal nicht. Sie wollte, nein, sie musste wissen, ob sie sich täuschte. »Bitte, Oma.«

Luise Hansen zuckte mit den Schultern. »Wenn es dir denn so wichtig ist!« Sie verdrehte die Augen und klappte das Fotoalbum zu. »Sein Name ist Harri Behncke.«

»Also doch …« Simones Knie wurden weich. Sie tastete nach der Armlehne eines Sessels und setzte sich. »Oma!« Ihre Stimme war vor Aufregung ganz heiser. »Du weißt, wer Harri Behncke ist?«

»Ein Schuft, der sich aus dem Staub gemacht hat, als es unangenehm wurde. Das ist er.«

»Nein, ich meine …«

»Natürlich weiß ich das, Simone. Ich lese ja jeden Tag das *Hamburger Abendblatt* – auch das Feuilleton.«

»Und warum hast du nie etwas gesagt? Warum?«

Luise Hansen richtete sich auf ihrem Sofa auf.

»Warum sollte ich? Das hätte doch nichts geändert. Er ist einfach abgehauen. Mir nichts, dir nichts verschwunden, von einem Tag auf den nächsten. Und da stand ich nun, allein und mit dicker werdendem Bauch. Weißt du, wie es damals war, als Frau ohne Mann ein Kind zu bekommen? Mein Vater stand jeden Tag vor mir und hat den Kopf geschüttelt. ›Wie konntest du das deiner Mutter antun? Wie konntest du nur?‹ Und meine Mutter hat mich wochenlang im Haus eingesperrt, damit mich niemand auf der Straße sieht. ›Was sollen nur die Leute von uns denken?‹ Das war ihre größte Sorge. Und der Behncke hat sich nicht wieder blicken lassen. Nicht einmal geschrieben hat er. Kein einziges Mal.« Oma Luise wischte sich mit dem Ärmel ihrer Strickjacke über die Augen. Dann stand sie auf und stellte das Fotoalbum energisch in das Regal zurück. »Sein Geld und sein Ruhm können mir gestohlen bleiben. Und er sowieso. Und jetzt sollten wir davon aufhören. Es hat keinen Sinn, in der Vergangenheit zu wühlen. Da man sie ohnehin nicht ändern kann, sollte man sie besser ruhen lassen.«

»Was ist denn los, Mama?«, flüsterte Charlotte, und ihre Hand schob sich tastend in Simones.

»Wenn wir zu Hause sind«, sagte sie, »dann erkläre ich dir alles, okay?«

»Okay.«

In diesem Moment brachte Simones Mutter Kaffee und einen Teller mit Keksen, und ihr Gespräch drehte sich um die Organisation des Umzugs.

Als sie am Abend wieder zu Hause waren, zog Simone sich sofort in ihr Arbeitszimmer zurück und setzte sich an ihren Laptop. Behncke war kein seltener Name in Hamburg, und Harri war einst ein gängiger Vorname gewesen. Doch es schien tatsächlich nur einen Harri Behncke zu geben. Sie googelte, rief Archive auf und fand etliche Bilder aus den Fünfzigerjahren, die Harri Behncke bei Ausstellungen oder im Kreis anderer Künstler zeigten. Und es war eindeutig. Dieser Mann, einer der größten und schillerndsten lebenden Künstler Europas, war der Mann auf dem Foto im Album ihrer Großmutter. Er war ihr Großvater.

»Ist das nicht dein Opa, Mama?«

Simone war so vertieft in ihre Recherche, dass sie gar nicht mitgekriegt hatte, dass Charlotte ins Zimmer gekommen war und ihr über die Schulter sah.

»Ja, das ist er.« Sie war immer noch fassungslos.

»Und warum gibt es so viele Fotos von ihm im Internet?«

»Weil er ein berühmter Künstler ist. Ich habe dir doch bestimmt schon von ihm erzählt. Der alte Maler und Bildhauer, der in Frankreich lebt und …«

»Ist das der, der den Journalisten mit einem seiner Stemmeisen aus dem Haus gejagt hat?«

»Ja, genau der.«

Charlottes Augen wurden groß. »Und das ist dein Opa? Wie cool! Kannst du mir mal Bilder und Skulpturen von ihm zeigen?«

»Natürlich. Warte mal.« Und ein paar Klicks später schauten sie sich gemeinsam die Zusammenstellung einer aktuellen Ausstellung an, die sich Harri Behnckes Schaffensweg widmete.

»Wow. Krass. Diese Statuen da sind so … so … mächtig. Als wollten sie einen bei den Schultern packen und so lange durchschütteln, bis man ihnen zuhört.«

Simone nickte. Sie dachte an ein Zitat aus einem der wenigen Interviews, die je mit Harri Behncke geführt worden waren. Nach der Bedeutung der Kunst für die heutige Zeit gefragt, hatte Harri Behncke geantwortet: »Kunst ist die Faust, die den Menschen in die Fresse schlägt, damit sie endlich aufwachen.« Charlotte hatte den Nagel auf den Kopf getroffen. Und einmal mehr war sie von dem Kunstverständnis ihrer Tochter überrascht. Oder war das am Ende gar nicht überraschend? Wie lautete das Sprichwort mit dem Apfel und dem Stamm noch?

»Meinst du, ich mag Kunst und habe in dem Fach so gute Noten, weil er mein Urgroßvater ist?«

Ein Schauer durchlief Simone. »Das ist möglich.«

»Schade, dass ich ihn nicht kenne. Er könnte mir bestimmt viel beibringen.« Charlotte runzelte die Stirn und stützte ihr Kinn auf beide Hände. »Stimmt es, was Oma Luise sagt?«

»Was meinst du denn?«

»Das, was sie über Männer gesagt hat. Dass man ihnen nicht trauen sollte und so.«

Simone schüttelte langsam den Kopf. »Ich weiß nicht, ob man das so pauschal formulieren sollte. Aber …« Sie zögerte einen Moment. »Es ist nicht immer ganz einfach, jemanden zu finden, dem man vertrauen kann.«

»Seid ihr deswegen mit keinem Mann zusammen – du und Oma Elly und Oma Luise? Weil ihr den Richtigen nicht gefunden habt?«

»Vielleicht. Ja, vielleicht liegt es daran.«

»Ihr habt wohl einfach Pech.« Charlotte zuckte mit den Schultern. »Julius vertraue ich jedenfalls. Unbedingt.«

»Das sollst du auch. Und ich glaube auch nicht, dass alle Männer unzuverlässig sind.«

»Natürlich nicht. Wenn du so etwas denken würdest, wäre das nämlich Diskriminierung.« Charlotte hob eine Augenbraue, dann grinste sie. »Zum Glück lässt Pech sich nicht vererben. Im Gegensatz zur künstlerischen Ader.« Sie stieß Simone leicht mit dem Ellbogen an. »Ich schicke Julius eine WhatsApp, ob wir uns morgen zum Skatebordfahren treffen können. Ich darf doch?«

»Selbstverständlich. Morgen ist Sonntag, wir haben nichts vor. Ihr könnt zur Skatebahn fahren, wenn ihr wollt.«

»Und kann Julius anschließend bei uns essen? Er mag deine Pasta so gern.«

»Natürlich.«

»Cool. Und können wir danach auch noch ein bisschen PS4 spielen? Ich stecke nämlich gerade in einem Level fest und komme nicht weiter. Julius hat das Spiel aber schon durch und …«

Geschickt eingefädelt, dachte Simone. Erst die entwicklungsfördernde Bewegung an der frischen Luft erwähnen, dann eine Bitte mit einem Kompliment verbinden. Und das, worum es von Anfang an eigentlich gegangen ist, kommt ganz zum Schluss in einem Nebensatz.

»Von mir aus. Sind denn die Hausaufgaben fertig?«

»Noch nicht, aber bis dahin schon.«

Simone sah ihrer Tochter hinterher, die pfeifend in ihrem Zimmer verschwand. Manchmal wunderte sie sich über dieses Kind und fragte sich, wie ausgerechnet sie mit so einer wunderbaren Tochter beschenkt worden sein konnte. Aber diese Frage stellten sich wohl alle Eltern von Zeit zu Zeit.

3

Wie immer am Tag vor Redaktionsschluss war der Montag so hektisch, dass Simone nicht einmal die Zeit für eine geregelte Mittagspause hatte. Sie bat eine Praktikantin, ihr einen Salat aus dem kleinen Tante-Emma-Laden um die Ecke zu holen, und aß ihn direkt aus der Plastikschale, während sie Fotos und Artikel auf dem Bildschirm hin und her schob. Jedes Mal, bevor eine neue Ausgabe von *Kultur heute* in den Druck ging, fragte sie sich, wie es angehen konnte, dass trotz der sorgfältigen Planung und Arbeit der ihnen zur Verfügung stehende Platz nicht ausreichte. Meist mussten sie dann noch etliche Artikel um eine Zeile kürzen oder auf das eine oder andere Foto verzichten. Diesmal war es anders. Diesmal war eine halbe Seite leer.

Vorschläge wurden gesammelt, Diskussionen begannen. Hektisch suchten sie alle in ihren Dateien nach Artikeln, die dem Platzmangel in einer der letzten Ausgaben zum Opfer gefallen und trotzdem noch aktuell waren. Oder gab es eine Ausstellung, ein Konzert oder eine Veröffentlichung, die sie bisher übersehen hatten? Und während Simone selbst suchte, Vorschläge diskutierte und verwarf, spukten immer wieder zwei Sätze durch ihren Kopf – »Das Einzige, was dir noch fehlt, ist der internationale Ruf in Kulturkreisen.« sowie »Schade, dass ich ihn nicht kenne.« – und machten ihr die Arbeit noch schwerer, als sie ohnehin war.

Erst als Simone in den Sinn kam, dass ein exklusives Interview mit Harri Behncke alle anderen Themen zum Füllstoff degradieren und spielend die Hälfte der Magazinseiten füllen könnte, griffen plötzlich die Zahnräder in ihrem Kopf ineinander. Es machte Klick. So laut, dass sie zusammenzuckte und dabei ihren Kugelschreiber fallen ließ.

Ja, sie wollte den Job der Chefredakteurin von *Kultur heute*. Noch mehr aber sehnte sie sich danach, ihren Großvater kennenzulernen. Das hatte sie sich schon als kleines Mädchen gewünscht. Ihr leiblicher Vater war ein Chemielehrer. Ein langweiliger, uninteressanter Mensch, der jedes Mal, wenn sie einander besuchten, denselben Pullover getragen und nichts Besseres mit ihr anzufangen gewusst hatte, als dass er ihr irgendwelche fürchterlich stinkenden Experimente gezeigt hatte. Schon als Kind hatte sie begriffen, weshalb ihre Mutter sich hatte scheiden lassen. Anders ihr Großvater, den sie sich in ihren Träumen in den schönsten Farben ausgemalt hatte. Sie erinnerte sich, wie sie früher, wenn sie bei Oma Luise zu Besuch gewesen waren, im Kirschbaum geschaukelt und sich dabei vorgestellt hatte, dass ihr Großvater hinter ihr auf dem Rasen stand und ihr Anschwung gab. In ihrer Fantasie hatte er einen weißen Haarkranz wie der Opa ihrer besten Freundin, trug eine blaue Arbeitshose und hatte dabei eine verblüffende Ähnlichkeit mit Meister Eder. Und immer noch spürte sie die Enttäuschung, dass da in Wirklichkeit niemand gewesen war. Sie hatte nicht einmal ihren Freundinnen in der Schule erzählen können, dass sie ihren Opa hin und wieder auf dem Friedhof besuchte.

Nun hatte sie endlich einen Großvater. Damit nicht genug, er war sogar ein berühmter Künstler. Seine Kunst bewunderte und verehrte sie schon seit vielen, vielen Jahren. Er war einer jener innovativen Kunstschaffenden, die sich und ihre Kunst ständig weiterentwickelten. Seine Werke waren immer überraschend, und nicht selten trafen sie den Betrachter wie die Faust eines Boxers in empfindliche Körperstellen. Denn auch das war Harri Behncke: So zurückgezogen der Künstler auch lebte und sosehr er Fernsehauftritte und Interviews ablehnte, so wenig schwieg er zu gesellschaftspolitischen Themen. Immer wieder griff er die Gräuel des Nationalsozialismus in seinen Werken auf und brachte sie mit der Gegenwart auf einzigartige Weise in Zusammenhang. Mit seinen Gemälden und Skulpturen drückte er aus, was er von der Welt und ihren Auswüchsen hielt, und brüllte es ihr ins Gesicht.

Sicher, Enkelin von diesem Ausnahmekünstler zu sein würde sie international schnell und dauerhaft ins Gespräch bringen. Aber … war das überhaut noch wichtig? Sie hatte einen Großvater! So viele Jahre hatte sie sich danach gesehnt – und jetzt war er da, zum Greifen nahe. Selbst wenn er ein Bauarbeiter wäre, er wäre immer noch ihr Großvater.

Wärme breitete sich in ihrem Bauch aus, wohltuende Wärme. Sollte sie Harri Behncke – ihren Großvater – besuchen? Bald begannen die Ferien. Sie hatten bisher noch keine Reise gebucht. Wieso also sollten sie nicht spontan in die Bretagne fahren? Hatte sie daran nicht erst am Freitag in der Mittagspause gedacht?

Was konnte schon passieren?

Natürlich war es ihr bereits jetzt peinlich, durch dieses kleine Dorf in der Nähe von Carnac zu laufen, wo Harri Behncke lebte, wie sie ja wusste, nach ihm zu fragen und dann an seiner Tür zu klingeln wie eine kleine Schmierenblattreporterin. Schlimmstenfalls würde er sie ebenso aus dem Haus werfen wie alle anderen Journalisten oder sie mit seinem größten Beitel bis auf die Landstraße jagen, wie es erst vor einem halben Jahr den Kollegen eines spanischen Fernsehsenders ergangen war. Vielleicht aber auch nicht. Immerhin war sie seine Enkelin. Vielleicht würde sich die sonst für Presse und Medien so hermetisch verschlossene Tür für sie öffnen. Sie würden einander kennenlernen. Und vielleicht würde er ihr irgendwann die Gelegenheit zu einem seiner wenigen handverlesenen Interviews geben.

Das war eine einmalige Chance. Aber … Was ist mit Oma? Sie wird wütend sein, traurig, vor allem aber enttäuscht.

Der Gedanke holte sie schlagartig auf den Boden der Tatsachen zurück. Harri Behncke war schließlich der Mann, der ihre schwangere Oma sitzen gelassen und sich nie wieder bei ihr gemeldet hatte. Ihn zu besuchen hieße beinahe Verrat an ihrer eigenen Familie zu begehen. Andererseits …

Wieso fühlte sie sich zu Behnckes Werken so stark hingezogen? Sie sprachen mit ihr, berührten sie tief, erschütterten sie und schienen genau das auszudrücken, was sie fühlte, wozu ihr aber die Worte und künstlerischen Mittel fehlten, um sich selbst zu äußern. Wie oft hatte sie vor einer Behncke-Skulptur gestanden und gedacht: Ja, wenn ich Künstlerin wäre, ich würde es genau so darstellen. Und wie oft hatte sie den Eindruck gehabt, dieses Bild oder jene Installation hätte er eigens für sie geschaffen? Woher kam diese tiefe Verbindung? War es Zufall? Die intensive Beschäftigung mit denselben Themen? Ein ähnlich strukturierter Geist? Oder waren es einfach die Gene?

Simone schloss die Augen. Sie zitterte beinahe vor Aufregung. Ich muss es herausfinden. Ich muss ihn kennenlernen und herausfinden … Es tut mir leid, Oma, ich kann keine Rücksicht auf dich nehmen. Dieses Mal nicht.

Die Zeit lief ihr davon. Wenn sie jetzt nicht versuchte, Kontakt mit Harri Behncke aufzunehmen, würde sie ihn nie kennenlernen. Der Mann war bereits über neunzig und hatte nie das Leben eines Asketen geführt. Eine schwere Krankheit, Demenz, ein plötzlicher Tod – in dem Alter war damit beinahe täglich zu rechnen. Deshalb musste sie in die Bretagne. In diesem Sommer.

Und falls sie ihn doch nicht fand, zu spät kam oder er sich schlicht weigerte, sie zu sehen – unterm Strich blieb immer noch ein Urlaub an der Atlantikküste in der Gegend von Carnac mitten zwischen schroffen Felsen, Menhiren, Sand und Sonne. Welches Risiko ging sie also ein, einfach mal zu schauen, ob es dort noch ein freies Feriendomizil, Flug- oder Bahntickets und einen Leihwagen gab?

Die Antwort war simpel: keins.

Und wer nicht wagt, hat nicht einmal die Chance zu gewinnen.

An diesem Abend kam Simone noch später als gewöhnlich nach Hause – das Magazin sollte schließlich bis morgen druckfertig sein. Trotzdem war sie deutlich weniger müde und erschöpft als an anderen Montagen vor Redaktionsschluss. Die Idee eines Urlaubs in der Bretagne elektrisierte sie. Sie schob Tiefkühlpizza in den Ofen und freute sich darauf, nach dem Essen nach Reisemöglichkeiten und Unterkünften zu suchen. Charlotte erzählte sie noch nichts davon. Es war ja ein recht kurzfristiger Entschluss, und sie wollte ihrer Tochter keine falschen Hoffnungen machen, falls schon alles ausgebucht war. Im anderen Fall würde es morgen beim Frühstück eine schöne Überraschung sein.

Tatsächlich war die Suche nicht einfach. Simone klickte sich durch alle Ferienportale, suchte nach Hotels, Pensionen, Ferienwohnungen und -häusern, sogar nach Pauschal- und Busreisen. Es war zum Verrücktwerden. Die ganze Welt schien ausgerechnet in diesem Sommer ihren Urlaub in der Bretagne zu verbringen. Sie wollte bereits aufgeben, als sie ganz am Ende der Seite einer Ferienhausplattform doch noch fündig wurde. Es war ein kleines Drei-Zimmer-Haus, geradezu winzig. In der Anzeige stand etwas von vierzig Quadratmetern, die sich auf zwei Ebenen verteilten. Die steile Treppe wurde explizit erwähnt. Außerdem gab es nur ein Foto, das eine blühende Hortensie neben einem ziemlich klapprig aussehenden Gartentor zeigte. Das war alles, Bewertungen anderer Urlauber waren nicht vorhanden. Aber das Haus lag in unmittelbarer Nähe von Carnac. Laut Liste hatte es ein Duschbad, einen Kühlschrank und einen Herd mit Backofen, WLAN und einen Stellplatz für das Auto. Den Hinweis, dass der Strand fünfzig Meter weit entfernt war, hielt Simone für einen Druckfehler. Der Preis war zwar kein Schnäppchen, hielt sich aber im Rahmen. Doch letztlich war alles egal, denn es war das einzige Haus, das noch frei war.

Bestimmt nicht ohne Grund!

Das war diese Unkenstimme, die sie immer wieder fatal an ihre Mutter erinnerte, die grundsätzlich ihren Teller im Restaurant so lange absuchte, bis sie endlich das Haar in ihrer Suppe gefunden hatte.

Ach, was soll's. Es wird schon nicht reinregnen. Und gegen Bettwanzen … Unwillkürlich musste Simone schlucken. Sie war wirklich nicht sehr anspruchsvoll und auch bereit, auf wackeligen Stühlen zu sitzen und von abgestoßenen Tellern zu essen, aber Sauberkeit musste schon sein! Und wenn … Wenn es tatsächlich schlimm sein sollte, schlafen Charlotte und ich eben kurzfristig im Wagen und suchen uns etwas anderes direkt vor Ort. Wenn wir erst dort sind, wird sich schon irgendwo ein Fremdenzimmer auftreiben lassen.

Mit einem beherzten Klick schickte sie ihre Buchung ab, bevor sich ihre Fantasie noch mit Bildern von schimmligen Wänden, an denen Kakerlaken herumkrochen, und Geschirr, auf dem noch die Essensreste der Vormieter klebten, länger beschäftigen konnte. Den Flug von Hamburg aus zu buchen erwies sich dagegen als Kinderspiel. Und wenn sie nun am 28. Juni in Nantes ankamen, würde dort am Flughafen sogar ein Mietwagen auf sie warten. Wenn alles gut geht. Du kennst die Tücken des Internets.

Sie fühlte, wie Enthusiasmus und Vorfreude sich wieder davonstahlen und einer Unruhe Platz machten, die sie nur zu gut kannte. Dieses Gefühl, etwas Falsches gegessen zu haben, stellte sich jedes Mal ein, wenn sie nicht alles im Voraus planen und überschauen konnte.

Denn manchmal wollte das Leben einen einfach nur ärgern.

TEIL 2
Studien

4

Manchmal sind ferne Orte doch erstaunlich nah, dachte Simone, als sie auf der Autobahn hinter Nantes das Hinweisschild las – es waren nur noch dreißig Kilometer bis Carnac. Um zehn Uhr morgens waren sie in Hamburg bei wolkenverhangenem Himmel losgeflogen. Und jetzt, vier Stunden später, befanden sie sich bereits auf der Autobahn Richtung bretonischer Küste. Der Himmel über ihnen war blau, und durch die geöffneten Autofenster wehte der Atlantikwind den Geruch von Salz und Sommer herein.

Charlotte saß auf dem Beifahrersitz, schaute aus dem Fenster und strahlte dabei über das ganze Gesicht. Egal, wie das Ferienhaus aussehen würde, egal, ob sie Harri Behncke finden und einen Kontakt herstellen konnte – die Entscheidung, hierherzukommen, war gut und richtig. Und sollte sie in den kommenden drei Wochen Zweifel daran haben, würde sie an diesen Moment und die glänzenden Augen ihrer Tochter denken.

Im Büro der Ferienvermietung erhielt Simone den Schlüssel für das Haus und eine detaillierte Anfahrtsskizze.

»Es sind höchstens zehn Minuten von hier«, sagte die Frau hinter dem Tresen, die zwar freundlich war, aber dennoch keinen Zweifel daran aufkommen ließ, dass sie unter Zeitdruck stand.

Dass die Fahrt zum Haus dann deutlich länger dauerte, lag weder an der Skizze noch an Simones Fahrkünsten. Dreimal fuhr sie an dem kleinen Steinhaus mit den blauen Fensterläden vorbei, bis sie sich endlich traute, davor zu halten. Sie schaltete den Motor aus und schnallte sich ab.

»Soll ich schon meinen Rucksack mitnehmen?« Charlotte war bereits ausgestiegen.

»Nein, lass mal. Wir müssen erst gucken, ob wir hier auch an der richtigen Adresse sind.«

Simone schlug die Autotür zu und schaute das Häuschen ungläubig an. Es war ein altes, aus Feldsteinen errichtetes Haus mit Schieferschindeln auf dem Dach und hohen hellblauen Fensterläden. Schon an der Gartenpforte konnte sie den Atlantik hören, der nicht weit von hier seine Wellen gegen die Küste schlug. Die Luft roch nach Salz und Heckenrosen. Über ihr ließen sich ein paar Möwen vom Wind tragen und schrien ihm und allen, die es hören wollten, ihre Lebensfreude entgegen.

Kies knirschte unter ihren Sandalen, als Simone zögernd auf die Haustür zuging. Im gleichen Blauton gestrichen wie die Fensterläden, entpuppte sie sich als alte, zweigeteilte Tür, wie man sie auch in Norddeutschland unter dem Begriff Klöntür kennt.

Das muss ein Irrtum sein. Das konnte nicht ihr Ferienhaus sein. Wieso um alles in der Welt sollte man von so einem Haus keine Bilder ins Internet stellen? Vielleicht wohnten hier die Vermieter. Oder es war doch die falsche Adresse. Während sie klopfte und wartete, drehte Charlotte sich langsam um ihre eigene Achse, als wollte sie sich jede Einzelheit genau einprägen.

»Worauf wartest du denn, Mama? Warum gehst du nicht rein? Du hast doch den Schlüssel, oder?«

Weil ich nicht glauben kann, dass das wirklich unser Häuschen ist, dachte Simone. Und weil ich mir die Enttäuschung ersparen will.

Im Inneren des Hauses blieb es still, keine Stimmen, keine Schritte, kein Geschirrklappern. Simone zählte zuerst bis zehn, dann bis zwanzig. Endlich steckte sie den Schlüssel ins Schloss.

Gegen jede Erwartung ließ er sich problemlos drehen. Mit einem Klicken sprang das Schloss auf. Sie öffnete die Tür und war einen Augenblick sprachlos.

»Wow! Wie toll ist das denn!«

Charlotte streifte sich die Schuhe von den Füßen und lief in den offenen Raum, der so behaglich wirkte, als würde ein lachender Mensch sie mit ausgebreiteten Armen empfangen. Und dann diese Farben! Unterschiedliche Blautöne in Kombination mit hellem Holz und dem Grau der Feldsteine, dazu einige wenige gelbe Farbakzente. Und Weiß. Viel Weiß. Ein strahlendes, leuchtendes, frisches und sonniges Weiß. Die Farben weckten Assoziationen mit Sommer, Ferien, mit Meer, Sand und Muscheln, Erholung und Rotwein, Obst und Käse, knusprigem Baguette und Abenden auf der Terrasse bei Kerzenschein und dem Zirpen von Grillen.

Langsam, weil sie immer noch nicht ihren Augen trauen wollte, folgte Simone ihrer Tochter. Die frisch abgeschliffenen Dielen ächzten leise unter ihrem Gewicht, und in ihrer Fantasie erzählten sie dabei Geschichten von Generationen von Fischern, die über diesen Boden gegangen waren – in grob gestrickten Socken, die klobigen Fischerstiefel an der Tür stehen lassend, weil ihre Frauen den Boden gerade mit Sand und Wasser gescheuert hatten.

Die Holzbalken an der Decke waren hellblau gestrichen, einige Wände waren weiß verputzt, andere waren naturbelassen, sodass man die Feldsteine sehen konnte, aus denen das Haus erbaut war. In der als Wohnzimmer dienenden Ecke des Raumes vor dem offenen Kamin befand sich eine aus weiß getünchten Ziegeln gemauerte Sitzecke, die mit dicken Polstern ausgestattet war. Um einen antiken Esstisch aus hellem Holz waren vier schöne, schlichte Stühle gruppiert. Die Küchenzeile war wie die Sitzecke aus Ziegeln gebaut und in den Platz unter der schmalen weißen Treppe eingepasst, die steil nach oben führte. Gerührt las

Simone die kleine Karte, die an einem prall gefüllten Begrüßungskorb lehnte, der mitten auf dem Esstisch stand.

»Bienvenue Familie Hansen – Herzlich willkommen.«

Über ihr klappten Türen, und Charlottes Schritte polterten auf den Dielen.

»Mama, komm hoch! Das musst du dir ansehen!«

Dann ist der Haken also dort oben, dachte Simone und stieg mit gemischten Gefühlen die Treppe hoch.

Doch im ersten Stockwerk fand sie nur das Duschbad und zwei kleine schlicht eingerichtete Schlafzimmer. Bett, Nachtschrank, ein Schrank in dem einen, eine Kleidertruhe in dem anderen Zimmer. Das war alles. Doch allein die frischen Farben – Blau, Weiß, hier und da ein Hauch von Gelb – vermittelten sofort Urlaubsstimmung. Und dann gab es noch diesen unvergleichlichen Blick aus dem Fenster.

Es war kein Druckfehler, schoss es Simone durch den Kopf. Lediglich von einer Wildrosenhecke getrennt begann gleich hinter dem Grundstück der Strand. Es gab sogar eine Pforte, sodass man nicht einmal den Umweg über die Straße nehmen musste, sondern gleich vom Rasen aus ans Meer gehen konnte. Keine hundert Meter dahinter lag der Atlantik – eine glitzernde, von weißer Gischt gekrönte Wasserfläche. In dieser Sekunde wusste Simone, dass sie dieses Haus liebte, ganz egal, ob das Dach undicht war oder sie das Wasser zum Kochen und Waschen täglich mit einer Handpumpe vom anderen Ende der Straße holen musste.

Hier bleibe ich.

Sie legte Charlotte den Arm um die Schultern und zog sie an sich.

»Ist das nicht schön hier?«

Charlotte nickte begeistert. »Wollen wir gleich an den Strand?«

»Was hältst du davon, wenn wir jetzt erst mal auspacken und etwas essen? Ich habe jedenfalls Hunger.«

»Ich eigentlich auch. Okay, dann machen wir das so.«

Und schon war Charlotte verschwunden. Simone sah ihrer Tochter nach, die leichtfüßig die steile Treppe hinuntersprang, als hätte sie in ihrem Leben nie woanders gewohnt. Sie selbst stieg die schmalen Stufen mit deutlich mehr Respekt hinunter und inspizierte den Begrüßungskorb auf dem Esstisch. Sie hatte zwar für den ersten Nachmittag und Abend eine Packung Nudeln und ein Glas Pesto eingepackt für den Fall, dass sie in diesem kleinen Dorf weder ein Restaurant finden noch am Sonntag einkaufen konnte, aber diese Sorge hatte sich jetzt erledigt. Der Korb war so gefüllt, als hätten die Vermieter sie nicht nur erwartet, sondern als würden sie sie auch kennen – frisches Baguette, ein Säckchen Salz aus der Gegend, drei verschiedene Käsesorten, ein Stück Schinken, Butter, Aprikosen, ein Glas Marmelade, Milch, je eine kleine Packung Kaffee und Tee, eine große Flasche Wasser und eine Flasche Cidre. Brauchte man mehr?

Das Leben ist nicht immer hinterhältig. Manchmal hält es auch sehr angenehme Überraschungen parat.

Das Auspacken ging schnell, auch wenn Simone darauf bestand, dass Charlotte ihren Koffer nicht einfach offen in einer Zimmerecke stehen ließ, sondern die T-Shirts, Badesachen und Hosen in die Truhe räumte.

Dann kümmerten sie sich gemeinsam um das Essen. Charlotte trug die Teller und zwei Gläser auf die kleine Terrasse hinaus.

»Mama!«

Simone erschrak, ließ das Messer fallen, mit dem sie gerade das Baguette geschnitten hatte, und eilte nach draußen. Sie wusste hinterher nicht, was sie erwartet hatte – aufgeschlagene Knie, einen tollwütigen Hund in der Gartenecke oder ein gestrandetes Meerestier vor der Pforte. Aber bestimmt nicht das, was Charlotte ihr zeigte.

»Schau mal!« Charlotte deutete mit zitterndem Finger in einen Winkel des Grundstücks. Ihre Stimme war nur ein Flüstern.

In einem von der Straßenseite nicht einsehbaren Winkel des Gartens, direkt hinter der angebauten Garage, standen zwei aufrechte Felsen, über denen quer eine Felsplatte lag. Das Gebilde war so groß, dass Kinder im Grundschulalter darunter ohne Weiteres hätten sitzen können.

»Ja, aber … das gibt's doch nicht!« Simone blinzelte ungläubig, dann klatschte sie in die Hände. »Wie viel Glück kann man denn haben? Das Haus ist schon ein Traum. Und jetzt haben wir auch noch unseren eigenen Dolmen im Garten!«

»Was glaubst du, wie alt der ist, Mama?«

»Keine Ahnung. Fünftausend Jahre? Zehntausend? Da müsste ich im Internet nachschauen. Hier in der Gegend gibt es ja viele Menhire und Dolmen, ganze Felder. Dafür ist die Gegend von Carnac berühmt. Aber direkt neben der Terrasse hätte ich nicht damit gerechnet.«

Eine Weile standen sie nebeneinander und staunten.

»Der ist so schön! Meinst du, ich darf ihn anfassen?«

Simone lachte. »Ich glaube nicht, dass du dem alten Gestein in irgendeiner Weise etwas anhaben kannst.«

»Wow.« Charlotte tastete langsam mit beiden Händen über den Stein. Ein bisschen sah es aus, als würde sie ihn streicheln. »Das ist wirklich unglaublich. Das glaubt mir niemand in der Klasse.«

Simone trat neben sie und berührte das große Monument. Die Sonne hatte die Oberfläche des grauen Gesteins gewärmt, und doch spürte sie die wohltuende Kühle darunter. Und die Stärke, die Beständigkeit.

Im Vergleich zu diesem Dolmen, der seit vielen tausend Jahren hier stand, errichtet aus einem Gestein, das etliche Millionen Jahre alt war, war die Dauer ihres eigenen Lebens nicht einmal ein Wimpernschlag. Und doch war auch dieser Dolmen nicht für die Ewigkeit bestimmt. Moos hatte sich in Spalten und kleinen Unebenheiten angesiedelt. Die winzigen Wurzeln würden die Risse im Stein vergrößern, wie sie es bereits seit Tausenden von Jahren taten. Und im Laufe zahlloser Jahreszeiten würden sie kleine Teile aus dem Stein sprengen. Regen, Wind und Sand, der Wechsel von Hitze und Kälte würden ihren Teil beitragen und den Stein schleifen, ihn Stück für Stück zerkleinern, ab- und davontragen. Es würde Tausende von Jahren dauern, vielleicht sogar Zehntausende – womöglich war die Existenz der Menschheit dann bereits Geschichte und vergessen –, doch der Prozess würde weitergehen, bis von dem Dolmen nur noch Sandkörner übrig waren. Dieses Monument, das jetzt so stark und unverwüstlich aussah, würde vergehen. Das war sicher. Und irgendwo würde Neues aus seinem Material entstehen. So wie es mit allen Lebewesen ging, mit Landschaften, aber auch Planeten und ganzen Universen. Nichts blieb. Das einzig wirklich Beständige war die Veränderung. Eine Erkenntnis, die gelegentlich deprimieren oder sogar erschrecken konnte. Manchmal aber, und so war es heute, erfüllten diese Gedanken Simone mit nichts als übergroßem Staunen.

Simone saß eingehüllt in eine Decke auf der Terrasse, schenkte sich noch das letzte Glas Cidre ein und lehnte sich in die Polster des Terrassenstuhls zurück. Weit draußen auf dem Atlantik waren die Lichter eines Frachters oder Trawlers zu sehen, am Horizont schimmerte noch ein schmaler Streifen Tageslicht.

Der Abend war lang und gefüllt mit Gesprächen und Lachen und einem atemberaubenden Sonnenuntergang. Es war bereits nach elf Uhr, als Charlotte endlich in ihrer kleinen Kammer im Bett lag – mit einem breiten, zufriedenen Lächeln auf dem Gesicht. Bei ihrer ersten Stranderkundung am Nachmittag hatten sie herausgefunden, dass nicht weit von ihrem Ferienhaus entfernt eine Surfschule ihr Büro hatte. Charlotte, die ihr schon lange in den Ohren lag, weil sie unbedingt surfen lernen wollte, war natürlich völlig aus dem Häuschen. Dass zu der Surfschule auch ein sehr sympathisches Mädchen in Charlottes Alter gehörte, war die Krönung dieses erstaunlichen, wundergefüllten Tages. Mit ein paar Brocken Englisch, Französisch und Deutsch, vielen Gesten und noch mehr Gelächter hatten sich die beiden auf ein Treffen am nächsten Nachmittag verständigt. Einen besseren Start in den Urlaub konnte Simone sich für ihre lebhafte, aktive Tochter kaum wünschen. Und sie brauchte sich keine Sorgen zu machen, dass Charlotte sich langweilte, während sie selbst nach ihrem Großvater forschte.

Fledermäuse flatterten über ihrem Kopf. Die frische Brise zauste gelegentlich die Hecke und brachte den schweren Abendduft wilder Rosen zu ihr. Der Atlantik rauschte, an diesem Abend ein sanfter Riese auf Zehenspitzen.

Wie sollte sie vorgehen, um Harri Behncke zu finden? Sollte sie einfach in der Bäckerei fragen? Auf der Straße Leute ansprechen? Sie gehörte nicht zu den Journalisten, die mit fast schon krankhafter Neugierde Spaß daran hatten, Prominenten aufzulauern und Nachbarn über sie auszufragen. Dieser Teil ihres Plans war ihr jetzt schon unangenehm. Und wenn sie es auf sich beruhen ließ? Wenn sie einfach die drei Wochen mit Charlotte genoss – auf der Terrasse und am Strand saß, schwimmen ging, mit ihrer Tochter die Gegend erkundete, las und sich bei gutem Essen, Cidre und Wein erholte? Was sprach dagegen, einen Urlaub zu verbringen wie viele andere Familien?

Du willst doch den Job, du willst doch Johannes' Nachfolgerin werden, ermahnte sie sich selbst. Das fällt dir nicht in den Schoß. Und jetzt, wo du dich schon mit Oma verkracht und Mama verärgert hast …

Beim Gedanken an die Tage vor ihrer Abreise wurde ihr ganz flau. Sie hatte Oma Luise in ihrer neuen kleinen Wohnung besucht, um sie um das Fotoalbum zu bitten. Und natürlich hatte sie ihr auch gesagt, wofür sie es brauchte – um es Harri Behncke als Beweis zu zeigen. Das Gesicht ihrer Oma würde sie wohl nie vergessen. »Tu, was du nicht lassen kannst, hindern kann und werde ich dich nicht. Aber verschone mich mit diesem Mann.« Seitdem war Oma Luise nicht ans Telefon gegangen, wenn sie angerufen hatte. Sie wollte nicht mit ihr reden, hatte ihr ihre Mutter erklärt. »Und weißt du was? Ich verstehe sie, während ich keine Ahnung habe, was in deinem Kopf vorgeht.«

Sie hatte die Menschen vor den Kopf gestoßen, die ihr abgesehen von Charlotte am wichtigsten waren. Also musste sie dafür sorgen, dass sich der Einsatz wenigstens auch lohnte. Also tu etwas dafür.

Richtig. Wenn man etwas erreichen wollte, gab es zwei Möglichkeiten. Im Zimmer hocken bleiben und auf einen glücklichen Zufall oder ein Wunder warten. Oder man krempelte die Ärmel hoch, arbeitete daran, das gesteckte Ziel zu erreichen, und hoffte dabei auf das Quäntchen Glück, ohne das ein wirklicher Erfolg unmöglich war.

In ihrer Familie war es nicht üblich, sich auf Glück und Zufälle zu verlassen. Immer schon hatten die Frauen der Familie Hansen ihr Leben in die Hand genommen und sich um die Erfüllung ihrer Träume bemüht. Und so würde sie es auch handhaben. Vor Charlottes erster Surfstunde wollte sie ins Dorf gehen und einkaufen. Und bei der Gelegenheit würde sie nach Harri Behncke fragen. Vielleicht bekam sie ja sogar eine Antwort.

5

Simone wachte früh auf. Es war Viertel vor sechs, ihre gewohnte Zeit, zu der sie zu Hause immer aufstand. Sie drehte sich auf die Seite und schloss die Augen. Wer steht schon in den Ferien freiwillig so früh auf?

Doch da war das Geräusch der Wellen, die Schreie der Möwen und das Licht, das durch den Spalt zwischen den beiden Vorhängen fiel – ein goldenes Sommer-Sonne-Strand-Licht –, und um sieben hielt es sie nicht mehr in ihrem Bett.

Leise stieg sie die Treppe hinunter und ging auf die Terrasse. Über ihr wölbte sich ein zartblauer Himmel. Die Luft duftete nach Salz und frischem Grün, und der Morgenwind spielte mit ihren Locken.

Wann öffnet wohl der Bäcker in La Plage?

Ihr Smartphone kannte die Antwort – sechs Uhr. Simone schrieb einen Zettel für Charlotte und legte ihn gut sichtbar auf den Esstisch, dann zog sie sich rasch an und machte sich auf den Weg, um Brot und Croissants für das Frühstück zu kaufen.

Außer einigen Einheimischen – meist Frauen mit Einkaufstaschen und Kinder mit Ranzen und Schulrucksäcken auf den Rücken – war niemand unterwegs. Eine Straßenkehrmaschine fuhr an ihr vorbei und hinterließ eine feucht glänzende Straße.

Am Ortsschild von La Plage du Menhirs blieb Simone kurz stehen und atmete tief ein. Groß war der Ort nicht, eine Haupt- und ein paar Querstraßen, eine Kirche, ein paar Geschäfte. Das war alles. Die Bäckerei zu finden würde einfach sein – über dem

Dorf lag der verführerische Duft von frischem Brot und Gebäck.

Eigentlich bist du völlig bescheuert. Du hast Ferien und stehst auf, als ob Charlotte in die Schule und du in die Redaktion müsstest. Aber ... Andererseits ... Hättest du sonst gewusst, dass um diese Zeit das ganze Dorf nach Brot riecht? Niemals. Und sie war sicher, dass sie diese Information auch nicht im Internet oder in einem Reiseführer finden würde. Vielleicht konnte man so etwas in einem Roman lesen. Besser war es allerdings, es selbst zu erleben.

Es war nicht schwer zu erkennen, dass die meisten der Frauen mit ihren Einkaufstaschen in dieselbe Richtung gingen wie sie selbst – eine Pilgerschar der Hungrigen.

Und dann sah sie es auch schon. *Boulangerie Labrosse* stand in goldenen, geschwungenen Lettern über einem schmalen Geschäft. Das dunkle Holz von Tür und Rahmen glänzte, weil es vermutlich seit Generationen von Bäckern regelmäßig poliert wurde. Die Tür des schmalen Ladens öffnete sich, eine Frau kam heraus und zwei andere gingen hinein.

Simone hatte das Geschäft erreicht. Bereits durch die Ritzen der Tür drang der verführerische Duft von frischem Backwerk zu ihr nach draußen, und augenblicklich bekam sie Hunger. Sie zog an dem geschwungenen Messingknauf, und die Tür öffnete sich zum Klang einer Glocke. Dann trat sie ein in die Wärme und den Wohlgeruch einer traditionellen Bäckerei, reihte sich in die Schlange der Hausfrauen, Schüler und Männer in Arbeitsoveralls und schaute sich die Auslagen hinter der sauber geputzten Scheibe des Verkaufstresens an. Und während sie überlegte, ob sie zu Baguette und Croissants auch noch etwas Süßes für den Nachmittag mitnehmen sollte, versuchte sie den Gesprächen im Laden zu folgen. Das Französisch der Leute hier hatte einen kräftigen bretonischen Einschlag mit starkem Akzent, und viele

Wörter kannte Simone gar nicht. Am schlimmsten war es, wenn ein alter Mann sich zu Wort meldete, der in einem abgetragenen grauen Anzug in der Ecke des kleinen Verkaufsraumes auf einem Barhocker saß, eine zusammengefaltete Tageszeitung, einen leeren Teller und einen Kaffee vor sich. Wenn er den Mund aufmachte, verstand Simone gar nichts, und sie hatte den Eindruck, in einem Land gestrandet zu sein, von dessen Sprache sie noch nie gehört hatte.

Das Gespräch widmete sich zuerst der Weltpolitik und dem bevorstehenden Gipfel der G7 in Biarritz. Man war sich einig, dass das Los der Obrigkeit in Paris auch auf einen deutlich näheren Ort oder – Gott bewahre! – tatsächlich auf die Bretagne hätte fallen können, doch der Kelch war an ihnen allen vorübergegangen. Und dann drehten sich die Gespräche um Dorfgeschichten. Als der Name Harri fiel, spitzte Simone die Ohren. Sie verstand nur so viel, dass die junge Frau vor ihr in der Schlange offenbar beim hiesigen Arzt als Sprechstundenhilfe arbeitete. Und dass sich die Dorfbewohner um Monsieur Harri sorgten. Warum, das fand Simone nicht heraus. Aber es machte sie unruhig. Ihr Großvater war dreiundneunzig, das war ein stattliches Alter. War sie etwa zu spät gekommen?

Ein Kunde nach dem anderen verließ die Bäckerei. Der alte Herr nahm seinen ausgeblichenen Strohhut, grüßte und ging mit seiner Zeitung und einem Baguette unter dem Arm seiner Wege. Schließlich war Simone allein mit der Frau hinter dem Tresen.

»Madame?« Mit zur Seite geneigtem Kopf und einem Lächeln, das zwar freundlich, aber doch auch etwas müde und angestrengt wirkte, wartete die Frau auf ihre Bestellung.

»Ein Baguette bitte.« Es dauerte nicht einmal fünf Sekunden, und eine Stange knusprig frisches Brot lag in einer langen, schmalen Gebäcktüte auf der Glasablage des Tresens.

»Darf es noch etwas sein?«

»Vier Croissants bitte. Und ein Pain au Chocolat.« Die Tüte war ebenso schnell gepackt.

»Sonst noch?«

»Danke, das ist alles.«

»Das macht dann vier Euro fünfundzwanzig.«

Sie kramte aus ihrem Portemonnaie die Münzen hervor und legte sie auf die Glasschale.

»Merci, Madame.«

Sie nahm das Baguette und die Tüte mit den Croissants vom Tresen. Die frische Brotkruste knisterte leise in ihren Händen, durch das Pergamentpapier breitete sich Wärme aus.

»Madame, erlauben Sie mir bitte eine Frage.«

»Ja?«

»Ich komme aus Deutschland und mache mit meiner Tochter Urlaub hier im Ort. Ich …« Und dann beschloss sie, einfach offen und ehrlich zu fragen. »Mein Großvater lebt hier in La Plage du Menhirs. Oder in der Nähe, so genau weiß ich das nicht. Können Sie mir bitte sagen, wo ich ihn finden kann? Sein Name ist Harri Behncke.«

Die Augen der Frau wurden schmal. Sie verschränkte ihre Arme vor der Brust.

»Wenn Harri Behncke Ihr Großvater ist, wieso wissen Sie dann nicht selbst, wo er wohnt?«

»Ich weiß erst seit Kurzem, dass er mein Großvater ist. Die Geschichte dahinter ist lang und kompliziert, aber …« Simone biss sich auf die Lippe. »Wissen Sie, ich würde ihn sehr gerne kennenlernen, solange ich noch die Möglichkeit habe. Ich wollte eben nicht lauschen, aber ich habe gehört, dass etwas mit ihm ist. Und jetzt mache ich mir natürlich Sorgen. Er ist schließlich über neunzig und …«

Die Verkäuferin sah Simone mit gerunzelter Stirn an. Irgendetwas schien sie zu überzeugen, denn ihr Gesicht wurde weicher.

»Hören Sie, ich …« In diesem Moment fuhr ein lautes Motorrad an der Bäckerei vorbei. Die Frau sah dem Fahrzeug nach. »Ich kann und darf Ihnen nichts sagen. Es tut mir leid.«

»Ist schon gut. Ich …«

»Aber reden Sie doch mit Dr. LeGoff. Er hat seine Praxis die Straße hinunter auf der rechten, dem Meer abgewandten Seite. Sie können das Haus gar nicht verfehlen. Vielleicht kann er Ihnen weiterhelfen.«

»Danke, Madame. Vielen Dank.«

»Gerne. Aber wenn Sie jemand fragen sollte, haben Sie den Vorschlag nicht von mir.«

»Selbstverständlich nicht«, versicherte Simone rasch und überlegte, ob man hier wohl mit Ärger rechnen musste, wenn jemand über Harri Behncke plauderte. Und wenn das wirklich so war, weshalb hatte die Frau ihr trotzdem geholfen?

»Ich glaube Ihnen«, sagte die Verkäuferin und beantwortete damit zumindest die zweite Frage. »Sie sehen Monsieur Harri ähnlich.«

Simone beschloss, gleich zur Praxis zu gehen. Es war noch nicht einmal neun, Charlottes erste Surfstunde begann um elf. Sie hatte also noch genug Zeit, einen Termin für ein kurzes Gespräch zu vereinbaren.

Sie schlenderte die Hauptstraße des Dorfes entlang, vorbei an einem Blumengeschäft und einem Gemüsehändler, vor dessen Tür von einer Markise beschattete Kisten mit Tomaten, Auberginen und Zucchini standen. An der Tür einer Schlachterei hing ein Schild, dem zu entnehmen war, dass der Laden montags geschlossen hatte. Auf der anderen Straßenseite stand die Tür eines Friseurgeschäfts offen, und Musik und das Geräusch eines Föhns drangen auf die Straße. Ein Mann mit hochgekrempelten Ärmeln und einer grauen Schürze fegte den Gehweg vor dem benachbarten Bistro.

Ein nettes Dorf, dachte sie. Man vermisst hier bestimmt nichts – solange man sich mit den Bewohnern gut versteht. Wenn aber nicht … Eine Gänsehaut kroch ihr über die Arme. Die Anonymität einer Großstadt hatte gewiss viele Nachteile, aber eben nicht nur.

Und dann hatte sie das Haus des Arztes erreicht. Ein schon etwas verschrammtes Messingschild zeigte, dass hier Dr. med. M. LeGoff als Arzt der *»médecine générale«* praktizierte, also als Allgemeinmediziner, Haus- oder Landarzt. Vor der ebenerdigen Tür war ein beleibter Dackel angebunden. Der Hund hatte sich auf die Seite gelegt und hielt im Schatten der Hauswand ein Nickerchen. Als Simone die Tür aufstieß, hob er kurz den Kopf, erkannte, dass er weder Herrchen noch Frauchen vor sich hatte, gähnte ausgiebig und ließ sich dann wieder auf die Seite fallen.

Im Inneren der Praxis war es kühl. Helle Bodenfliesen, ein moderner Tresen aus grauem Melamin, ein paar Strandbilder an den weiß getünchten Wänden. Ein Interieur, wie man es von einer Arztpraxis erwartete, bis hin zu den gedämpften Stimmen und dem gelegentlichen Rascheln, wenn einer der Wartenden die Seiten einer Zeitschrift umblätterte. Am Tresen stand eine alte Dame, die mit der Sprechstundenhilfe feilschte. Die alte Dame verließ die Praxis mit einem Formular in der Hand, und dann war Simone an der Reihe. In der Sprechstundenhilfe hinter dem Tresen erkannte sie die Frau, die in der Bäckerei vor ihr gewartet hatte.

»Bonjour. Mein Name ist Simone Hansen. Ich komme aus Deutschland. Mein Großvater lebt hier, und ich möchte mit dem Arzt über ihn sprechen.«

»Wie heißt Ihr Großvater denn?«

»Harri Behncke.«

Auf der Stirn der Sprechstundenhilfe erschien eine steile Falte.

»Ich glaube nicht, dass Dr. LeGoff Zeit für Sie …«

In diesem Moment öffnete sich die Tür eines Zimmers, und eine Frau mit einem kleinen Mädchen auf dem Arm kam heraus, begleitet von einem dunkelhaarigen Mann in weißer Hose und weißem T-Shirt.

»Herr Doktor?« Die Sprechstundenhilfe stieß sich von ihrem Schreibtisch hinter dem Tresen ab und ließ sich auf ihrem Bürostuhl ein Stück zurückrollen. »Haben Sie eine Minute?«

»Einen Augenblick. Auf Wiedersehen, Madame. Kommen Sie am Freitag mit ihr wieder. Okay?« Er lächelte den beiden zu, warf Simone einen kurzen Blick zu und wandte sich an seine Sprechstundenhilfe. Und während die ihm ins Ohr flüsterte, verfinsterte sich seine Miene zusehends. Dann baute er sich mit vor der Brust verschränkten Armen vor ihr auf wie ein Türsteher, der einen unliebsamen Gast nicht in die Bar lassen will. Seine Arme waren sogar tätowiert.

»Also raus mit der Sprache. Für welche Zeitung oder welchen Sender arbeiten Sie?«

»Nein, darum geht es gar nicht. Ich will doch nur …«

»So? Und worum soll es dann gehen?« Seine dunklen Augen funkelten sie zornig an. Selten hatte sie bei einem Gegenüber die Abneigung so intensiv gespürt – sie schien ihm aus jeder Pore zu dringen. »Mir ist im Laufe der Jahre ja schon einiges untergekommen, aber das hier schlägt wirklich alles. Sich in meine Praxis einzuschleichen, nur um an Monsieur Harri heranzukommen. Wie erbärmlich!«

Einen Moment rechnete sie fest damit, dass er vor ihr ausspucken würde. Im Wartezimmer war es still geworden, alle beobachteten den Streit. Eine Welle der Abneigung schlug ihr entgegen, und sie fühlte sich besudelt, beschmutzt, als hätte ihr jemand Abwaschwasser ins Gesicht geschüttet.

»Hören Sie, ich …«

»Journalisten sind sich wohl zu nichts mehr zu schade. Haben Sie denn nicht wenigstens einen letzten Funken Anstand und Ehrgefühl?«

Simone wurde wütend. Sie konnte verstehen, dass die Dorfbewohner den berühmten Mann in ihrer Mitte schützen wollten. Aber konnte der Mistkerl sie nicht wenigstens ausreden lassen? Sich anhören, was sie sagen wollte?

»Ich habe ein Recht, hier zu sein!«

»Das sehe ich ganz anders. Raus. Verschwinden Sie, bevor ich Ihnen vor den Augen meiner Patienten einen Tritt gebe.«

Zwei der Wartenden klatschten Beifall, und ein alter Mann rief mit heiserer Stimme: »Bravo, Mael!«

»Sind Sie immer so? Hören Sie auch Ihren Patienten nie zu, was sie zu sagen haben?«

Einen Moment sah es aus, als würde er gleich explodieren. Dann aber packte der Arzt ihren Ellbogen und führte sie in einen kleinen Raum, in dem ein paar medizinische Geräte und eine Liege standen. Er warf die Tür hinter ihr zu und lehnte sich dagegen.

»Also gut, ich gebe Ihnen eine Minute, mir zu erklären, was Ihr Auftritt hier soll.«

»Mein Name ist Simone Hansen, ich komme aus Hamburg, Deutschland. Ich habe erst vor Kurzem erfahren, dass Harri Behncke mein Großvater ist. Und ich würde gern Kontakt zu ihm aufnehmen.«

»Und das soll ich Ihnen glauben?« Er schnaubte verächtlich und schüttelte den Kopf. »Aber ich muss zugeben, dass das mal eine besonders originelle Variante ist, um an Monsieur Harri heranzukommen. Damit belegen Sie zweifellos den ersten Platz der Unverschämtheit.«

»Aber ich erfinde nichts! Hier …« Sie holte ihr Portemonnaie aus der Handtasche und zog ihren Personalausweis heraus. »Sehen Sie? Simone Hansen. Das bin ich.«

»Das glaube ich Ihnen sogar. Aber auf diesem Ding ist nicht vermerkt, wer Ihr Großvater ist. Oder?« Er kniff die Augen zusammen. »Ich esse um ein Uhr drüben in Jacques' Bistro. Kommen Sie dorthin und beweisen Sie mir, dass Sie die Enkelin von Harri Behncke sind. Dann reden wir weiter.«

»Aber …«

Er hob die Hand und schnitt ihr damit das Wort ab. »Ich gebe Ihnen nur diese eine Chance. Entweder Sie sind da und liefern mir den Beweis, oder Sie sollten zusehen, dass Sie aus diesem Ort verschwinden. Für immer. La Plage du Menhirs ist ein kleines Dorf, und irgendwer von uns wird sich an Ihr Gesicht erinnern.« Er trat von der Tür zurück und öffnete sie mit einer spöttischen Verbeugung. »Au revoir, Madame.«

»Au revoir«, stieß sie wütend hervor und rauschte an ihm vorbei. Ihr war heiß vor Zorn. Auf den vielleicht zehn Metern bis zur Eingangstür spürte sie die feindseligen Blicke von Patienten und Personal im Nacken.

Draußen auf der Straße kühlte eine leichte Brise ihre Wangen. Sie atmete tief durch, schloss einen Moment die Augen und versuchte, sich zu beruhigen. Was für ein arroganter, sturer Mistkerl! Am liebsten hätte sie laut geschrien.

Aber nun gut, sie würde es ihm zeigen. Wahrscheinlich rechnete er nicht damit, aber sie würde pünktlich um ein Uhr im Bistro sein und ihm dann alle Beweise liefern, dass sie tatsächlich die Enkelin von Harri Behncke war. Sie hatte schließlich das Fotoalbum dabei. Zum Glück hatte sie daran gedacht, Oma Luise danach zu fragen.

Sie werden mich noch um Verzeihung bitten, Dr. LeGoff. Doch ich weiß nicht, ob ich sie Ihnen dann gewähre.

Simone saß am Strand, ihre Hände umschlangen die Knie, und sie grub die Zehen in den weichen, warmen Sand. Nicht weit von ihr entfernt stand Philibert, der Surflehrer, in Shorts und T-Shirt und rief Charlotte Tipps und Befehle zu. Schließlich klatschte er in die Hände.

»Okay, Schluss für heute!« Dann wandte er sich an Simone. »Die Brandung ist für Anfänger heute ideal – nicht zu stark, sodass man ständig vom Brett geworfen wird, aber auch nicht so schwach, dass man keine Fahrt bekommt«, erklärte er ihr. »Außerdem ist sie wirklich gut. Sie wird das Surfen schnell lernen.«

Auch sie als Laie erkannte, dass Charlotte ihre Sache gut machte. Die Zwölfjährige stand entspannt und sicher auf dem Brett und ließ sich von den Wellen bis ins knöcheltiefe Wasser tragen, bevor sie absprang.

»Vielleicht liegt es am Skaten. Charlotte skatet, seit sie sechs oder sieben Jahre alt ist.«

»Ja, natürlich. Das erklärt ihre ausgezeichnete Balance.«

Der Surflehrer ging lächelnd auf Charlotte zu. Während die beiden auf Englisch miteinander redeten, betrachtete Simone ihre Tochter eingehend. Wie sie dort stand in dem Neoprenanzug mit den kurzen Ärmeln und Beinen, die Sonne die Tropfen der Gischt auf ihrem Gesicht funkeln ließ und der Wind eine Strähne aus ihrem feucht gewordenen Zopf zerrte, fand sie ihre Tochter wunderschön. Und plötzlich hatte sie eine Vision: Sie sah Charlotte zehn Jahre älter braun gebrannt mit einem Surfbrett unter dem Arm an einem australischen Strand stehen …

»Mama, Mama!« Das Mädchen lief ihr entgegen, und Simone stand auf, klopfte sich den Sand von den Shorts und nahm ihre Tochter in die Arme.

»Hat es Spaß gemacht?«

»Und wie!«

»Das habe ich mir gedacht. Es sah jedenfalls so aus.«

»Darf ich morgen meine zweite Stunde haben? Philibert sagt, dass ich es schaffen müsste, in meinen Ferien hier den Surfschein zu machen. Ich glaube, er hält mich für talentiert.« Sie wurde rot bei diesen Worten.

»Das kriegen wir hin.« Simone warf einen Blick auf die Uhr. »Lauf schnell zu ihm und mach einen Termin. Wir müssen gleich los.«

»Muss ich wirklich mitkommen?«

»Nein, eigentlich nicht. Aber wenn du dabei bist, kann dieser unsägliche Arzt gleich sehen, dass ich nicht einen Stab von Kameraleuten dabeihabe, sondern dass Harri Behncke auch noch eine Urenkelin hat.« Und ich habe einen Grund, diesem Mann nicht an die Kehle zu gehen, fügte sie in Gedanken hinzu. »Außerdem können wir im Bistro zu Mittag essen. Wir brauchen uns dann nicht selbst an den Herd zu stellen.«

»Okay. Einen Moment.« Charlotte rannte leichtfüßig durch den Sand zu der kleinen Holzbude, die der Surfschule als Büro diente.

Simone hatte die Gartenpforte gerade erreicht, als Charlotte bereits wieder zurück war.

»Morgen um dieselbe Zeit«, sagte sie etwas außer Atem. Dann schlang sie ihre Arme um Simone. »Danke, dass wir hierhergekommen sind.«

Als sie ein paar Minuten vor dem vereinbarten Termin in das Bistro kamen, war Simone sich nicht mehr so sicher, ob es wirklich eine gute Idee gewesen war, nach La Plage du Menhirs zu kommen. In der kleinen, von dunklem Holz dominierten Gaststube saßen nur wenige Gäste, die meisten von ihnen schienen Einheimische zu sein. Zwei Herren meinte Simone sogar an diesem Morgen im Wartezimmer des Arztes gesehen zu haben. Sie steckten die Köpfe zusammen, wechselten ein paar Worte mit dem Wirt und starrten sie dann so finster an, als würde sie das Unheil der Welt heraufbeschwören – über Frankreich im Allgemeinen und La Plage du Menhirs im Besonderen. Simone hob das Kinn, straffte die Schultern und wählte einen der runden Tische an der geöffneten Fensterfront. Hier saß man fast auf dem Bürgersteig, mit Wind und dem Geruch des Atlantiks in der Nase und doch im Schatten. Sie schob sich die Sonnenbrille ins Haar und begann sich gerade zu entspannen und den Moment zu genießen, als mit einem Knall eine aus laminierten Blättern bestehende Speisekarte vor ihr auf der Tischplatte landete.

»Wollen Sie was essen?« Der Wirt, ein kleiner, dicker Mann mit Vollglatze, bekam beim Sprechen kaum die Zähne auseinander.

Eigentlich vergeht mir gerade der Appetit, dachte sie. Doch sie war zu trotzig, um sich einschüchtern zu lassen. »Sehr gerne«, antwortete sie stattdessen, schenkte dem Wirt ihr freundlichstes Lächeln und schob die Karte zur Seite, ohne einen Blick darauf zu werfen. »Was können Sie uns denn empfehlen?«

Er zählte eine Handvoll Speisen auf, und Simone bestellte eine Zwiebelsuppe für Charlotte und die Cotriade, einen traditionellen bretonischen Fischeintopf, für sich.

Während der Wirt sich brummend entfernte und quer durch den Gastraum ein paar Worte auf Bretonisch mit seinen anderen Gästen wechselte, schaute sie erneut auf die Uhr. Es war bereits fünf Minuten nach eins. Der Herr Doktor verspätete sich. Oder hatte er sie zum Narren gehalten?

Die Suppen kamen in großen Schalen aus blau-weiß glasiertem Ton, zusammen mit einem Korb mit knusprigem Baguette. Der Duft war so verführerisch, dass Simone mit geschlossenen Augen genussvoll einatmete.

»Das riecht fantastisch, Monsieur!«

Ein kleines Lächeln umspielte für einen kurzen Moment die Lippen des Wirtes. Dann schien er sich daran zu erinnern, dass dieser Gast nicht willkommen war, und seine Miene verfinsterte sich augenblicklich.

»Bon appétit«, brummte er und verzog sich wieder hinter seinen Tresen, wo er energisch Gläser abtrocknete.

Dann endlich, mit zwanzig Minuten Verspätung, kam Dr. LeGoff doch noch. Simone sah, wie er seine Praxis verließ und über die Straße schlenderte, als hätte er es nicht eilig, als würde hier niemand auf ihn warten, den er einbestellt hatte. Wäre sie nicht bereits wütend auf ihn gewesen, der Anblick, wie er mit den Händen in den Hosentaschen über die Straße ging und dabei einen Stein vor sich her kickte, hätte sie ohne jeden Zweifel auf die Palme gebracht.

Er hob den Kopf, nickte ihr kurz zu und steuerte dann ihren Tisch an.

»Da sind Sie ja«, sagte er statt einer Begrüßung.

»Das klingt, als ob Sie das überraschen würde.«

»Ehrlich gesagt ja. Ich habe fest damit gerechnet, dass Sie sich aus dem Staub machen und wir Sie hier nie wieder sehen.«

»Warum sollte ich so etwas tun?«

»Weil Journalisten wie die Schmeißfliegen sind. Sie schwirren um einen herum und nerven, doch wenn man nach ihnen schlägt, hauen sie ab.«

»Ich habe Ihnen doch bereits erklärt, dass ich nach meinem Großvater suche.«

»Ja, das haben Sie. Ich muss Ihnen aber trotzdem nicht glauben, oder?« Er sah Charlotte an. »Und wer bist du?«

»Das ist meine Tochter Charlotte. Sie spricht noch kein Französisch.«

»Gut für sie.« Der Arzt deutete auf sich. »Ich bin Mael.« Er reichte Charlotte die Hand, und Simone war überrascht, wie sehr ein Lächeln ein Gesicht verändern konnte. Plötzlich sah er sehr sympathisch aus.

»Vielleicht glauben Sie dem hier.« Sie holte das Fotoalbum aus ihrer Tasche und legte es vor ihn auf den Tisch.

»Was ist das?«

»Das Fotoalbum meiner Großmutter. Bitte, schauen Sie es sich an.«

Dr. LeGoff schlug das in Leder gebundene Buch auf und begann zu blättern.

»Das sind die Eltern meiner Großmutter. Und da, sehen Sie? Das ist sie als Baby. Luise Hansen, geboren am 23. Mai 1930.«

Der Arzt blätterte weiter. Dann kamen sie zu dem Foto mit Harri Behncke.

»Meine Großmutter und mein Großvater, Harri Behncke. Das Datum, wann das Bild aufgenommen wurde, steht darunter. 30. Juli 1953. Danach verschwand Harri Behncke aus dem Leben meiner Großmutter.«

»Und woher soll ich wissen, dass es sich nicht nur um eine flüchtige Bekanntschaft handelt?«

»Hier, sehen Sie? Meine Mutter, zwei Tage nach ihrer Geburt am 15. Januar 1954. Und wenn Sie weiterblättern, werden Sie sie aufwachsen sehen. Und dann tauche ich auf. Und Charlotte.«

Dr. LeGoff blätterte Seite für Seite um. Der Wirt brachte ihm zwischendurch eine Schale Cotriade. Er bröckelte das Brot hinein, löffelte die Suppe und sah sich dabei aufmerksam die Fotos an.

»Und warum haben Sie nicht schon längst versucht, Ihren Großvater zu finden?«

»Das ist eine längere Geschichte. Meine Großmutter war gerade schwanger, als mein Großvater einfach sang- und klanglos verschwand. Diese schmerzhafte Erfahrung hat ihr Leben verändert. Sie war wütend und verletzt – was ihr wohl niemand verdenken kann – und hat weder über ihn gesprochen noch jemals geheiratet. Mithilfe ihrer Eltern hat sie meine Mutter allein großgezogen. Mittlerweile ist sie neunundachtzig Jahre alt. Eine rüstige, starke und sturköpfige alte Dame, die sich entschlossen hat, ihr großes Haus aufzugeben und in eine kleinere Wohnung in einer betreuten Wohnanlage zu ziehen. Beim Ausräumen stießen wir auf das alte Fotoalbum. Und da habe ich zum ersten Mal in meinem Leben ein Foto meines Großvaters gesehen – und ihn natürlich sofort erkannt. Ich habe Kunstgeschichte studiert.«

Dr. LeGoff stützte einen Ellbogen auf den Tisch. »Ich glaube Ihnen«, sagte er und wischte mit einem Stück Brot seine Schale sauber. »Aber ich weiß nicht, was ich für Sie tun soll. Oder besser gesagt, was ich tun kann.«

»Dr. LeGoff, ich bin kein Dummkopf. Ich weiß, wie alt mein Großvater ist und dass auch Künstler nicht das Privileg des ewigen Lebens haben. Ich würde ihn gern kennenlernen, solange es noch möglich ist.«

Der Arzt runzelte die Stirn. »Und wie soll ich da helfen? Monsieur Harri ist …« Er sprach den Namen ohne H, mit kehligem r und Betonung auf dem i aus. Dann lachte er. »Er ist ein spezieller Mensch, wissen Sie? Ein sehr spezieller Mensch!«

»Ja, das ist mir auch schon zu Ohren gekommen. Aber Sie sind der Arzt hier im Dorf. Wenn Harri Behncke Ihr Patient ist, könnten Sie ihm das Fotoalbum zeigen und ihm erzählen, dass seine Enkelin und Urenkelin gerade in La Plage du Menhirs Ferien machen. Und dass sie sich freuen würden, ihn besuchen zu dürfen.«

Er schaute sie forschend an. Im Schatten der Markise waren seine Augen so dunkel, dass sie die Pupillen darin kaum erkennen konnte.

»Also gut. Geben Sie mir Ihre Handynummer. Ich rufe Sie an, sobald ich mit Monsieur Harri gesprochen habe.«

Er zog sein Handy aus der Gesäßtasche seiner Jeans, und sie nannte ihm die Nummer.

»Heute Nachmittag mache ich bei ihm einen Hausbesuch. Dann frage ich ihn.« Er nahm das Fotoalbum vom Tisch.

»Hausbesuch? Ist er etwa krank?«

»Das darf ich Ihnen nicht sagen. Schweigepflicht.« Dr. LeGoff stand auf. »Egal, wie Monsieur Harri sich entscheidet, ich rufe Sie an.« Er reichte ihr die Hand zu einem kräftigen Händedruck. »Au revoir, Madame. Au revoir, Charlotte.« Wieder lächelte er. Dann ging er zum Tresen, legte ein paar Münzen darauf, grüßte und ging.

Simone schaute ihm nach, wie er über die Straße zu seiner Praxis eilte, das Fotoalbum unter dem Arm. Das Gespräch war besser gelaufen, als sie gedacht hatte. Viel besser. Und sie hatte mehr erreicht, als sie zu hoffen gewagt hatte. Ob Harri Behncke sich mit ihr treffen wollte oder nicht, war jetzt seine Entscheidung. Und das war nur fair.

»Bitte zahlen!« Sie hob ihre Hand.

Der Wirt eilte herbei, nannte ihr eine Summe, die fast lächerlich gering ausfiel, und lächelte sogar freundlich. Offenbar hatte man hier im Bistro jedes Wort ihres Gesprächs mit Dr. LeGoff genau verfolgt. Und das hatte ihrem Ansehen in La Plage du Menhirs anscheinend nicht geschadet.

6

Mael LeGoff parkte sein Motorrad direkt vor der Gartenpforte, die zu Harri Behnckes traditionellem Feldsteinhaus führte. Jedes Mal, wenn er den Alten besuchte, fiel ihm auf, wie sehr Haus und Garten dem Künstlerklischee entsprachen – sie waren weitläufig, wild, urwüchsig. Zwischen Hortensien, Heckenrosen und Ginsterbüschen standen Skulpturen aus Stein, Holz und Metall. Lavendel, Thymian und Rosmarin wucherten wie Unkraut zwischen den Steinen. Eines der beeindruckendsten Elemente in Harri Behnckes Garten aber war – neben einer alten Eiche und dem fantastischen Blick über die Bucht, die zum Grundstück gehörte – ein über drei Meter hoher Menhir, jahrtausendealt, in den rätselhafte Symbole eingekratzt waren. Vor zwei Jahren hatte Harri zwei jungen Archäologen gestattet, den Stein zu untersuchen und die Zeichen abzumalen – vierundzwanzig Stunden. Länger ertrug Harri eine Unterbrechung seiner Arbeitsroutine nicht, danach erschöpfte sich seine Geduld, und er wurde unleidlich. Mael schmunzelte bei der Erinnerung, wie die beiden Archäologen sich gegenseitig die Taschenlampen gehalten hatten, damit sie auch nach Einbruch der Dunkelheit weiterarbeiten konnten. Und sie waren tatsächlich pünktlich fertig geworden. Die Geschichte von dem Beitel schwingenden Künstler mit dem wilden Blick und den von der Bildhauerei gestählten Muskeln, der Journalisten von seinem Grundstück vertrieben hatte, war offenbar auch ihnen bekannt gewesen. Jetzt allerdings würde Harri niemanden mehr den Kiesweg entlangjagen. Nie wieder.

Mael seufzte. Kies knirschte unter seinen Stiefeln, vom Wind abgerissene Äste brachen, und mitten auf dem Weg lagen die Überreste eines großen Tontopfs. Nie hätte er für möglich gehalten, dass das vermeintliche Chaos im Garten doch einer gewissen Ordnung folgte. Denn jetzt fehlte Harris Hand – und man konnte es tatsächlich sehen. Verfall und Verwahrlosung begannen sich im Garten auszubreiten.

Die Haustür war nie verschlossen, doch natürlich klopfte er jedes Mal, um sich anzukündigen. Heute hob er gerade die Hand, als die Tür bereits aufgerissen wurde. Vor ihm stand die Krankenschwester, die in La Plage und Umgebung Alte und Kranke zu Hause betreute.

»Oh, Dr. LeGoff. Guten Tag.«

»Guten Tag, Lisabelle. Stimmt etwas nicht? Sie wirken aufgeregt.«

»Aufgeregt? Ich?« Sie lachte verärgert und strich sich mit dem Handrücken eine Strähne aus der feucht glänzenden Stirn. Ihr Gesicht war dunkel angelaufen, ihre Augen funkelten streitlustig. »Ich bin die leibhaftige Ruhe. Der Kerl dahinten kann nur von Glück sagen, dass er nicht auf der anderen Seite von La Plage direkt an der Klippe wohnt, sonst hätte ich ihn nämlich noch ein Stück weiter als nur auf seine Terrasse geschoben.«

Mael verzog das Gesicht. »Ist es so schlimm heute?«

»Heute? Dr. LeGoff, Sie haben ja keine Ahnung, zu welchen Launen dieser … dieser … Mensch fähig ist!«

Mael legte ihr beschwichtigend eine Hand auf den Arm.

»Ich weiß, Lisabelle. Der Umgang mit Harri ist schwierig. Ich bewundere Sie aufrichtig für Ihre Geduld.« Er spürte, wie sie sich bei diesen Worten etwas entspannte, und lächelte sie an. »Sie leisten wirklich gute Arbeit, und ich wüsste nicht, was wir in La Plage ohne Sie machen würden.«

»Ich tue nur meine Pflicht.« Sie holte tief Luft und nahm ihre Tasche. »Aber ich vermute, dass dieser Kerl den Schlaganfall nur überlebt hat, weil sowohl Petrus als auch der Teufel sich geweigert haben, ihn bei sich aufzunehmen.«

»Glauben Sie nicht, ich hätte das nicht gehört, Ilsebill!«, dröhnte eine tiefe Männerstimme durch das Haus. »Mein Gehör ist immer noch ausgezeichnet!«

Lisabelle verdrehte die Augen. Dann senkte sie ihre Stimme. »Viel Vergnügen mit ihm, Herr Doktor! Aber ich sage Ihnen: Wenn wir beide zusammenhalten, wird uns die Polizei nicht auf die Schliche kommen. Wir könnten es schaffen! Lassen Sie es sich durch den Kopf gehen.«

»Harri? Ich bin es, Mael!« Er ging durch den breiten, hellen Flur in den großen Hauptraum des Hauses, der mit seiner riesigen Fensterfront und dem Glasanbau eher Atelier als Wohnzimmer war. Die Mischlingshunde Fiete und Hein kamen ihm schwanzwedelnd entgegen. Hein, der größere der beiden, richtete sich auf seinen Hinterbeinen auf, legte ihm die Vorderpfoten auf die Schultern und leckte ihm über das Gesicht.

»Danke, Kumpel, für die feuchte Begrüßung. Und jetzt reicht's. Runter mit dir.« Der Hund ließ sich auf alle viere fallen. Zu dritt gingen sie auf die Terrasse, wobei die Hunde so dicht an seiner Seite blieben, dass rechts und links ihre Schwänze beim Wedeln gegen seine Beine schlugen.

Die Terrasse war für Mael einer der schönsten Orte auf Harris Grundstück. Große Sandsteinplatten, in deren Ritzen Moos und Kriechthymian wuchsen, bildeten ihren Boden, und ein von Harri selbst angefertigtes Eisengestell mit Bastmatten als Beschattung überspannte sie. In die aus Metallschrott zusammengeschweißten Pfosten hatte Harri grobe Glasstücke eingearbeitet – dick wie Flaschenböden fingen sie das Sonnenlicht ein und überzogen die Terrasse je nach Tages- oder Jahreszeit mit feurigem Rot und Orange oder besänftigendem Blau und Türkis.

Harri Behncke saß in seinem Rollstuhl und starrte geradeaus auf den Atlantik. Mael stellte den Rucksack mit seinem medizinischen Equipment neben der Terrassentür ab und ging zu Harri. Kaum zweihundert Meter entfernt schlug die Brandung gegen die Felsen. Und manchmal, wenn der Wind etwas nachließ, keine Möwe schrie und niemand sprach, konnte man sogar die Steine in den Wellen rollen hören. Eine Weile schauten sie beide auf das Meer hinaus. Schweigend.

»Wenn du so weitermachst, wirst du dir deinen Katheter bald selbst wechseln müssen«, sagte Mael schließlich.

»Soll mir nur recht sein«, brummte Harri. »Dann ist es wenigstens schneller vorbei.« Er hob seinen Kopf. Und wie immer war Mael überrascht, wie klar und scharf der Blick dieser grauen Augen war. Das waren nicht die Augen eines Dreiundneunzigjährigen, der gerade einen schweren Schlaganfall hinter sich hatte und mit einem Bein im Grab stand. Das waren die Augen eines viel jüngeren, eines leidenschaftlichen und streitbaren Mannes. Eines Mannes, der noch zahllose Ideen und Pläne hatte – und der nicht damit umgehen konnte, dass diese Pläne von einem Moment zum nächsten durchkreuzt worden waren. »Hat die Ilsebill sich wieder über mich beschwert?«

»*Lisabelle* hat sich nicht beschwert. Das hat sie gar nicht nötig. Aber sie deutete an, dass sie keine Gewissensbisse hätte, dir den Hals umzudrehen.«

Harri schnaubte. »Soll sie nur. Sie würde mir einen Gefallen erweisen, einen großen sogar.«

»Und vermutlich ist das der Grund, weshalb sie es bisher nicht getan hat. Du verstehst es prächtig, die Leute vor den Kopf zu stoßen.« Mael seufzte. »Im Ernst, Harri, reiß dich zusammen. Wir haben nicht viele Pflegekräfte in der Gegend, die zu dir nach Hause kommen, um dich zu betreuen; schon gar keine mit Lisabelles Erfahrung und Fähigkeiten. Als Alternative bliebe dann nur ein Pflegeheim.«

»Oder eine Spritze. Wenn du nur die Eier in der Büx hättest.« Der alte Mann starrte wieder auf den Atlantik hinaus. »Die in den Niederlanden machen das schon richtig.«

»Da bin ich anderer Ansicht.« Mael zuckte mit den Schultern. »Aber darüber haben wir ja schon das eine oder andere Mal gestritten.«

»Hier, schau hin!« Harri hob seinen rechten Arm, der auf der Armlehne ruhte, mit der linken Hand hoch und ließ ihn los. Leblos klatschte der Arm auf seinen Schoß. »Siehst du das? Ein totes Stück Fleisch. Mehr ist das nicht! Zu nichts nütze! Das alles ist zu nichts mehr nütze.« Er schlug sich mit der linken Faust auf beide Oberschenkel. »Ich sitze den ganzen Tag in diesem Rollstuhl und kann mich nicht einmal allein durch die Terrassentür schieben. Ich scheiße, wenn mich die Pflegerin auf die Schüssel setzt, und pisse in einen Beutel. Und wenn sich keiner erbarmt und mir hilft, schlafe ich auch in diesem Stuhl. Ich bin ein Kadaver! Und weil es dem da oben in seiner unendlichen und allzeit gepriesenen Güte gefällt, hat er mein Hirn nicht gleich mitgeröstet. Stattdessen verfaule und zerfalle ich bei vollem Bewusstsein!« Er schüttelte die Linke gegen den Himmel. »Selig sind die Irren und die Dementen, denn sie merken nichts mehr von all dem Schiet!«

Mael schwieg. Er wusste, was Harri belastete – mehr noch als seine ungewohnte körperliche Hinfälligkeit und Hilfsbedürftigkeit: Er konnte nicht mehr arbeiten. Dieser Mann, der in, mit und ausschließlich für seine Kunst lebte, konnte sie nicht mehr ausüben. Auf einem kleinen Tisch neben dem Rollstuhl lag ein Stapel Papier wie hastig zusammengeschoben. Das Buch, das darauf lag, verdeckte das oberste Blatt nur unvollständig. Eine Bleistiftzeichnung war zu sehen, die den Küstenstreifen vor ihnen zeigte. Doch auch wenn deutlich zu erkennen war, was die Zeichnung darstellen sollte, erzeugte ihr Anblick bei Mael eine Gänsehaut – eine der unangenehmen Art. Die Linien waren krakelig und unbeholfen, als hätte ein Kind sie gemalt und nicht einer der größten Künstler der Gegenwart.

Offenbar hat er versucht mit der linken Hand zu malen. Und dann ist Lisabelle gekommen, dachte Mael und schloss die Augen. Es tat ihm weh, diesen starken, dickköpfigen und energischen Mann so verletzt, verzweifelt und gebrochen zu sehen. Wenigstens hatte er sich noch nicht ganz aufgegeben. Und es gab ja auch wirklich Fortschritte – messbar, sichtbar, nachvollziehbar. Zum Beispiel hing der rechte Mundwinkel kaum noch hinab, und Harris Sprache war so deutlich, als wäre nie etwas gewesen. Nur die S-Laute zischten etwas. Doch jemandem, der ihn nicht gut kannte, wäre das wohl kaum aufgefallen. Oder er hätte es auf ein nicht optimal sitzendes Gebiss geschoben. Nichts Ungewöhnliches bei einem Dreiundneunzigjährigen.

»Was hältst du davon, wenn ich dir jetzt den Blutdruck messe und anschließend Sensibilität und Motorik prüfe?«

Harri schaute ihn aus blutunterlaufenen Augen an, dann winkte er mit der linken Hand ab. »Wenn es dir Spaß macht, nur zu. Ich weiß zwar nicht, welchen Sinn das haben soll …«

»Es hilft mir, mein Gewissen zu beruhigen.«

»Tu, was du nicht lassen kannst. Hindern kann ich dich ja nicht.«

Mael öffnete seinen Rucksack, holte Stethoskop und Blutdruckmessgerät heraus und wickelte die Manschette erst um Harris linken Oberarm, dann um den rechten. Der Schlaganfall, der die gesamte rechte Körperhälfte des Künstlers lahmgelegt hatte, war jetzt etwas über sechs Wochen her. Mittlerweile war der Muskelschwund bereits sichtbar. Er hörte noch Harris Lunge und Herz ab, dann begann er mit der neurologischen Untersuchung. Es gab kaum eine Veränderung. Vielleicht eine diskrete Verbesserung der Sensibilität an der Außenseite des rechten Oberschenkels und am Unterarm. Aber vielleicht war das auch nur Einbildung, weil er es für Harri hoffte und sich wünschte, dass sich die Folgen des Schlaganfalls wieder vollständig zurückbilden würden, damit sein Freund wieder malen und mit Ton, Holz und Stein arbeiten konnte. Aber er war Arzt. Natürlich wusste er es besser. Die Chance auf eine vollständige Regeneration der Nerven war bei solch einem schweren Schlaganfall von vornherein gering. Und mit jedem Tag, der ohne nennenswerte Fortschritte verstrich, wurde sie noch kleiner.

»Und, simuliere ich nur?« Harris Lächeln ähnelte dem wütenden Zähnefletschen eines Bären.

»Nein, keineswegs. Du hast tatsächlich einen Grund, so ein missgelauntes, ungerechtes Ekel zu sein. Eine Entschuldigung ist es trotzdem nicht.«

»Klei mi an'n Mors.«

Manchmal musste man eine Sprache nicht beherrschen, um die Bedeutung eines Satzes zu verstehen.

»Du mich auch. Und das gerne.« Mael verstaute seine Instrumente wieder in dem Rucksack, dann zog er das in Leder gebundene Fotoalbum heraus, das Madame Hansen ihm bei Jacques überlassen hatte, und legte es Harri auf die Beine.

»Was ist das?«

»Schau es dir an.«

Er beobachtete, wie Harri das Album unbeholfen aufschlug und Seite für Seite umblätterte – erst etwas schneller, dann immer langsamer werdend. Schließlich klappte er das Fotoalbum zu, behielt es aber auf seinem Schoß. Die Linke lag auf dem

Lederband, zur Faust geballt, als wollte er jeden niederschlagen, der beabsichtigte, ihm das Album wegzunehmen. Es war still. Der Wind zauste die Hortensien und zupfte an den Bastmatten über ihnen. Die Wellen schlugen spielerisch gegen die Felsen, die Steine rollten in der Dünung. Am Himmel ließen sich zwei Möwen vom Wind tragen. Ihre Schreie klangen, als würden sie einander Neuigkeiten zurufen.

»Woher hast du das?« Harris Blick war stur geradeaus gerichtet, doch seine Stimme klang plötzlich ebenso gebrechlich und hinfällig, wie es sein Körper seit dem Schlaganfall war. Es war die Stimme eines alten, eines müden Mannes.

Mael kramte Zigaretten aus seiner Hosentasche, zündete eine an und inhalierte kurz.

»Heute Vormittag war eine Frau in meiner Praxis.« Er pflückte sich einen Krümel Tabak von der Zungenspitze und reichte die Zigarette an Harri weiter. »Ihr Name ist Simone Hansen. Das Fotoalbum gehört ihrer Großmutter, Luise Hansen.«

»Luise.« Mit einem Grunzen nahm Harri die Zigarette und sog daran. »Und was hat das mit mir zu tun?«

»Na ja …« Mael zündete sich selbst ebenfalls eine Zigarette an. »Diese Simone Hansen behauptet, du wärst der Vater ihrer Mutter. Also ihr Großvater. Und somit auch der Urgroßvater ihrer Tochter.«

»Ist sie gleich mit einer ganzen Sippe in La Plage aufgeschlagen, oder was?«

»Nein, es scheinen nur die beiden zu sein. Jedenfalls habe ich nur sie getroffen.«

»Enkelin?« Harri schüttelte heftig den Kopf. »Blanker Unsinn. Wahrscheinlich ist das nur wieder eine neue Masche dieser Schreiberlinge und Fernsehfritzen, um hier eindringen und sich ein Interview erschleichen zu können. Wenn auch diesmal eine besonders abscheuliche Variante.«

»Ja, das dachte ich zuerst auch. Aber dann zeigte sie mir das Fotoalbum.«

»Vielleicht hat sie es Luise abgekauft. Hast du sie überprüft?«

Mael lachte. »Natürlich. Und stell dir vor, sie ist tatsächlich Journalistin. Sie arbeitet in der Redaktion von *Kultur heute*. Das ist ein deutsches Kulturmagazin, das ...«

»Also daher weht der Wind! Klar. Die Brüder kenne ich. Die waren auch schon mal hier. Haben tatsächlich geglaubt, nur weil meine Wiege auf St. Pauli gestanden hat und ihre Redaktion ein paar hundert Meter weiter an der Deichstraße sitzt, würde ich bei ihnen eine Ausnahme machen. Den Zahn habe ich ihnen ganz schnell gezogen.« Harri grinste wütend. Dann hämmerte er die Faust auf die Armlehne, sodass der ganze Rollstuhl bebte und die Speichen der Räder vibrierten. »Was für ein widerliches Geschmeiß. Warum hast du diese Olsch nicht einfach zum Teufel gejagt?«

»Weil ich mir die Fotos angesehen habe. Und ich habe *sie* gesehen, Simone Hansen. Und ihre Tochter. Beide haben Ähnlichkeit mit dir, Harri. Ähnlichkeit, die ich wirklich nicht leugnen kann.«

Harri schwieg einen Moment.

»Was will sie?«

Mael zuckte mit den Schultern. »Dich kennenlernen?«

»Und warum sollte ich das wollen?«

»Um dein Leben ins Reine zu bringen, zum Beispiel.«

»Bist du jetzt auch noch unter die Prediger gegangen?«

»Du hattest gerade einen schweren Schlaganfall. Die Pforte da oben steht bereits einen Spalt für dich offen. Vielleicht ist dies deine letzte Gelegenheit, alles zu klären, mit der Vergangenheit abzuschließen. In der es ja offensichtlich noch ein paar offene Fragen gibt. Zum Beispiel eine Familie, von der du bisher nichts gewusst hast.« Mael runzelte die Stirn. »Oder hast du?«

»Nein, ich hatte keine Ahnung.« Harri schlug das Album wieder auf, betrachtete die Fotos und blieb dann auf den letzten Seiten hängen. »Ist sie das?«

Mael sah ihm über die Schulter und nickte. »Ja. Und das da ist ihre Tochter Charlotte. Sie ist zwölf.«

»Und wie stellst du dir so ein Treffen vor? Wir sitzen hier bei Kaffee und Kuchen, trinken einen Köm und liegen uns anschließend weinend in den Armen? Oder was?«

»Letztlich hängt das von dir ab. Was willst du? Willst du sie treffen? Dann rufe ich sie an und sage ihr Bescheid. Wenn du sie nicht sehen willst, sage ich ihr das und gebe ihr das Fotoalbum zurück. Es ist deine Entscheidung.«

Wieder Schweigen.

»Kann ich noch eine haben?«

Mael zündete eine weitere Zigarette an und reichte sie Harri.

Ein paar Spatzen begannen in den Heckenrosen herumzuflattern. Ihr Piepsen klang, als würden sie sich über etwas ärgern. Die beiden Hunde schliefen zu Harris Füßen, Hein mit dem Kopf auf den Pfoten, Fiete schnarchend auf der Seite.

»Also schön, von mir aus. Bring sie her. Alle beide. Auch wenn ich solche Gören nicht ausstehen kann. Spielen mit Pinseln und Farben herum, begrabbeln alles mit ihren klebrigen Pfoten, und anschließend findet man nichts mehr wieder. Aber sonst liegt die Hansen mir nachher noch in den Ohren, dass ich auch ihren Rotzlöffel kennenlernen soll. Und dann habe ich die Brut zweimal im Haus.«

»Gut, ich …«

»Aber eins sage ich dir gleich, entweder kommen die heute oder gar nicht. Um sieben. Um sechs kommt Antoine, der Schinder von der Physiotherapie, und ab halb acht will ich meine Ruhe haben. Ich bin alt. Und ich bin krank. Ich habe meine Ruhe verdient. Wenn sie mich so dringend sehen will, wird sie heute wohl die Zeit erübrigen können. Sonst kann sie mir gepflegt den Buckel runterrutschen.«

»In Ordnung.« Mael hob seinen Rucksack auf und schulterte ihn. »Ich rufe sie gleich an. Bis morgen, Harri.«

»Bis morgen, Kurpfuscher.«

»Alter Sturkopf.« Mael war fast an der Haustür angekommen, als Harri ihn rief. Er wandte sich um, die Hand schon an der Klinke. »Ja?«

»Kannst du dabei sein?« Stille. Dann folgte ein deutlich leiseres »Bitte«.

Aber Mael hatte es gehört.

»Natürlich, Harri. Ich bin da.«

Mael ließ die Gartenpforte hinter sich zufallen und ging zu seinem Motorrad. Er schwang sich auf den Sitz und steckte den Schlüssel in das Zündschloss. Doch bevor er den Motor startete, holte er das Handy aus seiner Gesäßtasche und rief Simone Hansen an. Bereits nach dem zweiten Klingeln nahm sie das Gespräch entgegen, als hätte sie auf seinen Anruf gewartet.

»Ja, Hansen?«

»Mael LeGoff. Ich war gerade bei Monsieur Harri. Sie dürfen ihn besuchen. Allerdings heute Abend um sieben oder gar nicht.«

»Dann nehme ich doch heute Abend um sieben.« Ihr Lachen klang fröhlich und erleichtert. »Danke. Das ist eine wunderbare Nachricht. Darf meine Tochter mitkommen? Hat er etwas gesagt?«

Mael zögerte kurz. »Ja. Er möchte Sie beide sehen.« Er tröstete sich damit, dass er nicht log, schließlich hatte sie auch nicht wissen wollen, ob Harri sich freute, sie zu sehen. Vielleicht war sie zu klug, um diese Frage zu stellen. Oder zu aufgeregt.

»Gut.« Er hörte, wie sie ausatmete. »Ich muss gestehen, dass ich jetzt schon ein bisschen nervös bin. Kann ich ihm etwas mitbringen?«

»Machen Sie sich darüber keine Gedanken, Harri legt auf solche Förmlichkeiten keinen Wert. Wo wohnen Sie?« Sie nannte ihm die Adresse. »Ah, das kenne ich. Das ist das Ferienhaus meiner Schwester. Ich bin um Viertel vor sieben bei Ihnen. Dann können Sie hinter mir herfahren.«

»Das ist wunderbar, danke.«

»Übrigens möchte Harri, dass ich bei dem Treffen dabei bin. Ist das auch für Sie in Ordnung?«

»Nun …« Sie zögerte. »Wenn er das will, wird er seine Gründe haben. Und ich glaube, ich bin nicht unbedingt in der Position, Forderungen zu stellen.« Ein unausgesprochenes *jedenfalls noch nicht* hing in der Luft.

Sie hat nicht nur äußerlich Ähnlichkeit mit dem Alten, dachte Mael.

»Also dann hole ich Sie nachher ab. Bis dann.«

»Bis dann. Und, Dr. LeGoff?«

»Ja?«

»Vielen Dank, dass Sie sich für uns eingesetzt haben.«

»Keine Ursache.«

Er beendete das Gespräch und steckte das Handy zurück in seine Hosentasche. Eine Weile blieb er auf der Harley sitzen und starrte auf den Lenker vor sich. Dann fuhr er sich mit beiden Händen über das Gesicht, schloss die Augen und atmete tief durch.

Mael. Mael, Mael, Mael. Du musst endgültig den Verstand verloren haben. Dieser Abend heute wird bestimmt lustig. Zuerst werden sie einander Vorwürfe machen, sich dann anschreien und zum Schluss einander an die Gurgel gehen. Und du wirst genau zwischen ihnen stehen. Das hast du dir schön eingebrockt!

Er setzte sich den Helm auf, richtete die Harley auf, klappte den Ständer ein und drehte den Zündschlüssel. Der Motor sprang mit einem satten tiefen Grollen an, das ihm jedes Mal ein Grinsen auf das Gesicht zauberte. Sofort ging es ihm besser. Er spürte die Vibrationen von der Fußsohle bis unter die Schädeldecke, und mit ihnen verschwanden alle düsteren Gedanken. Dann gab er Gas. Und für diesen Moment war das Leben genau so, wie es sein sollte.

7

Kann ich mir noch ein Brot machen, bevor wir gehen, Mama?«

Simone fuhr erschrocken herum und hatte prompt ein schlechtes Gewissen. Sie stand vor dem Kleiderschrank in ihrem Schlafzimmer und überlegte schon seit mindestens einer Viertelstunde, was sie für den Besuch bei Harri Behncke anziehen sollte, statt sich um das wirklich Wichtige zu kümmern. Charlottes Mittagessen lag nun schon einige Stunden zurück. Das Mädchen hatte sich in der Surfschule verausgabt und war am Nachmittag sogar noch mit seiner neuen Freundin Camille am Strand zum Schwimmen gewesen.

»Entschuldige, Schatz. Du musst ja vor Hunger fast umkommen.« Sie legte ihrer Tochter einen Arm um die Schultern und gab ihr einen Kuss auf die Stirn. »Soll ich dir ein Brot schmieren?«

»Musst du nicht.« Charlotte wand sich aus ihrer Umarmung. »Das kann ich schon noch selbst. Aber ich habe ja keine Ahnung, ob wir dort essen werden. Deshalb frage ich.«

»Rechne nicht damit. Harri Behncke ist dreiundneunzig und hat uns nicht erwartet. Ich glaube auch nicht, dass wir lange bleiben werden. Er scheint krank zu sein.« Simone dachte kurz nach. »Was hältst du davon, wenn wir im Anschluss wieder in dem Bistro von heute Mittag essen gehen? Oder wir können uns auch ein anderes Restaurant in der Gegend suchen.«

Charlotte zuckte mit den Schultern. »Ja, warum nicht. Wir

können aber auch einfach hier auf der Terrasse sitzen und Brot mit Butter und Fleur de Sel essen.«

Und da behaupte noch jemand, diese neue Generation sei anspruchsvoll, dachte Simone und lächelte. »In Ordnung, dann essen wir heute Abend auf unserer Terrasse.«

»Bist du aufgeregt?« Charlotte lehnte mit verschränkten Armen an der Tür.

»Ja«, antwortete Simone und holte unwillkürlich tief Luft. »Sehr sogar.«

»Ich auch. Wahrscheinlich nicht so sehr wie du, aber immerhin ein bisschen. Wie soll ich ihn eigentlich nennen? Monsieur Behncke? Herr Behncke? Uropa? Opa Harri?«

»Ich weiß es nicht. Aber ich glaube, du wirst es ganz von selbst herausfinden. Mach es einfach so, wie es sich für dich gut anfühlt. Dann wird es schon richtig sein.«

Charlotte runzelte die Stirn, schließlich nickte sie. »Okay, so mache ich es. Und du solltest es auch so machen.«

»Was?«

»Na, ihn so nennen, wie du meinst. Ich schmiere mir jetzt ein Brot.« Sie war schon fast an der Treppe, als sie sich noch einmal umdrehte. »Möchtest du auch etwas essen?«

»Nein, danke«, sagte Simone und dachte: Ich habe gerade so gar keinen Hunger.

Und wieder starrte sie unschlüssig in den Kleiderschrank. Was sollte sie anziehen? Dieser Abend würde natürlich kein Galadiner werden. Aber sie wollte auch keinen schlechten Eindruck hinterlassen. Die Frage war nur, wen sie eigentlich beeindrucken wollte – den berühmten Künstler Harri Behncke oder ihren … ihren …

»Großvater.«

Das geflüsterte Wort hatte einen seltsamen Klang. Es weckte Erinnerungen an eine kleine Sehnsucht und auch ein bisschen an Neid, die sie schon lange mit sich herumschleppte. Es war nichts Gravierendes, kaum mehr als ein Nadelstich. Aber den hatte sie jedes Mal gespürt, wenn ihre Freundinnen von ihren Großvätern erzählt hatten. Väter waren für sie nie so wichtig gewesen – sie kannte ja ihren Vater, mit dem sie nicht mehr verband als ihre Naturkrause und ein paar weitere Gene. Aber Großväter waren eine ganz andere Kategorie. Großväter waren in ihren Augen Männer, mit denen man im Wald Tierspuren suchte und ins Museum ging, die einem ein Baumhaus bauten oder zeigten, wie ein Radio von innen aussieht. Hatte sie in ihrem Leben etwas vermisst? Nicht wirklich. Sie hatte alles gehabt. Ob ihre Mutter oder Oma Luise – immer war jemand für sie da gewesen. Wenn ihre Mutter wegen Zeugniskonferenzen oder Elternsprechtagen später aus der Schule gekommen war, hatte Oma Luise die Verantwortung für ihr eigenes Geschäft auf eine ihrer Angestellten übertragen, damit sie mit Simone Kuchen backen oder Kirschen pflücken konnte. Sie hatten immer viel gelacht, vor dem Fernseher selbst gemachtes Popcorn gefuttert, waren im Zoo, im Theater, im Kino und in Konzerten gewesen, auf Spielplätzen und an der Ostsee zum Baden. Sie hatte immer alles gehabt.

Fast alles.

Denn trotz all des Guten, der Aufmerksamkeit, der Liebe und Harmonie, mit der ihre Mutter und ihre Oma sie umhüllt hatten, war da diese Sehnsucht nach einem Großvater. Ein kleiner Stich, wie ein winziger Holzsplitter unter der Haut, den man nur spürt, wenn man die Stelle berührt. Das war nicht oft passiert in all den Jahren. Aber immer wieder, in unregelmäßigen Abständen, und meistens dann, wenn sie es am wenigsten erwartete. Und wie sie so dastand und darüber nachdachte, fragte sie sich nicht zum ersten Mal, wie es wohl Charlotte erging. Vermisste sie etwas? Spürte ihre Tochter auch gelegentlich diesen kleinen Nadelstich?

Oder nahm sie das alles viel lockerer, weil sich auch in ihrer Umgebung die Verhältnisse deutlich gewandelt hatten? Julius' Vater zum Beispiel arbeitete als Ingenieur in Dubai und kam höchstens einmal im Monat nach Hause. Charlottes Freundin Lena lebte in einer Patchworkfamilie und besuchte ihren leiblichen Vater alle zwei Wochen in Frankfurt. Und Paulas Mutter war ebenfalls alleinerziehend. Familie bestand nicht mehr zwangsläufig aus Vater, Mutter, Kind mit dem entsprechenden Satz an Großeltern im Hintergrund. Es gab alle möglichen Variationen. Vielleicht veränderte die Umgebung auch die Eigenwahrnehmung und damit die eigenen Sehnsüchte.

Simone griff in den Kleiderschrank und zog ihre Jeans und ihr Lieblingsshirt an – ein dunkelblau geringeltes T-Shirt mit weitem rundem Halsausschnitt und etwas längeren Ärmeln. Ihre blonden naturkrausen Haare steckte sie lose hoch. So würde er sie sofort so sehen, wie sie sich selbst am liebsten sah, ihr Großvater. Oder Harri Behncke. Oder Opa. Harri. Herr Behncke …

Sie wusste immer noch nicht, wen sie an diesem Abend besuchte. Aber vielleicht war auch nicht sie diejenige, die diese Entscheidung traf.

Dröhnendes, donnerndes Motorengeräusch näherte sich, wurde lauter, Hupen erklang, dann wurde der Motor abgestellt.

Simone öffnete den oberen Teil der Klöntür und sah Dr. LeGoff, der gerade in Jeans und schwarzer Lederjacke von einem Motorrad stieg. Sie winkte ihm zu.

»Einen Moment, bitte! Wir sind gleich so weit.« Simone griff nach ihrer Handtasche, schloss die Augen und atmete einmal tief durch. Was soll's, bring's hinter dich.

»Guten Abend.« Dr. LeGoff nickte ihr zu.

Charlotte begutachtete das riesige schwarze Ungetüm von Motorrad mit einem Blick, der Simone gar nicht gefiel.

»Oh! Das ist eine Harley, nicht wahr?«

Simone übersetzte.

»Ja. Gut erkannt.« Dr. LeGoff lächelte. »Ihre Tochter hat einen guten Blick.«

»Was hat er gesagt?«

»Dass du das gut erkannt hast.«

Charlotte zuckte mit den Schultern. »Na ja, Julius' Papa hat ja auch eine Harley. Auch wenn er sie kaum fahren kann, weil er die meiste Zeit in Dubai ist.« Sie kniff die Augen zusammen. »Kannst du ihn fragen, ob ich mal mitfahren darf?«

»Nein.«

»Kannst du nicht fragen oder willst du nur nicht?«

»Offenbar weißt du genau, was ich meine. Und jetzt keine Widerrede.«

Charlotte schmollte. Und das breite Grinsen auf dem Gesicht des Arztes gefiel Simone auch nicht.

»Am besten fahre ich vor.« Er setzte sich den Helm auf und schwang sich auf den Sitz seines Motorrads.

Sie stiegen ins Auto, und Simone beobachtete ihre Tochter, die es sich auf dem Beifahrersitz bequem machte und sich anschnallte.

»Was denn?«, erkundigte sich Charlotte mit missmutig zusammengezogenen Augenbrauen. »Du guckst, als ob ich noch nie hier vorne gesessen hätte. Ich bin zwölf. Ich muss nicht mehr hinten im Kindersitz festgeschnallt werden. Schon vergessen?«

Ja, tatsächlich, dachte Simone. Für einen Augenblick … Gestern warst du nämlich noch drei und hast geweint, als dein Luftballon in der Krone der alten Kastanie hing.

Mit einem derart tiefen Dröhnen und Grollen, dass sie das Geräusch vom Bodenblech des Wagens fortgeleitet in ihren Füßen spüren konnte, startete das Motorrad. Charlotte lächelte verzückt.

»Klingt das nicht saugeil?«

»Wie bitte? Charlotte!«

»Entschuldigung. Ist doch aber wahr.«

Wieder hatte sie eine Vision von ihrer zehn Jahre älteren Tochter vor Augen. Diesmal war sie allerdings von den Handgelenken bis zu den Schultern tätowiert, hatte gepiercte Augenbrauen, einen Nasenring und fuhr ein Motorrad, gegen das die Maschine von Dr. LeGoff wie ein harmloses Dreirad aussah. Dann schon lieber Australien.

Simone startete den Wagen.

Ich muss mit Dr. LeGoff unter vier Augen sprechen, ging es ihr durch den Kopf. Charlotte bringt es fertig, ihn ohne mein Wissen zu überreden, sie mal eine Runde auf dem Höllending mitzunehmen.

Es gab nur wenige Artikel und Fernsehberichte, die Harri Behncke in seinem privaten Umfeld und bei seiner Arbeit zeigten. Und doch hätte sie das Haus sofort erkannt.

Die alten Feldsteinmauern, die schmalen, hohen Fensterläden, der Schornstein an der Giebelseite mit seiner Sturmhaube aus Bronze, die einer schützenden Hand nachempfunden war, sowie der große Glasanbau waren unverwechselbar. Das Haus war umgeben von einem verwunschenen, wilden, üppigen Garten. Aus Rosen, Ginster und Hortensien ragten Skulpturen heraus – die meisten aus Stein oder Holz. Doch es gab auch aus Schrott zusammengesetzte Schweißarbeiten, denen Rost eine rote Patina verliehen hatte. Und einen gewaltigen Menhir neben dem Hauseingang, der wie ein stummer Torhüter über das Kommen und Gehen wachte.

Simone schaltete den Motor aus. Und während Dr. LeGoff seinen Helm abnahm und von seinem Motorrad stieg, konnte sie ihren Blick nicht von dem Haus abwenden. Im Laufe der

Jahre hatte sie jeden Artikel über Harri Behncke gelesen, jede Reportage gesehen und jede Ausstellung besucht, für die sie Eintrittskarten bekommen konnte. Sie bewunderte seine Kunst, seine Fantasie, seine grenzenlose Leidenschaft für das, was er tat. Seine Werke sprachen mit ihr. Manche schrien sie an oder brachten sie zum Lachen, andere flüsterten oder sangen, gelegentlich schlugen sie ihr auch die flache Hand ins Gesicht. Häufig empfand sie Behnckes Botschaften als erschreckend, schmerzhaft und unbequem. Er stellte unangenehme Fragen nach Schuld und Verantwortung, und oft genug fühlte sie sich so davon angesprochen, als würde sie sich genau dieselben Fragen stellen. Sie kannte keine Arbeit von ihm, die sie nicht in der einen oder anderen Form berührte, sie zum Nachdenken brachte und über lange Zeit hinweg beschäftigte. Wie oft hatte sie sich gewünscht, Harri Behncke einmal persönlich zu begegnen? Und nun war es so weit. Sie würde ihn treffen, ihn, den Künstler, den nicht wenige Kunstkritiker in seinem Stellenwert für die moderne Kunst als Nachfolger Pablo Picassos bezeichneten. Und als wäre das nicht schon genug, war dieser Mann also auch noch ihr Großvater.

Sie konnte nichts dagegen tun, ihre Hände zitterten vor Aufregung.

Ein leises Klopfen an der Scheibe ließ sie zusammenzucken. Dr. LeGoff lächelte. Vielleicht ahnte er, was in ihr vorging.

»Sind Sie bereit?«

Simone nickte und stieg aus dem Wagen. Sie legte ihrer Tochter einen Arm um die Schultern und drückte sie kurz an sich – wohl eher, um sich selbst zu beruhigen. Wenn Charlotte auch nervös war, konnte sie es jedenfalls besser verbergen als sie.

Dr. LeGoff ging den schmalen, zum Teil von Kapuzinerkresse und ausufernden Lavendelstauden überwucherten Kiesweg entlang. Sie hatten die Haustür noch nicht erreicht, als aus dem

Inneren Bellen erklang. Es war das tiefe, heisere Bellen großer Hunde. Und es war nicht nur einer.

»Das sind Hein und Fiete«, sagte Dr. LeGoff und drehte sich kurz zu ihnen um. »Die beiden sind riesig, aber völlig harmlos. Möglicherweise habe ich vergessen, sie zu erwähnen. Ich hoffe, Sie haben keine Angst vor Hunden?«

»Es hält sich in Grenzen«, erwiderte Simone und lauschte mit gemischten Gefühlen dem Jaulen, Winseln und Kratzen von Krallen auf der anderen Seite der Tür. »So lange Sie nicht vergessen haben, den frei laufenden Löwen zu erwähnen, bin ich zufrieden.«

Dr. LeGoff runzelte die Stirn. »Jetzt, wo Sie es ansprechen … An die Sammlung seltener Insekten und Vogelspinnen habe ich nicht gedacht. Manchmal entkommt eines der Tiere aus seinem Terrarium …«

Beinahe hätte Simone ihm geglaubt. Harri Behncke war dafür bekannt, exzentrisch und unberechenbar zu sein. Von ihm stammte auch der Satz: »Die Natur, nicht die Medien, ist unser bester Lehrer und unser bestes Vorbild.« Warum also sollte er nicht eine Vogelspinne oder einen Schwarm Riesenheuschrecken im Haus haben, um sie zu beobachten und zu studieren, wenn er gerade an einem Projekt arbeitete, bei dem diese Tiere eine Rolle spielten? Doch dann sah sie das kleine Lächeln, das den Mund des Arztes umspielte, und das belustigte Funkeln in seinen Augen. Na toll, ich bin an einen Komiker geraten. Genau das brauche ich jetzt.

»Entschuldigen Sie bitte. Das war …« Er räusperte sich. Vielleicht konnte er tatsächlich Gedanken lesen. »Wollen wir?«

»Gerne.«

Er klopfte und hatte die Tür kaum geöffnet, als sich ein brauner und ein schwarzer Hund bereits durch den Spalt gezwängt hatten. Welche Rassen in ihrem Stammbaum vermischt waren, mochte allein der Herrgott wissen. Kleinwüchsige Hunde waren wohl eher nicht darunter – beide hatten die Größe von Kälbern. Sie schenkten Simone keine Beachtung, sondern stürmten sofort auf Charlotte zu.

»Oh, sind die süß! Mama, wie …«

»Charlotte, fass die Hunde nicht an.«

»Aber Mama! Die sind freundlich, das siehst du doch. Sie wedeln mit den Schwänzen!«

»Trotzdem. Du kennst sie nicht. Wir haben schon oft darüber gesprochen. Schon vergessen?«

Charlotte verdrehte die Augen, doch sie hörte auf, die Hunde zu streicheln.

»Immer erst den Halter fragen.« Es klang so, wie sie auswendig gelernte unregelmäßige Verben aufsagte. »Wie heißen die beiden?«

Simone gab die Frage an Dr. LeGoff weiter.

»Der Braune ist Hein, der andere heißt Fiete.«

»Mael?« Eine tiefe, kräftige Stimme dröhnte durch das Haus. »Mael, bist du das?«

»Ja!« Der Arzt legte dem braunen Hund seine Hand auf den großen Kopf und warf Simone einen Blick zu. »Wir sollten hineingehen. Harri ist kein besonders geduldiger Mensch.«

Sie gingen einen breiten, nahezu leeren Flur entlang. Die grob verputzten Wände waren kahl, ein entrindeter Baumstamm mit gestutzten Ästen diente als Garderobe. Ein bretonischer Caban, ein Strohhut und eine zerknitterte Leinenjacke hingen daran. Abgenutzte grüne Gummistiefel mit Farbspritzern darauf lagen in der Ecke hinter der Tür neben einem Weidenkorb mit Hundespielzeug. Wieder kamen Simone Sätze aus den wenigen Interviews in den Sinn, die Harri Behncke im Laufe seines Schaffens gegeben hatte: »Man sollte einen Raum nicht mit Kunst füllen, die Kunst selbst sollte den Raum füllen.« Oder: »Wenn ich draußen bin – ob am Meer, im Wald, bei den Dolmen und

Steinkreisen oder in einer Bar –, spricht alles mit mir. Menschen, Pflanzen, Tiere, Steine, Zäune. Jeder einzelne Gegenstand … Zu Hause brauche ich Ruhe zum Arbeiten. Da kann ich mich nicht auch noch zuquatschen lassen.«

Ein breiter Durchbruch führte in das Wohnzimmer. Oder war es das Atelier des Künstlers? »Wo ich lebe und wo ich arbeite, wollen Sie wissen? Kurze Antwort: Da, wo ich gerade bin. Für mich gibt es keinen Unterschied.« Und hier hatte Simone den Beweis vor Augen.

Der Raum nahm fast das gesamte Erdgeschoss des Hauses ein und schien ausschließlich aus Fenstern zu bestehen. Eine schmale Treppe aus naturbelassenem Holz führte nach oben, darunter war eine Küchenzeile aus hellem Holz und weiß getünchten Ziegeln eingepasst. Sie erinnerte Simone an die Küchenzeile in ihrem Ferienhaus. Vielleicht hatte sogar derselbe Handwerker die Möbel gemauert und gezimmert. Es gab Regale, die scheinbar wahllos Bücher, Konservendosen und Gläser mit Pinseln enthielten. Vorratsbehälter mit Mehl und Erbsen standen neben Farbverdünner und Kanistern mit Terpentin. Es gab Staffeleien in unterschiedlichen Größen und einen Tisch mit vier Stühlen, auf dem Papier in verschiedenen Farben und Qualitäten ausgebreitet war. In der Mitte des Raumes stand ein halb bearbeiteter Baumstamm auf einerm mit Holzspänen bedeckten Vlies. In einer Ecke befand sich ein Arbeitsplatz für Tonskulpturen inklusive Töpferscheibe. Und an die Wände gelehnt standen Leinwände – große, kleine, längliche, quadratische. Manche von ihnen waren nur grundiert, auf anderen deuteten Kohlestriche ein Motiv an, wieder andere waren fast fertig. Nur selten arbeite er ausschließlich an einem Projekt, hatte Harri Behncke einem Kulturmagazin in seiner unnachahmlichen Art verraten: »Warum auch? Montags pennen, dienstags fressen und mittwochs scheißen – welcher Mensch lebt so? Ich jedenfalls nicht.«

An dem großen, offenen, aus Feldsteinen gemauerten Kamin stand ein Ohrensessel, daneben ein Metallgestell, das sich bei näherem Hinsehen als Rollstuhl entpuppte. Harri Behncke saß in dem Ohrensessel. Seine Gestalt kam Simone nicht ganz so groß und bullig vor, wie es auf Fotos von Ausstellungen immer aussah. Vielleicht lag es aber auch nur daran, dass er schief in dem Sessel saß.

Simones Mund war plötzlich so trocken, dass sich ihre Zunge nicht vom Gaumen lösen wollte. Zum Glück übernahm Dr. LeGoff die Initiative. Mit einer förmlichen Geste deutete er auf den Mann im Sessel.

»Darf ich vorstellen, Madame: Harri Behncke. Harri, das ist Simone Hansen. Deine Enkelin.«

Der Alte in seinem Sessel begutachtete Simone mit seinen fast erschreckend klaren grauen Augen.

»Ob das stimmt, wird sich noch zeigen«, brummte er schließlich. »Du kennst also Luise Hansen?«

»Hör mal, ich duze den Bürgermeister, den Arzt und den Pfarrer. Da werde ich nicht ausgerechnet bei einem Reporter mit dem Siezen beginnen.« Ein weiteres Harri-Behncke-Zitat, das ihr im Gedächtnis geblieben war.

»Ja, Luise Hansen ist meine Großmutter.«

»Wie geht es ihr? Lebt sie noch?«

»Ja. Sie ist mittlerweile neunundachtzig und noch sehr fit. Aber …« Während Simone von Oma Luises Umzug in die Seniorenwohnanlage erzählte, streiften die Hunde durch den Raum, holten Spielzeug herbei und legten es vor Charlotte auf den Boden. Erwartungsvoll schauten sie das Mädchen an.

»He, die beißen nicht«, sagte Harri Behncke zu ihr. »Kannst ruhig mit ihnen spielen. Nur auf Fiete, den Schwarzen, musst du aufpassen. Der ist ein bisschen tollpatschig und ungestüm.« Er sprach das st in *ungestüm wie* ssst aus. Hier offenbarte sich der Hamburger. »Pass auf, dass er hier nichts umwirft. Sonst werd ich fünsch, aber so richtig.«

»Klar.« Charlotte nickte strahlend und nahm eines der Spielzeuge in die Hand. Sofort begannen die Hunde um sie herumzuspringen.

»Und vergiss nicht, was für die Hunde gilt, das gilt auch für dich.«

»Natürlich.«

Die Aufmerksamkeit des Alten richtete sich wieder auf Simone.

»Deine Tochter?«

»Ja. Sie heißt Charlotte.«

»Und der Vater?«

Einen Moment fragte Simone sich, ob Harri Behncke – ganz egal, ob er ihr Großvater war oder nicht – das Recht hatte, so eine Frage zu stellen. Dann aber dachte sie daran, dass es dem alten Mann offensichtlich nicht gut ging und dass es möglicherweise ohnehin ihr einziges Treffen sein würde. Und sie gestattete sich den Luxus, nachsichtig zu sein.

»Der lebt schon lange nicht mehr bei uns. Charlotte kennt ihn kaum.«

Harri nickte. »Mael, hol einen Stuhl herbei«, sagte er auf Französisch, dann fuhr er auf Deutsch fort: »Erzähl weiter. Luise hat eine Tochter?«

»Ja.«

»Deine Mutter?« Simone nickte. »Und wie heißt sie?«

»Elly.«

»Elly Beinhorn. Das sieht Luise ähnlich.« Er lachte leise. »Sie hat schon damals für diese Frau geschwärmt. Wäre sie man mal …« Er brach ab. Simone dachte, er wäre in seine Gedanken an die Vergangenheit versunken, bis er einen scharfen Pfiff ausstieß, der einem Fußballtrainer auf dem Platz alle Ehre gemacht hätte. »Hatte ich nicht gesagt, du sollst nichts anfassen?«

Charlotte, die sich gerade der noch in Arbeit befindlichen Skulptur in der Mitte des Raumes genähert hatte, sprang erschrocken zurück.

»Was hast du dir dabei gedacht? Vermutlich gar nichts, oder?«

»Hören Sie mal, meine Tochter ist …«

»Ich wollte nichts anfassen, ehrlich! Ich wollte mir nur die Skulptur näher ansehen und …«

»Man kann auch genug von Weitem sehen. Und mehr als ein totes Stück Holz erkennt so eine Rotzgöre wie du sowieso nicht.« Der über dem buschigen Bart sichtbare Teil von Harris Gesicht war dunkelrot angelaufen. »Und jetzt verschwindet. Alle beide. Es reicht.«

Sie wusste einen Moment nicht, was sie sagen sollte, und schwankte zwischen Wut und Enttäuschung.

»Aber wir …«

»Nix aber. Haut ab. Und lasst euch nie wieder hier blicken. Journalistenpack. Dieses Kroppzeug wird auch immer dreister.«

Charlotte schluckte hörbar und blinzelte, und als sie sich zu ihr umdrehte, stellte Simone zu ihrem Entsetzen fest, dass ihre Tochter weinte.

»Charlotte!« Sie nahm sie in ihre Arme und drückte sie fest an sich. Die Hunde kamen näher, winselten leise und leckten Charlottes Hände. »Ich glaube, wir gehen jetzt besser«, sagte sie auf Französisch. »Wir scheinen hier nicht willkommen zu sein.«

»Das scheint nicht nur so«, tönte es aus dem Sessel. »Ich habe euch jedenfalls nicht eingeladen und bin froh, wenn ich euch wieder los bin.«

Dr. LeGoff warf dem alten Mann im Sessel einen sichtlich wütenden Blick zu und löste sich von der Wand des Kamins, an die er die ganze Zeit über gelehnt hatte.

»Soll ich Sie nach Hause begleiten, Madame Hansen?«

»Danke, das ist nicht nötig. Ich finde den Weg allein, so schwierig ist das nicht. Komm, Charlotte, wir gehen.«

Charlotte nickte nur. Die Hunde folgten ihnen mit hängenden Schwänzen und Ohren in den Flur. Sie sahen aus, als hätten sie gern für das Benehmen ihres Herrchens um Verzeihung gebeten. Wenigstens die beiden Hunde scheinen uns zu mögen, dachte sie.

»Ich würde gern sagen, dass ich ihn so nicht kenne, aber dann würde ich lügen. Und seit dem Schlaganfall ist es noch viel schlimmer geworden.« Dr. LeGoff fuhr sich durch das dunkle Haar. Er sah bekümmert aus. »Es tut mir leid für Sie, Madame. Vor allem aber für Ihre Tochter.«

Simone blieb stehen und schaute sich noch einmal um. Von der Haustür aus konnte sie die Rückseite des Ohrensessels sehen und darüber Harri Behnckes wilden eisgrauen Haarschopf. Immer noch sagte er nichts. Kein Abschiedswort, kein Wort des Bedauerns oder der Entschuldigung, nicht einmal einen Gruß an Oma Luise. Wir sind es wohl nicht wert, dachte sie, erschrocken über die große Leere, die sich plötzlich in ihrem Inneren auftat.

»Es muss nicht Ihnen leidtun, Dr. LeGoff, Sie trifft keine Schuld. Der Wunsch, meinen Großvater kennenzulernen, war vermutlich die blödeste Idee, die ich seit Langem gehabt habe. Wenigstens weiß ich jetzt, warum meine Großmutter ihn damals zum Teufel gejagt hat.«

»Ich werde noch einmal mit ihm reden und …«

»Nein, sparen Sie sich diese Mühe. Genius und Kunst rechtfertigen nicht jedes Verhalten. Mir ist auf lange Sicht die Lust vergangen, ihn näher kennenzulernen. Auf Wiedersehen, Dr. LeGoff.«

Sie reichte ihm die Hand, und er drückte sie stumm. Dann ging sie mit Charlotte zu ihrem Leihwagen.

Mael blieb an der Tür stehen und sah zu, wie Madame Hansen und ihre Tochter in das Auto stiegen und davonfuhren. Dann schloss er die Tür und kehrte langsam und nachdenklich zurück in die Stille des Hauses.

In der Nähe wohnte niemand, die Straße war kaum befahren. Und wenn im Haus keiner sprach, blieben als Geräuschkulisse nur Wind und Meer draußen und im Inneren das gelegentliche Knarren im Gebälk und das leise Hecheln und traurige Fiepen der Hunde. Fiete schmiegte sich an Maels Bein, und der Blick seiner braunen Hundeaugen schien zu sagen: »Bleibst du wenigstens bei uns?«

Mael streichelte dem Tier den Kopf und klopfte ihm dann die Flanke. Das Geräusch ließ Harri aufschauen.

»Du bist ja immer noch da.«

»Ja. Mich wirst du nicht so schnell los wie alle anderen.« Mael klatschte spöttisch in die Hände und verschränkte dann die Arme vor der Brust. »Bravo, Harri. Das war eben eine echte Glanzleistung. Du hast eindeutig Chancen, die Wahl zum Arschloch des Jahres zu gewinnen.«

»Holt din Rand.«

»Glaubst du allen Ernstes, dass du mir irgendetwas sagen oder mir den Mund verbieten kannst?« Mael lachte wütend. »Zuerst hörst du mir zu.«

»Dann leg mal los. Davon abhalten kann ich dich ja wohl kaum. Und weglaufen ist auch nicht drin.«

»Komm mir nicht mit der Ich-habe-es-ja-so-schwer-Habt-gefälligst-Mitleid-mit-mir-Tour! Es gibt da draußen Hunderte, was sage ich, Tausende von Menschen, denen es richtig schlecht geht. Die wirklich langsam und elendig krepieren. Die nur noch Stunden oder wenige Tage zu leben haben, und das auch noch unter entsetzlichen Schmerzen. Und die trotzdem nicht jedem Menschen, der ihnen helfen will, gleich den Kopf abbeißen.«

»Du meinst, so wie ich?«

»Ja, wie du. Du bist ein Ekel, Harri. Und ich verstehe, warum die Großmutter dieser Frau von dir in all den Jahren nichts wissen wollte.«

»Du verstehst gar nichts, Mael.«

»Dann erkläre es mir. Bitte, erkläre es mir. Ich bin nur ein kleiner Dorfarzt mit einem normalen Hirn und einem einigermaßen durchschnittlichen Sozialleben, kein Genie wie du. Erkläre es mir, denn ich begreife das nicht!« Aufgebracht deutete er zur Haustür, durch die Madame Hansen und ihre Tochter eben das Haus verlassen hatten. »Dieses kleine Mädchen hat nichts Schlimmes getan, weder dir noch deiner Kunst! Sie wollte sich nur die Skulptur ansehen!«

»Und sie anfassen, sie kaputt machen und meine Werkzeuge durcheinanderbringen. Das kennt man doch.«

»Wenn du dich nur selbst reden hören könntest!« Mael schnalzte mit der Zunge. »›Kunst gehört nicht auf das goldene Tablett der Museen, sondern mitten ins Leben der Menschen.‹ Vielleicht sagt dir das sogar etwas, es ist nämlich das Zitat eines berühmten Künstlers.« Harri tat ihm den Gefallen, den Blick zu senken. »Weißt du, was ich allmählich glaube? Ich glaube, dass du deine Lage genießt. Weil du es liebst, dich in deinem Selbstmitleid und dem Bild von der ach so schlechten Welt da draußen und den Menschen, die dich nicht verstehen wollen, zu suhlen.«

»Bist du fertig?«

»Eigentlich nicht. Da gäb's noch eine Menge zu sagen, aber ich habe keine Lust mehr. Und jetzt bringe ich dich ins Bett.«

»Das musst du nicht, wenn du dich so vor mir ekelst.«

»Damit ich mir die ganze Nacht über ein schlechtes Gewissen mache und nicht schlafen kann, während du dir in deiner Märtyrerrolle gefällst? Nein, das kannst du vergessen.« Er war so wütend, dass der Rollstuhl tüchtig schepperte, als er die Bremsen löste und ihn direkt neben den Ohrensessel schob. Dann nahm er den alten Mann unter den Achseln und zog ihn auf den Sitz hinüber.

»Ich wusste gar nicht, dass du unter die Altenpfleger gegangen bist.« Es klang bissig.

»Mein Vater war Fischer, wie du vielleicht noch weißt. Ich musste mir das Geld für das Studium irgendwo verdienen.«

Mael packte die Griffe und schob den Rollstuhl in das kleine Bad. Keiner sprach ein Wort, bis Harri endlich im Schlafanzug in seinem Bett lag, das in einer geschützten Ecke des Wohnraums stand. Niemand, nicht einmal der kräftigste Pfleger hätte den alten Mann wohlbehalten die schmale und steile Treppe hoch ins eigentliche Schlafzimmer schaffen können.

»Ich gehe jetzt.« Mael schnappte sich seine Jacke und zog sie an.

»Kommst du morgen?«

»Ja. Ich bin dein behandelnder Arzt, mir bleibt nichts anderes übrig.«

Harri sah ihn herausfordernd an. »Du könntest dich weigern.«

»Und ein Gerichtsverfahren sowie meine Zulassung riskieren? Wegen einem dickschädeligen, grantigen und unverschämten Kerl? Nie im Leben.« Er öffnete die Tür. »Wir sehen uns.«

Und dann war er auch schon draußen, atmete die kühle Abendluft, die nach Salz, Lavendel und Hortensien roch. Der Wind zauste sein Haar, als wollte er ihm zuflüstern, dass alles nicht so schlimm war. Das war es auch nicht, sicher. Harri hatte seine Launen, das war schon immer so gewesen, und Lieferanten, Presseleute und sogar der Postbote hätten ein Lied davon singen können. Jetzt machten die erzwungene Untätigkeit, das Handicap, seine Kunst nicht mehr ausüben zu können, ihn noch reizbarer als sonst. Morgen würde es dem Alten bestimmt wieder besser gehen, er würde vernünftiger sein. Vielleicht ließ er dann ja doch mit sich reden. Denn letztlich tat Harri ihm leid. Er mochte den alten grantigen Kerl.

Mael schwang sich auf seine Harley und startete den Motor. Und als sich die Maschine mit ihrem unverwechselbaren Grollen in Bewegung setzte, war die Welt wieder so, wie sie sein sollte. Wenigstens in diesem Moment.

Beim Abendessen auf der kleinen Terrasse erwähnten sie den Besuch bei Harri Behncke mit keinem Wort, und doch wusste Simone, dass der Künstler nicht nur ihre Gedanken beschäftigte. Charlotte war auffallend still. Und obwohl sie ihr Brot mit dem aromatischen Fleur de Sel dieser Gegend mit sichtlichem Genuss verspeiste, wirkte sie niedergeschlagen und nachdenklich.

Als sie dann in ihrem Bett unter der Dachschräge lag und Simone kam, um ihr eine gute Nacht zu wünschen, nestelte sie an den Zipfeln ihrer Decke.

»Ist alles in Ordnung, Charlotte?«

Charlotte neigte auf dem Kissen ihren Kopf zur Seite. »Meinst du, Harri ist mir sehr böse?«, fragte sie schließlich. »Ich wollte nichts anfassen. Wirklich nicht.«

»Ich weiß.«

»Aber er hat mir nicht geglaubt.« Auf ihrem Gesicht mischten sich Traurigkeit, Zorn und Scham. »Er denkt, dass ich eines dieser Kinder bin, die alles anfassen und kaputt machen müssen.«

»Er kennt dich nicht«, Simone strich ihrer Tochter das blonde Haar aus der Stirn, »sonst wüsste er, wie sehr du Kunst liebst und dass du niemals ein Kunstwerk oder irgendetwas anderes beschädigen würdest.«

Charlotte runzelte die Stirn, seufzte schwer und nickte. »Auf die Art wird er mich wohl auch nicht kennenlernen.«

»Da hast du recht. Und das ist schade, nicht wahr? Sehr schade. Bist du denn wütend auf Harri Behncke?«

Charlotte schüttelte überzeugt den Kopf. »Nein«, war die prompte Antwort. »Er tut mir nur leid.«

»So? Warum denn?«

»Ja, ich meine … Er sitzt da ganz schief in diesem Sessel, wahrscheinlich den ganzen Tag. Hast du gesehen, dass er den rechten Arm nicht bewegt? Ich glaube, er kann das nicht mehr. Das aber heißt, dass er wahrscheinlich auch nicht mehr malen kann. Er sitzt also den ganzen Tag in diesem Sessel in seinem Haus, hat nur die Hunde zur Gesellschaft und sieht ständig die Bilder an der Wand stehen, die er nicht mehr zu Ende malen wird. Ich stelle mir das schrecklich vor.« Sie schwieg eine Weile. »Ich glaube, ich wäre auch wütend, wenn ich dann andere sehe, die alles das noch können – malen und rennen und schwimmen und so.«

»Wahrscheinlich hast du recht.«

»Wollen wir Harri Behncke noch einmal besuchen?«

»Ich weiß nicht, ob das eine gute Idee wäre. Ehrlich gesagt …« Simone schüttelte den Kopf. »Große Lust hätte ich nicht. Er hat es uns ja praktisch verboten.«

Charlotte zog sich die Decke bis zum Kinn und gähnte. »Mann, bin ich müde!«

»Kein Wunder, war ja heute auch ein ziemlich interessanter Tag.« Simone beugte sich vor und gab ihr einen Kuss auf die Stirn. »Gute Nacht. Schlaf gut.«

»Du auch, Mama.«

Simone schaltete das Licht aus, verließ den Raum und ging nach unten. Sie war auch müde. Sie fühlte sich erschöpft und ausgelaugt wie nach einem Tag im Verlag vor Redaktionsschluss, und hinter ihrer Stirn pochte es leicht, als würde sich ein Migräneanfall ankündigen. Doch sie konnte jetzt noch nicht schlafen, zu viel ging ihr durch den Kopf. Also verzog sie sich mit einer Decke und einem Glas Rotwein auf die Terrasse.

Mittlerweile war es dunkel. Fern am Horizont färbte die untergegangene Sonne den Himmel noch purpurrot, über ihr konnte sie bereits die Sterne sehen. Der Strand, an dem noch vor einer halben Stunde ein paar Jugendliche Musik gehört und Bier getrunken hatten, lag jetzt verlassen da. Die Wellen des Atlantiks brachen sich am flachen Ufer und erzeugten dabei ein gleichmäßiges an- und abschwellendes Rauschen. Der Wind strich um das Haus und ließ trockene Blätter in der Hecke rascheln. Über ihr waren die Möwen von Fledermäusen abgelöst worden, die auf der Jagd nach Insekten flatternd ihre Kreise zogen. Irgendwo bellte ein Hund. Es roch nach Salzwasser und Tang, nach Rosen und Kräutern.

Abendstille, Abendduft, Abendruhe. Alles bereitete sich auf die Nacht vor.

Und während sie so in ihrem Liegestuhl saß – die Beine lang von sich gestreckt, das Glas mit Rotwein in der Hand –, versuchte sie sich vorzustellen, wie Oma Luise Harri Behncke kennengelernt hatte. Auf welchen verworrenen Wegen der Vorsehung ausgerechnet die warmherzige, hilfsbereite Luise Hansen, die auf höfliche Umgangsformen so großen Wert legte, auf diesen stoffeligen, ungehobelten Kerl gestoßen war. Wie passte das zusammen? Hatten die beiden sich tatsächlich geliebt oder war ihre Beziehung nur eine kurze Episode gewesen? Hatte Oma Luise schnell Harris wahren Charakter erkannt und war so davon abgestoßen gewesen, dass sie sich von ihm getrennt hatte? Und hatte er wirklich nichts von seiner Tochter gewusst? Oder hatte er diesen Teil seiner Biografie verleugnet, weil es schlicht bequemer war?

Simone schaute hinauf in den Nachthimmel, an dem die Milchstraße deutlich zu erkennen war. Millionen und Milliarden von Sternen vereint zu einem weißen Band, das sich über ihr bis an die Grenzen des Horizonts erstreckte. Dazu das an- und abschwellende Rauschen des Atlantiks, der Wind, der über die Heckenrosen strich …

Sie wurde ganz ruhig.

Vor Wind, Meer und Sternen – wer war sie? Wer war Harri Behncke? Wer waren die Menschen überhaupt?

Sandkörner. Nichts weiter.

Und erstaunlicherweise deprimierte dieser Gedanke sie nicht. Im Gegenteil, er tröstete sie.

8

»Das war der letzte Patient für heute Vormittag!« Alisé lächelte Mael an. »Zeit für die Mittagspause.«

»Einen Moment noch. Sind die Laborwerte schon gekommen?«

»Ja.« Alisé angelte einen Stapel Papiere aus einem der Ablagekörbe und legte sie vor ihn auf den Tresen.

Er blätterte sie durch, hakte ab, setzte sein Kürzel darunter und schüttelte den Kopf.

»297! Das nenne ich mal einen Nüchternblutzucker-Wert! Das ist ihr neuer Rekord.« Frustriert stützte er sich auf den Tresen und fuhr sich durch das Haar. Seit drei Jahren kämpfte er nun schon gegen die hohen Zuckerwerte von Madame Foulard, die im Grunde nichts weiter als einen Altersdiabetes hatte. Diät und Tabletten, und zwar genau in dieser Reihenfolge, reichten da für gewöhnlich. Doch Madame Foulards Zuckerwerte waren unberechenbar. Heute war der Wert zu hoch, bei der nächsten Kontrolle konnte er bereits wieder ins Bodenlose gesunken sein. Keines von beiden war gesund. Doch woran lag es, dass die Behandlung so gar nicht anschlug? Weder an ihm noch an den Medikamenten, das war sicher. Wenn einem Menschen mit Diabetes nicht beizubringen war, dass Gebäck wie Brioche, Pain au Chocolat oder Eclairs Zucker enthielt – selbst wenn man ihn nicht mit bloßem Auge sehen konnte –, war die Sache von vornherein sinnlos. Und warum konnte er mit ihr reden bis zum Umfallen, ohne dass etwas passierte? Weil Madame Foulard seine alte

Kindergärtnerin war und ihm nicht glauben wollte. Immer wenn er begann, mit ihr über ihre Ernährung zu sprechen, musste er sich anhören, welchen Unsinn er als Dreijähriger gemacht hatte.

»Kein Arzt sollte dort praktizieren, wo er aufgewachsen ist.«

»Wie bitte?« Alisé schaute ihn fragend an.

»Nichts. Schon gut, ich habe nur laut gedacht.« Er schrieb auf den Laborbefund von Madame Foulard in Rot *telefonieren*, *Dosis erhöhen*, *Insulin*, machte drei Ausrufezeichen dahinter und legte den Stapel Papiere zur Seite.

»Soll ich die Tür vorne jetzt abschließen, Mael?«

»Ja, mach nur«, antwortete er zerstreut und überlegte, ob er eine Ernährungsberaterin nach La Plage holen sollte. In Carnac, keine zwanzig Kilometer entfernt, arbeitete eine. Und außer Madame Foulard gab es noch weitere Kandidaten, die von einer Beratung oder Schulung sicher profitieren würden. »Alisé? Such mir doch nachher bitte die Telefonnummer von dieser Ernährungsberaterin in Carnac heraus. Wie hieß sie noch gleich? Pericalle?«

»Du meinst Madame Poutelle? Klar, kein Problem. Oh, Lisabelle!«

Mael hob den Kopf und begrüßte die Pflegerin.

»Guten Tag, Dr. LeGoff. Entschuldigen Sie, dass ich in Ihrer Mittagspause auftauche, aber …«

»Was gibt es?« Wenn Lisabelle unangemeldet in die Praxis kam, lag meistens etwas Ernstes an.

»Wann fahren Sie das nächste Mal zu Monsieur Harri raus?«

»Heute Abend, wie immer. Warum? Stimmt etwas nicht?«

Lisabelle wiegte den Kopf hin und her. »Ich weiß nicht. Körperlich ist alles unverändert. Möglicherweise sogar besser. Ich hatte den Eindruck, dass sein rechter Fuß heute einmal gezuckt hat, nachdem ich ihn in den Rollstuhl gesetzt habe. Aber …« Sie hob die Schultern. »Normalerweise macht er entweder Witze oder wirft mir Schimpfwörter an den Kopf – na, Sie kennen ihn ja. Heute hat er nicht ein Wort gesagt.«

»Glauben Sie, er hatte einen weiteren Schlaganfall?« Mael streckte bereits die Hand nach dem Rucksack aus, der für die Hausbesuche immer neben dem Tresen bereitstand.

»Nein, das meine ich nicht. Er war eher still, in sich gekehrt. Und ich …« Lisabelle machte eine Pause. »Ich glaube, er hat geweint. Möglicherweise übertreibe ich und sehe Gespenster. Doch vielleicht warten Sie besser mit Ihrem Besuch nicht bis heute Abend.«

Mael überlegte kurz und nickte. »Sie haben recht, Lisabelle. Ich mache mich gleich auf den Weg.«

»Wie gesagt, ich glaube nicht wirklich, dass es etwas Ernstes ist. Aber ich möchte mir keine Vorwürfe machen müssen.«

»Klar, verstehe ich. Und deshalb fahre ich gleich los. Mir geht es nämlich genauso.«

Als Mael seine Harley vor Harri Behnckes Haus parkte, stellte er fest, dass er Haus und Garten argwöhnisch begutachtete, als würde das Äußere irgendwelche Rückschlüsse auf eine Katastrophe zulassen, die sich seit gestern Abend im Inneren abgespielt haben mochte.

Du wirst allmählich wunderlich, Mael! Er hängte den Helm an den Lenker. Demnächst fängst du noch an, die Sterne zu befragen und Runensteine zu werfen, bevor du einen Patienten untersuchst.

Er stieß die Gartenpforte auf und ging den Kiesweg entlang. Fiete und Hein waren nicht zu sehen, aber er hörte sie bellen. Und als Mael an die Tür klopfte und sie öffnete, stürmten beide Hunde schwanzwedelnd auf ihn zu, begrüßten ihn dabei nur kurz und rannten dann zu den erstbesten Büschen, um das Bein zu heben.

Mael runzelte die Stirn. Harri hatte einen elektrischen Rollstuhl, und mittlerweile beherrschte er die Steuerung, sodass er sich innerhalb des Hauses gut bewegen konnte. Wenn er aber seine Hunde heute noch nicht nach draußen gelassen hatte, war sein Zustand möglicherweise doch ernster, als Lisabelle befürchtet hatte.

Bitte kein weiterer Schlaganfall!

»Harri?« Keine Antwort. Sein Puls beschleunigte sich. Merde. »Ich bin es, Mael!« Er durchquerte die große Diele und fand Harri im Wohnzimmer. Der alte Künstler saß in seinem Rollstuhl, den Rücken zum Eingang gewandt. Er rührte sich nicht. Aber seine Körperhaltung war gerade. Das beruhigte Mael vorerst. Wenigstens ein bisschen. »Bonjour, Harri.« Immer noch nichts. Mael ging so um den Rollstuhl herum, dass er Harri ins Gesicht sehen konnte. Er legte ihm eine Hand auf die Schulter. »Bist du in Ordnung?«

»Was willst du denn schon hier? Es ist noch nicht sechs Uhr.«

»Ich habe mir Sorgen gemacht, weil Lisabelle gesagt hat …«

Harri schnaubte verächtlich. »Ach die.«

»Sie sagte, dass du ungewöhnlich still bist heute und …«

Harri hob den Kopf. »Nur weil ich nicht zu diesen dummen Schwätzereien der Ilsebill aufgelegt bin, macht ihr so einen Aufstand? Ihr seid doch verrückt. Alle beide.«

»Nicht verrückt, nur besorgt.« Mael verschränkte die Arme vor der Brust und lehnte sich gegen das Fenster. »Übrigens tut es auch einem Arzt gut, wenn man ihn mit einem Bonjour begrüßt.«

»Na gut, dann eben bonjour. Zufrieden? Kann ich jetzt wieder allein sein?«

Mael wusste nicht, ob er lachen oder wütend sein sollte. Das Verhalten des Alten ging ihm gehörig gegen den Strich. Andererseits war er froh und erleichtert, dass Harri ganz offensichtlich keinen Rückschlag erlitten hatte, sondern lediglich in schlechter Stimmung war. Eine seiner berühmten Launen.

»Wenn ich schon mal hier bin, werde ich dich gleich noch untersuchen. Dann brauche ich heute Abend nicht noch einmal herzukommen.«

»Tu, was du nicht lassen kannst.«

Mit finsterer Miene streckte Harri ihm den linken Arm entgegen, und Mael wickelte die Blutdruckmanschette darum.

»Was ist dir denn heute über die Leber gelaufen?«, fragte er, während er Luft in die Manschette pumpte und den Kopf des Stethoskops in die Ellenbeuge presste. »Willst du darüber reden?«

»Nee.«

»Dann eben nicht.« Sein Blick fiel auf das Fotoalbum, das im Rollstuhl hinter Harris Rücken steckte, als hätte der Alte es verbergen wollen. Vielleicht war das der Grund. »160 zu 80. Könnte schlimmer sein.« Mael nahm ihm die Blutdruckmanschette wieder ab und verstaute sie im Rucksack. »Wir sollten diese Woche noch eine Blutentnahme machen.«

»Ihr Quacksalber seid auch nicht glücklich, wenn ihr eure Patienten nicht mit irgendwelchen Nadeln traktieren könnt, oder?«

»Ja, das ist das Beste an meinem Job. Ich freue mich schon immer Tage im Voraus darauf.«

»Hat deine Mutter dir nicht beigebracht, dass man zu alten und kranken Menschen höflich sein sollte?«

»Glaube mir, sie hat es versucht.« Mael schulterte seinen Rucksack. »Dann wünsche ich dir einen schönen Tag, Harri. Wir sehen uns morgen.«

»Das steht wohl zu befürchten. Und ob ich damit einverstanden bin, interessiert hier niemanden.«

»Mich fragt auch keiner.« Mael zuckte mit den Schultern. »Die Hunde sind übrigens draußen. Soll ich die Tür einen Spalt offen lassen, damit sie wieder reinkommen können?«

»Ja, mach das.« Harri starrte aus dem Fenster. Vielleicht sah er hinaus auf den Atlantik. Vielleicht beobachtete er die Möwen, die zwischen den Felsen der geschützten Bucht Muscheln aufpickten. Vielleicht sah er aber auch gar nichts, sondern steckte tief im Sumpf seiner eigenen, düsteren Gedanken. »Hast du eigentlich Kontakt zu der Hansen?«

»Du meinst zu deiner Enkelin?«

Harri schnaubte. »Wenn du sie so nennen willst …«

»Ich habe ihre Handynummer, wenn du das meinst. Sonst habe ich keinen Kontakt.«

»Dann ruf sie mal an. Sie hat dieses Fotoalbum hier vergessen.«

»Gut. Ich kann es aber auch mitnehmen und ihr geben, wenn dir das lieber ist und …«

»Sie und die Kleine sollen kommen und es sich abholen.«

Einen Moment verschlug es Mael die Sprache.

»Wie bitte?«

»Rede ich Chinesisch?« Harri drehte sich halb um und schaute ihn an. »Oder bist du taub? Ich habe …«

»Schon gut, ich hab es gehört. Ich bin nur …« Mael verkniff sich, was ihm auf der Zunge lag. Schweigen war definitiv oft die bessere Wahl, besonders im Umgang mit Harri Behncke. »Ich werde sie gleich anrufen. Bis morgen, Harri.«

»Bis morgen.«

Er winkte Harri zu, wandte sich um und lächelte. Das war es also, was ihn bewegt hatte – der Alte hat ein schlechtes Gewissen.

»Noch weiterhin schöne Ferien, Simone. Erholt euch gut. Und grüße Charlotte bitte von mir!«

»Werde ich ausrichten. Grüße bitte auch Oma. Vielleicht mag sie ja doch wieder mit mir reden. Tschüss!«

Simone beendete das Gespräch. Es war ein ganz normaler Alles-in-Ordnung-bei-euch-Anruf ihrer Mutter gewesen, eins von diesen Telefonaten, die sie schon immer geführt hatten, nicht nur, wenn eine von ihnen verreist war. Die Abstände dieser Telefongespräche waren ebenso zwanglos wie die Frage, wer wen anrief. Es war weniger ein festes Ritual als vielmehr ein beständiges Zeichen ihrer Verbundenheit unter- und miteinander.

Bei diesem Telefonat hatten sie von allem gesprochen – vom Wetter in Hamburg, dem Wetter hier in La Plage, dem Essen, den Einwohnern, dem Haus, von Charlottes ersten Surferfahrungen und ihrer Bekanntschaft mit Camille. Und von Oma Luise, die sich in den wenigen Wochen bereits so gut in der Seniorenresidenz eingelebt hatte, dass sie sich am Wochenende in das Gremium der Bewohner hatte wählen lassen. Typisch für sie.

Nur Harri Behncke hatten sie nicht erwähnt, mit keinem Wort. Als hätten sie vorher vereinbart, nicht über ihn zu reden. Simone war froh darüber. Der gestrige Abend bei ihrem Großvater steckte ihr immer noch in den Knochen, und es wäre ihr schwergefallen, das vor ihrer Mutter zuzugeben. Von wegen Großvater.

Was sie erwartet hatte, wusste sie nicht genau. Bestimmt keine ausgebreiteten Arme und tränenreiche Vereinigung mit dem verschollenen Angehörigen, so realistisch war sie. Vielleicht ein vorsichtiges aneinander Herantasten, Fragen zur Vergangenheit von beiden Seiten, zur Familie. Auch mit Distanz und Fremdheit hatte sie gerechnet. Nicht aber mit Grobheit und Beschimpfungen. Und selbst jetzt, eine unruhige Nacht und einen im Grunde wundervollen Morgen bei Meeresrauschen und Sonnenschein später, fühlte sie sich immer noch gekränkt, verletzt, minderwertig und irgendwie beschmutzt.

Und so saß Simone im sonnengewärmten Sand, sah zu, wie Charlotte das Surfbrett und die Wellen immer besser beherrschte, und versuchte, den gestrigen Abend als eine Episode abzutun, die sie so bald wie möglich vergessen konnte. Sie hatte vorher ohne einen Großvater gelebt, sie würde auch weiterhin ohne Großvater leben. Der Unterschied war nur, dass sie jetzt einen Namen kannte. Wenn sie das in ihren Kopf hineinbekam, war alles wieder gut. Schwer genug …

»Bravo!« Philibert, der braun gebrannte Surflehrer, klatschte begeistert in die Hände. »Und nun raus aus dem Wasser! Die Zeit ist um!« Er klopfte auf sein Handgelenk und winkte Charlotte aus dem Wasser heraus.

»Och, jetzt schon?« Mit einem eleganten Schwung glitt Charlotte mit dem Surfbrett ans Ufer. »Bitte, nur noch ein bisschen!« Zu diesen Worten, die sie überraschend schnell auf Französisch gelernt hatte, kam noch der typische Blick und das Lächeln, dem man nur schwer widerstehen konnte – wenn überhaupt.

Philibert lachte und winkte ab. »Mon Dieu, du bist ja schlimmer als Camille!« Doch er blieb fest und schüttelte den Kopf. »Auf keinen Fall. Für heute ist es genug. Du merkst es wahrscheinlich gar nicht, aber du wirst allmählich müde. Der Wind beginnt umzuschlagen, und ich will nicht, dass du auf den Atlantik hinausgetrieben wirst. Aber wir können den Unterricht schon morgen fortsetzen, wenn du möchtest.«

Philibert sprach fließend Englisch mit einem starken französischen Akzent. Doch an Charlottes enttäuschtem Gesicht war abzulesen, dass sie ihn sehr wohl verstanden hatte. Und tatsächlich beugte sie sich dem Urteil des erfahrenen Surfers.

»Na gut. Dann bis morgen.« Sie verabschiedete sich von Philibert und wandte sich an Simone. »Was gibt es heute zu essen?«

»Hast du schon Hunger?«

»Und wie!«

»Dann lass uns doch mal schauen, was der Kühlschrank hergibt. Ich habe vorhin Gemüse eingekauft. Was hältst du von einer Gemüsepfanne? Und dazu frisches Baguette?«

»Klingt lecker. Wie lange dauert es denn, bis das Essen fertig ist?«

»Etwa eine halbe Stunde.« Simone stand auf und klopfte sich feinen Sand und Muschelschalen von ihren Shorts und den nackten Beinen. »Hältst du noch so lange durch?«

»Klar.«

Simone betrat gerade die Terrasse ihres Häuschens, als es in ihrer Hosentasche wieder klingelte. Sie zog das Handy heraus.

»Hallo?«

»Bonjour, Madame. Hier spricht Mael LeGoff.«

»Oh, guten Tag, Dr. LeGoff. Was …«

»Ich war gerade bei Ihrem Großvater. Ich soll Ihnen ausrichten, dass Sie Ihr Fotoalbum bei ihm vergessen haben und dass Sie es dort abholen können.«

Simone holte tief Luft. »Ach, und das hätte er Ihnen nicht gleich mitgeben können?«

Einen Moment war es am anderen Ende der Leitung still.

»Hören Sie, Madame, ich kann mir vorstellen, dass der gestrige Abend nicht schön für Sie beide war.«

»Sehr vorsichtig und höflich formuliert, Dr. LeGoff. Ja, der gestrige Abend war eine Katastrophe. Und nein, ich möchte diesen Mann nicht mehr besuchen. Ich weiß noch nicht einmal, ob ich mir überhaupt jemals wieder eines seiner Kunstwerke werde ansehen können. Also möchte ich Sie bitten, das Fotoalbum meiner Großmutter mitzunehmen, wenn Sie ihn das nächste Mal besuchen. Ich hole es mir dann in Ihrer Praxis ab. Wollen wir es so machen?«

»Warten Sie. Ich kann Sie verstehen, wirklich. Und Sie haben wahrlich jeden Grund, wütend auf Harri zu sein. Aber das Angebot, das Album bei ihm abzuholen, ist seine Art, Ihnen die Hand entgegenzustrecken und zu sagen: Tut mir leid. Er möchte einen Neustart wagen.«

»Hat er Ihnen das gesagt?«

»Nein. Das muss er auch nicht, ich kenne ihn. Ich bin nicht nur sein Arzt, müssen Sie wissen, ich bin vor allem sein Freund.«

Simone schloss die Augen und rieb sich die Stirn. Was sollte sie tun?

»Madame Hansen? Sind Sie noch dran?«

»Ja. Ich muss nur … Ich brauche etwas Zeit zum Nachdenken, Dr. LeGoff. Trotz der Worte, die Sie gerade gesagt haben, bin ich mir nicht sicher, ob ich mir und meiner Tochter einen weiteren Besuch bei ihm antun möchte. Ich rufe Sie in etwa einer Stunde an und gebe Ihnen dann Bescheid, wie ich mich entschieden habe.«

»In Ordnung. In einer halben Stunde beginnt die Sprechstunde wieder, ich kann dann nicht ans Telefon gehen. Sprechen Sie mir einfach eine Nachricht auf die Mailbox.«

Er legte auf, und auch Simone beendete das Gespräch.

Manchmal war es schon seltsam. Da dachte man, dass man den endgültigen Schnitt endlich geschafft hatte, und dann stellte man plötzlich fest, dass da doch noch verbindende Fäden zurückgeblieben waren. War das nun gut, oder war es eher schlecht?

Woher soll ich das wissen?

Während sie Zwiebeln schälte, Knoblauch hackte, Zucchini in Scheiben schnitt, Auberginen würfelte und frische Champignons putzte, die wundervoll nach frischer, sauberer Erde dufteten, waren Simones Gedanken bei dem Telefonat mit Mael LeGoff. Sollte sie einen zweiten Versuch wagen und Harri Behncke noch eine Chance geben? Wollte sie das? Wirklich?

Als sie dann etwas später auf der Terrasse vor den gefüllten Tellern saßen, den Duft von Olivenöl und Rosmarin in der Nase, beschloss Simone, diese Frage nicht allein zu entscheiden. Sie selbst hatte sich immer einen Großvater gewünscht – nur heimlich natürlich. Kinder merkten schnell, welche Themen besser nicht zur Sprache kommen sollten. Und weder ihre Mutter noch Oma Luise hatten sie auch nur ein einziges Mal gefragt, ob sie denn wissen wolle, wer ihr Großvater sei. Sie wollte mit Charlotte nicht den gleichen Fehler machen.

»Dr. LeGoff hat vorhin angerufen.«

»Ach ja?« Charlotte schob sich eine fast schon unanständig mit Gemüse gefüllte Gabel in den Mund, sodass die nachfolgenden Worte kaum zu verstehen waren. »Was wollte er denn?«

»Wir sollen Omas Fotoalbum wieder abholen. Herr Behncke …« Wie seltsam, den eigenen Großvater beim Nachnamen zu nennen! Als wäre er der Hausmeister oder ein Handwerker, den man gerufen hatte, um die kaputte Heizung oder den tropfenden Wasserhahn zu reparieren. »Herr Behncke möchte, dass wir zu ihm kommen. Dr. LeGoff sagt, das sei ein sicheres Zeichen, dass ihm sein Verhalten gestern Abend leidtut.«

»Okay.« Charlotte zuckte mit den Schultern und wischte die Soße mit einem Stück Baguette von ihrem Teller. »Wann wollen wir denn fahren?«

»Du hast also nichts dagegen?«

»Nö. Warum sollte ich? Ich möchte jedenfalls nicht den ganzen Tag in so einem dämlichen Rollstuhl hocken müssen. Außerdem verdient jeder eine zweite Chance, oder?«

»Du bist ein kluges Kind. Von wem hast du denn diese Weisheit?«

»Von dir. Und Oma Elly sagt das auch immer.« Sie lächelte. »Und ihr könnt euch doch nicht irren, oder?«

So einfach. Wieso konnte sie selbst das Leben nicht so einfach und leicht nehmen? Hatte sie das jemals gekonnt, oder hatte der Verlust dieser Leichtigkeit etwas mit dem Erwachsenwerden zu tun?

Wenn ihr nicht werdet wie die Kinder …

»Und wann wollen wir Herrn Behncke besuchen?«

»Keine Ahnung. Aber nachher um fünf ist Camille wieder zu Hause, und wir haben uns am Strand verabredet. Und morgen Vormittag habe ich Surfstunde. Sonst ist es mir egal.«

Simone schob die gebrauchten Teller zusammen und stand auf. »Dann rufe ich jetzt Dr. LeGoff zurück.«

9

Eine Stunde später parkte Simone ihren Wagen zum zweiten Mal vor dem Haus des Künstlers. Sowohl sie als auch Charlotte schwiegen und sahen aus dem Fenster. Hinter den wuchernden Büschen am Ende des mit Blättern und verwelkten Blüten bedeckten Kieswegs konnte man die blaue Haustür erkennen.

Sollen wir wirklich?, dachte sie. Mehr noch als am Vortag war sie sich nicht sicher, das Richtige zu tun. Dr. LeGoff hatte von einem Friedensangebot Harri Behnckes gesprochen. Und wenn er sich irrte? Wenn der Alte ihnen heute noch mehr Bösartigkeiten an den Kopf warf? Dann schnappen wir uns Oma Luises Album und verschwinden schneller wieder, als wir gekommen sind. Im Grunde hatten sie nichts zu verlieren.

Simone gab sich einen Ruck, schnallte sich ab und öffnete die Autotür. Charlotte stieg ebenfalls aus. Die Hunde kamen schwanzwedelnd an die Gartenpforte gelaufen. Wenigstens sie schienen sich über den Besuch zu freuen. Sie begleiteten sie bis zur Haustür, als wären sie alte Bekannte.

Simone tauschte mit Charlotte einen Blick, dann klopfte sie und öffnete die Tür.

»Wer ist da?«

Täuschte sie sich oder klang die tiefe Stimme heute freundlicher, einladender, vielleicht sogar sanfter? Wenigstens ein bisschen? Ich würde es zu gerne glauben.

»Wir sind es, Simone und Charlotte Hansen!« Simone schloss

die Tür hinter sich, während die beiden Hunde voraus in das Atelier liefen.

Harri Behncke saß heute in seinem Rollstuhl direkt vor den hohen Fenstern, von denen aus man einen wunderbaren Blick über eine felsige Bucht hatte. Dahinter lag der Atlantik.

»Guten Tag.« Simone verkniff es sich, die Hand auszustrecken, und winkte stattdessen leicht.

»Hallo!« Charlotte winkte ebenfalls und streichelte dann dem schwarzen der beiden Hunde den Kopf.

»Dr. LeGoff hat mich darauf aufmerksam gemacht, dass ich das Fotoalbum meiner Großmutter gestern hier vergessen habe.«

»Ja, Luises Fotoalbum.« Harri Behncke zog es mit der linken Hand aus einer Seitentasche an seinem Rollstuhl und legte es sich auf die Knie. »Vielleicht … Aber setzt euch doch. Dann können wir ein bisschen reden.«

»Wollen Sie denn überhaupt …«

»Hör mal, du musst nicht Großvater oder Opa zu mir sagen, so eng sind wir ja nicht miteinander. Mit Harri und Du wäre ich schon zufrieden.«

»In Ordnung. Willst du denn mit uns reden … Harri?« Der Name kam Simone nur schwer über die Lippen. Schweigen baute sich zwischen ihnen auf. Fehlt nur noch, dass irgendwo eine alte Standuhr tickt, dachte sie.

Endlich nickte Harri und fuhr sich mit der noch beweglichen Hand durch sein dichtes graues Haar. »Kann dich verstehen. Habe mich gestern nicht gerade von meiner geselligen Seite gezeigt.« Er grinste schief. »Und ein schlechter Gastgeber bin ich auch. Habe nicht einmal Kekse da für die Lütte.« Er schaute Charlotte an, die auf dem Boden zwischen den beiden Hunden hockte und ihnen die Ohren kraulte. »Du kommst wohl gut mit Hunden klar?«

Charlotte schaute kurz auf. »Ja, meistens schon.«

»Was macht die Schule? In welcher Klasse bist du?«

»Nach den Sommerferien komme ich in die Achte. Ich bin auf dem Gymnasium.«

»Soso, ein heller Kopf.«

Charlotte antwortete höflich, aber sichtlich distanziert. Und Simone fragte sich, wie lange sie dieses bemühte Gespräch noch ertragen musste.

»Gefällt es dir hier in La Plage?«

»Ja, ist schon cool hier. Das Haus ist toll. Und ich nehme Surfunterricht bei Philibert.«

»Ah, Philibert Dupois?« Charlotte nickte. »Der hat doch eine Tochter in deinem Alter, nicht? Wie heißt sie noch …«

»Camille.«

»Ich bin ein wenig aus dem Alter heraus, mir die Namen aller Kinder im Dorf zu merken. Verstehst du dich gut mit Camille?«

»Ja. Ich glaube, sie könnte sogar meine Freundin werden. Wir gehen zusammen schwimmen und hängen am Strand herum, surfen ein bisschen. Besonders gut kann ich das ja noch nicht, aber sie zeigt mir immer ein paar zusätzliche Tricks. Und ich kann mit ihr üben.«

Harri Behncke nickte. »Surfen tust du also auch. Was machst du denn sonst, wenn du nicht gerade in der Schule bist?«

Charlotte zuckte mit den Schultern. »Dies und das. Ich fahre mit meinen Freunden Skateboard, spiele Computerspiele, male …«

»Du malst?« Harri kniff die Augen zusammen. »Was malst du denn so?«

»Unterschiedlich. Das kommt ganz darauf an, wozu ich gerade Lust habe. Manchmal male ich einfach nur mit Farben. Oder etwas, das ich unterwegs gesehen habe. Oder ich zeichne irgendetwas aus einem Buch ab. Manchmal zeichne ich auch Mangas.«

»Und mit welchen Materialien malst du am liebsten?«

»Das kann ich gar nicht sagen, das kommt darauf an. Jedes Bild will etwas anderes, glaube ich.«

»Soso.« Harri strich sich mit der Linken durch seinen Bart. »Jedes Bild will also etwas anderes … Dann macht es dir wohl nichts aus, dich da an meinen Skizzentisch zu setzen, zu malen und dabei still zu sein, solange ich mich mit deiner Mutter unterhalte?«

Er deutete auf den großen Tisch hinter ihm, auf dem neben Papier in unterschiedlich großen Bögen auch Skizzenbücher und Schachteln voller Pastellkreiden, Kohlestücken und Stiften lagen.

»Klar.« Wieder zuckte Charlotte gleichmütig mit den Schultern, stand aber auf. »Von mir aus.« Sie setzte sich an den Tisch, hinter dem sie fast verloren wirkte.

»Und nichts kaputt machen.«

Charlottes missmutig zusammengezogene Augenbrauen konnte Harri Behncke nicht sehen, weil der Skizzentisch in seinem Rücken stand. Hätte er sie aber gesehen, wäre ihm vielleicht sogar selbst die Ähnlichkeit zwischen ihnen aufgefallen.

Jetzt war Simone an der Reihe, ausgefragt zu werden. Es wurde ein regelrechtes Verhör. Harri Behncke wollte alles über Oma Luise wissen – ob sie geheiratet hatte und warum nicht, wie sie ihren Lebensunterhalt verdiente, wo sie wohnte, warum sie jetzt ihr Haus aufgegeben hatte. Simone konnte verstehen, dass er so etwas wissen wollte. Was sie aber störte, waren die Bemerkungen, die er immer wieder einstreute. Wenig freundliche Bemerkungen über Oma Luises Eltern und Oma Luise selbst, die man durchaus als Beleidigungen auffassen konnte. Immer wieder musste Simone sich zwingen, daran zu denken, dass Harri alt und krank in einem Rollstuhl saß und dass ein Teil seiner Verbitterung sicher auch daher rührte. Während sie seine Fragen beantwortete, tröstete sie sich damit, dass sie jederzeit aufstehen und gehen konnte. Er nicht. Außerdem musste sie ihren Großvater nicht lieben. Aber er tat ihr leid. Und dann gab es noch diesen Gedanken im Hinterkopf, dass ihr der Kontakt mit dem berühmten Künstler helfen konnte, die Chefredaktion zu übernehmen. War das schäbig? Irgendwie schon. Andererseits verband sie mit diesem Mann bisher weniger als mit dem Besitzer des Kiosks, bei dem sie wöchentlich ihre Zeitungen und Zeitschriften kaufte. Der war wenigstens immer freundlich zu ihr.

Nach einer Weile geriet das Gespräch ins Stocken – Harri hatte offensichtlich alles erfahren, was ihn interessierte. Also fasste sich Simone ein Herz.

»Darf ich dich etwas fragen?«

»Muss ich auch antworten?«

»Nein, aber es würde mich freuen.« Simone versuchte zu lächeln. »Warum bist du damals gegangen? Warum hast du Oma schwanger zurückgelassen?«

Sein Gesicht wurde starr. »Ich hatte meine Gründe. Und dass sie schwanger war, wusste ich nicht.«

»Aber Oma sagt, dass du dich nie …«

Seine erhobene Hand ließ sie verstummen. »Ich will jetzt nicht darüber reden. Koch uns lieber einen Kaffee. Steht alles in der Küchenzeile. Aber du musst ihn mit der Hand aufbrühen. Maschinenkaffee trinke ich nicht.«

Na toll. Er will alles wissen, aber meine Fragen werden nicht beantwortet. Und jetzt darf ich auch noch Kaffee kochen, dachte sie, stand verärgert auf und ging zu der kleinen Küchenzeile. Sie war froh, etwas zu tun zu haben, sonst hätte sie für nichts garantieren können. Gerade verspürte sie große Lust, ihren Großvater zu erwürgen.

Während sie in den Schränken nach Kaffee, Filter, Kanne und Tassen suchte und den elektrischen Wasserkocher füllte, hörte sie, wie Harri mit seinem elektrischen Rollstuhl an den Skizzentisch rollte. Er schaute Charlotte über die Schulter, bis diese den Kopf hob. Einen Moment starrten sich die beiden an, als würden sie in Gedanken einen Kampf ausfechten. Schließlich zog sich der alte Mann ohne ein Wort zurück, ließ den Rollstuhl wieder an seinen ursprünglichen Platz rollen und starrte aus dem Fenster. Er sah aus, als hätte er sich in eine seiner eigenen Skulpturen verwandelt.

Simone goss Wasser in den Filter. Das Aroma von Kaffee stieg ihr in die Nase und besänftigte ihr Gemüt. Ja, Harri Behncke war ein berühmter Künstler. Und dass er ein Ekel war, wie es viele Journalisten bereits beschrieben hatten, erlebte sie gerade aus nächster Nähe. Aber vor allem war er ein alter, kranker Mann, dem allmählich die Lebenszeit davonlief. Außerdem musst du ihn nicht wiedersehen. Sie goss den fertigen Kaffee in zwei Tassen aus angestoßenem Porzellan.

»Wie trinkst du deinen Kaffee?« Sie bekam keine Antwort. »Mit Milch und Zucker?«

Sie wandte sich zu ihm um und sah gerade noch, wie er sich hastig mit dem Handrücken über die Augen wischte.

»Nee, schwatt as den Düvel sien Mors.«

»In Ordnung.« Sie reichte Harri seine Tasse. Er hob kurz den Kopf, und sie registrierte seine leicht geröteten Augen und den winzigen Tropfen, der in seinem buschigen Bart glitzerte wie ein geschliffener Kristall auf grauem Gestein. Und diese Spur einer Träne gab letztlich den Ausschlag: Harri Behncke war nicht nur alt und krank, vor allem war er herausgerissen aus seinem Leben, getrennt von seiner Kunst. Das machte ihn wütend, einsam. Und man musste kein großer Menschenkenner sein, um zu begreifen, dass er außerdem ein stolzer Mann war. Während sie es sich leisten konnte, nachsichtig zu sein.

»Der ist gut.« Harri schlürfte laut. »Luises Kaffee war immer der beste. Aber deiner kommt ihrem ziemlich nahe.«

»Kein Wunder, es war meine Oma, die mir das Kaffeekochen beigebracht hat.«

»Hat sie gut gemacht.«

Normalerweise würde ich, wenn Harri mein Opa wäre, wie ich mir einen Opa vorstelle, jetzt seine Hand halten und ihn trösten, dachte Simone. Doch zwischen ihnen lagen nicht nur die Jahre, die Harri nicht an ihrem Leben teilgenommen hatte, da war noch etwas anderes, Unausgesprochenes. Und so schwiegen sie, tranken ihren Kaffee und schauten gemeinsam auf das Meer hinaus, bis das Schaben von Holz auf Fliesen sie aufschauen ließ.

»Ich bin fertig«, sagte Charlotte und räumte Kohlestückchen und Stifte wieder an ihren Platz zurück. »Wollen wir jetzt fahren?«

»Na, keine Lust mehr, bei einem alten Knacker in der Bude zu hocken?«

Charlotte zuckte gleichmütig mit den Schultern. »Ich bin mit Camille verabredet. Wir wollen noch schwimmen und surfen.« Sie hielt ihre farbverschmierten Finger hoch. »Kann ich mir bitte die Hände waschen?«

»Natürlich. Da hinten die schmale Tür. Das ist das Bad.« Harri schaute ihr nach. »Immer in Bewegung, die Lütte?«

»Ja, und immer im Laufschritt. Seit sie laufen gelernt hat, ist sie am Rennen. Charlotte macht nichts langsam oder gemächlich.« Simone warf einen Blick auf ihre Armbanduhr. »Tatsächlich, es ist gleich vier Uhr. Ja, es wird Zeit für uns. Außerdem bist du bestimmt müde und froh, uns endlich wieder los zu sein.«

»Schon möglich.«

Charlotte kam aus dem Bad und wischte sich die Hände an ihrer Jeans trocken.

»Komm, Charlotte, wir müssen wieder los.«

»Okay.« Sie wandte sich an Harri und winkte ihm zu. »Tschüss! Das Bild darfst du behalten, wenn du magst.«

»Ich danke dir für das Bild. Zur Tür begleite ich euch nicht, den Weg findet ihr auch allein, oder?«

»Kein Problem.«

»Wollt ihr wiederkommen?«

Simone zögerte. »Ich weiß gerade nicht …« Dann fasste sie sich ein Herz. Was hatte sie zu verlieren außer eine Stunde, die sie nicht am Strand verbringen würde? »Wie wäre es übermorgen?«

»Ja. Oder … warte. Das ist dann Donnerstag, nicht wahr? Donnerstags kommt immer der Schinder von der Physiotherapie. Morgen passt mir besser.«

Obwohl Harri ihrem Blick auswich, verstand Simone die wahre Bedeutung, die dahintersteckte.

»Dann also bis morgen.«

Sie verließen das Haus.

»Ist das in Ordnung für dich, wenn wir Harri morgen wieder besuchen?« Simone öffnete den Wagen und setzte sich hinter das Steuer. »Sonst kannst du auch gern zu Hause bleiben, wenn es dich langweilt. Schließlich hast du Ferien und sollst vor allem Spaß haben und nicht bei alten Leuten im Haus hocken.«

»Nö, ist schon okay, ich komme mit.«

»Wirklich?«

»Ja. Die Hunde sind voll süß. Und ich kann ja auch bei ihm malen.«

»Natürlich kannst du das. Aber ich hatte den Eindruck, dass du wütend auf Harri warst.«

»Na ja, er scheint immer noch zu glauben, dass ich ihm alles kaputt mache. Aber er kennt mich ja noch nicht.« Charlotte runzelte die Stirn und biss sich auf die Unterlippe. »Meinst du, ich kann ihn mal fragen, ob er mir ein paar Tipps zum Malen gibt? Also was ich verbessern könnte und so?«

»Ja, warum nicht? Frag ihn doch einfach. Mehr als Nein sagen kann er nicht.«

»Stimmt.« Charlotte schnallte sich an und lehnte sich in ihrem Sitz zurück. »Was gibt es heute Abend zu essen?«

Da musste Simone lachen.

»Das war die letzte. Schluss für heute.« Mael warf die Patientenakte auf den Stapel im Ablagekorb, wo sie am nächsten Morgen von einer der beiden Sprechstundenhilfen bearbeitet werden würde.

»Das kommt jetzt genau zum richtigen Zeitpunkt!« Alisé schob ihren Bürostuhl zurück und streckte sich so ausgiebig, dass Mael ihre Wirbelgelenke knacken hören konnte.

»Soll ich dir Wirbelsäulengymnastik oder Massagen verordnen?« Er deutete auf seinen eigenen Nacken. »Dieses Knirschen da in deiner Halswirbelsäule klingt nicht gut.«

»Ach wo, halb so schlimm. Und seit ich regelmäßig Yoga mache, habe ich nicht einmal mehr Beschwerden.«

»Dann ist ja gut.«

Sie holten sich beide ihre Jacken, schalteten die Lichter aus und die Alarmanlage an. Die Abendluft war mild, in den Büschen beim Parkplatz zirpten die Grillen.

»Und was hast du mit dem angebrochenen Abend vor, Mael?«

»Nach Hause fahren, etwas essen, ein Bier trinken …«

»Allein?«

Alisés Lächeln konnte er nicht ignorieren. Es war eindeutig und herausfordernd. Aber musste er darauf eingehen? Nein, das stand nirgendwo geschrieben.

»Ja. Für heute habe ich genug von anderen Menschen.«

»Schade.« Sie verzog enttäuscht das Gesicht. »Vielleicht ein anderes Mal?«

»Ja, vielleicht«, erwiderte er und wusste, dass er log.

Rasch setzte er seinen Motorradhelm auf, schwang sich auf den Sitz und startete die Harley. Er floh. Er flüchtete vor Alisés Lächeln, ihrem Wunsch, Zeit zu zweit mit ihm zu verbringen und allem, was dazugehörte. Und er flüchtete, bevor sie ihn durchschauen und die Wahrheit erkennen konnte. Dabei war Alisé eine attraktive Frau – Ende dreißig, gute Figur, gepflegt. Sie hatte Humor und Seele. Er schätzte sie als Mitarbeiterin, und die Patienten liebten sie, weil sie für jeden ein anteilnehmendes Wort hatte und sich an jeden und alles erinnerte, egal, ob es die kranke Katze von Madame Leroche war oder der Wasserrohrbruch im Hause der Fouchards. Doch Alisé war alleinstehend und hatte eine siebenjährige Tochter. Und da fingen die Schwierigkeiten an. Denn sie würde nicht nur ein paar schöne Stunden in trauter Zweisamkeit mit ihm wollen. Nein, ihr Ziel war ohne Zweifel eine dauerhafte Bindung mit Sicherheit für ihr Kind. Eine gemeinsame Wohnung. Eine Familie. Eine Vorstellung, die ihm die Kehle eng werden und ihn spontan an Flucht denken ließ. Er wollte keine feste Beziehung. Nie wieder. Das brachte nur Scherereien und Unglück mit sich. Er kam bestens ohne klar. Und seine Meinung würde sich auch in den nächsten fünfzig Jahren nicht ändern – sofern er denn das Privileg haben würde, bei einigermaßen klarem Verstand Harris Alter zu erreichen.

Er fuhr die Dorfstraße entlang, sah Madame und Monsieur Grange, die gerade ihre Obst- und Gemüsekisten in den Laden räumten, und grüßte sie mit einem kurzen Hupen. Auf der anderen Straßenseite winkte ihm Jacques zu. Mael fuhr noch ein Stück weiter, als ihm eine Idee kam. Er dachte darüber nach, wurde langsamer und wendete schließlich.

Fiete und Hein bellten und sprangen ihm übermütig entgegen.

»Wer ist da?« Die Stimme kam aus dem Wohnzimmer.

»Ich bin es, Mael!«

»Was machst du denn hier?« Harri drehte sich überrascht in seinem Rollstuhl um. »Hausbesuch war doch schon. Wirst du vergesslich, oder willst du hier einziehen?«

»Weder noch.« Mael packte die Griffe des Rollstuhls und schob Harri auf die Terrasse hinaus. »Das ist einfach ein Besuch unter Freunden.«

»Dann herzlich willkommen. Leider kann ich dir nichts anbieten. Ich war heute so beschäftigt, dass ich es nicht geschafft habe, nach La Plage runterzugehen und einzukaufen.«

»Kein Problem, ich habe selbst dafür gesorgt.« Ohne auf Harris Zynismus einzugehen, zog Mael die beiden Flaschen Bier aus seinem Rucksack, die er unterwegs noch bei Jacques gekauft hatte. Er öffnete die Flaschen mit dem Anhänger seines Schlüsselbunds und reichte Harri eine davon.

»Mensch, Mael! Manchmal glaube ich, dass du doch ein guter Arzt bist. Das ist genau die Medizin, die ich gerade brauche. Und dann noch ein Astra. Was Besseres gibt es nicht.« Fast zärtlich strich der alte Mann mit dem Daumen über das rotgoldene Etikett. »Jacques hat immer noch einen Vorrat bei sich stehen?«

»Klar. Du lebst ja noch, oder?« Mael zog sich einen der eisernen Gartenstühle näher, setzte sich neben Harri und legte seine Füße auf die schmale Mauer, die einen Teil der Terrasse begrenzte. »Auf den Abend. Und das Leben.«

»Auf den Abend.«

Sie stießen die Böden ihrer Flaschen gegeneinander und tranken – Harri sein eigens für ihn importiertes Bier aus Hamburg, Mael das Zéphyr, das nur wenige Kilometer entfernt in Quiberon gebraut wurde und dessen Geschmack ihn immer an die Gischt vom Atlantik erinnerte. Und an seinen Vater. Es erinnerte ihn daran, wie sie gemeinsam in den Schul- und Semesterferien hinausgefahren waren, meist vor sechs Uhr morgens, um die Netze einzuholen. Und wie sie dann nach getaner Arbeit direkt an Bord ein Bier getrunken hatten. Stille Momente, in denen er sich dem Glück nahe gefühlt hatte. So nah, wie er ihm sonst nur kam, wenn er auf seinem Motorrad unterwegs war.

Auch dieser Augenblick war so ein Moment, in dem alles am richtigen Platz war.

Schweigend saßen Mael und Harri nebeneinander, den Blick auf die Bucht und den Atlantik gerichtet. Möwen ließen sich von den Wellen schaukeln, die Brandung umspülte die Felsen sanft wie eine Liebkosung. Die Strahlen der untergehenden Sonne sammelten sich in den Glasverzierungen der Terrassenpfosten und ließen sie leuchten, als hätte jemand in ihnen Kerzen angezündet – Grün, Blau, feuriges Rot. Er hätte stundenlang so sitzen bleiben, schauen und staunen können.

»Sie waren übrigens vorhin wieder hier, die beiden.« Harris Stimme klang rau, als hätte er im Bug eines Boots gestanden und stundenlang gegen den Wind angebrüllt.

»Und? Wie ist es gelaufen?«

»Ganz gut, glaube ich. Jedenfalls hat mich keine von beiden gelyncht.« Harri lächelte schief. »Ich habe mich mit …« Mael glaubte sehen zu können, wie sein alter Freund an dem Wort Enkelin kaute. »Ich habe mich mit der Simone unterhalten. Und die Lütte hat gemalt.«

»Gemalt?« Mael lächelte. »Na sieh mal an.«

»Wenn du es dir anschauen willst, das Bild liegt noch auf dem Skizzentisch.«

Mael stand auf. Auf dem Tisch lag ein großer Bogen Papier, auf dem ein mit Kohle und Buntstiften gezeichneter Dolmen zu sehen war, auf dem Kobolde und Elfen sichtlich ausgelassen ein Fest feierten.

»Das ist gut!«, rief er. »Ach was, was rede ich da. Das ist verdammt gut! Und das Mädchen ist erst zwölf!« Er kehrte auf die Terrasse zurück und ließ sich wieder auf seinen Stuhl fallen. »Glückwunsch, Opa. Und wenn du je Zweifel an eurer Verwandtschaft hattest, hier ist der Beweis. Sie hat dein Talent geerbt.«

»Na, wenn du meinst …«

»Wundert dich das etwa? Der Apfel fällt nicht weit. Sie ist schließlich deine Urenkelin.«

Harri grunzte, sagte aber nichts.

»Bist du etwa beleidigt, weil sich nun herausstellt, dass du nicht der einzige talentierte Mensch in deiner Familie bist?«

»Unsinn.« Harri rieb sich den Bart. Das Geräusch klang, als würde er mit Schleifpapier Holz bearbeiten. »Ich frage mich nur …«

Mael wartete. Er war geduldig. Besonders, wenn er an einem Sommerabend neben einem Freund sitzen und der Sonne beim Untergehen zuschauen konnte. Außerdem konnte er Harri nicht die Worte in den Mund legen. Der Alte musste sie selbst finden und aussprechen.

»Ich habe mich bisher ja immer gesträubt, Schüler und Studenten zu unterrichten. Aber ich glaube …« Er holte tief Luft. »Ich glaube, bei der Charlotte würde ich eine Ausnahme machen. Sie hat etwas …«

Harri schaute wieder auf das Meer hinaus, setzte die Flasche an und trank einen Schluck. Er ließ sich Zeit damit wie jemand, der eine seltene, kostbare Delikatesse genießen darf. Doch unter seiner konzentrierten Miene lag ein Lächeln, wie Mael es in den Wochen seit dem Schlaganfall nicht mehr bei ihm gesehen hatte.

»Kommen sie denn wieder?«

»Ja, morgen. Nach all den Jahren …« Nachdenklich betrachtete Harri das Etikett der kleinen bauchigen Bierflasche. »Ich habe eine Familie, Mael. Und ich habe es nicht einmal geahnt.«

»Warum eigentlich nicht? Hast du den Kontakt abgebrochen?«

»Es war … Es beruhte irgendwie wohl auf Gegenseitigkeit. Ungünstige Umstände, Differenzen, Missverständnisse, Meinungsverschiedenheiten und Sturheit auf beiden Seiten. Das Übliche, nehme ich an.« Er rieb sich das Gesicht. »Es ist eine lange, ermüdende Geschichte.«

»Spielt denn das jetzt noch eine Rolle? Ich denke, dass du einen Teil deiner Familie gefunden hast, zählt. Sonst nichts.«

»Ja, vielleicht hast du recht. Und besser spät als nie, oder?« Er nickte, als wollte er seine Worte unterstreichen. »Besser spät als nie.«

10

Simone wachte früh auf. Durch den schmalen Spalt zwischen den Vorhängen fiel schummriges Licht und ließ nur schwach die Möbel in dem kleinen Schlafzimmer erkennen – den Schrank, den Schemel, der als Nachttisch diente, den Bettpfosten. Ein Blick auf ihr Smartphone verriet ihr, dass es zwanzig vor sechs war. Zu Hause würde sie in fünf Minuten aufstehen, duschen und sich anziehen und dann das Frühstück für sie und Charlotte machen. Aber sie war nicht zu Hause, sie war im Urlaub.

Sie schob ihre Hand unter den Kopf, lauschte dem Klang der Wellen und beobachtete, wie es heller und heller wurde. Dabei hing sie ihren Gedanken nach und rekapitulierte ihren gestrigen Besuch bei Harri Behncke. Am Abend war sie aufgeregt gewesen wie ein Kind zu Weihnachten. Mittlerweile wusste sie nicht, was sie davon halten sollte. Sie hatte wirklich einen Großvater. Einen grantigen, schwierigen Mann mit üblen Launen, fragwürdigen Manieren und seltsamen Gewohnheiten. Trotzdem war er kein Traumgebilde mehr, kein Wunschgedanke, sondern ein lebender, atmender Mensch, mit dem sie reden, den sie anrufen und über den sie sich ärgern konnte; wie die Mutter ihrer Freundin Sandra, die sich nach jedem Besuch bei Sandras Großvater über dessen stinkende Zigarren beschwert hatte. Und vielleicht näherten sie sich irgendwann einander so an, dass sie auch miteinander lachen konnten. Hatte sie sich das nicht immer gewünscht? Jetzt war es endlich so weit. Ein Grund zur Freude …

Doch das Hochgefühl wollte sich nicht so recht einstellen. War sie undankbar, weil die Erfüllung eines seit frühester Kindheit gehegten Herzenswunsches sie nicht überschäumen ließ vor Glück? Aber woran lag es? Natürlich hätte ihre erste Begegnung freundlicher und herzlicher ausfallen können. Auch wenn es unrealistisch war, hatte sie natürlich die Fernsehsendungen vor Augen gehabt, in denen sich seit vielen Jahren getrennte Familienmitglieder weinend vor Freude und Rührung in die Arme fielen. Aber das war es nicht wirklich. Jedenfalls nicht nur. Was störte sie dann?

Simone wälzte sich von einer Seite zur anderen. Unruhe breitete sich in ihr aus. Draußen rauschte der Atlantik, zwei Möwen schrien. Sonst war es still. Sie stellte sich vor, wie leer und verlassen der Strand jetzt war – die Fischer waren schon wieder zu Hause, die Bevölkerung von La Plage stand gerade erst auf, und die Touristen drehten sich noch einmal auf die andere Seite und schliefen weiter. Nur Meer und Wind und ein paar Möwen. Das muss schön sein!

Eine Weile rang sie noch mit sich. Schließlich stand sie leise auf, zog ihr Sportzeug an und schlich die Treppe hinunter. Sie schrieb einen Zettel für Charlotte und legte ihn gut sichtbar auf den Esstisch, damit sie sich keine Sorgen machte, falls sie früher aufwachen sollte. Dann ging sie auf die Terrasse.

Der frische Morgenwind empfing sie und streichelte ihr fast zärtlich die Wangen. Sie schloss die Augen, atmete tief ein und war froh, dass sie sich überwunden hatte und aufgestanden war.

Von der Terrasse aus waren es kaum zehn Schritte bis zum Strand. Und dort lag eine der schönsten Laufstrecken, die sie sich vorstellen konnte – direkt an der Wasserkante entlang. Der Himmel über ihr sah aus wie aus hellblauem Glas. Ein paar Möwen pickten nach Muscheln, Krabben und Seesternen, ließen sich vom Morgenwind tragen und von den Wellen schaukeln und führten dabei ihre Möwengespräche.

Sie war der einzige Mensch weit und breit.

Kurz entschlossen ließ sie ihre Laufschuhe an der Gartenpforte stehen und lief barfuß zur Wasserkante hinunter. Die Möwen ließen sich durch ihre Anwesenheit nicht stören. Wenn sie sich ihnen näherte, liefen sie einfach ein Stück den Strand hinauf und kamen wieder zurück, sobald sie an ihnen vorbei war.

Das sollte ich hier jeden Tag machen, dachte sie und sog die frische, nach Salz und Tang riechende Luft so gierig in ihre Lungen wie eine Süchtige.

Trotz der frühen Stunde war es bereits angenehm warm. Auf dem Atlantik glitzerte die Sonne. Der Sand unter ihren nackten Füßen war noch kühl und ein bisschen feucht von der Nacht. Ihr Herz schlug gleichmäßig, ihr Atem war ruhig. Ihre Gedanken klärten sich mit jedem Schritt. Und plötzlich war sie da, die Antwort auf die Frage, weshalb sie sich nicht wirklich darüber freuen konnte, endlich einen Großvater zu haben: Sie fühlte sich als Verräterin. Und das nicht nur, weil sie sich ausgerechnet mit dem Mann treffen wollte, der Oma Luise schwanger sitzen gelassen hatte. Ihr Verrat ging viel tiefer.

»Männer sind entbehrlich.« Das hatte Oma Luise nicht nur gesagt, sondern es auch gelebt. Ob es nun im Geschäft war oder auf Ausflügen, bei sonntäglichen Spaziergängen, auf Reisen oder im Haushalt. Männer waren nie nötig gewesen, damit die kleine Familie Hansen funktionieren konnte. Glühbirnen wechseln, Schränke zusammenbauen, tapezieren, Rasen mähen oder mit Handwerkern verhandeln – dafür brauchten sie keine Hilfe. Sie waren auch ohne männliche Begleitpersonen ein eingeschworenes Team, eine fröhliche und liebevolle Familie, die im Leben gut zurechtkam. Und weder sie noch Charlotte hatten jemals irgendetwas entbehren müssen. Dafür hatten Oma Luise und ihre Mutter immer gesorgt. Sich einen Großvater zu wünschen und ihn dann auch noch präsentiert zu bekommen war undankbar, unfair, ein Verrat an ihrer Mutter, vor allem aber an Oma Luise. Sie war wie ein verzogenes Kind, das statt des Ponys, das ihm bereits gehörte, viel lieber ein Einhorn haben wollte.

Was ist nur in dich gefahren, Simone? Sie schüttelte über sich selbst den Kopf, während ihre Füße in den weichen Sand einsanken und in ihren Waden sich allmählich ein Ziehen bemerkbar machte. Hat dir in den letzten vierzig Jahren irgendetwas gefehlt? Bist du etwa unglücklich? Wozu brauchst du einen Großvater?

Die Antwort war einfach, wenn auch wenig schmeichelhaft: Weil die meisten einen Großvater hatten. Und wie Menschen eben so sind – auch sie wollte haben, was alle hatten. Neid und Habgier ließen einen schnell das Gute und Schöne vergessen, das einem bereits geschenkt worden war. Denn wenn sie es ganz nüchtern und ehrlich betrachtete ... Ich brauche keinen Großvater. Wirklich nicht.

Simone drehte um, bevor sich das Ziehen in den Waden zu einem Krampf ausweiten konnte. Weicher, nachgiebiger Sand war für die Muskeln doch eine ganz andere Herausforderung als Asphalt und Parkwege, die ihre Laufstrecke in Hamburg bestimmten.

Heute besuchen wir Harri Behncke noch einmal, wie wir es abgesprochen haben, dachte sie. Ich frage nach dem Interview. Vielleicht ist er ja einverstanden. Und wenn nicht, dann ist es eben so. Und danach genießen Charlotte und ich einfach unsere Ferien.

Es war noch nicht einmal sieben Uhr, als Simone von ihrer Joggingrunde zurückkam. Sie duschte heiß und setzte sich dann an den Esstisch, um ein bisschen zu arbeiten. Jedes Interview musste vorbereitet werden. Dazu gehörten allgemeine Recherchen über ihren Interviewpartner ebenso wie Interviews mit Weggefährten, Kritikern und Familienangehörigen. In diesem Fall wäre das wohl Oma Luise.

Simone notierte sich ein paar Fragen und rief dann in Hamburg an. Es klingelte. Viermal, fünfmal. Als Simone schon glaubte, Oma Luise würde nicht ans Telefon gehen, weil sie immer noch nicht bereit war, mit ihr zu sprechen, wurde der Hörer abgenommen.

»Hansen?«

»Guten Morgen, Oma!«

»Ah, Simone. Wie geht es euch beiden? Habt ihr schöne Ferien?«

Oma Luise klang beinahe wie sonst auch. Simone wertete das als Friedensangebot.

»Uns geht es rundum gut. Es ist wunderschön hier.« Eine Weile schwärmte Simone von dem Haus, dem Strand, der Gegend, dem Essen. Dann wurde sie ernst. »Es tut mir leid, Oma. Ich wollte dir nicht wehtun. Ich möchte nur …«

»Ja?«

Simone seufzte. »Ich weiß auch nicht. Kennst du das, wenn man etwas haben möchte, obwohl man gar nicht weiß, warum? Nur weil andere es haben?«

»Das kommt wohl vor.«

»Und dann ist da noch der Posten des Chefredakteurs, der ja bald frei wird. Johannes sagte, dass ich sehr gute Chancen habe, allerdings sei mein internationaler Ruf noch etwas mau, und da dachte ich … Ich dachte, als Enkelin von Harri Behncke könnte ich mir diesen Ruf leichter erwerben. Es tut mir leid, Oma. Wenn ich bei Verstand gewesen wäre, hätte mir klar sein müssen, wie weh ich dir damit tue. Aber ich sah meinen Klein-Mädchen-Traum und den attraktiven Job und …« Sie seufzte wieder. »Es tut mir leid.«

»Ich weiß, mien Deern.« Das *mien Deern* klang so zärtlich und vertraut, dass ihr warm ums Herz wurde und ihre Augen zu brennen anfingen. »Es ist gut.«

»Danke, Oma.«

»Und wie ist es bisher gelaufen? Bist du dem Posten der Chefredakteurin näher gekommen?«

»Vielleicht. Jedenfalls habe ich Harri Behncke gefunden.«

»So. Hast du ihn getroffen?«

»Ja. Wir waren bisher zweimal bei ihm.« Oma Luise schwieg, also fuhr Simone vorsichtig fort: »Er ist krank, Oma. Er hatte einen Schlaganfall. Seitdem kann er nicht mehr malen.«

»Oh, das tut mir leid.« Oma Luises Stimme war nicht zu entnehmen, ob das nur eine höfliche Floskel war oder ob sie Harri ehrlich bedauerte.

»Hör mal, Oma, ich habe eine Bitte an dich.«

»Ja?«

»Ich plane ein Interview mit Harri Behncke. Ob er mir die Chance gibt, kann ich noch nicht sagen. Er ist tatsächlich ein schwieriger, unberechenbarer Mensch. Doch natürlich möchte ich mich schon darauf vorbereiten. Kann ich dir vorab ein paar Fragen stellen?« Jetzt, da die Frage heraus war, fühlte Simone sich schäbig. Sollten ihre Qualifikationen nicht reichen, um den Job zu bekommen? Musste sie dafür wirklich ihre Großmutter belästigen? »Wenn du sie nicht beantworten möchtest, ist das in Ordnung. Ich wäre dir nicht böse.« Sie rieb sich die Stirn. »Weißt du was? Ich glaube, das ist eine ziemlich blöde Idee. Vergiss bitte, was ich gesagt habe.«

Am anderen Ende der Leitung atmete Oma Luise geräuschvoll aus. »Nein, Simone, es ist in Ordnung. Wenn ich dir helfen kann …«

»Wirklich?«

»Ja. Habe ich doch eben gesagt. Außerdem ist es vielleicht gut, wenn ich dir endlich erzähle, wie es war.«

»Darf ich das Gespräch aufzeichnen?«

»Damit du es hinterher besser aufschreiben kannst?«

»Richtig.«

»Natürlich. Dann schieß mal los mit deinen Fragen.«

Simone drückte auf die Aufnahmetaste ihres Handys.

»Wann und wie habt ihr euch kennengelernt, du und Harri?«

Oma Luise räusperte sich. »Warte mal … Das muss 1952 gewesen sein, im Oktober in einem Café. Ich war dort mit zwei Freundinnen. Harri kam herein, ging von Tisch zu Tisch und bot an, Porträts der Gäste zu zeichnen. Mir hat er irgendwie leidgetan, deshalb habe ich mich von ihm zeichnen lassen. Doch er wollte von mir kein Geld. Also habe ich ihn zu einem Kaffee und einem Stück Kuchen eingeladen.« Sie lachte. »Er sah so gut aus damals! Mager, Dreitagebart, dunklegraue Augen. Verwegen sah er aus und hungrig, aber auch leidenschaftlich, lebendig. Seine Kleidung war abgetragen, aber sauber. Ein Hauch von Romantik und Tragik umgab ihn, verstehst du? Er sah genauso aus, wie man sich einen armen, talentierten und von seiner Kunst beseelten Maler eben vorstellt. Dass er nicht mit französischem Akzent, sondern in schönstem Hafen-Platt redete, tat dem ganzen keinen Abbruch. Eher im Gegenteil.« Sie lachte wieder und schwieg dann eine Weile, offenbar in ihre Gedanken versunken. »Ich wollte ihm helfen. Und meinen Freundinnen ging es nicht anders. Die Hedwig und vor allem die Inge machten ihm schöne Augen. Mir war das fast schon peinlich, muss ich sagen. Aber wirklich gesprochen hat Harri ausschließlich mit mir. Beschwert habe ich mich darüber natürlich nicht.« Simone konnte das Lächeln in Oma Luises Stimme hören. »Nachdem wir unseren Kaffee getrunken und den Kuchen aufgegessen hatten, sind wir nach Hause gegangen. Harri hat uns begleitet. Von da an stand er jeden Tag vor dem Haus meiner Eltern.«

»Jeden Tag?«

»Jawohl. Von drei bis sechs Uhr am Nachmittag. Jeden Tag. Damit mein Vater nichts sagen konnte, stand er immer auf der anderen Straßenseite. Trotzdem rief Papa irgendwann die Polizei. Ich konnte von meinem Zimmerfenster aus sehen, wie der Polizist mit Harri redete. Harri ging daraufhin weg. Doch am nächsten Tag war er wieder da. Diesmal allerdings mit Schemel und Staffelei. Er setzte sich so hin, dass er die Passanten auf dem Gehweg nicht behinderte. Und so konnte der Polizist nichts mehr sagen. Harri arbeitete ja schließlich und malte unser Haus. Mein Vater tobte.« Oma Luise lachte. »Irgendwann bat Papa mich, doch um Himmels willen dafür zu sorgen, dass dieser zerlumpte Künstler von der anderen Straßenseite verschwindet. Also ging ich raus und redete mit Harri. Und von da an trafen wir uns jeden Tag im Park und gingen spazieren. Wir redeten, und er malte meistens dabei – Kinder beim Ballspielen, Bäume, Hunde. Und mich. Er muss in dieser Zeit mindestens fünfzig Porträts von mir angefertigt haben. Meistens Bleistiftskizzen, aber auch Zeichnungen in Pastell und Kohle. Manchmal waren es auch nur Studien für ein Ölbild, wie er sagte. Ich fand seine Zeichnungen sehr beeindruckend. Aber ich bin natürlich kein Kunstkenner. Tja, und dann haben wir uns so richtig ineinander verliebt.«

»Aber dabei ist es nicht geblieben?«

Jetzt seufzte Oma. »Das ist jetzt wirklich sehr persönlich, Simone. Ich weiß nicht, ob ich das in deinem Magazin gedruckt lesen möchte …«

»Keine Sorge, Oma, es geht mir hauptsächlich um Hintergrundinformationen. Außerdem werde ich dir vorher noch das Interview zu lesen geben, und du kannst dein Veto einlegen, falls du nicht einverstanden bist. Ist das in Ordnung?«

»Ja.« Simone hörte Oma Luise schlucken. Ihre Stimme war leise, als sie weitersprach. »Wir waren ein richtiges Paar, Harri und ich. Und ich habe ihn geliebt, so wie ich es mir immer vorgestellt habe. Meine Eltern waren natürlich nicht blöd, sie hatten ja Augen im Kopf. Sie drängten darauf, dass wir heiraten sollten. Aber wovon sollten wir denn leben? Von Harris brotloser Kunst, wie Mama immer gesagt hat, konnte man damals keine Familie ernähren. Er hatte ja nicht einmal eine richtige Wohnung, sondern hauste in einer Bodenkammer in einem heruntergekommenen Haus auf St. Pauli. Also hat Papa Harri angeboten, in unserem Geschäft zuerst als Assistent zu arbeiten und in ein paar Jahren, wenn er selbst zu alt sein und sich zur Ruhe setzen würde, die Leitung zu übernehmen. Doch Harri wollte nicht. Er wollte nach Paris und dort weiter Kunst studieren. Er hat sich deswegen mit Papa oft gestritten. Unschöne Worte sind dabei gefallen. Und dann war er eines schönen Tages fort. Einfach so. Am Abend haben wir uns noch getroffen, und am nächsten Morgen war seine Kammer leer. Er war weg, ohne mir eine Nachricht hinterlassen zu haben. Ich …« Oma Luises Stimme wurde brüchig. »Ich war am Boden zerstört. Wie konnte er mich nur einfach so alleinlassen? Liebte er seine Kunst etwa mehr als mich? Und dann …« Sie seufzte. »Dann stellte sich heraus, dass ich ein Kind erwartete.«

Simone ließ ihrer Großmutter Zeit, um sich zu sammeln.

»Das war bestimmt nicht einfach, Anfang der Fünfzigerjahre«, sagte sie schließlich.

»Nicht einfach? Das ist noch untertrieben. Unverheiratet, der Erzeuger auf und davon. Das war eine Schande. Meine Mutter hat tagelang geweint, mein Vater sagte immer nur: ›Wie konntest du das deiner Mutter antun? Wie konntest du?‹ Eine Weile durfte ich noch im Laden mitarbeiten, dann musste ich im Haus bleiben, weil mein wachsender Bauch sich nicht mehr verstecken ließ. Wenn die Nachbarn nach mir fragten, erzählten meine Eltern ihnen, dass ich meinem Ehemann nach Paris gefolgt sei. Ich habe monatelang gelebt wie eine Gefangene und durfte nicht einmal an die Tür gehen, wenn der Postbote klingelte. Meine Eltern hatten ja ihr Geschäft und einen Ruf, den es zu wahren galt. Das Schlimmste aber war, dass Harri sich nicht ein einziges Mal gemeldet hat. Kein Brief, kein Anruf, nichts. Es war, als hätte es ihn nie gegeben. Als wäre er einfach nur ein Traum gewesen.«

»Und wie ging es dann weiter?«

»Als der Geburtstermin näher rückte, brachten meine Eltern mich nach Hannover zum Bruder meines Vaters. Ein paar Wochen später holten sie mich und Elly wieder ab. Den Nachbarn erzählten sie, dass mein Mann in Paris einen tödlichen Unfall gehabt hatte und ich in der fremden Stadt ganz allein mit dem kleinen Kind gestrandet war, weshalb sie mich wieder nach Hause geholt haben.« Oma Luise schnäuzte sich. »Ich musste ein Jahr lang ausschließlich schwarze Kleidung tragen. Danach habe ich wieder im Geschäft mitgearbeitet. Die Arbeit hat mir Freude gemacht, die Kunden mochten mich. Ich hatte den Geschäftssinn, wie Papa es immer genannt hatte. Ich habe nicht gern mit ihm zusammengearbeitet. Er hat mich auf Schritt und Tritt beobachtet, als befürchtete er, ich könnte mich irgendwann doch noch verplappern und somit die Wahrheit ans Licht bringen. Und meine Mutter hat es nie versäumt, wenigstens einmal am Tag *meine Schande* zu erwähnen und mir vorzuhalten, auf was für einen Filou und Taugenichts ich hereingefallen bin. *Meine Schande* war meine heiß und innig geliebte Tochter Elly. Und sie entwickelte sich prächtig.« Oma Luise schwieg eine Weile. »Mutter hatte nie den Geschäftssinn und war deshalb heilfroh, dass ich nach Papas Tod 1965 die Leitung des Familienunternehmens übernahm. Und ich stürzte mich mit Begeisterung in die neue Aufgabe. Endlich konnte ich so schalten und walten, wie ich wollte. Das Unternehmen wuchs und blühte auf, sodass wir schon bald weitere Filialen eröffnen konnten. Mama war sichtlich stolz auf mich, doch das Verhältnis zwischen uns blieb bis zu ihrem Tod 1973 sehr distanziert. Und nach meinen Erfahrungen mit Harri mochte ich mich auch nicht mehr mit Männern einlassen. Ich kam ganz gut ohne sie zurecht. Und das ist bis heute so geblieben.«

»Hast du jemals versucht, selbst Kontakt zu Harri aufzunehmen?«

»Zwei- oder dreimal war ich kurz davor. Ich hatte die Briefe sogar schon geschrieben. Es war ja irgendwann nicht mehr so schwierig, herauszufinden, wo er lebte. Im Gegenteil. Nachdem er verschwunden war, ging es mit seiner Karriere steil bergauf. Als hätte meine Gegenwart ihn vorher daran gehindert, bekannt zu werden. Doch letztlich wollte ich mir meine Selbstachtung bewahren. Was sollte ich einem Kerl hinterherlaufen, der so ganz offensichtlich nichts mehr von mir wissen wollte? Er wusste schließlich, wo ich wohnte. Für ihn wäre es ein Leichtes gewesen, sich bei mir zu melden. Also habe ich die Briefe zerrissen.«

Simone nickte. Konnte sie sich überhaupt vorstellen, was ihre Großmutter alles durchgemacht hatte?

»Danke, Oma. Ich glaube, ich kann dich jetzt sehr viel besser verstehen.«

»Ja, vielleicht hätte ich dir das früher schon alles erzählen sollen. Aber es ist nicht leicht, verstehst du? Ich schaue ja lieber nach vorne als zurück. Die Vergangenheit lässt sich schließlich nicht mehr ändern.«

»Hast du in all den Jahren Harris Karriere verfolgt?«

»Nein. Aber man kommt ja kaum darum herum, etwas über Harri Behncke zu lesen, wenn man das Feuilleton aufschlägt. Besonders in den Hamburger Zeitungen, die sich vor Stolz fast überschlagen, dass aus einem Jungen aus St. Pauli einer der berühmtesten Künstler der Gegenwart geworden ist. Und so wusste ich natürlich die ganze Zeit, dass er mit seinen Bildern und Skulpturen großen Erfolg hatte. Aber ich habe nie eine Ausstellung von ihm besucht. Seine Kunst gefällt mir nicht. Ich finde sie abstoßend, grausam, obszön.«

»Nun, er beschäftigt sich hauptsächlich mit eher schwierigen Themen – den Auswirkungen von Rassismus und Faschismus, den Gräueln der Nazis …«

»Wenn er meint, er müsse das tun, bitte. Aber ich sehe nicht, wie es an der Vergangenheit etwas ändern soll, wenn er mir eine Skulptur vor die Nase setzt, die eine brennende Frau darstellt, deren Beine bereits zu Asche geworden sind. Nein, Kunst sollte schön sein, das Herz erfreuen.«

»Das ist Geschmackssache«, erwiderte Simone und dachte an die Skulptur, die Oma Luise eben erwähnt hatte. Es war ein frühes Werk aus den Fünfzigerjahren und eines der ersten, das sie von Harri Behncke überhaupt gesehen hatte. Sie hatten damals in der Oberstufe mit dem Geschichtskurs eine Sonderausstellung zum Holocaust in Berlin besucht, und *Verbrannte Träume* war eine Leihgabe aus Paris. Nie zuvor hatte sie die Sinnlosigkeit der Gewalt und des Mordens künstlerisch umfassender dargestellt gesehen. Sie spürte heute noch die Beklemmung, die Angst, die Verzweiflung, den Verlust und die abgrundtiefe Trauer, die sie beim Anblick der Skulptur als Siebzehnjährige gefühlt hatte. Auch jetzt stiegen ihr die Tränen in die Augen. »Und was ist mit diesen Porträts, die er von dir gezeichnet hat?«, wechselte sie das Thema.

»Die meisten hat er behalten, bevor er wegging. Vielleicht hat er sie mittlerweile vernichtet oder verkauft? Keine Ahnung. Und das eine, das ich behalten habe – jenes, das er bei unserer ersten Begegnung in dem Café gezeichnet hat –, habe ich zwei oder drei Jahre nach Ellys Geburt zerrissen.«

Simone schnappte nach Luft. »Was? Du hast wirklich …«

»Ja. Einmal, als wir Haus und Geschäft gleichzeitig modernisieren mussten, habe ich kurz daran gedacht, dass der Verkauf dieser paar Bleistiftstriche wahrscheinlich ausgereicht hätte, um alles zu finanzieren. Aber das war das einzige Mal, dass ich es beinahe bereut hätte. Ich weiß nicht, was so ein Frühwerk von Harri Behncke jetzt wert wäre. Aber mein Seelenheil und meine Selbstachtung sind weit kostbarer. Nachdem er auf diese feige Art verschwunden ist und sich auch nie bei mir gemeldet hat, wollte ich nichts von ihm haben. Gar nichts. Ich wollte mit ihm endgültig abschließen. Und letztlich bin ich froh, dass ich ihm für nichts dankbar sein muss. Was ich geschafft habe, habe ich mir selbst erarbeitet – ein gut laufendes Geschäft, eine gelungene Tochter, eine wunderbare Enkelin und eine zauberhafte Urenkelin. Harri Behncke hat daran keinen Anteil.«

»Männer sind also entbehrlich?«

»So ist es, Kind. Wir kommen doch prima ohne sie klar. Oder etwa nicht?«

Simone lächelte. Jetzt hätte sie ihre Großmutter gern umarmt.

»Vermutlich hast du recht.«

»Wir sind doch das beste Beispiel. Oder hast du jemals etwas vermisst, Simone?«

»Nein«, erwiderte sie voller Überzeugung. »Ich habe nichts vermisst. Du und Mama, ihr wart immer für mich da.«

»Na bitte.« Oma Luise schnäuzte sich wieder. »Was hat Harri denn zu euch beiden gesagt, als ihr ihm gegenüberstandet?«

»Er war … ziemlich unhöflich, muss ich sagen. Er ist ein grantiger Eigenbrötler. Was sicherlich auch an seinem derzeitigen Zustand liegt. Aber vor allem war er überrascht. Er scheint von Mamas Existenz nichts gewusst zu haben.«

»Nun, er hätte davon wissen können, wenn er gewollt hätte. Aber er hat sich nicht gemeldet. Nicht ein einziges Mal.« Oma Luise seufzte, und es tat Simone im Herzen weh, sie so niedergeschlagen zu hören. »Ich habe ihn nicht gebraucht, um mein Leben zu leben. Und selbst wenn er geblieben wäre – wer weiß, was aus uns geworden wäre. Denn natürlich habe ich auch aus den Zeitungen von seinen Weibergeschichten erfahren. Mama und Papa haben regelmäßig dafür gesorgt, dass ich die Artikel nicht übersehen konnte. Trotzdem hat es gedauert, bis ich verstanden habe, dass ich ihn nicht brauche. Am Anfang hat es sich jedenfalls angefühlt, als müsste ich sterben. Und wenn Elly nicht gewesen wäre, wer weiß …«

»Am Anfang hat es sich jedenfalls angefühlt, als müsste ich sterben …« Ja, das konnte Simone sehr gut nachvollziehen. Und wie gut sie das konnte! Charlotte war gerade geboren worden, als sie ihren damaligen Ehemann zum ersten Mal bei einem Seitensprung ertappt hatte. Zwei Jahre und etliche mehr oder weniger halbherzige Entschuldigungen später hatte sie die Scheidung eingereicht. Ja, die erste Zeit war ihr wie Sterben vorgekommen. Sie hatte ihren Mann geliebt – trotz seiner Fehler. Sie hatte das Bild von ihnen als Familie geliebt, als Mutter, Vater, Tochter, der hoffentlich noch ein paar weitere Geschwister folgen würden. Sie hatte den Gedanken geliebt, jemanden gefunden zu haben, mit dem sie alt werden konnte. Und sie hatte lange Zeit mit sich gerungen, ob sie den Schritt wagen oder doch lieber bleiben, ihm eine weitere Chance geben sollte. »Und wie oft willst du das noch tun?«, war die entscheidende Frage ihrer Freundin gewesen, die sie schließlich zu ihrer Anwältin geführt hatte. Dennoch war sie lange Zeit nicht wirklich zu gebrauchen gewesen. Trauer. Wut. Scham. Und das hässliche Gefühl, versagt zu haben, nicht einmal so etwas Simples wie eine Ehe auf die Reihe bekommen zu haben, hatte sie wochenlang den Schlaf gekostet. Sie hatte in der Zeit zugenommen, weil Schokolade und Rotwein ihren Kummer und die bohrenden Fragen für ein paar Stunden vergessen ließen. Ein halbes Jahr hatte diese Phase gedauert, bis sie ihr eigenes Spiegelbild nicht mehr sehen mochte. Es war Oma Luise, die ihr aus dem Sumpf geholfen hatte: »Denk immer daran, Simone, du hast das Heft in die Hand genommen, die Wahl getroffen und bist gegangen. Du warst stark genug, dich nicht mehr erniedrigen zu lassen. Darauf kannst du verdammt noch mal stolz sein. Du brauchst diesen Kerl nicht, um dein Leben zu leben.«

Trotzdem hatte es sich zwischendurch immer wieder angefühlt wie Sterben. Wenn sie mit Charlotte in den Kindergarten, zum Elternabend oder zum Kita-Fest ging, wo sich alle Familien versammelten. Aber ihre eigene Situation schärfte auch ihren Blick für ihre Umgebung. Sie war nicht allein. War es nie gewesen. Es gab eine ganze Reihe Frauen, denen es wie ihr ergangen war. Und manchen unter ihnen fehlte der Mut zur Konsequenz.

Über ihr rumpelte es – Charlotte stand auf.

Hastig wischte sich Simone die Wangen mit einem Zipfel ihres T-Shirts trocken und begann Tee zu kochen.

»Guten Morgen, Mama!« Die fröhliche Stimme auf der Treppe ließ sie schmunzeln. Wäre sie bei Kai geblieben, wäre Charlotte dann das fröhliche, selbstsichere Mädchen, das sie jetzt war? Oder wäre sie durch häufige Streitereien und falsche Versprechungen verunsichert und ängstlich? Müßig, sich darüber Gedanken zu machen.

»Frühstück ist gleich fertig.« Sie gab ihrer Tochter einen Kuss auf die Stirn. »Hast du gut geschlafen?«

»Wie ein Bär!«

Charlotte gähnte ungeniert und streckte sich dabei. Ihre blonden Locken waren bereits jetzt durch Salzwasser und Sonne eine Nuance heller als gewöhnlich, ihre Haut war sonnengebräunt und ließ die blauen Augen leuchten. War es falsch, sich darüber zu freuen, dass die eigene Tochter schön war? Nein. Man darf sich ungeniert freuen und wundern. Man sollte wohl nur nicht so vermessen sein zu glauben, dass man selbst dafür verantwortlich ist.

Simone goss den Tee auf und legte Croissants in den Brotkorb, während Charlotte den Tisch deckte und sich dann hinsetzte.

»Was machen wir heute?«

»Du hast nachher Surfunterricht, oder?«

»Ja.«

»Und anschließend fahren wir zu Harri.«

Charlotte verzog das Gesicht. »Muss das sein?«

»Ich weiß, er ist kein netter alter Mann. Aber wir sind nur drei Wochen hier, er hat uns eingeladen. Wenn wir wieder nach Hause fahren, werden wir ihn wahrscheinlich nie wieder sehen.«

»Du meinst, weil er so alt und krank ist, dass er bald sterben wird?«

Simone musste schlucken. Manchmal war Charlottes Direktheit schmerzhaft.

»Letztlich ... ja. Er ist über neunzig, hatte gerade einen schweren Schlaganfall, und deshalb ...«

»Schon verstanden.« Charlotte machte eine lässige Geste und biss von ihrem mit Frischkäse beschmierten Croissant ein großes Stück ab. »Also besuchen wir ihn, solange es eben geht. Ich kann mich ja im Garten mit den Hunden beschäftigen. Oder ich nehme mir etwas zu lesen mit.«

Simone lachte. »Wie bist du nur so klug geworden?«

»Na, Kunststück, du bist ja auch meine Mutter.«

Vor Harris Haus parkte ein kleiner Peugeot, auf dessen Dach ein weißer Kochtopf angebracht war – ganz offensichtlich eine bretonische Version von »Essen auf Rädern«. Als Simone aus ihrem Wagen ausstieg, konnte sie bereits die Stimmen im Haus hören. Es waren mindestens zwei. Eine war so leise, dass sie nicht einmal erkennen konnte, ob ein Mann oder eine Frau sprach. Die andere war unverkennbar Harris Bass – laut und wütend.

Die Haustür war nur angelehnt, und die beiden Hunde kamen ihnen winselnd, mit angelegten Ohren und eingekniffenen Schwänzen entgegen. Offenbar mochten sie keinen Streit.

»Nimm den Fraß wieder mit, sage ich!« Es schepperte, als ließe man die geballte Faust auf einen gedeckten Tisch krachen.

»Monsieur, bitte! Sie werfen doch alles um!« Die Frau klang erschrocken. »Außerdem müssen Sie doch etwas essen! Bitte. Ich stelle den Teller hier hin …«

»Nein, ich will nicht! Nimm das wieder mit!«

»Aber Dr. LeGoff sagt …«

»Ist mir doch egal, was dieser Quacksalber sagt! Ich will dieses Zeug nicht essen. Schmeckt doch immer gleich. Nimm den Kram mit, sonst werfe ich das Scheißding an die Wand und …«

Simone betrat das Atelier. Eine kleine, pummelige Frau stand neben Harri am Skizzentisch. Die beiden führten eine Art Ringkampf um einen dieser dreigeteilten Teller, wie sie oft in Kantinen und Großküchen verwendet wurden. Wer diesen Kampf gewinnen würde, war noch nicht entschieden. Doch er tobte heftig – beide waren mit Soße bekleckert.

»Hallo, Harri! Bonjour, Madame.«

Die Frau wirkte sichtlich erleichtert, sie zu sehen. Ihr Gesicht war gerötet, und der kurze Pony klebte in dunklen feuchten Strähnen auf ihrer Stirn.

»Oh, bonjour! Sie sind …«

»Simone Hansen. Harri ist mein Großvater.«

»Pah!« Harri wischte sich mit der Linken über sein Gesicht. Es war dunkelrot vor Zorn.

»Worum geht es denn?«

»Monsieur Harri lehnt das Essen ab, Madame. Aber er muss doch etwas essen und …«

»So ein Zeug würde ich nicht einmal Fiete und Hein vorsetzen. Aber mit alten, kranken Menschen kann man es ja machen. Die können sich ja nicht wehren, und das Geld wird einfach vom Konto abgebucht. Denken die.« Er deutete mit dem Finger erst auf die Frau, dann schüttelte er die Faust. »Aber sie haben nicht mit mir gerechnet.«

Nein, ganz bestimmt nicht, dachte Simone und musste sich auf die Lippe beißen, um nicht zu lachen. Dann schaute sie auf den Kantinenteller, auf dem eine Scheibe Fleisch in einer dunklen Soße schwamm, sauber getrennt von einem gelblichen Brei, bei dem es sich wahrscheinlich um Kartoffeln handelte, und einem grünlichen Mus, das dem Geruch nach Brokkoli oder eine andere verwandte Kohlsorte war. Und sie verstand, was Harri meinte.

»Aber Monsieur, Sie brauchen doch die Nährstoffe und Vitamine. Wir …«

»Nährstoffe? Vitamine?« Harri legte den Kopf in den Nacken und lachte laut und wütend. »Der Witz war gut. Dieser Fraß da kommt aus einem Chemiebaukasten! Wenn da noch Nährstoffe und Vitamine drin sind, fress ich meine Pinsel und spüle mit Terpentin nach.«

»Stellen wir das doch erst einmal weg, bevor es hinunterfällt«, sagte Simone, nahm der sichtlich verzweifelten Frau den Kantinenteller ab und stellte ihn außer Harris Reichweite in der Küchenzeile auf die Arbeitsplatte. »So kommen wir nicht weiter. Dass du etwas essen musst, ist dir natürlich selbst klar, darüber brauchen wir nicht zu diskutieren. Nur scheint diese Mahlzeit nicht deinen Geschmack zu treffen.«

Harri schnaubte. »Wenn es nur die eine wäre, würde ich ja nichts sagen. Aber dieser Fraß schmeckt immer gleich und sieht jeden Tag aus wie schon mal gegessen. Zum …«

Simone fiel ihm ins Wort, um die Situation zu entspannen. »Was würde dir denn schmecken? Worauf hast du Appetit?«

»Labskaus«, kam es wie aus der Pistole geschossen. »Kohlrouladen, Heringssalat, Frikadellen, Bratkartoffeln, Grünkohl, Strammer Max, Kohlsuppe, Cotriade …«

»Ich glaube, das wird die Küche hier bestimmt nicht leisten können. Aber was hältst du davon, wenn ich bei Jacques' Bistro Cotriade für uns alle hole und morgen Labskaus koche?« Sie warf der Frau vom Essensdienst einen Blick zu. Die verschreckte Frau wirkte erleichtert.

»Ist dir das denn nicht zu viel?«, brummte Harri. »Du hast schließlich Ferien und …«

»Nein. Wir haben ja kein Hotel mit Vollpension gebucht, wir müssen uns also selbst verpflegen. Und ich koche gern. Voraussetzung wäre natürlich, dass wir gemeinsam essen. Ich habe nämlich keine Lust, mich zweimal an einem Tag an den Herd zu stellen.« Sie ließ Harri Zeit, darüber nachzudenken. »Also, was meinst du?«

»Du würdest hier für mich kochen?«

»Ja. Labskaus, wie du es dir gewünscht hast. Das Rezept habe ich von meiner Oma.«

»Und wir würden zusammen essen?«

»Richtig.«

Harri schwieg eine Weile, schließlich nickte er. »Gut, machen wir so.«

»Tatsächlich? Wir sind dann mindestens zwei Stunden bei dir. Wir beide.«

»Na und?«

»Also gut.« Simone wandte sich an die Frau vom Essensdienst. »Madame, Sie brauchen dann morgen kein Essen zu liefern.«

»Gut.« Wenn Simone jemals Erleichterung in einem Gesicht gesehen hatte, dann hier bei dieser armen Frau, die offenbar schon seit Tagen mit Angstschweiß auf der Stirn zu Harri gefahren war. »Ich gebe in der Küche Bescheid.«

»Danke. Ich begleite Sie hinaus.« Simone stellte den Kantinenteller in die Warmhaltebox und stülpte den Deckel darüber.

Sie konnte Harri verstehen. Der Geruch des Kantinenessens war wirklich nicht appetitanregend.

Die Frau öffnete den Kofferraum des kleinen Peugeots und stellte die Warmhaltebox zu den anderen, die dort ordentlich aufgestapelt waren. Es waren bestimmt zwanzig Stück.

»Danke, Madame!«, sagte sie, und einen Augenblick dachte Simone, die Frau würde ihr um den Hals fallen.

»Nicht doch. Es ist ja nur für einen Tag.«

»Madame, es gibt Situationen, da zählt ein Tag mehr als drei Wochen Urlaub.« Sie sagte das mit so einem Ernst, dass sie beide lachen mussten. »Bei uns gibt es niemanden, der diese Tour gerne fährt. Natürlich mögen nicht alle Kunden immer unser Essen. Das ist normal. Aber Monsieur Harri ist …«

Ein spezialgelagerter Sonderfall, dachte Simone und unterdrückte das Lachen. »Mein Großvater ist ein schwieriger Mensch.«

»Ein wahres Wort.« Die Frau schlug die Kofferraumklappe zu. »Sie glauben gar nicht, was wir schon alles mit ihm erlebt haben! Danke, vielen Dank.«

Simone sah zu, wie die Frau in ihr Auto stieg und wegfuhr. Erst auf dem Weg zurück ins Haus fiel ihr auf, was sie gerade getan hatte.

Simone, Simone, bist du noch zu retten? Jetzt darfst du morgen in deinen kostbaren Ferien für den Alten kochen! Für den Mann, der Oma Luise einfach sitzen gelassen hat! Was hast du dir nur dabei gedacht?

Nichts. Sie hatte nicht nachgedacht, sie hatte einfach spontan und aus dem Bauch heraus entschieden. Und jetzt … stand sie da.

Ich hoffe nur, dass Charlotte nicht wütend auf mich ist.

Sie ging in das Atelier zurück. Charlotte saß vor der Terrassentür auf dem Boden und kraulte Fiete und Hein, die ihr die Köpfe auf die Oberschenkel gelegt hatten. Was sie von der Vorstellung hielt, mit Harri zu Mittag zu essen, konnte Simone nicht erkennen. Aber da war noch jemand in dem großen weiten Raum – Harri.

Simone sah gerade noch, wie er sich hastig mit dem Handrücken über die Augen wischte. Seine Schultern hoben und senkten sich einmal deutlich, und er machte ein Geräusch, das man für ein Schnauben halten konnte. Oder für ein Schluchzen.

Vielleicht war die Entscheidung doch nicht verkehrt, dachte Simone und fühlte plötzlich eine Welle der Zuneigung zu diesem alten, grantigen Kerl.

Ein Blick in Harris Vorratsregale verriet Simone, dass es an fast allem fehlte – abgesehen von Salz, Reis und Bohnen in Dosen. Sie würde einkaufen müssen. Und konnte nur hoffen, dass sie alles bekam, was sie brauchte, um ihr Labskaus-Versprechen einlösen zu können. Dann setzte sie sich ins Auto und fuhr zu Jacques', um drei Portionen Cotriade zu holen.

Als sie gemeinsam am Tisch saßen, löffelte Harri seine Suppe mit sichtlichem Appetit.

»Warum hast du eigentlich keine Haushälterin?«, fragte sie ihn, als sie die Teller zusammenstellte und sie zur Küchenzeile trug. »Eine Haushälterin könnte dir jeden Tag das kochen, was du magst. Du wärst nicht auf eine Großküche angewiesen. Und am Geld dürfte es wohl kaum liegen.« Sie wandte sich zu ihm um und sah, wie er sich verlegen den Bart rieb.

»Ich habe es ein paarmal probiert. Aber eigentlich bin ich meistens abends zu Jacques' gefahren oder habe mir selbst etwas zu essen gemacht. Ich bin nicht der Typ, der gut damit umgehen kann, wenn ständig jemand in der Nähe herumwuselt.«

»Mit anderen Worten, du hast sie vergrault, sie hinausgeekelt.«

»Jetzt klingst du schon wie Mael. Aber ich bin nun mal gerne für mich. So kann ich am besten arbeiten.«

Simone wusch die Teller, und Charlotte nahm das Geschirrtuch und trocknete ab – ohne dass sie etwas sagen musste. Manchmal geschahen doch tatsächlich Wunder.

»Wir fahren jetzt wieder, damit du uns nicht hinausschmeißen musst.« Simone lächelte und hängte den feuchten Lappen an den Wasserhahn. »Morgen koche ich dann Labskaus.«

»Du musst das nicht umsonst machen«, sagte Harri rasch, und eine Röte überzog sein Gesicht, die einen deutlich anderen Farbton hatte als die Zornesröte vorhin. Ihm als Künstler wäre der Unterschied sicherlich aufgefallen. »Du hast recht, ich habe Geld. Meine Kunst verkauft sich gut, und verbraucht habe ich immer wenig, abgesehen von den Kosten für Leinwand, Farben, Stein und Holz. Ich kann also bezahlen und …«

»Harri, willst du mich ernsthaft beleidigen? Ich tue das doch nicht für Geld! Ich mache es für dich. Und weil ich es tun möchte.«

Harri schluckte hörbar. »Aber …«

»Nein, ich will kein Geld von dir.« Sie runzelte die Stirn und dachte nach. Sollte sie jetzt die Gelegenheit beim Schopfe packen? »Wenn du mir einen Gefallen tun möchtest, kannst du dir überlegen, ob ich ein offizielles Interview mit dir führen darf. Ich arbeite nämlich als Journalistin für *Kultur heute*. Du kennst das Monatsmagazin vielleicht, wir haben im Laufe der Jahre schon etliche Artikel über deine Ausstellungen gebracht. Aber dieses Interview soll weder Zwang noch Bedingung sein. Wenn du nicht mit mir als Journalistin reden möchtest, ist das für mich in Ordnung. Wirklich. Du bist mein Großvater und …« Wer weiß, wie viel Zeit uns noch bleibt, führte sie in Gedanken fort.

»Gut, ich denke darüber nach.«

»Dann bis morgen, Harri. Soll ich dich auf die Terrasse schieben?«

»Nein, lass nur. Der Schinder von der Physiotherapie kommt gleich.«

»Passt es dir, wenn wir morgen gegen zwölf Uhr hier sind? Dann können wir gegen eins essen.«

»Klingt gut.« Harri räusperte sich. Es sah aus, als würde er an etwas kauen, und einen Moment lang glaubte Simone tatsächlich, er würde sich bei ihr bedanken. Dann winkte er aber nur leicht. »Dann bis morgen.«

»Es tut mir leid, dass ich dich mit meiner Entscheidung so überfallen habe«, sagte Simone, als sie und Charlotte wieder im Auto saßen. »Ist das in Ordnung für dich?«

»Klar!« Charlotte zuckte mit den Schultern. »Ist doch okay. Wir müssen sowieso kochen, und er braucht dann nicht allein zu essen. Alles gut.«

»Danke. Es war eine spontane Entscheidung, weißt du. Ich habe das nicht geplant.«

»Ist doch okay. Und vielleicht hast du ja Glück, und er gibt dir tatsächlich dieses Interview.« Charlotte zog das Knie an und schaute geradeaus. Auf ihrer Stirn zeigte sich die Falte, die Simone im Stillen immer Denkfalte nannte und die sie auch bei Harri entdeckt hatte. »Weißt du eigentlich, warum Harri und Oma Luise nicht zusammengeblieben sind?«

Simone nickte. »Oma Luise hat mir ein bisschen was darüber erzählt. Harri wollte offenbar Kunst in Paris studieren und ist einfach aus Hamburg weggezogen. Ohne Oma. Oma war bereits schwanger und … Nun, er hat sich nie wieder bei ihr gemeldet.«

Charlotte nickte bedächtig. »Aber das ist nur Omas Sicht der Wahrheit, oder?«

Simone warf ihrer Tochter einen verblüfften Blick zu. Wie kam es nur, dass dieses Mädchen so oft den Nagel auf den Kopf traf?

»Ja, da hast du natürlich recht.«

»Mich würde Harris Version interessieren.«

Ja, dachte Simone und lenkte den Wagen in die letzte Kurve, bevor sie an ihrem Ferienhaus ankamen, mich auch, Charlotte, mich auch.

Den Nachmittag verbrachten Simone und Charlotte am Strand. Charlotte hielt sich mit ihrer neuen Freundin Camille fast ausschließlich im Wasser auf – die beiden Mädchen paddelten auf ihren Surfbrettern in den Wellen, schwammen und spielten Ball, wobei Simone die Blicke von zwei Jungen nicht entgingen. Die beiden gehörten zu britischen Familien, die offenbar gemeinsam hier Urlaub machten, denn sie hatten sich aus diversen Liegen, Handtüchern, Strandstühlen und Sonnenschirmen eine regelrechte Burg gebaut, die sie bewohnten und trotzig gegen die benachbarten Niederländer und Deutschen verteidigten.

Simone saß auf ihrem Strandtuch und grub die nackten Zehen in den warmen, weichen Sand. Und wenn sie nicht gerade las oder sich Notizen für das Interview machte, das sie vielleicht mit Harri führen würde – er hatte sie jedenfalls nicht sofort hinausgeworfen, und das sah sie bereits als Fortschritt an –, beobachtete sie die Menschen am Strand. Da waren die beiden Britinnen, die ihren insgesamt sieben Kindern unablässig Sandwiches, Kekse und Kuchen anboten und sie mit Sonnenschutz eincremten, bis sie aussahen, als wären sie weiß lackiert. Die beiden dazugehörigen Väter, die in der Sonne auf ihren Bäuchen lagen und schliefen. Die Kinder, die gemeinsam eine Sandburg bauten und Muscheln für die Verzierungen sammelten. Und natürlich die beiden Jungs, die sich abseits von ihren Familien hielten, miteinander tuschelten und dabei unverwandt Camille und Charlotte zusahen, wie sie bäuchlings auf den Surfbrettern den Wellen entgegenpaddelten.

Irgendwann trauten sich die beiden Jungs endlich. Simone konnte es schon lange vorhersehen. Sie erkannte es daran, wie sich die Jungs Schritt für Schritt dem Ort näherten, an dem die beiden Mädchen meistens ans Ufer glitten, wenn sie sich von den Wellen zurücktragen ließen. Simone beobachtete, wie sich die schmalen Schultern der Jungs strafften, wie einer der beiden, ein rothaariger Zwölf- oder Dreizehnjähriger mit Sommersprossen am ganzen Körper, schließlich auf Charlotte zuging. Sie hörte sein »Hi«. Und dann standen sie zu viert halb im Sand, halb im Wasser, redeten, nannten ihre Namen, und wenig später spielten sie zu viert Ball.

Weil sie erst zwölf oder dreizehn sind, ist es für sie so einfach, dachte Simone. In zwei oder drei Jahren wird die Annäherung viel komplizierter werden, sich über Tage hinziehen und möglicherweise gar nicht zustande kommen – selbst wenn alle Beteiligten es eigentlich wollten.

In La Plage du Menhirs schlug die Kirchenglocke sechsmal, die Briten packten Handtücher, Klappstühle, Sonnenschirme, Sandspielzeug und die Reste des Proviants zusammen, und auch Simone winkte Charlotte.

Das Mädchen verabschiedete sich von den anderen Kindern und kam angerannt – leichtfüßig wie eine aus einem Tolkien-Roman entstiegene Elbe.

Unter der Dusche spülten sie beide Sand, Salz und Sonnencreme von der sonnendurchwärmten Haut ab, dann bereitete Simone ein leichtes Abendessen zu – einen frischen Salat mit Tomaten und Gurken, dazu Käse und Baguette. Gemeinsam lasen sie noch eine Weile auf der Terrasse, bis Charlotte um zehn Uhr so müde war, dass sie gähnend ihr Buch zuklappte und freiwillig ins Bett ging. Als sie in ihrem Bett lag und das Licht in ihrem Zimmer gelöscht war, kehrte Simone auf die Terrasse zurück.

Auf dem kleinen Tisch stand noch ein Glas Rotwein bereit. Doch obwohl das stimmungsvolle Licht der Außenbeleuchtung hell genug zum Lesen gewesen wäre, ließ sie die Lampen ausgeschaltet und das Buch auf dem Tisch.

Wenn sie für Harri kochte – sein Lieblingsessen nach einem Rezept von Oma Luise – und mit ihm zu Mittag aß, übte sie dann nicht Verrat an ihrer Großmutter, der dieser Mann so übel mitgespielt hatte? Wäre Harri nicht einfach verschwunden und hätte Oma Luise in ihrer Schwangerschaft im Stich gelassen, welches Leben hätten sie dann geführt? Wäre Harri auch in Hamburg zu dem Künstler herangereift, der er jetzt war? Oder würden sie jetzt alle hier in der Bretagne leben, direkt am Atlantik, zusammen mit Harri in seinem Steinhaus? Doch diese Gedanken führten zu weiteren: Wenn das so wäre, würde es dann Charlotte geben? Und was war mit ihr selbst? Ihr Vater, der langweilige Chemielehrer, war ein Kommilitone ihrer Mutter gewesen, den sie im dritten Semester an der Hamburger Uni kennengelernt hatte. Dazu wäre es natürlich nie gekommen, wenn Oma Luise mit Harri zuerst nach Paris und dann in die Bretagne gezogen wäre. Dann wäre ihre Mutter hier aufgewachsen und hätte einen bretonischen Fischer oder Lehrer oder Arzt oder auch niemanden geheiratet. Und sie wäre nicht Simone, sondern ein anderer Mensch – mit dunklen Haaren anstatt blonden vielleicht, mit braunen statt blauen Augen. Und Charlotte …

Sie nahm das Glas in die Hand, atmete den schweren Duft von Trauben und Pflaumen ein und spürte dem Geschmack des Bordeaux nach, der sich auf ihrem Gaumen ausbreitete wie eine warme Decke aus weichem, schwerem Samt.

Nichts geschieht ohne Sinn. Gar nichts.

11

Mael stand in der offenen Terrassentür, den Becher Kaffee in der Hand. Frühstücken würde er wie jeden Morgen in der Praxis. Alisé brachte immer frische Croissants, Pain au Chocolat und andere Leckereien aus der Bäckerei mit. Doch den Kaffee – heiß, schwarz und ohne Zucker –, den brauchte er jetzt, gleich nach der Dusche. Nur dann fand er wirklich in einen Tag hinein, der, wie immer unter der Woche, für seinen Geschmack und seine Bedürfnisse viel zu früh begann.

Er lehnte den Kopf gegen den kalten Stein, schloss die Augen und holte noch ein paar Atemzüge kostbaren Schlaf nach. Der frische Morgenwind kühlte seine Wangen und zauste seine noch nicht vollständig getrockneten Haare.

Am liebsten würde er an diesem Tag gar nicht in die Praxis fahren. Einfach zu Hause bleiben, eine Runde auf dem Motorrad drehen. Nachschauen, ob die Menhire noch alle stehen – wie man hier in La Plage ein zweckentbundenes Umherstreifen nannte.

Dabei liebte er seine Arbeit, und er mochte die Patienten. Viele von ihnen kannte er, seit er selbst ein kleiner Junge gewesen war. Sie waren Nachbarn, Freunde, Bekannte, zum Teil sogar Verwandte, die jetzt, da er *Monsieur le Docteur* war, mit ihren großen und kleinen Sorgen zu ihm kamen. Er begleitete sie, egal, ob über kleine Zipperlein hinweg oder durch schwerste Krankheiten hindurch. Das füllte ihn aus. Und wenn er mal eine Auszeit brauchte, bat er einen Kollegen aus einem der benachbarten Orte um Vertretung, setzte sich auf seine Harley und machte sich auf den Weg. Drei, vier, manchmal sogar fünf Wochen lang. Auf diese Art hatte er bereits ganz Europa durchquert, von der Algarve bis nach Moskau, von Oslo bis Sizilien. Sogar in Nordafrika war er gewesen. Und einmal hatte er es fast bis zur Nilquelle geschafft, bevor ihm der Motor seiner damaligen Maschine verreckt war und ein staubiger Lastwagen mit verbeultem Kühler ihn mitsamt seinem Bike auf der Ladefläche wieder nach Kairo zurückgebracht hatte. Im vergangenen Jahr hatte er sich drei Wochen lang Schottland angesehen, hatte an Lochs gecampt und eine winzige private Destille auf den Orkneys entdeckt, deren Name in keinem der gängigen Whiskyführer verzeichnet war – zumindest noch nicht. Er zehrte immer lange von diesen Reisen. Und auch jetzt fühlte er sich keineswegs ausgelaugt, sondern entspannt und fit. Er brauchte jetzt noch keinen Urlaub.

Warum also hatte er heute keine Lust, in die Praxis zu fahren? Wieso hätte er sich viel lieber hier in seinem Haus verkrochen oder irgendwohin aus dem Staub gemacht? Nun, im Grunde wusste er es genau.

Mael warf einen Blick über die Schulter zurück. Auf dem Kaminsims stand das Telefon in seiner Ladestation. Eine rote Lampe blinkte. Einmal, Pause, dann wieder. Eine Nachricht war aufgezeichnet worden. Eine Nachricht, die er schon gestern gehört hatte, weil er zu Hause gewesen war, als der Anruf kam. Er hatte gerade auf dem Sofa gesessen und gelesen und keine Lust gehabt, aufzustehen, um das Gespräch entgegenzunehmen.

Es war Alisé gewesen. Sie hatte dem Anrufbeantworter anvertraut, dass sie zwei Karten für einen Bluesabend in Quimper habe. Für Samstag, acht Uhr. Ob er denn Lust habe, mit ihr hinzufahren?

Er mochte Blues, sehr sogar. Blues war neben reinem, hartem Rock die Musikrichtung, die ihn akustisch am meisten ans Motorradfahren erinnerte – der Rhythmus, das Stampfen der Bässe.

Das war, als würde er auf der Straße dahingleiten. Das Konzert in Quimper lag also ganz auf seiner Wellenlänge.

Aber.

Nicht gemeinsam mit Alisé.

Und da lag der Hund begraben. Deswegen wollte er heute nicht in die Praxis. Alisé würde ihn fragen, ob er ihre Nachricht erhalten habe. Und er würde ihr etwas sagen müssen. Die Wahrheit. Oder wenigstens etwas, was der Wahrheit so nahe kam, dass sie einerseits das Nein verstehen konnte, andererseits aber nicht so verletzt war, dass sie ihren Job kündigte. Denn *das* wollte er nämlich auch nicht. Er wollte sie nicht vor den Kopf stoßen. Außerdem wäre das ein Verlust, den seine Praxis nur schwer verkraften könnte.

Was also tun? In die Zitrone beißen und den Abend mit Alisé verbringen – bei Blues, Rotwein und falschen Hoffnungen? Ein Schwein sein, ihr die ungeschönte Wahrheit ins Gesicht schleudern – ich würde das Konzert gerne hören, aber nicht mit dir – und dabei eine freundliche, nette Frau verletzen und gleichzeitig die beste Mitarbeiterin verlieren? Sich auf der Harley aus dem Staub machen, bei Gibraltar nach Marokko übersetzen und in Casablanca eine wilde Motorradwerkstatt eröffnen? Oder irgendeine Ausrede erfinden, die ihr heute nicht wehtat, dafür aber das Grundproblem auch nicht beseitigte, weil Alisé bei der nächsten Gelegenheit wieder fragen würde? Merde. Warum muss es nur immer so kompliziert sein?

Er trank seinen Becher leer und stellte ihn in die Spüle. Es war höchste Zeit, loszufahren. In einer halben Stunde kamen die ersten Patienten. Mael streifte sich die Lederjacke über und zog die schweren Stiefel an. Motorradfahren – und sei es auch nur wenige Minuten – rückte immer alles gerade und klärte seinen Kopf auf geradezu wundersame Weise. Vielleicht kam ihm auf dem Weg der rettende Gedanke?

Er schwang sich auf den Sitz und ließ den Motor an.

Und wer weiß, vielleicht habe ich Glück. Vielleicht hat sie es vergessen und fragt nicht.

Tja, das nützte ihm natürlich nichts. Wünsche wurden – wenigstens in seinem Fall war es so – nur sehr selten erfüllt. Aber man durfte sie jederzeit äußern. Das war schließlich nicht verboten. Nein, ganz und gar nicht. Und manchmal hatte man dann doch Glück und bekam, was man wollte.

Natürlich hatte er kein Glück.

Er war kaum in der Praxis angekommen, als er Alisé über den Weg lief. Sie trafen sich im Pausenraum, wo sie den Inhalt einer großen Tüte mit dem Schriftzug *Boulangerie Labrosse* darauf auf zwei Brotkörbe verteilte. Es duftete so verführerisch, als würde man vor Madame Labrosse' Tresen stehen. Unwillkürlich begann sein Magen zu knurren.

»Oh! Guten Morgen, Mael!«

»Morgen.« Er hängte die Lederjacke in seinen Schrank und steckte dabei seinen Kopf tief hinein und wünschte, dass dies die Pforte in eine andere Welt wäre, in die er verschwinden könnte. Lieber einen Drachen erschlagen als einer Frau sagen, dass man sie nur nett findet. Nett und nicht mehr.

»Hast du Hunger? Der Kaffee ist gerade fertig.«

»Eigentlich ...« Er räusperte sich. »Eigentlich muss ich noch Papierkram erledigen. Aber wenn ich nicht gleich etwas esse, falle ich noch über Madame Gerard her, wenn sie zur Blutdruckkontrolle kommt.« Es gelang ihm zu lächeln, und auf ihrem Gesicht ging die Sonne auf. Was ihm die Situation und das bevorstehende Gespräch nicht gerade erleichterte.

Er goss sich Kaffee in einen Becher, setzte sich an den Tisch und nahm ein Croissant aus dem Korb. Es war so frisch, dass es auf dem Teller noch knisterte.

Alisé setzte sich mit ihrem Kaffee ihm gegenüber.

»Hast du gestern meine Nachricht erhalten?«

»Ja, danke. Tut mir leid, dass ich nicht gleich zurückgerufen habe. Es war schon so spät, dass ich dich nicht stören wollte.«

»Macht doch nichts.« Alisé lächelte ihn über den Rand ihrer Kaffeetasse an. Es war mehr als ein gewöhnliches Lächeln. »Und, hast du Lust?«

»Das Konzert würde mich schon reizen«, begann er und tastete sich von Wort zu Wort vorwärts wie ein Sehbehinderter in einem unbekannten Raum. »Aber es geht nicht.«

»Ach, schade. Hast du schon etwas vor?«

»Ja, das auch. Aber vor allem …« Er holte tief Luft. Er musste ihr reinen Wein einschenken. Das war er ihr schuldig, sie verdiente diesen Respekt. Aber wie? Er konnte einem fünfundvierzigjährigen Mann auf einfühlsame Art erklären, dass er Krebs im Endstadium hatte. Doch in diesen Herzensdingen war er hilfloser als ein Analphabet angesichts der Bibel. So hatte seine Schwester Louanne es mal ausgedrückt. Und sie hatte recht. »Hör mal, Alisé. Ich kann nicht einfach …«

»Mael?« Claire, die zweite Sprechstundenhilfe, riss die Tür auf. »Ich störe dich nur ungern beim Frühstück, aber du musst sofort kommen. Madame Gerard ist gerade vor der Praxistür zusammengebrochen.«

Mael sprang auf und rannte nach vorne, wo sich bereits eine kleine Menschentraube aus anderen Patienten, dem Briefträger und einem der Müllmänner um die am Boden liegende Madame Gerard scharte. Er tastete nach dem Puls, prüfte die Atmung und tastete Arme, Beine und Schädel nach Knochenbrüchen ab. Nichts. Nur eine kleine Beule am Hinterkopf und ein aufgeschürfter Ellbogen. Die alte Frau schlug die Augen auf und blinzelte ihn überrascht an.

»Dr. LeGoff! Was ist …«

»Ich vermute, Sie hatten wieder eine Synkope, Madame Gerard. Haben Sie heute früh Ihre Medikamente noch nicht genommen?«

»Aber Herr Doktor! Ich muss doch nüchtern sein, wenn Sie mir heute Blut abnehmen wollen.«

Das gilt nicht für die Medikamente, das habe ich dir auch schon ein paarmal gesagt, schimpfte er im Stillen. Laut aber sagte er: »Madame Gerard, es tut mir leid, aber ich muss Sie ins Krankenhaus bringen lassen, damit Sie dort durchgecheckt werden. Und Ihr Kopf sollte auch geröntgt werden.«

»Nein! Aber Herr Doktor, bitte. Ich werde auch …«

»Keine Chance.« Er schüttelte bestimmt den Kopf. »Ruf den Krankenwagen, Alisé.«

»Ist schon geschehen, die Sanitäter sind in wenigen Minuten da.«

»Aber ich habe doch gar nichts dabei! Kein Nachthemd. Nicht einmal eine Zahnbürste!«

»Das Notwendige kann Ihnen Ihr Sohn heute Nachmittag ins Krankenhaus bringen. Wenn Sie überhaupt so lange dort bleiben müssen.«

»Dann ist es doch vielleicht gar nicht nötig?« Die alte Dame bettelte ihn an wie ein kleines Mädchen, das noch nicht ins Bett wollte.

»Ich möchte nicht, dass wir einen Infarkt oder Schlaganfall übersehen. Und Sie doch bestimmt auch nicht, Madame Gerard, oder?« Und damit war das Machtwort gesprochen, das sie überzeugte. Gefasst wartete sie auf die Sanitäter, die tatsächlich wenige Minuten später eintrafen.

Mael ging in die Praxis zurück und in sein Sprechzimmer. Alisé folgte ihm.

»Ich habe Madame Gerards Sohn bereits angerufen«, sagte sie.

»Danke.« Ihre Blicke trafen sich, und er schloss die Tür. Mach schon, bring es hinter dich! »Alisé, was ich vorhin noch sagen wollte …«

»Nein, Mael, ist schon gut. Du brauchst nichts zu sagen. Ich habe verstanden. Im Grunde ist es ganz einfach: Du möchtest nicht mit *mir* zu diesem Konzert gehen, und das ist dein gutes Recht. Es ist in Ordnung.«

Mael blinzelte und fuhr sich mit beiden Händen durch das Haar. Sollte er nicht eigentlich zufrieden sein, dass sie es ausgesprochen hatte?

»Ich möchte dich nicht vor den Kopf stoßen, Alisé. Ich schätze dich sehr als Mensch und als Mitarbeiterin. Allein wie du eben die Situation geklärt hast, ist bewundernswert. Du kannst fantastisch mit den Patienten umgehen. Außerdem bist du klug und warmherzig und eine wundervolle Mutter. Ich unterhalte mich gern mit dir. Aber du und ich, das kann nicht …« Er schüttelte den Kopf. »Du hast einen Mann verdient, der sich nichts Schöneres vorstellen kann, als seine Zeit mit dir zu verbringen. Und ich bin sehr zufrieden damit, allein zu leben, weißt du?«

»Ich weiß.« Sie lächelte. Allerdings kam es ihm traurig vor.

»Jetzt habe ich dich verletzt, das tut mir leid. Ich habe lange darüber nachgedacht, wie ich es dir sagen soll, doch die richtige Art gibt es da wohl nicht.«

»Das stimmt.« Alisé schwieg einen Moment. »Ich schätze deine Ehrlichkeit, Mael. Es ist gut zu wissen, woran man ist. Und glaube mir, auch ich war mir nicht sicher, ob es in Ordnung ist, dich zu fragen. Wir arbeiten ja nicht erst seit letzter Woche zusammen. Ein bisschen kenne ich dich. Aber ich glaube, es ist meine Bestimmung, andere Menschen retten zu wollen. Und träumen darf man manchmal auch, oder?«

Sie verließ das Sprechzimmer. Mael ließ sich auf den Bürostuhl fallen und rieb sich das Gesicht. Jetzt solltest du eigentlich zufrieden sein. Aber … Warum fühlte es sich dann so falsch an?

Manchmal wurden Wünsche erfüllt, ja. Doch oft musste man feststellen, dass ihre Erfüllung anders aussah, als man es sich selbst vorgestellt hatte. Und die arme alte Madame Gerard konnte heute bestimmt auch ein Lied davon singen.

»Hier sind die Laborbefunde, die heute in der Post waren.« Alisé legte ihm den Stapel auf den Schreibtisch und stellte einen Becher Kaffee daneben.

Mael sah von seinem Computerbildschirm auf. »Danke.«

»Gerne.«

Sie verließ den Raum. Seit ihrem Gespräch am Morgen hatten sie nur wenige Worte miteinander gewechselt, und die hatten sich ausschließlich um Patienten und Verordnungen gedreht. Eben stand sie noch neben seinem Schreibtisch und lächelte auf ihn hinunter. Kam es ihm nur so vor, oder war sie gewachsen? Sie erschien ihm größer, stärker als noch vor ein paar Stunden. Wie war das möglich? Und warum fühlte er sich selbst so klein und unsicher? Irgendetwas war hier falsch.

Er nahm seinen Kugelschreiber und versuchte sich auf die Zahlenkolonnen zu konzentrieren – Leberwerte, Erythrozyten, Leukozyten, Blutzucker, Harnstoff, Rheumafaktoren, Schilddrüsenwerte … Heute sprachen sie nicht mit ihm, bildeten keine Schlüsse auf erkrankte Organe, Medikamente, die höher dosiert oder abgesetzt werden mussten, keine Ketten von möglichen Diagnosen und ihren Ausschlusskriterien. Sie waren nichts als zusammenhanglose Zahlen. Schließlich legte er den Kugelschreiber beiseite. Er tauschte die weiße Hose gegen seine Jeans und holte im Pausenraum die Lederjacke aus dem Schrank.

»Ich mache einen Hausbesuch bei Monsieur Harri«, sagte er in den Raum hinein und versuchte die Blicke zu ignorieren, die Alisé und Claire einander zuwarfen. »Ich bin spätestens um drei wieder hier. Wenn etwas ist, erreicht ihr mich über mein Handy.«

»Gut, wir wissen Bescheid. Bis später.«

Er hob die Hand, winkte, ohne sich umzudrehen, und flüchtete.

Erst als er den Zündschlüssel umdrehte, das vertraute, tiefe Blubbern erklang und die Vibrationen des Motors sich auf jeden Knochen in seinem Körper ausbreiteten, beruhigte sich sein Puls wieder. Wenigstens ein bisschen.

In einer Situation wie dieser zu Harri zu fahren hatte zwei große Vorteile. Zum einen dauerte die Fahrt zu ihm raus mindestens fünfzehn Minuten – eine Zeitspanne, die Mael gewöhnlich ausreichte, um seinen Kopf zu klären und wieder zu sich zu finden. Zum anderen war Harri ein Freund, mit dem er über alles reden konnte. Die Lebenserfahrung eines Dreiundneunzigjährigen war eben nicht zu unterschätzen. Doch mehr noch als das – unter der ruppigen Art, mit der Harri viele Leute vor den Kopf stieß, verbarg sich ein sensibler Mensch. Harri verstand ihn. Immer. Und oft brauchten sie dafür nicht einmal viele Worte zu wechseln.

Mael drehte den Gasgriff und beschleunigte. Er war jetzt schneller als erlaubt, aber das war ihm egal. An einem Donnerstag um halb eins hatte die örtliche Polizei anderes zu tun, als die kleine Seitenstraße Richtung Harris Atelier zu beobachten. Woher er das wusste? La Plage war eine kleine Gemeinde. Hier kannte jeder jeden. Und das galt auch für die Polizei.

Mael war enttäuscht – vor dem Haus parkte der schwarze Leihwagen, den Simone Hansen fuhr. Harri war also nicht allein. Einen Moment dachte er darüber nach, wieder umzukehren. Er wollte allein mit Harri reden, vielleicht eine Zigarette rauchen. Frauen brauchte er jetzt nicht in seiner Nähe. Sie waren schließlich das Problem.

Oder du bist es selbst, Mael? Vielleicht bist auch du das Problem?

Diese innere Stimme hatte verdammte Ähnlichkeit mit der seiner Schwester. Louanne hatte nicht studiert. Sie hatte ziemlich früh einen Fischer geheiratet, Kinder bekommen – mittlerweile waren es fünf. Um etwas zum Familieneinkommen beizusteuern, nähte und strickte sie Kleidung und Haushaltstextilien, die in zwei Geschäften hier im Ort verkauft wurden. Außerdem vermietete sie das alte Haus ihrer Schwiegereltern an Touristen. Sie war klug. Und sie hatte eine natürliche Begabung, an den Kern menschlicher Seelen vorzudringen. Mael bedauerte es oft, dass Louanne nicht Psychologie studiert hatte. Sie wäre eine erstklassige Therapeutin geworden. Doch ebenso oft war ihm ihre Begabung auch unheimlich, nämlich immer dann, wenn sie ihn durchschaute und treffend analysierte. Und was würde sie ihm jetzt sagen? Dass er Angst hatte. Dass es nicht nach seinen Vorstellungen lief und er deshalb so trotzig wie ein kleiner Junge war, der Galette gewollt, aber Suppe bekommen hatte. Und sie würde ihm auch sagen, dass er sich nicht lächerlich machen sollte. Man hatte seine Maschine nämlich zweifellos bereits in Harris Haus gehört – mit einer Harley konnte man sich nicht anschleichen. Und es gab in La Plage nur eine. Wenn er jetzt umdrehte und wieder wegfuhr, würde er sich endgültig zum Narren machen.

Er schaltete den Motor aus, klappte den Ständer aus und ließ die Harley leicht zur Seite geneigt stehen. Den Helm hängte er an den Lenker, nahm den Rucksack von den Schultern, zog die Lederjacke aus, hockte sich vor das Vorderrad und kratzte mit dem Schlüssel ein paar Steinchen aus dem Profil.

Nun komm schon … Bring es hinter dich. Blutdruckmessen, nach Harris Befinden fragen, gehen. Ist das denn so schwierig? Nein. Und er konnte Harri ja noch einmal am Abend besuchen. Einfach so. Mit einem Bier. Wie unter Freunden üblich.

Mael erhob sich, öffnete die Gartenpforte und ging zum Haus.

Drinnen duftete es nach Essen. Im kühlen Flur lagen Fiete und Hein auf den Fliesen. Die Hunde schauten kurz hoch, ihre Schwänze klopften gegen den Boden, und sie leckten Mael die Hände, als er sich zur Begrüßung zu ihnen hinunterbeugte. Dann dösten sie weiter, beide ein Bild hündischen Wohlbefindens.

»Hallo, Harri, ich bin es!« Mael stellte am Durchgang zum Wohnraum seinen Rucksack ab. Das Erste, was er sah, war Simone Hansen. Sie stand am Herd, drehte sich aber zu ihm um und lächelte ihm zu.

»Oh, Dr. LeGoff! Guten Tag. Harri hat gar nicht erzählt, dass Sie um diese Zeit einen Hausbesuch machen werden. Wir wollten nämlich gleich essen.«

»Kein Problem. Ich bin auch gleich wieder weg. Nur einmal gucken und Blutdruck messen.« Er sah sich suchend um. »Wo ist Harri denn?«

»Er ist draußen, irgendwo im Garten. Mit Charlotte. Ich weiß nicht, was die beiden da treiben, sie sind schon eine ganze Weile da. Aber ich war beschäftigt und …«

Mael sog prüfend die Luft ein. »Das riecht aber gut. Was kochen Sie denn?«

»Labskaus.«

»Wie bitte?«

»Labskaus. Ein Gericht aus Hamburg. Harri hat sich das gewünscht und …« Sie wusch sich die Hände und trocknete sie ab. »Ich muss Ihnen wohl etwas erklären. Ich kam gestern zufällig gerade vorbei, als Harri sein Mittagessen geliefert bekommen hat, und habe miterlebt, wie er die arme Frau beschimpft hat. Er mag das Kantinenessen nicht. Also habe ich vorgeschlagen, heute für ihn zu kochen.« Sie schaute verlegen. »Ich hoffe, das ist in Ordnung.«

»Warum sollte es nicht?«

»Aus medizinischen Gründen, meine ich. Ich habe gar nicht daran gedacht, dass Harri unter Umständen eine Diät einhalten muss.«

»Nein. Machen Sie sich mal keine Sorgen. Abgesehen von seinem Schlaganfall ist er echt fit. Und selbst wenn …« Er lachte. »Harri ist dreiundneunzig. Er soll sein Leben genießen und essen und trinken, was ihm schmeckt.«

Sie neigte ihren Kopf. »Ist das nicht eine ungewöhnliche Einstellung für einen Arzt?«

»Wirklich? Ich weiß, dass es Kollegen gibt, die noch auf dem Sterbebett den Blutzuckerwert bestimmen und das Insulin erhöhen. Aber wozu? Zum Wohlbefinden eines Menschen gehört mehr als nur die schnöden Laborwerte. Vielleicht liegt es daran, dass wir hier in einer kleinen Gemeinde direkt am Meer leben. Hier weiß man, dass das Leben irgendwann vorbei ist und der Tod auf jeden wartet. Was ist nun dieses Lab…«

Sie lachte und strich sich mit dem Handrücken eine blonde Locke aus der Stirn.

»Labskaus. Eine Mischung aus Kartoffeln, Corned Beef, Gewürzgurken und Rote Bete, serviert mit Spiegelei und Hering. Möchten Sie mitessen? Es ist genug da.«

Mael dachte nach, aber nur kurz. »Danke, das Angebot nehme ich gerne an. Kann ich noch helfen?«

»Sie können den Tisch decken, wenn Sie möchten.«

Er holte Teller und Besteck aus dem Schrank. Auf dem großen Skizzentisch waren ein paar Zeichnungen ausgebreitet – feine Bleistiftzeichnungen von Fiete und Hein.

»Hat Ihre Tochter die gezeichnet?«

Simone rührte energisch in dem großen Topf, drehte sich aber kurz zu Mael um.

»Ja, die sind von Charlotte.«

»Die sind großartig. Ihre Tochter ist sehr begabt.«

»Ja, ich weiß. Sie war gerade alt genug, um einen Stift zu halten, da begann sie auch schon zu malen.« Sie schlug Eier am Rand einer Pfanne auf, und es begann zu brutzeln und zu zischen. »Ich glaube, Harri war auch ganz angetan, als er die Zeichnungen gesehen hat.«

Das Lächeln und der Stolz in ihrer Stimme waren deutlich zu hören. Mael schob die Zeichnungen behutsam auf einen Stapel zusammen und legte sie auf ein freies Regalbrett.

»Tisch ist gedeckt. Kann ich sonst noch etwas tun?«

»Nein, ich bin auch fertig. Die Eier brauchen noch zwei oder drei Minuten. Können Sie die beiden bitte hereinholen?«

Er nickte ihr zu und ging zu der großen Terrassentür, deren beide Flügel weit geöffnet waren. Als er auf die Terrasse trat, wehte ihm der Duft von Salz und Lavendel entgegen. Die frische Brise streichelte seine Wange. Er legte den Kopf in den Nacken und sah hoch zu dem blauen Himmel, an dem ein paar Möwen kreisten.

War er nicht hergekommen, weil er sich irgendwie unwohl gefühlt hatte? Wieso ging es ihm jetzt so viel besser? Vielleicht ist es die Harley. Oder es liegt ein Zauber über diesem Haus.

Harris Grundstück war groß. So groß, dass nicht wenige Immobilienhändler ihm im Laufe der Jahre ein Verkaufsangebot gemacht hatten, um dort ein Touristenzentrum zu eröffnen oder ein Hotel zu errichten – wie Harri ihm erzählt hatte. Doch Harri war stur geblieben, hatte nicht verkaufen wollen, und mittlerweile war das Grundstück unbezahlbar. Vor allem, weil der berühmte Künstler Harri Behncke es bewohnte, doch eben nicht nur deswegen. Es gab in der ganzen Gegend rund um Carnac kein schöneres Grundstück als seins. Der Boden war fruchtbar, der Atlantik in Spuckweite mit einer von schroffen Felsen gesäumten Bucht, die nur von seinem Garten aus zugänglich war. Einer

Bucht mit türkisfarbenem Wasser und weißem Sand wie aus einem Bilderbuch. Und über allem, gerade so erhöht, dass der Blick auf das Meer frei war, lag das Haus, als wäre es dort vor Urzeiten aus dem Boden gewachsen.

Jedes Mal, wenn Mael in Harris Garten ging, hatte er den Eindruck, eine andere Welt zu betreten. Oder nein, eher das Tor zu einer anderen Welt. Oder noch besser – das Tor zu vielen verschiedenen Welten. Es gab Beete, in denen Kräuter und Färberpflanzen wuchsen, aus denen Harri seine eigenen Farben herstellte. Es gab üppige Obstbäume, die sich zur jeweiligen Jahreszeit unter der Last der Aprikosen, Kirschen, Pflaumen und Äpfel bogen. Und es gab fast zugewucherte Winkel, die von Efeu- und Weinranken überschattete Lauben bildeten. Dazwischen standen Skulpturen aus Harris Werkstatt – Schweißarbeiten, Holzschnitzereien, Werke aus Stein. Sie fügten sich so natürlich in den Garten und die Landschaft ein, wie die Bucht und der Menhir vor der Eingangstür, als wären sie schon immer hier gewesen. Mael kannte keinen Ort, an dem er so wie hier die ganze Essenz von allem fühlte, was die Bretagne für ihn ausmachte. Nicht einmal die Monolithenfelder von Carnac oder der mystische Wald von Brocéliande schafften das. Das waren schöne Orte, ja. Und er ließ es sich nicht nehmen, sowohl Carnac als auch Brocéliande mindestens zweimal im Jahr aufzusuchen. Aber dort waren so viele Menschen – Esoteriker, Neo-Druiden und Touristen –, während hier, in Harris Garten, niemand war. Erde, Steine, Pflanzen, Meer – sonst nichts.

Und jetzt müssen hier irgendwo Harri und Charlotte sein, dachte Mael. Aber wo?

Er ging in den Garten hinein, vorbei an üppigen Lavendelstauden und Inseln mit Färberwaid. Der mit Sandsteinplatten ausgelegte Weg fiel so sanft von der Terrasse ab, dass man meinen konnte, Harri hätte geahnt, dass er eines Tages im Rollstuhl sitzen und einen barrierefreien Weg in den Garten brauchen würde.

Er folgte dem Weg, lauschte auf Stimmen, hörte aber nur die Möwen, ein paar Austernfischer, die am Strand nach Muscheln pickten, und die Brandung, die an- und abschwoll. Und den Wind, der mit zärtlichen Fingern die Kronen der Obstbäume kämmte. Doch schließlich sah er die Spuren, schmale parallel laufende Abdrücke von Reifen, die vom Weg fort in einen entlegeneren Teil des Gartens führten. Mael folgte ihnen, und dann drang ein Flüstern an sein Ohr, das tatsächlich Ähnlichkeit mit dem Flüstern eines Zauberers hatte, der magische Formeln sprach. Natürlich war das Unsinn. Es gab weder Magie noch Zauberer, und sein Verstand sagte ihm, dass er nach Harri und Charlotte suchte, die beide hier irgendwo sein mussten. Doch sein bretonisches Ich war sich da nicht sicher. Zu sehr klang es nach geheimen Anweisungen, die ein Meister seinem Lehrling ins Ohr flüsterte.

Mael ging an einem riesigen Ginsterstrauch vorbei, in dem Bienen summten. Und dann sah er die beiden.

Harri und Charlotte standen vor der alten Eiche, die ebenso zum Garten gehörte wie der Menhir. Einen Moment blieb er stehen und schaute den beiden zu, sprachlos und staunend, bevor er sich leise zurückzog und wieder zum Haus lief.

12

Simone schaltete den Herd aus und trug den Topf mit dem Labskaus zum Tisch. Hoffentlich kamen die drei gleich. Insbesondere Spiegeleier schmeckten kalt nicht einmal halb so gut.

»Madame, Sie müssen schnell mitkommen.«

Sie hob den Kopf. In der Tür stand Mael LeGoff. Der Ausdruck auf seinem Gesicht war schwer zu deuten. Überraschung? Staunen? Angst? Es hätte alles sein können. Natürlich fielen ihr sofort eine ganze Reihe Schreckensszenarien ein: Charlotte war beim Schieben des Rollstuhls vom Weg abgekommen, und der Stuhl war umgekippt. Beide waren eine Klippe hinuntergestürzt und lagen mit gebrochenen Beinen am Strand. Harri hatte einen weiteren Schlaganfall erlitten und war tot und Charlotte völlig verzweifelt und hilflos … Sie ließ den Topf fast auf den Untersetzer fallen.

»Ich bin schon da.«

Mael schritt zügig durch den Garten voraus, zuerst den mit Sandsteinplatten gepflasterten Weg entlang, dann abseits davon. Wie mit einer anderen Hälfte ihres Ichs registrierte Simone die Reifenspuren in dem weichen, mit Gras, Moos und niedriger Kamille bewachsenen Boden.

Hier hat Charlotte den Rollstuhl geschoben, dachte sie, und es kam ihr vor, als würde eine andere Frau, vielleicht eine Ermittlerin, analysieren, was sie sah. Wie hat sie das nur geschafft?

Dann führte Mael sie um einen Ginsterstrauch herum, drehte sich zu ihr um und legte den Finger auf die Lippen. Leise, fast auf Zehenspitzen, gingen sie weiter.

Zuerst sah sie nur die knorrige alte Eiche, einen wunderschönen Baum mit dickem, kräftigem Stamm und ausladenden Ästen, die wie geschaffen für ein Baumhaus zu sein schienen. Kein Baumhaus, eher ein Wohnhaus für Elben, schoss ihr durch den Kopf. Dann fiel ihr Blick auf Harri und Charlotte. Ihre Tochter stand nahe am Baum, und ihre ausgestreckten Hände lagen auf dem Stamm, als wollte sie in der Rinde etwas lesen wie Blinde in einem Buch mit Brailleschrift. Direkt hinter ihr stand Harri in seinem Rollstuhl. Er hatte sich nach vorne geneigt, so gut er es in seiner Lage konnte. Seine linke Hand lag auf Charlottes Händen, und er führte ihre Finger über die Rinde.

»Was siehst du?«, hörte sie ihn flüstern.

»Einen jungen Mann in seltsamen Hosen. Er hat Blumen in der Hand. Es scheinen Feld- oder Waldblumen zu sein. Und eine junge Frau in einem langen grünen Kleid. Sie hat braune Haare. Er gibt ihr die Blumen. Ich glaube, die beiden sind verliebt. Jetzt sehe ich zwei Kinder, die irgendein Spiel mit Eicheln spielen. Und jetzt ist da eine alte Frau. Sie sieht müde aus. Sie hat einen Korb mit Brennholz auf den Boden gestellt und sich an den Stamm gelehnt. Ich glaube, sie ruht sich aus.«

»Und was ist mit der Eiche selbst?«

Charlotte schwieg, und erst als sie leise antwortete, merkte Simone, dass sie den Atem angehalten hatte.

»Sie ist ein guter Baum, ein friedlicher Baum. Sie mag Menschen und die Eichhörnchen und Vögel, die sie besuchen kommen und in ihren Zweigen nisten. Sie liebt es, wenn der Wind durch ihre Blätter fährt. Sie freut sich über den Regen. Doch sie wundert sich auch über die Menschen. Und manchmal hat sie Angst vor den Veränderungen. Sie merkt, dass die Sommer heißer sind, die Stürme stärker als in ihrer Jugend.«

Simone schluckte und warf Mael einen Blick zu. Er nickte.

Offensichtlich dachte er dasselbe wie sie: Sie wurden gerade Zeugen von etwas, das sich nicht mit Worten beschreiben ließ.

»Und jetzt mach die Augen auf und schau nach oben. Was siehst du?«

Charlotte legte den Kopf in den Nacken. »Da ist eine Schlange, die sich um die Äste windet. Ein paar Gesichter. Eine Krone. Und Arme. Viele Arme, die sich nach oben strecken, als ob sie um Hilfe rufen oder jemandem zuwinken wollen.«

»Sehr gut. Vergiss nie, immer genau hinzuschauen. Und dabei auch die Augen zu schließen. Vor allem in der Kunst ist das wichtig. Das hat allerdings nichts mit *verschließen* zu tun. Verstehst du den Unterschied?«

»Ich glaube schon. Ich verschließe meine Augen vor Dingen, die ich nicht sehen will. Wenn ich aber meine Augen schließe, schaue ich mir die Dinge in meinem Inneren an. Und … und …« Sie kam ins Stocken.

»Ja, du weißt, was ich meine. Das ist gut. Ein kluger Mann hat mal gesagt: ›Man sieht nur mit dem Herzen gut, das Wesentliche ist für die Augen unsichtbar.‹« Charlotte nickte eifrig. »Weißt du, von wem dieser Gedanke stammt?«

»Keine Ahnung.«

»Na, ist auch egal. Wahr ist es trotzdem. Gut, mien Deern.« Jetzt sprach Harri mit seiner gewöhnlichen, lauten Stimme. »Ich glaube, wir sollten wieder ins Haus zurück, das Essen ist bestimmt gleich fertig.«

Charlotte wandte sich um und lächelte. »Das war toll. Danke, dass du mir den Baum gezeigt hast, Harri.«

»Gern geschehen, mien Deern. Die alte Dame hat mir schon viel über sich und die Welt erzählt. Und ich war einfach neugierig, ob sie auch mit dir sprechen möchte.«

Simone und Mael tauschten Blicke, dann trat Mael hinter den Zweigen hervor.

»Hallo, ihr beiden! Jetzt finden wir euch endlich. Das Essen ist fertig.«

Charlotte stupste Harri an wie einen ihrer Freunde. »Als hättest du es geahnt!«

»Oh, Mael! Warum wundert es mich nicht, dass du da bist?« Harri wandte sich an Charlotte und flüsterte so laut, dass man es deutlich hören konnte: »Ärzte und Pfarrer wissen immer, wenn es irgendwo etwas Leckeres zu essen gibt!«

Charlotte kicherte.

»Was habt ihr denn hier gemacht?«

Harri und Charlotte tauschten kurze Blick. Es waren Blicke von Eingeweihten und sperrten alle anderen aus.

»Harri hat mir die alte Eiche gezeigt. Ist sie nicht wunderschön?«

»Ja«, sagte Simone, betrachtete den Baum und dachte an das, was sie gehört hatte – der Baum freut sich, und da sind Arme, die sich nach oben strecken. Sie schüttelte den Kopf. Für sie war es eine Eiche, nicht mehr, aber auch nicht weniger. »Und jetzt kommt. Die Spiegeleier werden kalt.«

Wie selbstverständlich packte Charlotte die Griffe des Rollstuhls.

»Nein«, sagte Mael, »ich schiebe ihn zurück. Der alte Kerl ist schwer, und der Weg führt jetzt bergauf.«

»Ja, überlass das ruhig dem Doktor. Ein bisschen Training tut ihm gut. Dann kann er noch mehr Labskaus essen!« Harri lachte laut und voll.

Was auch immer hier zwischen den beiden geschehen ist, es tut ihm gut, dachte Simone. Und dieses Lachen – das ist ein Geräusch, nach dem ich süchtig werden könnte.

Mael schob Harri direkt an den Skizzentisch und setzte sich, während Simone Labskaus auf den Tellern verteilte. Maels Gesicht beim Anblick des vom Corned Beef leicht rötlich eingefärbten

Breis, der durchaus Ähnlichkeit mit dem hatte, was man in amerikanischen Filmen als Gefängnisessen zu sehen bekam, war Gold wert. Sie lachte und legte jedem ein Spiegelei neben das Labskaus.

»Trauen Sie sich ruhig, Dr. LeGoff. Es schmeckt viel besser, als es aussieht.« Er verzog das Gesicht zu einem zweifelnden Lächeln. »Und nehmen Sie sich noch Rote Bete und einen Hering dazu, wenn Sie mögen.«

Simone setzte sich und beobachtete überrascht und erfreut, wie Charlotte Harri Rote Bete auf den Teller legte, das Spiegelei in mundgerechte Stücke zerteilte und ihm half, die Serviette auf seinem Schoß auszubreiten. Obwohl sie sich nicht lange kannten, kamen sie ihr gerade wie ein seit Jahren eingespieltes Team vor. Sie sprachen kaum ein Wort. Dennoch umgab die beiden etwas, aus dem sie sich ausgeschlossen fühlte, ein tiefes inneres Verstehen. Und obwohl sie sich sehr für Charlotte freute, verspürte sie doch auch einen winzigen Stich.

Mael schob seine Gabel in das Labskaus, als würde er erwarten, dass in der Mitte Sprengstoff versteckt worden wäre, der bei der geringsten Erschütterung explodieren könnte. Simone sah gespannt zu, wie er die winzige Kostprobe argwöhnisch begutachtete und dann in den Mund nahm. Zu erleben, wie sich sein Gesicht plötzlich entspannte, wie er lächelte und mit sichtlichem Genuss kaute und schluckte, war ein Fest.

»Das schmeckt gut!«

»Hast du ernsthaft daran gezweifelt, Mael?«, nuschelte Harri mit vollem Mund.

»Ich kann Dr. LeGoff verstehen«, meinte Simone. »Es sieht ja wirklich aus wie Gefängnisfraß.«

»Ehrlich gesagt musste ich bei dem Brei eher an *Mad Max* denken«, erwiderte Mael. »Kennen Sie die Szene, in der Mel Gibson das Hundefutter aus der Dose löffelt?« Simone und Harri mussten lachen. Sogar Charlotte, obwohl sie den Scherz bestimmt nicht verstanden hatte, da sie den Film nicht kannte.

»Banause«, brummte Harri. »Wer bretonischen Fischauflauf oder Cotriade isst, sollte sich eigentlich an seltsam aussehende Pampe gewöhnt haben. Oder willst du behaupten, dass die bretonische Küche ein in jeder Hinsicht ästhetisches Vergnügen ist?«

»Touché.« Mael verneigte sich leicht und berührte dabei seine Stirn.

»Darf ich Ihnen noch etwas Labskaus geben, Dr. LeGoff?«

»Unbedingt. Das schmeckt wirklich großartig.« Er hielt Simone seinen Teller hin. »Und bitte – ich heiße Mael. Und gerne Du, wenn es nichts ausmacht.«

Ihre Blicke trafen sich. Die kleinen Fältchen um seine braunen Augen verliehen ihnen eine Wärme, die sofort auf sie übersprang.

»Keineswegs. Ich bin Simone.«

»Nun werdet ihr endlich vernünftig«, brummte Harri, beugte sich über seinen Teller und schaufelte eher, als dass er aß. »Dieses *Herr Doktor* und *Madame* ist ja nicht zum Aushalten. Wir sind hier doch nicht auf dem Amt.« Er leckte seine Gabel ab und schob mit der Linken seinen Teller Richtung Topf. »Ich hätte auch noch gerne Nachschlag, bevor Mael alles aufisst. Bei Ärzten muss man immer vorsichtig sein, wenn es etwas umsonst gibt.«

Wieder lachten sie. Dann erzählte Mael von einem Notfall in seiner Praxis an diesem Morgen, sie sprachen über das Surfen, über die Menhire und Dolmen.

Familie, dachte Simone. Das hier fühlt sich nach Familie an.

Und ohne dass sie etwas dagegen tun konnte, spürte sie mitten in ihrer Behaglichkeit und in ihrem Wohlbefinden wieder diesen Stich.

Simone trug den Topf zur Küchenzeile. Er war tatsächlich leer geworden – beide Männer hatten ordentlich zugelangt, und auch Charlotte hatte sich mit dem gesunden Appetit einer sportlich aktiven Zwölfjährigen bedient.

»Das war wirklich lecker. Vielen Dank!« Mael stellte die benutzten Teller auf die Arbeitsfläche. »Ich habe …« Aus der Gesäßtasche seiner Jeans klang ein Bass und eine Glocke, was Simone als die ersten Takte eines Songs von AC/DC identifizierte. Er fischte sein Handy heraus. »Entschuldigung«, murmelte er. »Ja? … Oh, tatsächlich schon? … Okay. Ich bin gleich da.« Er schaltete das Handy aus und steckte es zurück in die Hosentasche. »Tut mir wirklich leid. Ich hätte gern beim Abwasch geholfen, aber es ist gleich drei Uhr. Ich muss in die Praxis zur Nachmittagssprechstunde. Das war gerade meine Mitarbeiterin. Die ersten Patienten sitzen schon im Wartezimmer.«

»Kein Problem.«

Er verzog das Gesicht. »Ich habe aber ein schlechtes Gewissen …«

»Unsinn. Die paar Teller kann ich im Handumdrehen selbst abwaschen.« Sie wandte sich um. Harri und Charlotte saßen an dem leer geräumten Skizzentisch nahe beieinander. Charlotte hatte einen großen Bogen Papier vor sich liegen und ein Stück Zeichenkohle in der Hand. »Was ist das nur …«

Mael nickte gedankenverloren. »Ja, ich weiß, was du meinst. Irgendetwas ist zwischen den beiden passiert. Etwas, bei dem wir nicht mitkommen. Wenn es nicht so kitschig und gleichzeitig absurd wäre, würde ich sagen …« Er brach ab, und ihre Blicke trafen sich. Magie. Das ist das Wort, das keiner von uns jemals laut aussprechen würde, an das wir aber beide denken.

»Doch es ist nicht schlimm, oder?«

»Nein.« Mael schüttelte den Kopf. »Gar nicht. Im Gegenteil. Vielleicht ist es sogar das Beste, was dem Alten jemals passiert ist.«

Er ging zur Tür, und sie begleitete ihn bis zur Gartenpforte, gefolgt von Fiete und Hein, die schwanzwedelnd an ihnen vorbei in den Garten liefen und an einem Busch das Bein hoben.

»Danke für das köstliche Essen«, sagte er, bevor er sich auf den Sitz seines Motorrads schwang.

»Gerne. Ich hoffe, es hat gereicht.«

»Und ob. Ich bin pappsatt.« Er lächelte, und dabei tanzten in seinen braunen Augen goldene Funken.

Die nur ich sehen kann. Man sieht nur mit dem Herzen gut …

»Bis bald, Simone.«

»Bis bald, Mael.« Sie mochte es, wie er ihren Namen aussprach – ohne e und mit der Betonung auf einem kurzen o. Und sie mochte auch seinen Namen aussprechen. Er hinterließ ein leichtes Prickeln auf ihrer Zunge. Wie Salz. Oder Champagner.

Er setzte den Helm auf, klappte den Ständer ein, und die zur Seite geneigte Maschine richtete sich auf wie ein dösendes Pferd, das gerade geweckt worden war. Der Motor sprang mit einem Grollen an. Mael nickte ihr zu, sie winkte. Und dann ließ er das Motorrad rollen, wendete und fuhr Richtung La Plage davon.

Simone kehrte in das Haus zurück, ließ heißes Wasser in die Spüle laufen und begann abzuwaschen, während Harri und Charlotte am Skizzentisch saßen und über Dinge sprachen, die sie nicht verstand. Aber das war in Ordnung. Jetzt war es in Ordnung. Denn sie hatte jetzt ihr eigenes Geheimnis, ihre eigene Magie – goldene Funken und ein Prickeln auf der Zunge. Im Vergleich zu Charlotte und Harri mochte es nur ein kleiner Zauber sein, aber er gehörte ihr.

Es war halb vier, als Simone und Charlotte sich von Harri verabschiedeten.

»Was hältst du davon, wenn ich morgen Pannfisch mache?«

Das breite Lächeln auf Harris Gesicht – ein bisschen schief

geriet es, weil der rechte Mundwinkel offenbar seine Arbeit noch nicht einwandfrei verrichtete – war Antwort genug. Es ließ seine Augen derart leuchten, dass Simone plötzlich verstehen und nachvollziehen konnte, weshalb ihre Großmutter seinem Charme erlegen war. So mancher berühmte Schauspieler aus Hollywood wäre neidisch geworden.

»Also ist es abgemacht. Morgen gibt es Pannfisch mit Bratkartoffeln.«

Das Lächeln auf Harris Gesicht wurde etwas unsicher.

»Aber ehrlich, Simone, du musst das nicht tun. Du und die Lütte, ihr seid hier im Urlaub. Ihr habt zu Hause genug Arbeit und Stress und solltet euch erholen. Und ich bin wahrlich der Letzte, der ein Recht hat, von euch zu verlangen, dass ihr eure Freizeit opfert.«

»Keine Sorge, Harri, ich tue es gerne.« Simone lächelte und warf Charlotte einen kurzen Blick zu. Das Mädchen wirkte seltsam nachdenklich und verträumt. Entrückt, dachte sie. Das ist wohl das passendere Wort. »Außerdem mache ich es nicht nur für dich.« Simone legte ihm die Hand auf den rechten Arm. »Ich habe einen Großvater, und den möchte ich kennenlernen. Und vielleicht …« Sie zögerte einen Moment. »Vielleicht kannst du mir irgendwann erzählen, warum du Oma Luise verlassen hast. Ich kenne jetzt ihre Version der Geschichte. Und ich möchte sehr gerne deine hören.«

Harri hob den Blick zu ihr. Es sah aus, als würde eine Wolke über seinem Gesicht hinwegziehen.

»Meine Version?« Er legte seine Linke auf ihre Hand und drückte sie leicht. »Ja, du sollst sie hören, aber …« Er seufzte tief und ließ ihre Hand los. »Nicht heute. An einem anderen Tag.«

»Ist völlig in Ordnung. Ich bin schon froh, wenn ich überhaupt erfahren darf, wie du die Sache siehst.« Sie winkte ihm zu. »Dann bis morgen.«

»Bis morgen. Wir sehen uns.« Er nickte Charlotte zu. Es war ein ernstes Nicken.

Wie zwischen Meister und Schüler, dachte Simone. Fehlt nur noch, dass Charlotte ihre Handflächen vor der Brust aneinanderlegt und sich mit den Worten verneigt: Danke, Harri-san.

Simone legte einen Arm um die Schultern ihrer Tochter und schob sie fast zur Haustür, als müsste sie Charlotte zwingen, das Haus zu verlassen. Erst als sie im Auto saßen, kehrte die gewohnte Lebhaftigkeit in das Gesicht des Mädchens zurück – wenigstens beinahe.

»Ich hoffe, es ist dir recht, dass wir auch morgen zu Harri fahren?«

Charlotte griff über ihre rechte Schulter nach dem Gurt und schnallte sich an.

»Klar. Unbedingt.«

»Dann hast du dich heute nicht gelangweilt?«

»Ich?« Charlotte wirkte so überrascht, als hätte Simone einen völlig abwegigen Gedanken geäußert. »Nein! Wie kommst du denn darauf?«

»Nun, ich dachte nur, dass du allein unter Erwachsenen …«

Charlotte schüttelte den Kopf, sodass sich eine Locke aus ihrem Pferdeschwanz löste und ihr in die Stirn fiel.

»Nein. Harri hat …« Sie verstummte, als hätte sie Angst, sich zu verplappern und ein Geheimnis preiszugeben.

»Was?«

»Ach nichts.«

»Habt ihr euch gut verstanden?«

Heftiges Nicken. »Ich glaube, ich kann viel von ihm lernen. Richtig viel.«

»Dann ist ja gut.« Simone steckte den Schlüssel in das Zündschloss und ließ den Wagen an. Das leise Brummen des Motors war nicht mit dem Dröhnen von Maels Harley zu vergleichen. Es wirkte fast langweilig, und plötzlich kam ihr die Idee, es doch auch einmal auszuprobieren. Vielleicht nimmt er mich ja mal auf dem Sozius mit. Sie lächelte und stellte sich vor, wie sie gemeinsam an der Küste entlangfuhren, den Wind im Gesicht, Mael direkt vor ihr, ihre Arme um seinen Körper geschlungen …

»Und was ist mit dir?« Die Worte holten sie von der kurvigen Landstraße ihrer Fantasie und einer atemberaubenden Aussicht über den Atlantik wieder ins Auto zurück. Charlotte betrachtete sie forschend. Ihrem Blick konnte man nur schwer ausweichen. Ihre Augen waren so klar und blau und klug, dass Simone einerseits an Harri erinnert wurde und sich andererseits fragte, ob ihre Tochter nicht viel mehr begriff, als sie mit ihren zwölf Jahren sollte. »Hast *du* dich denn gelangweilt?«

»Nein, gar nicht.« Ihre Wangen wurden warm. Wurde sie jetzt etwa vor ihrer eigenen Tochter rot? Aber warum? Hastig sprach sie weiter. »Für mich war es schön. Ich koche gerne, wie du ja weißt. Und mit vielen am Tisch, denen es schmeckt, macht es noch einmal mehr Spaß.«

»Dann ist ja gut.«

Charlotte lehnte sich in ihrem Sitz zurück und lächelte, als hätte sie sie durchschaut.

13

Dass er vergessen hatte, Harri zu untersuchen und seinen Blutdruck zu messen, merkte Mael erst im Laufe des Nachmittags, als Alisé ihm ganz selbstverständlich Harris Akte auf den Schreibtisch legte. Er nickte ihr zu, tat beschäftigt, und als sie hinausging, um den nächsten Patienten zu rufen, schob er die Akte ganz nach unten unter den Stapel, der sich während des Tages angesammelt hatte. Dabei kam er sich kindisch vor. Wie ein Schuljunge, der sich nicht traute, zuzugeben, dass er die Hausaufgaben vergessen hatte. Aber er hatte das Gefühl, dass er das Mittagessen bei Harri besser unerwähnt ließ. Zumindest heute.

Um kurz vor sieben war der letzte Patient gegangen. Alisé klebte Briefmarken auf die Post, die an diesem Abend noch in den Briefkasten geworfen werden musste, Claire bereitete die Röhrchen für die geplanten Blutentnahmen am nächsten Morgen vor. Mael konnte beide von seinem Platz hinter dem Schreibtisch sehen, wo er noch die letzten Einträge im Computer vornahm.

»Kann ich den PC herunterfahren, Mael?«, rief Alisé aus der Anmeldung.

»Moment …« Er schrieb den letzten Satz zu Madame Gerard. Der zuständige Kollege aus dem Krankenhaus hatte ihn angerufen und ihm mitgeteilt, dass Röntgen, EKG und EEG ohne Befund waren – wie er es erwartete hatte. Und dass man Madame Gerard noch eine Nacht mit einem Langzeitmessgerät im Krankenhaus behalten wollte – womit er bereits gerechnet hatte. »Jetzt bin ich fertig.«

Das vertraute Piepsen, mit dem der PC den Prozess des Herunterfahrens ankündigte, kam aus dem Anmeldebereich, dann wurde sein Bildschirm schwarz. Mael stieß sich von seinem Schreibtisch ab und rollte einen Meter auf seinem Bürostuhl zurück, stand auf und zog sich um.

Im Pausenraum hörte er Claire und Alisé über ihre Pläne an diesem Abend reden – essen, auf dem Sofa sitzen, eine Fernsehserie gucken.

»Und was machst du heute noch, Mael?«, erkundigte sich Claire, als er sich seine Lederjacke aus dem Pausenraum holte.

»Ich fahre zu Harri«, antwortete er, ohne nachzudenken.

»Du warst doch erst heute Mittag bei ihm. Geht es ihm so schlecht?«

»Nein. Aber der Mann ist mein Freund. Und er ist einsam. Besonders jetzt, wo er nicht mehr arbeiten kann.« Er schulterte seinen Rucksack. »Schönen Abend euch beiden. Und danke für eure Arbeit heute.«

Während er zum Parkplatz hinter dem Haus ging, überlegte er, ob er auf dem Weg zu Harri wieder bei Jacques anhalten sollte. Dieser Abend war wie geschaffen für ein gemeinsames Bier auf der Terrasse eines Freundes.

»Du schon wieder?«

Das war Harris Begrüßung. Der alte Mann war nicht alleine, sondern der Physiotherapeut, den Harri gern als Knochenbrecher und Menschenschinder bezeichnete, war gerade bei ihm. Antoine, ein hünenhafter Kerl mit im Fitnessstudio gestählten Muskeln, kniete vor Harris Rollstuhl und bewegte dessen Füße. Mael kannte Antoine seit ihrer gemeinsamen Schulzeit. Wie die meisten hier. Ich kenne fast alle von der Schule, vom Kindergarten, von den Pfadfindern, vom Fußballtraining … Ein Leben lang.

Als Mael sich näherte, hob der Physiotherapeut den Kopf und grinste.

»Guten Abend, Mael! Gut, dass du kommst. Dann kann ich dir ja etwas zeigen.«

»Genau, Mael. Du kannst gerne dabei zusehen, wie dieser Muskelberg mich armen alten gebrechlichen Mann quält.« Harri runzelte die Stirn. »Vor vierhundert Jahren hätte jemand wie der da bei der heiligen Inquisition als Folterknecht gearbeitet.«

»Ich glaube, du übertreibst, Harri.«

»Pah, wenn du wüsstest.«

Mael lachte und kniete sich neben Antoine vor den Rollstuhl. Der Physiotherapeut zog Harri den rechten Schuh aus, hob das Bein an und ließ Mael seine Handfläche gegen die Fußsohle legen.

»So, und nun drück dagegen, Harri. Drück! Drück! Drück!«

»Ich mach doch schon!« Harris Gesicht war oberhalb seines buschigen Bartes rot angelaufen, Schweiß perlte auf seiner Stirn. Aber Mael spürte den Widerstand. Nicht besonders stark – vermutlich hätte die Kraft in dem Bein nicht ausgereicht, einen leeren Eimer umzustoßen, geschweige denn, dass die Muskeln Harris mächtigen Körper hätten tragen können. Doch die Kraft war da. Deutlich mehr als noch in der vergangenen Woche oder direkt nach dem Schlaganfall.

»Und locker lassen«, kommandierte Antoine und stellte Harris Bein wieder auf der Ablagefläche des Rollstuhls ab. »Sehr gut.«

Es klang ein bisschen, als ob er einen Hund loben würde, der gerade einen Ball apportiert hatte.

»Und was heißt das?«

Mael erhob sich aus der Hocke. »Das heißt, dass du Fortschritte machst, Harri. Langsam zwar, aber es sind eindeutig Fortschritte. Die Kraft kehrt in deine Muskeln zurück. Das gibt Grund zur

Hoffnung. Vielleicht bist du doch nicht bis ans Ende deiner Tage auf den Rollstuhl angewiesen, sondern kannst irgendwann wieder buchstäblich auf eigenen Beinen stehen. Du musst nur weiter üben. Und üben und üben und üben.«

»Und was ist mit meinem Arm?«

Antoine schüttelte den Kopf. »Leider nichts.«

»Und warum nicht? Warum sind zuerst die Beine dran? Im Rollstuhl komme ich überall hin, die Höhe der Beine einer Staffelei kann ich anpassen. Aber ohne meinen rechten Arm, meine rechte Hand kann ich nicht arbeiten!«

»Ich weiß, Harri. Aber man kann es weder vorhersagen noch erzwingen, wo und wie sich die Nerven regenerieren. Wenn ich das könnte, würde ich nicht als Allgemeinmediziner in La Plage mein kärgliches Dasein fristen, sondern als Nobelpreisträger für Medizin quer über den Globus von Universität zu Universität reisen und Vorträge halten.«

Harri verzog das Gesicht. »Fair ist das aber nicht.«

»Das ist es selten. Sei froh, dass sich überhaupt etwas tut. So können wir wenigstens hoffen, dass sich auch die Lähmungen in den Armmuskeln bessern.«

»Hurra, ich bin gerettet.«

Mael schüttelte nur den Kopf.

Antoine verabschiedete sich. »Ich komme am Montag wieder«, erklärte er. »Und bis dahin machst du dreimal am Tag die Übungen, die ich dir gezeigt habe. Wie Mael schon sagte, dieser Fortschritt heute lässt hoffen, dass das Ende der Fahnenstange noch lange nicht erreicht ist. Also nicht aufgeben! Hör ausnahmsweise auf deinen Arzt!«

Harri warf Mael einen finsteren Blick zu, den dieser mit einem breiten Grinsen erwiderte.

»Hör auf Antoine, er ist ein kluger Mann.«

»Pff!«

Antoine lachte laut und ging.

»Warum meine Beine? Warum ausgerechnet die? Das Schicksal hat einen ziemlich kranken Sinn für Humor.«

»An dem wir nichts ändern können, egal, wie sehr wir uns auch abstrampeln.« Mael zuckte mit den Schultern. »Was hältst du davon, wenn ich dich auf die Terrasse schiebe und wir draußen ein Bier trinken?«

»Hast du denn eins mitgebracht?«

Statt einer Antwort zog Mael die beiden Flaschen aus seinem Rucksack.

»Ja, lass uns rausgehen. Der Abend ist so schön. Und das Licht ist …«

Mael bemerkte, dass sich Feuchtigkeit in Harris Augenwinkeln sammelte, und rasch trat er hinter den Rollstuhl und schob den Alten nach draußen. Harri war stolz. Es wäre ihm bestimmt nicht recht, wenn jemand seine Tränen gesehen hätte, egal, ob Arzt oder Freund – oder beides in einer Person.

Sie prosteten einander zu, tranken jeder einen Schluck und schwiegen.

»Hat dir das Essen heute geschmeckt?«, fragte Harri nach einer Weile.

»Dieses Laks…«

»Labskaus.« Harri lächelte vergnügt. »Hat dich ganz schön verwirrt, was da vor dir auf dem Teller lag, was?«

»Ja, muss ich schon zugeben. Der Anblick ist gewöhnungsbedürftig. Aber es ist lecker. Sehr, sehr lecker.«

»Ja.« Harri hob die Flasche, nahm einen weiteren Schluck und behielt ihn lange im Mund, als wollte er den Geschmack so lange auskosten wie nur möglich. »Ein Gericht aus meiner Heimat. Aus Hamburg.« Fast zärtlich fuhr er mit dem Daumen über das Etikett der Flasche. »Der Hafen, St. Pauli, der Michel …«

»Heimweh?«

Harri hob den Kopf und sah hinaus auf den Atlantik, der an diesem Abend so ruhig war, dass sich seine Oberfläche nur ganz leicht kräuselte und die Sonnenstrahlen darauf glitzerten, als hätte jemand einen Beutel mit Diamanten darauf verteilt.

»Ich denke schon. Zum ersten Mal seit … fünfzig Jahren? Zum ersten Mal seit langer, langer Zeit sehne ich mich wirklich dorthin zurück. Möchte alles noch einmal sehen: den Michel, die Lombardsbrücke, das Rathaus – dieses seltsam hässliche und doch gerade auch deshalb schöne Werk der Architektur des 19. Jahrhunderts –, die Alster mit ihren Seglern. Ich glaube, ich werde alt, Mael.«

Irrtum, mein Lieber, das bist du schon lange, dachte Mael und sagte laut: »Ich glaube nicht, dass das der Grund ist. Wir lieben es, in unseren gemütlichen Wohnzimmern zu sitzen und dort auf der Couch den Abend zu verbringen, ohne auch nur einen Gedanken daran zu verschwenden, was wir draußen verpassen könnten. Aber setze Gitter vor die Fenster und schließe die Tür ab, und es dauert keine Stunde, bis wir uns hinaussehnen.«

»Ja. Ja, vielleicht hast du recht.«

Sie schwiegen wieder. Am Horizont ging die Sonne unter. Die weißen Yachten, die tagsüber ständig an der Küste vorbeifuhren, wurden seltener. Weit draußen konnte Mael die Positionslichter eines Tankers oder Containerschiffs sehen. Und über ihnen begannen statt der Möwen die Fledermäuse flatternd ihre Kreise zu ziehen.

»Sie hat das Auge.«

Harris Stimme riss Mael aus den Weiten einer zeitlosen Welt in die Gegenwart zurück. Er erschrak so, dass er beinahe seine Flasche fallen ließ.

»Bon Dieu, Harri!« Er stellte die ohnehin leere Flasche neben das Stuhlbein. »Was …«

»Bist du eingeschlafen?«

»Nein, aber …« Mael rieb sich das Gesicht. »Sie hat das Auge? Was meinst du damit? Irgendwie klingt das … gruselig. Wie eine Krankheit.«

Harri lachte. »Ich spreche von der Lütten. Von Charlotte.«

»Als Arzt würde ich eher sagen, sie hat zwei Augen. Aber …«

»Witzbold.« Harris linker Ellbogen landete in Maels Rippen. »Es geht um Kunst, Mael.« Die lederbezogene Lehne des Rollstuhls knarrte, als sich der alte Mann zurücklehnte. »Zeichnen können, Perspektive, Licht und Schatten beherrschen, Farbharmonien, verschiedene Techniken wie Bleistift, Aquarell, Öl, Skizze, Radierung – das ist Technik. Handwerk, das theoretisch fast jeder erlernen kann. Das vermutlich sogar du bis zu einem gewissen Grad erlernen könntest, wenn du die Zeit dafür investieren würdest.«

Mael schüttelte den Kopf. »Das kann ich mir nicht vorstellen. Hast du mal meine Handschrift gesehen? Ich würde nie ein van Gogh werden. In hundert Jahren nicht.«

»Natürlich nicht, weil dir das Auge fehlt.« Harri neigte seinen Kopf zur Seite. Den verträumten Ausdruck hatte Mael noch nie auf seinem Gesicht gesehen. »Jede Kunst, egal, ob Literatur, Musik, Schauspielerei oder die bildende Kunst, besteht zu einem großen Anteil aus Technik und Handwerk. Manche sprechen von neunzig Prozent, ich würde sogar eher von siebenundneunzig Prozent sprechen. Aber das, was übrig bleibt, ist der besondere Funke, den es braucht, damit sich ein Mensch vom Handwerker zum Künstler erhebt. Ich weiß nicht, was es in den anderen Künsten ist, da müsstest du Schriftsteller, Musiker und Schauspieler fragen. Aber ich bin sicher, dass auch sie dir etwas benennen könnten. In der bildenden Kunst ist es jedenfalls das, was ich *das Auge* nenne. Es ist die Fähigkeit, die Essenz der Gegenstände wahrzunehmen, hinter sie zu blicken und Verbindungen zu erkennen. Also nicht nur den Atlantik da vor uns zu sehen, einen

Ozean, an dessen anderem Ufer der amerikanische Kontinent liegt, sondern zu sehen, wie sich das Wasser aus dem Atlantik über die ganze Erde verteilt, wie es sich mit dem Wasser des Pazifiks vermischt, wie Piraten und Kriegsschiffe durch seine Wellen kreuzen, Wale und Fische darin leben. Und dabei die Wasseroberfläche in ihren unterschiedlichsten Formen und Farben wahrzunehmen, dort die kleinen spitzen Wellen, wo gerade der Wind über sie hinwegbläst, dort die hellere Fläche und ein Stück weiter dieses fast schwarze Areal. Ein Handwerker kann sein Auge schulen, um diese Unterschiede wahrzunehmen, und er weiß, dass sich die Wasserfarbe ändert, weil unter der einen Stelle sandiger, offener Boden liegt, während sich unter der anderen Felsen befinden oder Tang wächst. Und er wird sie so malen, wie er sie sieht. Zweifellos. Wer aber das Auge hat, sieht nicht nur helleres oder dunkleres Wasser, er sieht viel mehr. Er sieht eine geöffnete Schatztruhe auf dem Meeresgrund, eine sagenumwobene Muschel, die nur alle hundert Jahre einmal ihre Schalen öffnet und die kopfgroße Perle in ihrem Inneren offenbart. Oder er sieht bleiche Knochen und den Ort, an dem ein Marinesoldat den Kampf um sein Leben verloren hat. Ein Künstler sieht das alles, nimmt es wahr, saugt es in sich auf. Und er kann nicht verhindern, dass es in sein Bild einfließt und der Betrachter es hinterher spürt. Das macht den großen Unterschied zwischen bloßer Abbildung und Werk, zwischen Handwerk und Kunst aus. Viele Menschen sind exzellente Handwerker. Aber es brauchte das Auge eines Picassos, um in einem Fahrradlenker einen Stierkopf zu sehen.«

»Ich glaube, ich verstehe, was du meinst. Und du bist der Ansicht, dass Charlotte diese Fähigkeit hat?«

»Ich weiß es, Mael. Ich habe es schon geahnt, als ich ihr erstes Bild sah. Doch seit heute weiß ich es.« Er nickte gedankenverloren. »Ja, Mael, sie hat das Auge. In diesem zwölfjährigen Mädchen steckt eine Künstlerin. Und ich werde tun, was ich kann, um den Blick ihres Auges zu schärfen. Zu leicht lassen Schule und Pflichten und Smartphones diese Fähigkeit, diese Gabe verkümmern.« Harri kniff die Augen zusammen. »Und mir bleibt nicht mehr viel Zeit, Mael.«

»Harri, abgesehen von diesem Schlaganfall bist du …«

»Pah, mach uns beiden nichts vor, das passt nicht zu dir. Abgesehen vom Schlaganfall bin ich dreiundneunzig, Mael. Das weißt du fast besser als ich. Wie groß ist die Wahrscheinlichkeit, dass ich der Lütten nach ihrem Abitur in sechs oder sieben Jahren noch einen Rat zum Studium geben kann?« Harri nickte, als wollte er seine eigenen Worte bestätigen. »Ich hatte heute die Möglichkeit, ihr etwas beizubringen. Morgen habe ich sie wahrscheinlich auch. Ich fühle mich jedenfalls nicht so, als würde ich innerhalb der nächsten vierundzwanzig Stunden den Löffel abgeben. Aber schon mit dem Übermorgen wäre ich mir nicht mehr so sicher.« Er wandte Mael seinen Blick zu. »Die Zeit ist eine riesige Bettdecke, und wir halten nur den kleinen Zipfel in unserer Hand, den wir Gegenwart nennen. Deshalb sollten wir an jedem Tag alles geben. Denn ob es für uns ein Morgen gibt, können wir nicht wissen. Niemals.«

»Dein Bruder?«

»Ja.« Harri richtete sich in seinem Rollstuhl auf. »Durch ihn habe ich diese Lektion sehr früh gelernt. Wegen ihm habe ich immer danach gelebt. Und ich werde jetzt nicht damit aufhören, nur weil ich in diesem Ding sitze und meinen rechten Arm nicht mehr gebrauchen kann.«

»Du willst also Charlotte Unterricht geben?«

»Ja, sofern sie selbst das auch möchte.«

»Und Simone einverstanden ist. Sie ist immerhin die Mutter und …«

»Du verstehst das nicht, Mael. Ein Künstler lässt sich von seiner Kunst nicht trennen, nicht durch Eltern, Geschwister oder irgendwelche anderen äußeren Umstände. Charlotte wird niemanden fragen, ob sie darf. Doch sie wird sich die Menschen aussuchen, die sie auf ihrem Weg ein Stück begleiten dürfen. Und ich weiß nicht, ob sie mich dabeihaben möchte.«

Mael dachte daran, wie er die beiden vor einigen Stunden im Garten gefunden hatte, unter der alten Eiche.

»Ich glaube, was das angeht, machst du dir unnötige Sorgen«, sagte er.

»Meinst du?«

»Ja.«

»Warum bist du dir so sicher?«

»Ich habe vielleicht nicht das, was du das Auge nennst, aber ich kann recht gut in Menschen lesen.« Er lächelte. »Es heißt ja nicht umsonst Heil*kunst*.«

Es war bereits nach zehn Uhr, als Mael sich endlich auf den Heimweg machte.

In den Häusern, die die Landstraße säumten, waren die Lichter eingeschaltet, über ihm wölbte sich der Abendhimmel mit den ersten Sternen.

Er kam an Louannes Haus vorbei und sah, wie seine Schwester im Zimmer eines seiner Neffen die Vorhänge zuzog. Sie hörte das Geräusch seiner Harley und hielt einen Moment inne, um ihm zuzuwinken.

Es war Schlafenszeit für die Kinder, jedenfalls noch bis morgen. Dann würden endlich die Ferien beginnen. Und mit ihnen würde die Notwendigkeit, früh aufzustehen und entsprechend früh ins Bett zu gehen, für einige Wochen enden. Er selbst konnte sich noch gut an seine Schulzeit erinnern, an die Vorfreude vor dem letzten Schultag. Dieses Gefühl der Freiheit und Leichtigkeit, wenn man an dem letzten Freitag um ein Uhr seine Schultasche unter den Schreibtisch schob und sie dort für mehrere

Wochen nicht wieder hervorholte, ihre Existenz die meiste Zeit über sogar völlig vergaß.

Sein Schwager war Fischer. Und ebenso wie seine Eltern damals konnten auch Louanne und Alain ihren fünf Kindern keine Urlaubsreise ermöglichen. Keine Italienische Riviera, kein Mallorca, Hurghada oder Djerba. Nicht einmal die Provence oder ein Tag Disneyland Paris waren der Familie finanziell möglich. Doch direkt vor der Haustür breitete sich ein Strand aus, der mindestens genauso schön war wie all jene Strände, zu denen andere Leute reisten. Hier konnte man ebenso surfen, schwimmen und in der Sonne liegen wie anderswo. Und wenn man Glück hatte, durfte man den Vater begleiten, wenn er spät nachts mit seinem Boot auf den Ozean hinausfuhr. Dann saß man unter dem Licht von Mond und Sternen auf der Bank am Heck, aß Baguette und Käse und lauschte der Stille. Eine alles umfassende Stille, in der man sich ganz klein und trotzdem eins mit allem fühlte, tief verwurzelt in sich.

Diese Momente schufen einen Ort im Inneren, an den man sich zu jeder Zeit zurückziehen konnte. Vor allem, wenn das eigene Leben gerade stürmisch war. Die Welt bereisen konnte man auch später noch.

Mael bog in die schmale Straße ab, die am Ende von La Plage lag. Hier befand sich neben der Kirche der älteste Teil des Ortes. Aneinandergereiht wie Perlen auf einer Schnur standen hier die Fischerhäuser. Alte, schmale Häuser aus Feldstein und Holz, mit Schindeln aus Schiefer gedeckt. Die meisten von ihnen wurden mittlerweile für Ferienzwecke vermietet oder von auswärtigen Leuten bewohnt, die in Nantes oder gar Paris lebten und arbeiteten und nur am Wochenende nach La Plage kamen, um sich hier von der Hektik der Großstadt zu erholen. Sein Vater war der letzte Fischer gewesen, der noch in dieser Straße gewohnt hatte. Und nach dem Tod seiner Eltern hatte Mael das Haus übernommen. Jetzt war er der letzte Einheimische, der in der Fischergasse lebte.

Er schob die Harley in den hölzernen Unterstand, in dem noch das kleine Ruderboot lag, das zusammen mit dem Haus in seinen Besitz übergegangen war. Sein Vater hatte es gelegentlich verwendet, um die Austernreusen zu überprüfen, die er an der felsigen Küste in der Nähe von Harris Bucht ausgelegt hatte. Die Austern waren ein Zubrot. Sie waren nicht unbedingt zum Verkauf bestimmt. Meist landeten sie auf dem Tisch der Familie LeGoff. Sie waren so arm, dass sie sich keinen Urlaub leisten konnten, aber sie aßen regelmäßig Austern zum Mittagessen. Das gab es wohl auch nur hier.

Mael schloss seine Tür auf. Aus dem Nebenhaus hörte er das Geräusch des Fernsehers. Dort wohnte zurzeit eine britische Familie. Jedenfalls hatten die Leute einen britischen Sender eingestellt, und die Kinder, die morgens immer direkt vom Garten aus an den Strand liefen, sprachen Englisch.

Er machte die Tür hinter sich zu, schaltete das Licht an und zog die Schuhe aus. Es war still in seinem Haus. Die dicken Mauern aus bretonischen Feldsteinen schluckten jeden Lärm. Die einzige Geräuschbrücke waren die Fenster, und die hatte er vor ein paar Jahren, als er hier eingezogen war, gegen moderne Fenster austauschen lassen – Doppelverglasung mit Schallschutz. Mael holte sich eine Flasche Bier aus dem Kühlschrank, öffnete die Terrassentür, lehnte seinen Kopf gegen den Türrahmen und atmete die würzige Abendluft ein.

Jemand lachte laut, zwei Häuser weiter weinte ein Kind. Vermutlich war es das kleine Mädchen der Pariser Familie. Die Kleine war in dem Alter, in dem Kinder meistens ihre ersten Zähne bekamen. Auf der Terrasse nebenan unterhielt sich leise das ältere Ehepaar, das eigentlich aus Nantes stammte, den Sommer jedoch seit vier Jahren in La Plage verbrachte. Der Duft von

Miesmuscheln in Weinsud wehte zu ihm herüber, und er hörte das Klappern der Löffel auf Porzellan. Irgendwo balgten sich lautstark zwei Katzen.

Die Geräusche und Essensdüfte lenkten seine Gedanken zum Mittagessen bei Harri. La... Er hatte den Namen des Gerichts schon wieder vergessen. Der Gedankensprung von dem leicht rötlichen Brei mit dem Spiegelei und der roten Bete auf dem Teller zur Köchin war klein. Er sah Simone, wie sie am Herd stand und energisch in dem Topf rührte, wobei eine Locke sich aus ihrem Zopf stahl und ihr in die Stirn fiel, geringelt wie eine Sprungfeder. Ihre Augen. Und dann dieses Lächeln. Vielleicht sollte er sie mal einladen, mit ihm zusammen auf der Harley die Küste zu erkunden – runter bis La Rochelle oder rauf bis zum Phare de Petit Minou.

Als junger Mann hatte er das Reisen für sich entdeckt – anfangs mit Rucksack und per Anhalter, später mit dem Motorrad. Und seit Beginn seines Studiums war er ziemlich weit herumgekommen.

Doch bei all den schönen Flecken, die er bei seinen Reisen entdeckt hatte, war ihm nur immer wieder eines klar geworden.

Es gab für ihn keinen schöneren Ort als diesen hier. Nicht in Nord- oder Südamerika, in Afrika, Asien oder Europa. Nirgendwo.

Plötzlich wollte er das alles Simone zeigen. Er hatte das Gefühl, dass es wichtig war.

TEIL 3
Schattenwirkung

14

So eine begabte Schülerin wie Charlotte habe ich noch nie unterrichtet. Sie ist wirklich gut. Und wenn nichts dazwischenkommt und das Wetter mitspielt, kann sie spätestens am Sonntag ihre Prüfung ablegen.«

Simone stand neben Philibert am Strand und schaute zu, wie Charlotte auf den Wellen kreuzte mit nichts als einem schmalen Brett unter ihren Füßen. Geschickt drehte sie das Segel in ihren Händen, das Surfbrett änderte die Richtung, und sie sauste in schwindelerregender Geschwindigkeit in die entgegengesetzte Richtung.

Es sieht so leicht aus bei ihr. Alles sieht so leicht aus, dachte Simone und schob sich die Sonnenbrille auf das Haar. »Das wird Charlotte freuen, Philibert. Gestern sagte sie zu mir, dass sie auch gern mit dem Kiten anfangen würde.«

Philibert lachte. »Ja, darüber haben wir auch schon gesprochen. Aber den Zahn musste ich ihr ziehen. Und ich bitte Sie, ihr auch noch einmal ins Gewissen zu reden. Als ihre Mutter. Für das Kiten ist sie noch zu jung. Wenn der Wind unter den Schirm greift, hat sie noch gar nicht die Kraft, ihn zu halten, geschweige denn ihn zu lenken. Und dann trägt es sie einfach davon. Entweder hinaus auf den Atlantik oder direkt gegen die nächste Klippe.« Er schüttelte den Kopf. »Nein. In zwei Jahren, höchstens. Dann soll sie kommen. Sie wird es ebenso schnell lernen wie das Surfen, da bin ich mir sicher. Und ich freue mich jetzt schon darauf, es ihr beizubringen. Aber jetzt ist es einfach noch zu gefährlich.«

»Ich werde es ihr sagen. Doch gefallen wird ihr die Antwort nicht.«

»Ja, genau wie Camille. Aber auch meine Tochter wird sich noch so lange gedulden müssen.« Er lächelte. »Übrigens fragte Camille, ob Charlotte heute bei uns übernachten darf. Es ist der erste Ferientag, der wird bei uns immer besonders gefeiert.«

»Das ist aber nett!«

»Dann haben Sie nichts dagegen?«

»Natürlich nicht. Was soll Charlotte mitbringen?«

»Nur was sie für die Übernachtung braucht. Bettzeug haben wir.« Philibert steckte zwei Finger in den Mund und stieß einen Pfiff aus, der Simone wie ein Messer ins Trommelfell schnitt. »Schluss für heute!«

Charlotte wendete das Segel und raste jetzt direkt auf den Strand zu, verlangsamte ihr Tempo – wie auch immer sie das machte – und glitt schließlich keine zwei Meter von ihnen entfernt sanft und mit einem eleganten Schwung ans Ufer.

»Das hat Spaß gemacht!« Strahlend und außer Atem schüttelte sie die Feuchtigkeit aus ihrem Pferdeschwanz. »Und was sagst du, Philibert? Wie war ich?«

Die beiden unterhielten sich auf Englisch. Der Bretone hatte ein paar Jahre auf Hawaii und in Australien gelebt, bevor er wieder in seine Heimat zurückgekehrt war. »Die Sprache der Surfer ist nun einmal Englisch«, hatte er gleich am ersten Tag ihrer Ankunft in La Plage gesagt, und Simone hatte keinen Grund, an diesen Worten zu zweifeln. Für Charlotte konnte es nur von Vorteil sein.

»Fast perfekt.« Er grinste breit. »Du bist wirklich gut. Und wärst gern noch länger draußen geblieben. Habe ich recht?«

»Ja, unbedingt! Es macht so viel Spaß …«

»Und genau das ist dein Problem, Charlotte.« Er wurde ernst. »Du musst unbedingt lernen, mehr auf deine körperlichen Grenzen zu achten. Wind und Wellen sind unberechenbar. Selbst ich, der ich hier in La Plage schon länger als mein halbes Leben surfe und die Verhältnisse sehr gut kenne, werde immer wieder überrascht. Eben noch läuft die Welle vor mir her, und der Wind schiebt mich an, plötzlich dreht er sich und schlägt mir mit einer heftigen Böe ins Gesicht. Das kommt vor. Immer wieder. Und dann ist die Gefahr groß, dass es dich einfach rausträgt, weg von der Küste. Oder dass es dir das Segel aus der Hand reißt und du das Brett verlierst. Wenn das geschieht – und glaube mir, damit haben wirklich nicht nur Anfänger zu kämpfen, das passiert auch den Profis –, brauchst du noch genügend Kraftreserven, um dir das Brett zurückzuholen und wieder an den Strand zu surfen. Oder um zurückzuschwimmen.«

Charlotte hörte aufmerksam zu.

»Und wie kann ich meine Grenzen besser einschätzen lernen?«

»Natürlich ist es vor allem eine Frage der Erfahrung. Aber Achtsamkeitsübungen helfen dabei. Und Yoga.«

»Yoga?«

»Ja. Es gibt in meinen Augen keine bessere Art, den eigenen Körper kennen, schätzen und kontrollieren zu lernen.«

»Danke für den Rat. Ich werde darüber nachdenken.«

Simone hielt den Atem an und sah sich schon in Hamburg eine Yogaschule für Zwölfjährige suchen, deren Kursstunden in Charlottes ohnehin randvollen Terminkalender passten.

Philibert und Charlotte klatschten sich ab.

»Deine Mutter ist einverstanden, dass du heute bei uns übernachten darfst.«

»Super! Danke!«

»Und am Sonntag kannst du die Prüfung ablegen. Wenn du willst und sich das Wetter nicht zum Schlechten ändert.«

»Klar will ich!«

»Dann bis nachher. So gegen fünf?«

Simone nickte. »Das passt gut.«

Noch hat alles irgendwie einen Platz in ihrem Leben – Schule und Freunde und ihre zahlreichen Hobbys, dachte sie, als sie zu ihrem Häuschen zurückgingen. Doch irgendwann wird es nicht mehr passen. Irgendwann wird sie sich entscheiden müssen. Wie sie selbst. In Charlottes Alter war sie geritten, hatte Klavierunterricht gehabt und Volleyball gespielt, hatte privaten Zeichenunterricht genommen, war in der Foto-AG und in der Schülerzeitung aktiv gewesen. Doch die Anforderungen der Schule waren gestiegen, ihre Interessen hatten sich verlagert, waren spezieller geworden. Zuerst war sie aus dem Sportverein ausgetreten, dann war die Foto-AG weggefallen. Und mit jedem Jahr waren mehr Aktivitäten dem Ehrgeiz und den Notwendigkeiten gewichen. Nur ihr Engagement für die Schülerzeitung war bis zum Abitur geblieben – und hatte schließlich ihre Berufswahl mitbestimmt.

Sie war gespannt, wie es sich bei Charlotte entwickeln würde.

Simone saß am Esstisch und schrieb die Einkaufsliste. Neben ihr dampfte Kaffee in einem himmelblauen Becher und verbreitete seinen wundervollen Duft. Die Terrassentür stand offen und ließ Wind und Sonne in den Raum und die Geräusche eines Sommertages am Meer – Kinderlachen, Möwengeschrei, Meeresrauschen. Sie hob den Kopf, schloss die Augen und genoss den Moment, bis Schritte auf der Treppe sie aufschauen ließen. Frisch geduscht kam Charlotte aus dem Bad und rubbelte sich mit einem Handtuch das Haar trocken. Simone schaute auf die Uhr. Es wurde allmählich Zeit.

»Es ist halb zwölf«, sagte sie, stand auf und faltete die Liste zusammen. »Ich fahre jetzt zum Einkaufen und von da aus gleich zu Harri.«

»Okay, warte einen Moment, dann föhne ich mir erst noch die Haare.«

»Willst du wirklich mitkommen, Charlotte?«

»Klar will ich.«

»Du musst doch völlig fertig sein vom Surfen. Willst du nicht einfach hierbleiben?«

»Nö. Was soll ich denn hier alleine?«

»Lesen, dich mit den beiden Jungs am Strand treffen. Vielleicht kommt Camille ja auch heute früher nach Hause. Es ist immerhin der letzte Schultag vor den Ferien.«

»Mit Camille treffe ich mich ohnehin nachher, und Oliver und Dylan werden dann garantiert auch dabei sein. Aber Harri …« Sie runzelte die Stirn und wandte den Kopf ab. »Er ist alt, nicht wahr? Wenn wir das nächste Mal in den Ferien hier sind, wer weiß, ob er dann noch …« Ihre Stimme klang plötzlich so brüchig, dass es Simone fast wehtat. Ja, in Charlottes Leben schien stets alles so leicht und mühelos wie das Gleiten eines Surfbretts auf den Wellen zu sein. Doch nur auf den ersten Blick. »Ich möchte mit. Außerdem mag ich Pannfisch. Den hast du schon lange nicht mehr gemacht.«

»In Ordnung.« Simone drückte ihre Tochter kurz an sich. »Ich helfe dir beim Föhnen, dann geht es schneller. Ich glaube, der Fischhändler schließt um zwölf.«

Simone parkte den Wagen in der Nähe vom Hafen. Es war ein malerisches kleines Becken, in dem eine Handvoll Sportboote und Segelyachten ankerte. Fünf Fischkutter schaukelten leicht auf den Wellen, die Netze, Reusen und Bojen ordentlich aufgewickelt und befestigt. Ein paar Autos und Fahrräder kamen ihr entgegen, eine Familie mit Eiswaffeln in den Händen schlenderte an den Booten entlang, in dem Café des Ortes saßen ein paar Leute an den Tischen auf dem Gehweg und tranken Kaffee. Simone hörte englische Sprachfetzen, Holländisch und sogar ein paar deutsche Wörter. Sie hatte fast Lust, sich ebenfalls an einen der Tische zu setzen, einen Café au Lait zu trinken und einfach nur auf die Boote zu schauen und zu lauschen, wie die Leinen im Wind gegen die Masten schlugen.

Doch jetzt hatte sie zuerst ein anderes Ziel.

Die kleine Poissonnerie lag direkt am Hafen und sah aus wie aus einem Bilderbuch entsprungen. Mit Plastikseesternen und -fischen dekorierte Fischernetze hingen über den Auslagen des Schaufensters, in denen geräucherte Spezialitäten auf silbernen Schalen lagen. Beim Öffnen der Tür erklang das Läuten einer Glocke. Ein feines silbernes Bimmeln, das Simone in ihre Kindheit zurückversetzte, als es an der Ecke in der Nähe ihrer Wohnung in Barmbek noch den kleinen Laden von Frau Bernds gegeben hatte, wo man alles bekam – Konserven, Wurstwaren, frische Brötchen, Zeitungen und abgezählte Süßigkeiten wie Salinos, Lollis oder Brausebonbons, die Frau Bernds immer in eine rosa-weiß gestreifte Tüte gepackt hatte.

Hier in der Poissonnerie gab es natürlich keine Bonbons. Dafür duftete es nach Fisch, geräuchertem und gebratenem Fisch, von Blätterteig umhüllten Fischpasteten und nach frischem Meerwasser. Hinter der Glasscheibe lagen, umgeben von zerstoßenem Eis, filetierte und ganze Fische auf Edelstahltabletts und mit Wasser gefüllte Schalen, in denen Miesmuscheln, Austern und Seeschnecken schwammen. Manche der Namen auf den Schildern vor den Schalen waren Simone nicht geläufig. Manche Fische und Meeresfrüchte erkannte sie aber auch so. Schließlich ist auch eine Hamburgerin letztlich eine Küstenbewohnerin. Und zu Hause standen Fisch und Meeresfrüchte regelmäßig auf dem Tisch.

»Bonjour, Madame«, sagte sie zu der Frau mit dem hochgesteckten grauen Haar und dem Gesicht voller Lach- und Wind-und-Wetter-Falten. »Ein Kilo Seelachs bitte.« Le Colin war das Wort, das sie noch vor der Ladentür in ihrem Smartphone gesucht hatte.

»Im Ganzen oder als Filet?«

»Als Filet bitte.«

Die Frau legte einen großen Bogen Fettpapier auf eine altmodische Waage und legte Stück um Stück Fischfilet darauf, dann wickelte sie das Papier zu einem Päckchen.

»Haben Sie sonst noch einen Wunsch?«

»Nein, danke«, sagte Simone und dachte: Heute nicht, aber ich komme bestimmt wieder. Mal fragen, ob Harri vielleicht auch so gerne Muscheln und Garnelen isst wie wir. Sie zahlte, und die Glocke verabschiedete sie mit fröhlichem Bimmeln auf den Gehsteig.

Auf dem nicht sehr weiten Weg zum Gemüse- und Feinkostgeschäft – in La Plage gab es keine weiten Wege – kamen sie an der Praxis von Dr. LeGoff vorbei.

Mael, dachte Simone und lächelte unwillkürlich. Noch zwei oder drei Wochen Aufenthalt in La Plage, und ich werde mich wie zu Hause fühlen, meine Wege kennen – Bäcker, Schlachter, Gemüsehändler, Fischhändler – ebenso wie die Namen der Händler und sie auf der Straße grüßen.

Sie kauften Kartoffeln und Senf, gingen eine Tür weiter zur Käsehandlung und erstanden einen herrlich duftenden Weichkäse und Frischkäse mit Kräutern. Dann gingen sie zu ihrem Auto zurück.

»Und jetzt?«, erkundigte sich Charlotte und schnallte sich an.

»Jetzt haben wir alles und fahren zu Harri.«

Mit dem Ellbogen stieß Simone die Haustür auf. Bellend sprangen ihnen Fiete und Hein entgegen, und einen Moment lang fürchtete sie, dass die beiden großen Hunde sie vor lauter Wiedersehensfreude umstoßen würden, doch Harri pfiff sie buchstäblich zurück. Mit wedelnden Schwänzen liefen sie zu ihm und legten ihm ihre Köpfe auf die Knie.

»Moin, ihr beiden!«, rief Harri ihnen zu. »Ihr seid früh dran.«

»Ich hoffe, das stört dich nicht oder durchkreuzt deine Pläne«, sagte Simone, stellte ihre Einkaufstaschen an der Küchenzeile ab und berührte Harri zur Begrüßung an der Schulter. »Aber ich habe mir in den Kopf gesetzt, dass es zum Pannfisch Bratkartoffeln geben soll.«

»Aha.«

»Magst du keine Bratkartoffeln?«

»Doch, doch.«

Er hat mir gar nicht wirklich zugehört, dachte Simone in einer Mischung aus Ärger und Enttäuschung.

Harri ließ seinen elektrischen Rollstuhl zu Charlotte rollen, die sich die an die Wand gelehnten Leinwände ansah. Und während Simone Kartoffeln schälte, redeten Harri und ihre Tochter miteinander. So leise, dass sie nur gelegentlich ein Wort oder einen Satz ihrer Unterhaltung verstehen konnte. »... Warum ... Farbe ... Grundierung muss zuerst trocknen ... Farben selbst ... Mischungsverhältnis ... Vorzeichnen ist ein Weg ... Oberfläche.« Das klang für sie ebenso unverständlich wie die Gespräche zwischen Charlotte und ihren Freunden, wenn es um irgendwelche Quests und Levels, Bugs und Bossfights in Videospielen oder um Stops und Loops beim Skaten ging. Welten, die ihr verschlossen waren. Doch was für sie zu Hause völlig in Ordnung war – sie hatte keinesfalls den Wunsch, in die Welt der Computerspiele oder Skater einzutauchen, das überließ sie gern den Zwölfjährigen –, hinterließ hier einen unangenehmen Nachgeschmack. Dort waren zwei Eingeweihte, die in ihrer eigenen Sphäre lebten und in einer allein ihnen bekannten Sprache miteinander kommunizierten. Und sie stand am Herd und schälte Kartoffeln. Allein. Ausgesperrt von den beiden. Sie hatte keinen Anteil an ihrem Gespräch. Dabei war sie Mutter der einen und die Enkelin des anderen.

Was bist du nur für eine Mutter!, schimpfte sie mit sich und hobelte die Kartoffeln in dünne Scheiben. Statt dich für Charlotte zu freuen, bist du eifersüchtig!

Ja, sie war so eifersüchtig, dass ihr davon beinahe übel wurde. Denn schließlich war sie diejenige, die sich seit ihrer Kindheit immer nach einem Großvater gesehnt hatte. Das war nicht fair!

Im Geiste sah Simone sich mit dem Fuß auf den Boden stampfen, so wie sie es als kleines Mädchen oft getan hatte, wenn sie sich ungerecht behandelt gefühlt hatte. Dieses Bild ließ sie fast gegen ihren Willen schmunzeln. Du bist unmöglich!

Doch dann wandte sie sich um und sah die beiden eng nebeneinander stehen und die halb fertigen Zeichnungen und Gemälde betrachten – Harri hatte seine linke Hand auf Charlottes rechte Schulter gelegt, sie hatte ihm ihren Kopf zugeneigt, wie sie es nur tat, wenn sie wirklich mit gespannter Aufmerksamkeit zuhörte, um nicht ein Wort zu verpassen. Dieser Anblick versetzte Simone einen weiteren Stich. Und hastig wandte sie sich wieder den Kartoffeln zu.

Die Ausstattung von Harris Küche war bescheiden und billig. Das Sieb, in dem sie die gewässerten Kartoffelscheiben abtropfen ließ, setzte bereits an einigen Stellen Rost an, und die Pfannen hatten allesamt ihre besten Tage lange hinter sich. Trotzdem fand sie eine Pfanne, die groß genug war. Groß genug für drei Portionen.

Oder besser vier? Vielleicht kommt Mael. Das wäre schön. Dann hätte ich hier einen Verbündeten. Ihre Wangen glühten, und sie war ehrlich genug mit sich, um sich einzugestehen, dass es nichts mit dem Kochen zu tun hatte.

Sie erhitzte Fett in der Pfanne, warf die Kartoffelscheiben hinein und wickelte das Seelachsfilet aus. Sie spülte den Fisch gerade Scheibe für Scheibe ab und legte ihn zum Abtupfen auf einen Teller – ebenso alt und abgestoßen wie das meiste Geschirr in Harris Schrank –, als Charlottes Stimme sie umdrehen ließ.

»Was sind das für Figuren, Harri?«, fragte das Mädchen. Ihre Stimme, ob mit Absicht oder unbewusst, war jetzt so laut, dass auch Simone sie trotz der in der Pfanne brutzelnden Kartoffeln klar und deutlich verstehen konnte.

Der Bann ist also aufgehoben, ich darf wieder am Gespräch teilnehmen, dachte sie und trat näher.

Die beiden Figuren aus dunklem, fast schwarzem Holz hatten auch schon ihr Interesse geweckt. Sie waren keine dreißig Zentimeter hoch, schmal, und ihre Oberfläche war so glatt poliert, dass sich das Licht auf ihnen spiegelte. Die größere der beiden stellte einen Mann dar, der sich auf einen langen Stab stützte, die etwas kleinere Figur war unverkennbar eine Frau. Und sie waren nicht von Harri geschaffen worden – es sei denn, er hätte sich in irgendeiner seiner reichhaltigen Schaffensperioden mit afrikanischer Kunst beschäftigt. Was Simone neu gewesen wäre. Deshalb war sie gespannt, die Geschichte dieser Figuren zu hören. Die Kartoffeln kamen auch eine Weile ohne sie zurecht.

»Die beiden sind nicht von dir, oder?«

»Das hast du gut erkannt.« Harri klopfte Charlotte auf die Schulter. »Du hast recht, die sind nicht von mir.«

»Aber …« Charlotte schaute sich um. »Alle anderen Bilder und Skulpturen hier sind von dir. Du hast sonst nichts von anderen Künstlern, oder?«

Harri nickte. »Richtig.«

»Und warum nicht?«

Simone dachte an das Interview, in dem Harri etwas über die Arbeitsatmosphäre gesagt hatte, die er brauchte. Sie hätte Charlotte diese Frage beantworten können. Aber sie hielt sich zurück und wartete gespannt, was Harri sagen würde.

»Das ist ganz einfach. Ich arbeite hier …« Er räusperte sich und korrigierte sich. »Ich habe hier gearbeitet. Wenn ich mich auf eine Skulptur, ein Gemälde oder eine Zeichnung konzentriere, will ich ja die Bilder in meinem Kopf nach außen bringen, nicht die Bilder von anderen. Jede Arbeit eines anderen Künstlers würde mich nur von meiner ablenken.«

»Also gehst du selbst nie auf Ausstellungen?«

Harri schüttelte den Kopf. »Natürlich besuche ich Ausstellungen, treffe mich mit anderen Künstlern, diskutiere mit ihnen, und zwar so oft es mir möglich ist. Dadurch lerne ich, erfahre Neues und kann mich weiterentwickeln. Jedenfalls habe ich das gemacht, als ich noch …« Er seufzte so schwer, dass es Simone wehtat.

In einem Selbstporträt würde er sich jetzt vielleicht in einem Käfig sitzend darstellen, wenn er denn noch malen könnte, dachte sie.

»Tja, hier jedenfalls würden mich die Bilder anderer nur stören«, fuhr Harri fort und wischte sich mit der Linken über das Gesicht. »Ein Schriftsteller kann ja auch nicht schreiben und gleichzeitig das Buch eines anderen lesen. Oder ein Musiker kann nicht sein Instrument spielen und gleichzeitig andere Musik hören.«

»Das verstehe ich. Aber …« Charlotte runzelte die Stirn. »Was ist dann mit den beiden da anders?«

Simone trat noch einen Schritt näher, um kein Wort zu verpassen.

»Ich habe sie von meinem Bruder bekommen. Er hat mir die Figuren geschickt, sie stammen aus Afrika. Das war vor langer Zeit, als ich noch ein junger Bengel war, kaum älter als du jetzt. Und kurz nachdem er das Paket aufgegeben hat, ist er gestorben.«

»Oh, das tut mir leid. War er krank?«

»Nein. Es sei denn, du meinst damit den Krieg – das schlimmste, tödlichste Fieber, das Menschen packen kann.«

Harri versank in dumpfes Schweigen, und Simone betrachtete die beiden Figuren nachdenklich. War Harris Bruder gefallen? War er vor den Nazis geflohen und von ihnen umgebracht worden? War diese Geschichte der Grund für die immer wiederkehrenden Themen von Faschismus, Rassismus und Diktatur in seinen Werken? Waren diese beiden Figuren der Schlüssel zu seiner Kunst?

Charlotte zupfte sie am Ärmel. »Mama?«

Das Mädchen wirkte plötzlich unsicher, verloren. Natürlich hatten die Kinder bereits in der Grundschule etwas über die Herrschaft der Nationalsozialisten in Deutschland und den Zweiten Weltkrieg erfahren. Aber das ganze Ausmaß des damit verbundenen Grauens und der Folgen in den Familien und der Welt war ihr nicht bewusst. Wie sollte sie es also verstehen? Simone nahm ihre Tochter in den Arm.

»Das ist nicht in zwei Worten zu erklären, Charlotte«, sagte sie leise, strich ihr durch das blonde, krause Haar und gab ihr einen Kuss auf die Stirn. »Wir sprechen zu Hause darüber, ja? Hilfst du mir bitte beim Tischdecken?«

Charlotte hob den Kopf und lächelte ein bisschen. »Klar. Für drei oder für vier?«

»Vier?«

»Ja. Kommt Mael auch?«

Harri sagte nichts. Er saß da, starrte vor sich hin und schien sie nicht einmal gehört zu haben.

»Ein vierter Teller schadet nicht, der frisst kein Brot, wie Oma sagen würde.« Unwillkürlich flüsterte Simone. »Und wenn wir ihn nicht brauchen, stellen wir ihn einfach wieder in den Schrank zurück.«

Während des Essens war Harri schweigsam. Er aß die Bratkartoffeln und den Pannfisch zwar mit sichtlichem Genuss, nahm aber kaum Anteil an ihren Gesprächen. Und Simone wusste nicht, wie sie sich verhalten sollte.

Er ist dein Großvater, dachte sie nicht ohne Bitterkeit. Aber du kennst ihn kaum und weißt nicht, wie du ihm jetzt helfen kannst. Sie vermutete zwar, dass ihn die Erinnerungen an seinen Bruder plagten, der offensichtlich im Krieg den Tod gefunden hatte, aber sie wusste es nicht mit Sicherheit. Du weißt nichts von ihm. Oma Luises Nachbarn kennst du besser.

Endlich war das Essen vorbei.

»Soll ich dich auf die Terrasse schieben, Harri?« Im Atelier selbst bewegte er sich ziemlich geschickt mit dem Rollstuhl, doch zur Terrasse hin gab es eine kleine Schwelle. »Drei Zentimeter«, hatte er am Vortag erklärt. »Lausige drei Zentimeter. Sie haben mich nie gestört. Jetzt stellen sie für mich eine schier unüberwindliche Barriere dar, und ich brauche jemanden, der mich über diese Schwelle schiebt.«

»Was? Ja, mach man.«

Simone hob die vorderen Räder an und schob den Rollstuhl hinaus.

»Ich räume nur auf, dann sind wir auch gleich weg. Versprochen.«

»Nein, bleibt noch ein bisschen. Die Lütte soll mal mit den Hunden an den Strand.«

»Gerne.« Charlotte strahlte vor Erleichterung, endlich eine Aufgabe zu haben.

»Bälle sind vorne in dem Korb gleich neben der Haustür.«

Charlotte griff gerade nach den Bällen, als Fiete und Hein mit aufgestellten Ohren und wedelnden Schwänzen angelaufen kamen. Sie schienen zu ahnen, dass es zum Spielen nach draußen ging, und rannten schon den Weg zur Strandpforte hinunter.

»Sie haben viel zu wenig Auslauf, die beiden«, sagte Harri. »Viel zu wenig, seit ich in diesem verfluchten Ding hocke.«

Seine Faust sauste donnernd auf die Armlehne des Rollstuhls, und Simone fragte sich, wie lange die empfindliche Elektronik, mit deren Hilfe der Rollstuhl gesteuert werden konnte, solche Wutausbrüche wohl aushalten würde. Sie sahen zu, wie die Hunde am Strand hin und her rannten, ins Wasser sprangen, sich beim Herauskommen schüttelten und Charlotte nass spritzten. Das Bellen der Hunde und das Lachen des Mädchens waren bis zum Haus zu hören.

»Darf ich mich zu dir setzen?«

Harri zuckte mit den Schultern. »Wenn es dir nichts ausmacht«, brummte er. »Bin wohl kein guter Gesellschafter heute. Dabei …«

»Erinnerungen an deinen Bruder?«

Er nickte.

»Es tut mir leid, Harri. Ich glaube, dass Charlotte nie nach den Figuren gefragt hätte, wenn sie gewusst hätte …«

Harri winkte ab. »Woher sollte die Lütte denn das wissen? Sie stehen in meinem Atelier, die beiden. Dort sehe ich sie ja jeden Tag, habe sie vor mir. Und mit ihnen auch die Erinnerungen. Es vergeht kein Tag, an dem ich nicht an ihn denke. Und an den Krieg. An den Wahnsinn, der damals fast alle von uns gepackt hatte. Verblendet, verblödet, verarscht. Ein ganzes Volk.«

»Ihr standet euch sehr nahe, du und dein Bruder?«

»Nahe? Jost war mein großer Bruder, mein Idol. Vier Jahre älter als ich, ein Junge, dem alles gelang. Klug, sportlich, gut aussehend, hilfsbereit. Jeder mochte ihn. Er hatte vor, nach dem Abitur Medizin zu studieren, und schrieb nebenbei Gedichte. Und er war keiner von den Braunen, wahrlich nicht. Bis heute will mir nicht in den Kopf, warum ausgerechnet er sich freiwillig bei der Marine gemeldet hat. Meine Mutter hat immer gesagt, dass er damit die Familie schützen wollte. Aber wer weiß? Natürlich wurde jemand wie Jost sofort von denen genommen, und er wurde Matrose auf einem U-Boot. Die Besatzung war in La Rochelle stationiert. Von hier aus liefen sie zu Erkundungsfahrten aus, bis nach Afrika. Dort stammen auch die beiden Figuren her. In seinem Brief schrieb er von einem Markt in einer kleinen Stadt an der Elfenbeinküste. In den zwei Tagen Urlaub in La Rochelle hat er das Päckchen gepackt und es mir geschickt. Er wusste von meiner Leidenschaft für die Kunst. ›Ich habe diese Figuren auf einem Markt in San Pedro gefunden und dachte natürlich sofort an Dich. Und vergiss niemals: Du musst kein Künstler mehr werden, Du bist schon längst einer. Es liegt Dir im Blut, egal, ob Du später im Hafen Säcke schleppst, um Dein Geld zu verdienen, oder ob Du vom Verkauf Deiner Bilder leben kannst.‹ Nachdem er das Päckchen aufgegeben hatte, lief das U-Boot Richtung Nordmeer aus.«

»Er kam nicht mehr zurück?«

»Nein. Ein britisches Kriegsschiff hat das U-Boot hier vor der bretonischen Küste versenkt. Es gab keine Überlebenden.« Harri starrte auf das Meer hinaus. »Die Fischer hier haben mir erzählt, dass es da draußen etliche Stellen gibt, an denen sie ihre Netze und Reusen nicht auswerfen, weil dort auf dem Grund die Wracks von U-Booten und Schiffen liegen und die scharfen Metallteile die Netze zu zerreißen drohen. Anfangs habe ich mit dem Gedanken gespielt, dort runterzutauchen. Aber …« Er schüttelte den Kopf und grinste schief. »Wenn ich ihn gefunden hätte, was dann? Er hätte wohl kaum noch Ähnlichkeit mit dem Jost gehabt, den ich kannte. Also habe ich es sein lassen.«

Aber du bist hierhergezogen, um ihm nahe zu sein, dachte Simone.

»Der Feldpostbrief kam an einem Dienstag, das weiß ich noch wie heute. Ich kam gerade aus der Schule, als ich meine Mutter wie erstarrt am Küchentisch vorfand. Sie saß einfach da, die Hände im Schoß, vor sich auf dem Tisch den Brief mit dem ›Für Führer und Vaterland‹ und ›Sieg Heil‹ und dem ganzen vergiftenden Blabla, während die Suppe auf dem Herd bereits verbrannt roch. Ich habe den Topf vom Herd gezogen und dann den Brief gelesen.« Er wischte sich mit dem Handrücken über die Augen. »Ich war dreizehn, und ich glaubte, ich müsste ebenfalls sterben. Alles, was mich in dieser Welt gehalten hatte, war von einem Moment zum nächsten durchtrennt worden. Mein Bruder, mein großer, kluger, starker Bruder würde nie mehr nach Hause kommen, mir seinen Ellbogen in die Rippen stoßen oder über meine Witze lachen. Und dann kam das Paket. Etwa eine Woche nach der Todesnachricht. Wie eine Stimme aus dem Jenseits. Und ich habe weitergemacht.«

»Und nicht nur das«, sagte Simone leise und legte ihm die Hand auf den linken Arm. »Du bist Künstler geworden, konntest schon früh von deiner Kunst leben und …« Sie musste schlucken. »Er ist der Grund, nicht wahr?«

Harri musterte sie scharf mit seinen klaren blauen Augen. »Vielleicht nicht *der* Grund, aber ein wesentlicher. Ja.« Er nickte. »Immer wenn ich die beiden da anschaue, denke ich an ihn. Und daran, wie dumm und verblendet der Mensch ist, der so viele wertvolle Ressourcen verschwendet, um Maschinen zu erfinden, die das Leben sicherer und einfacher machen sollen, tatsächlich aber nur dazu dienen, andere Menschen zu töten und die Erde in eine Wüste zu verwandeln. Wenn ich die beiden da auf dem Regalbrett stehen sehe, weiß ich, wofür und warum ich arbeite.«

»Gegen den Krieg?«

»Auch das. Aber Krieg ist nur eine Folge, so wie Fieber nur eines der möglichen Symptome einer Krankheit ist. Die eigentliche Seuche, gegen die ich mit meiner Kunst kämpfe, ist Engstirnigkeit, Verbohrtheit, Beschränktheit, Verblendung. Oder mit einem Wort: Fanatismus. In jeder seiner Ausprägungen die wohl tödlichste Erkrankung, die Menschen packen kann. Sie beginnt meistens ohne nennenswerte Symptome, breitet sich aber in weiten Teilen der Bevölkerung rasch aus und macht schließlich auch aus intelligenten Menschen hirnlose Idioten. Und niemand ist wirklich immun dagegen. Niemand.«

Sie schwiegen beide.

»Das erklärt deine ganze Arbeit«, sagte Simone schließlich. »Hast du das schon mal einem anderen Journalisten erzählt?«

»Nein. Warum sollte ich?« Er beschrieb mit der linken Hand einen Halbkreis. »Sieh dich um. Du musst meine Kunst nur mit offenen Augen betrachten, um es zu *erkennen*. Und wenn man meine Arbeiten tatsächlich nicht verstehen kann, werde ich zu Unrecht gefeiert. Dann bin ich in Wahrheit nur ein Stümper und Blender mit einigermaßen geschickten Händen.«

Wieder saßen sie schweigend nebeneinander, während Hein und Fiete den Bällen hinterherjagten, die Charlotte ins Wasser oder den Strand entlang warf. Sand stob unter den Pfoten der großen Hunde auf, Wasser spritzte. Fröhliches Gebell und helles Lachen drang zu ihnen hoch.

»Wenn ich sterbe, möchte ich, dass ihr meine Asche ins Meer streut.«

»Warum sagst du mir das? Du wirst doch noch lange nicht …«

»Unsinn. Der Mensch ist nicht unsterblich, ich bin dreiundneunzig und hatte schon einen Schlaganfall. Mein Leben ist bereits sehr lang, mit viel mehr kann ich nicht rechnen. Ich habe so weit alles schon verfügt und bei einem Notar in Quimper hinterlegt. Mael weiß auch Bescheid. Aber da du meine Angehörige bist …« Er runzelte die Stirn. »Ja, Simone, du bist meine … Enkelin.« Es kam ihr so vor, als würde es ihm schwerfallen, dieses Wort auszusprechen. »Es ist dein gutes Recht, das alles zu wissen. Es könnte ja schließlich sein, dass du dich darum kümmern musst, was mit diesen alten Knochen geschehen soll, wenn Seele und Geist sie hinter sich lassen.«

»Das werde ich tun, Harri«, sagte Simone und drückte seine Hand. »Verlass dich darauf, ich werde mich darum kümmern.«

Ein leises, genuscheltes Wort kam zwischen den sich kaum bewegenden Lippen des alten Mannes hervor. Doch Simone verstand es trotzdem.

»Danke.«

»Wir müssen jetzt los, Harri«, sagte Simone. Es war halb fünf, und Charlotte trat schon unruhig von einem Bein auf das andere. »Soll ich dich wieder ins Haus schieben?«

»Nein, lass mich hier auf der Terrasse stehen«, antwortete Harri. Sie konnte ihn plötzlich viel besser verstehen. Hier war er seinem Bruder näher.

»Gut. Aber wer bringt dich wieder hinein?«

»Der Pflegedienst kommt heute Abend noch. Und vielleicht schaut auch Mael herein. Er scheint zu glauben, dass er ein schlechter Arzt ist, wenn er mir nicht täglich den Blutdruck misst. Pah, so ein Quark. Als ob das einen Unterschied machen würde.«

»Wirklich?«

»Ja, wirklich. Mich klaut schon keiner. Wer will schon einen grantigen, invaliden Alten stehlen. Und wenn doch jemand kommen sollte, passen Fiete und Hein auf mich auf.«

Simone musste lachen. Charlotte hatte die Hunde mit dem Gartenschlauch von Sand und Muschelschalen befreit. Jetzt lagen die beiden auf der Seite zu Harris Füßen und schnarchten.

»Ich glaube, die würden jedem Einbrecher schwanzwedelnd entgegenlaufen.«

»Möglich. Aber zuerst würden sie bellen.« Harri grinste. »Und wer sie nicht kennt, braucht nur ihre Stimmen zu hören und nimmt schon die Beine in die Hand.«

Simone dachte an ihren ersten Besuch bei Harri und lachte.

»Tatsächlich, das habe ich vergessen.« Das war am Montag, vor fünf Tagen. Und jetzt habe ich das Gefühl … »Tschüss, bis morgen …« Opa »… Harri.«

»Tschüss.« Er lächelte, doch seine Lippen in dem buschigen Bart bebten. Und war da nicht ein feuchter Glanz in seinen Augen? So kam es Simone jedenfalls vor. »Tschüss, bis morgen.«

Simone hatte die Tür gerade erreicht, Charlotte war bereits an der Gartenpforte angekommen, als Harri nach ihr rief.

»Simone?«

»Ja?«

»Oder magst du vielleicht noch mal vorbeikommen? Ich habe …« Er räusperte sich. »Ich habe dir noch etwas zu sagen.«

»Was …«

»Du wolltest doch meine Version der Geschichte zwischen Luise und mir hören, oder?«

»Ja, natürlich, aber …«

»Nun, heute scheint ein guter Tag dafür zu sein.«

Simone zögerte keine Sekunde. »Gut. Ich bin gleich wieder da.«

15

Setz dich.« Harri deutete auf den Ohrensessel, in dem er bei ihrer ersten Begegnung gesessen hatte. »Du willst also wirklich wissen, wieso ich aus Hamburg verschwunden bin? Es könnte sein, dass dir nicht gefällt, was ich dir zu erzählen habe.« Er betrachtete sie forschend mit seinen grauen, erstaunlich lebhaften und klaren Augen.

Das sind nicht die Augen eines alten Mannes, der bald abtreten muss, dachte Simone. Sie fröstelte. Und trotzdem nickte sie. »Ja, ich will es wissen.«

»Nun gut.« Harri runzelte die Stirn. Hein und Fiete waren näher gekommen. Hein legte seinen Kopf auf Harris Knie, und der Alte kraulte ihm gedankenverloren die Ohren. »Hast du dir mal überlegt, wie dein Urgroßvater – Peter-Jan Hansen – zu seinem gut gehenden Geschäft kam?«

Simones Puls begann zu rasen. Sie wusste nicht, worauf Harri hinauswollte. Und doch hing die Ahnung wie eine giftige Wolke über ihr und raubte ihr den Atem.

Sag ihm einfach, dass er aufhören soll. Du hättest es dir anders überlegt. Dann bleibt alles so, wie es ist. Doch das war unmöglich. Sie konnte und wollte jetzt keinen Rückzieher mehr machen.

»Nein, das weiß ich nicht.« Ihre Kehle war wie ausgedörrt, ihre Stimme klang heiser. »Ich habe auch noch nie darüber nachgedacht, wenn ich ehrlich bin.«

»Ich bin kein Mann großer Worte und habe heute schon mehr geredet als im vergangenen halben Jahr. Deshalb fasse ich mich kurz. Dein Urgroßvater hat bei einem jüdischen Kaufmann seine Lehre absolviert und dort gearbeitet. Bis der Mann und seine Familie deportiert wurden und Peter-Jan Hansen das Geschäft stillschweigend übernahm. Und damit reich wurde.«

Simone fühlte sich wie vom Blitz getroffen.

»Vielleicht ist er gezwungen worden. Man hat ihn möglicherweise erpresst oder …«

Harri schüttelte den Kopf. »Nein, das war nicht üblich. Die meisten guten Reichsbürger haben einfach ihre Chance beim Schopf gepackt und die plötzlich leer stehenden Wohnungen und Geschäfte in ihren Besitz gebracht – in der Regel für ein paar lediglich symbolische Reichsmark. Fragen wurden kaum gestellt. Und im Falle von Peter-Jan Hansen waren sie nicht einmal notwendig. Er kannte die Familie ja.«

In Simones Ohren begann es zu rauschen.

»Aber das kann doch nicht sein. Ich …«

»Doch, mien Deern. Dein Urgroßvater war zwar kein glühender Nazi, aber er war einer aus der großen Masse der Mitläufer, ein Augenverschließer. Ein Schisser. Wie die meisten anderen übrigens auch.«

»Woher willst du das wissen? Du hast Oma Luise doch erst nach dem Krieg kennengelernt.«

»Das ist richtig. Aber ich habe Luise gelegentlich abends bei Ladenschluss abgeholt – sie hat ja im Geschäft ausgeholfen. Und dabei habe ich den geschnitzten Davidstern über der Bürotür entdeckt. Er muss bei der *Renovierung* vergessen worden sein. Ich habe Luise gefragt, ob sie und ihre Familie davon wüssten, dass dieser Laden offenbar früher von einem jüdischen Kaufmann betrieben worden sei. Weißt du, was sie mir geantwortet hat?«

Stumm schüttelte Simone den Kopf. Sie wollte sagen, dass es ihr reichte, dass sie nichts mehr zu hören brauchte. Doch sie hing an Harris Lippen wie ein Angeklagter, der fürchtete, zum Tode verurteilt zu werden.

»›Ja, das waren die Goldsteins. Papa war früher ihr Assistent. Dann verschwand die Familie, und man bot ihm an, das Geschäft zu übernehmen.‹ – ›Und ihr habt gar nichts dagegen unternommen?‹ – ›Was hätte Papa denn tun sollen? Und das Geschäft war natürlich für uns ein echter Glücksgriff.‹ – ›Und was ist jetzt? Wollt ihr das Geschäft denn nicht zurückgeben?‹ – ›Was soll das bringen? Vermutlich sind die Goldsteins ohnehin alle tot. Und die Vergangenheit kann man nun mal nicht ändern.‹« Harri wischte sich über das Gesicht. Er wirkte plötzlich grau und eingefallen. »Am selben Abend bot mir Luises Vater an, eine Stelle in seinem *Familienbetrieb* zu übernehmen. Da war mir schlagartig klar, dass ich das nicht kann.«

»Und was hat Oma Luise dazu gesagt?«

Harri schloss die Augen. »Ich glaube, Luise fing damals zum ersten Mal an, darüber nachzudenken. Ich bat sie, mit mir zu kommen. Aber sie liebte ihre Eltern. Ihre Mutter war oft krank, und so war sie immer diejenige, die ihrem Vater im Geschäft half. Und sie hat immer versucht, ihnen eine gute Tochter zu sein. Also ging ich allein weg und schrieb ihr ein paarmal und teilte ihr mit, wie sie mich in Paris erreichen könne. Ich habe nie wieder von ihr gehört. Nach zwei oder drei Jahren habe ich es schließlich aufgegeben.«

»Das kann nicht sein.« Simone schüttelte den Kopf, zuerst langsam, dann immer heftiger. »Du musst dich irren.«

Harri nahm ihre Hand. Seine war rau und schwielig vom Arbeiten mit Ton und schwerem Bildhauerwerkzeug. Aber sie war auch sanft.

»Nein, mien Deern.«

Simone sprang auf. »Ich … Es tut mir leid, ich muss gehen.« Sie schnappte sich ihre Tasche und verließ beinahe fluchtartig das Haus.

Oma Luise. Ich muss mit Oma Luise reden. Sie muss mir sagen, dass Harri sich das alles ausgedacht hat. Ja, das wird sie mir sagen.

»Ach Kind.«

Simone hatte ihre Großmutter zweimal angerufen, bevor sie sie endlich ans Telefon bekam. Es gab in der Seniorenwohnanlage einen Gesellschaftsnachmittag mit einem Vortrag über eine Reise durch die Toskana, den Oma Luise organisiert hatte. Sie plauderten ein bisschen darüber, Simone erzählte von Charlotte und dass sie an diesem Wochenende den Surfschein machen wollte. Dann rückte sie endlich damit heraus, weshalb sie eigentlich angerufen hatte – Harris ungeheuerliche Anschuldigungen.

»Ach Kind«, wiederholte Oma Luise. »Dass dieser dumme alte Mann ausgerechnet dich damit belasten muss!«

»Oma, darum geht es mir nicht. Ist das wahr? Hat Harri mir die Wahrheit gesagt?«

»Er hat kein Recht, in der Vergangenheit herumzustochern. Man sollte sie endlich ruhen lassen.«

Das war kein Ja. Aber es war auch kein Nein. Das klang vielmehr nach dem typischen Augenverschließen, von dem Harri gesprochen hatte und mit dem sich ein ganzes Volk jahrelang selbst belogen und betrogen hatte. Und es offenbar immer noch tut.

Sie war dankbar, dass Charlotte nicht da war, dass sie bei Camille übernachten würde. So konnte sie in Ruhe mit Oma Luise sprechen. Und selbst alles verdauen.

»Und warum sollte man das tun? Wieso sollte man die Wahrheit nicht auf den Tisch bringen?«

»Wem würde das denn nützen? Die Familie Goldstein käme doch nicht wieder zurück. Nein. Mach dich nicht unglücklich. Außerdem musst du auch an Charlotte denken.«

»Sag mir nur eines, Oma: Hast du davon gewusst? Wusstest du, dass euer Geschäft ursprünglich einem jüdischen Kaufmann gehört hatte? Wusstest du, dass die Familie deportiert worden ist?«

Simone schaute aus dem Fenster. Und während sie auf die Antwort ihrer Großmutter wartete, hatte sie das Gefühl, dass da draußen die Zeit stehen blieb. Die schlanke weiße Yacht schien sich trotz voller Segel nicht vom Fleck zu bewegen, und auch die Möwen hingen starr am Himmel. Die Welt war wie eingefroren. Und sie wusste schon jetzt, dass sie sich noch lange genau an diesen Moment erinnern würde. Und vermutlich würde ihr jedes Mal dabei eisig kalt werden.

»Oma, hast du es gewusst?«

Oma Luise seufzte. »Ach Kind. Ich …«

Das reichte. Simone legte auf. Sie hatte genug gehört.

16

Den Freitagabend verbrachte Mael mit der Familie seiner Schwester. Nicht nur diesen, sondern jeden Freitagabend, seit er vor etwas mehr als sechs Jahren wieder nach La Plage gezogen war, um die Praxis des alten Dr. Tregantes zu übernehmen.

Er genoss diese Abende – das bodenständige bretonische Essen, das seine Schwester auf den Tisch brachte, die Gespräche mit ihr und seinem Schwager Alain, der ihn so sehr an seinen Vater erinnerte, die Lebhaftigkeit der Kinder. Harmonische Abende mit Lachen, guten und interessanten Gesprächen, Kartenspielen und Cidre.

Heute war es besonders laut – die Kinder hatten schließlich ihren letzten Schultag gehabt. Die beiden jüngsten Mädchen stimmten ein bretonisches Sommerlied an, und ihre Brüder klopften den Takt dazu, während Louanne duftenden Muscheleintopf auf tiefen Tellern verteilte und Baguette herumreichte. Nur als Alain das Tischgebet sprach, herrschte für einen Moment Ruhe.

Mael tunkte sein Brot in den köstlichen Rotweinsud, löffelte die Miesmuscheln aus der Schale und lauschte den Ferienplänen seiner Nichten und Neffen, von denen die meisten mit Strand und Meer zu tun hatten. Die Hauskatze strich um seine Beine und hockte sich schließlich vor seine Füße, in der nicht unbegründeten Hoffnung, dass hin und wieder ein Stückchen Muschelfleisch für sie abfiel.

Erst als ein Kind nach dem anderen vom Tisch aufgestanden war, um zum Fernseher, zur Spielekonsole oder zum Lesen zu gehen, hatten die drei Erwachsenen die Gelegenheit, sich in mehr als einzelnen, unzusammenhängenden Sätzen miteinander zu unterhalten.

»Wie geht es denn Monsieur Harri?«, fragte Louanne und löste mit einer Hälfte der Schale das Fleisch aus einer Miesmuschel. »Ich habe gehört, er hat Besuch aus Deutschland.«

»Nachrichten machen hier in La Plage schnell die Runde!«

Louanne hob gleichmütig die Schultern. »Das ist ein kleiner Ort, Mael. Hier kennt jeder jeden. Was erwartest du?« Sie warf die leeren Muschelschalen auf einen Teller. »Es ist die Frau mit ihrer Tochter, die in Papa Jeromes Haus wohnt, nicht wahr? Sie soll sogar seine Enkelin sein. Stimmt das?«

»Wenn es dich so brennend interessiert, dann klopf bei ihr an die Tür und frag. Oder fahr zu Harri raus und sprich mit ihm.«

Louanne sah ihn strafend an. »Du weißt doch selbst, dass ich das niemals tun würde.«

»Und ich würde niemals Privates über Patienten oder Freunde weitererzählen. Und in Harris Fall trifft sogar beides zu. Er ist ein Freund, der durch einen Schlaganfall zu meinem Patienten wurde.« Er fuhr mit den Fingern über seinen Mund, als würde er einen Reißverschluss zuziehen. »Meine Lippen sind versiegelt.«

Louanne wischte mit einem Stück Brot ihren Teller sauber.

»Ist sie ohne Mann hier in La Plage?«

»Haben deine Quellen das etwa noch nicht herausgefunden?«

»Nein. Aber *meine Quellen*, wie du sie nennst, haben mir erzählt, dass sie sehr hübsch ist. Und offenbar auch noch klug. Sie soll Journalistin sein.«

Mael schob den Teller von sich und lehnte sich auf seinem Stuhl zurück. Er wusste schon jetzt, welche Richtung das Gespräch nehmen würde – seine Schwester hatte Schwierigkeiten zu akzeptieren, dass er als Junggeselle lebte.

»Ist sie denn verheiratet?«

»Woher um alles in der Welt soll ich das wissen?«

»Aber das ist doch ganz einfach! Trägt sie denn einen Ring?«

Mael streckte hilflos die Hände zur Decke aus. »Keine Ahnung! So genau habe ich sie mir noch nicht angesehen. Aber wenn es dich interessiert, frage ich sie gern. Bei der Gelegenheit kann ich mich auch noch nach ihrer Schuhgröße erkundigen.«

»Du bist unmöglich. Du weißt ganz genau, worum es geht. Du bist allein, Mael. Du brauchst eine Frau. Und da ist jetzt eine, die …«

»Woher willst du denn bitte wissen, dass ich eine Frau brauche?«

»Jeder Mann braucht eine Frau«, entgegnete Louanne würdevoll. »Es sei denn, er ist … na ja … andersherum. Du weißt schon, was ich meine. Abgesehen davon bist du mein Bruder. Ich kenne dich. Es begann mit dieser unseligen Geschichte mit Françoise. Und leider hörte es damit nicht auf. Ich sehe doch, wie du leidest. Immer noch.«

Mael starrte seine Schwester an und wusste einen Moment nicht, was er darauf erwidern sollte. Er schüttelte heftig den Kopf. »Was … wie … wie kommst du denn darauf?« Er raufte sich die Haare. »Ich leide nicht.«

»Nein?«

»Nein!« Er schlug mit der flachen Hand auf den Tisch, sodass die leeren Muschelschalen auf dem Teller hüpften. »Ganz bestimmt nicht! Das wüsste ich! Ich …«

»Soso.«

Louannes nachsichtiges, wissendes Lächeln brachte Mael endgültig auf die Palme. Es war dieses Lächeln, mit dem man einen kleinen Jungen bedachte, der gerade im Brustton der Überzeugung behauptet hatte, sein Papa sei der stärkste Mann der Welt und könne sogar mit bloßen Händen einen Fischkutter aus dem Hafenbecken heben. Er verschränkte die Arme vor der Brust und biss die Zähne zusammen.

»Lass mich in Ruhe, Louanne«, zischte er.

»Wie sollte ich? Du bist mein geliebter Bruder, Mael, und daran lässt sich nichts ändern. Du bist zweiundvierzig, verdienst mit deiner Praxis gutes Geld, bist ein ansehnlicher Mann – ja, das darf ich als deine Schwester ruhig sagen – und hast trotz allem keine Familie. Du lebst allein. Und du kannst mir nicht erklären, dass du glücklich bist!«

»Was ist denn Glück, Louanne? Bist du glücklich? Immer? Jeden Tag, rund um die Uhr? Glück ist doch kein Dauerzustand, keine Eigenschaft wie blonde Haare oder braune Augen. Glück, das sind kurze Momente, Kleinigkeiten. Und ja, ich bin nicht immer glücklich. Das heißt aber nicht im Umkehrschluss, dass ich unglücklich bin. Denn meistens bin ich vor allem eines – zufrieden. Ich fühle mich wohl in meinem Leben. Ich finde es schön, nach einem langen Tag in der Praxis nach Hause zu gehen und dort nichts weiter zu hören als die Brandung. Ich genieße die Freiheit, Musik zu hören, die ich mag, zu rauchen, wo und wann ich will, und mich jederzeit auf mein Motorrad setzen zu können und loszufahren, ohne auf irgendjemanden Rücksicht nehmen zu müssen. Und manchmal bin ich sogar glücklich. Wenn ich nämlich zum Beispiel auf meiner Harley unterwegs bin oder auf das Meer hinausschaue. Allein, Louanne. Allein.«

Seine Schwester schüttelte den Kopf. »Du bist einsam, Mael. Sehr, sehr einsam. Und das Schlimme ist, du merkst es nicht einmal.«

Mael wischte sich den Mund ab und warf die Serviette auf den Tisch.

»Hör auf, dir deinen Kopf über mich zu zerbrechen, Louanne.« Er stand auf. »Und lass mich in Ruhe mein Leben leben.« Er stürmte in den Flur, nahm seine Jacke von der Garderobe und nahm sich nicht die Zeit, sie anzuziehen. Die Hand auf der Türklinke, hörte er Louannes Stimme aus dem Wohnzimmer – nachsichtig, geduldig.

»Lass ihn gehen, Alain, das hat jetzt keinen Sinn. Irgendwann wird er einsehen, dass ich recht habe.«

Mael konnte sich gerade noch davon abhalten, den Stiefeln seines Schwagers einen Tritt zu geben. Aber die Tür warf er hinter sich zu. Laut knallte sie ins Schloss.

So viel zu den harmonischen Abenden bei meiner Schwester.

Den ganzen Weg über hämmerten zwei Worte durch sein Hirn: *Einsam. Unglücklich. Einsam. Unglücklich. Einsam* … Wie zusammengeschlagene Topfdeckel dröhnten und schepperten sie in seinem Kopf, und dazwischen immer wieder in unregelmäßigen Abständen schrill und nervtötend wie eine Trillerpfeife der Name *Françoise*. Ein Missklang, den er abschalten musste, so schnell wie möglich, sonst würde er noch verrückt werden und sich am Ende tatsächlich einsam fühlen und sich selbst bemitleiden.

Deshalb führte ihn der erste Weg zu Hause zur Musikanlage und dem Regal mit seiner Plattensammlung daneben. Ein Griff, und er hatte das richtige Album in der Hand.

War das nicht bereits Grund genug, allein zu leben? Jedes Album stand genau an dem Platz, den er dafür vorgesehen hatte. Ebenso wie seine T-Shirts, seine Schuhe, sein Rasierzeug. Niemand brachte etwas durcheinander, ordnete um oder kam sogar auf den Gedanken, etwas auszusortieren und wegzuwerfen.

Er klappte den Deckel des Plattenspielers hoch und legte die glänzende schwarze Scheibe auf. Mit einem Knistern setzte die Nadel auf.

Beim Einsetzen von Gitarre und Schlagzeug blieb er einen Moment stehen. Es gab wenig, was dem Klang und dem Gefühl einer Harley nahe kam. Blues-Rock war eines dieser wenigen Dinge und Stevie Ray Vaughan einer der besten Gitarristen dieser Musikrichtung. Mael ließ die Riffs der Gitarre und die Beats des Schlagzeugs durch seinen Körper fließen, bis er sie in jedem Knochen spürte, und mit jedem Ton, mit jedem Schlag entspannte er sich mehr. Bereits nach wenigen Takten lagen Louanne und sein Ärger über ihre Einmischung in sein Leben weit hinter ihm. Erst jetzt hängte er seine Jacke auf und zog die Motorradstiefel aus.

Er zündete sich eine Zigarette an, stand eine Weile in der offenen Terrassentür und blies den Rauch in den nachtschwarzen Himmel. Dabei dachte er über Louannes Worte nach.

Ja, er lebte allein. Diese Tatsache ließ sich nicht leugnen. Aber war er deshalb auch einsam? Nein. Nicht eine Sekunde.

Mael drückte die Zigarette in der mit Sand gefüllten Schale aus, die für diesen Zweck auf der Terrasse stand, und ging wieder hinein. Ein *freier* Freitag, ohne Louanne, Alain und ihre Kinder, ohne Kartenspiel, Gelächter und Lärm war ungewohnt. Doch im Kühlschrank stand noch eine Flasche Zéphyr, und seinen nächsten Urlaub im September hatte er auch noch nicht geplant.

Und so saß er völlig entspannt auf seiner Terrasse, das Tablet auf den angezogenen Knien, und lauschte Stevie Rays einzigartigem Gitarrenspiel, während sein Zeigefinger über Europa hinwegglitt und er überlegte, wie weit er mit dem Bike in vier Wochen kommen konnte. Bis nach Andalusien, nach Korsika, Sardinien, oder doch lieber Oslo, Kopenhagen oder Stockholm – falls ihm das Wetter nichts ausmachte. September und Oktober konnten in Skandinavien schon recht unangenehm werden. Selbst im Sommer brauchte man am Skagerag als Motorradfahrer gelegentlich Handschuhe. Oder doch lieber mit Flugzeug und einem Rucksack nach Südostasien? Oder wie wäre es mit

Neuseeland? Da war er noch nie. Alles war möglich. Alles war *ihm* möglich. Er war ungebunden, musste auf niemanden Rücksicht nehmen. Keine Familie, für die man erst eine geeignete freie Unterkunft finden musste. Keine Kinder, die im Zelt anfangen würden zu frieren oder denen im Flugzeug schlecht wurde. Keine Frau, die mit großem Gepäck reisen, in einem schicken Hotel nächtigen und hauptsächlich am Strand liegen wollte. Er war allein. Ja. Und er war frei.

17

Es ist nicht immer von Vorteil, dass man sich als Journalistin mit Recherchetechniken auskennt.

Tatsächlich musste Simone nicht einmal ihre beruflichen Möglichkeiten voll ausschöpfen, um die Spur der Familie Goldstein aus Hamburg-Winterhude zu verfolgen. Dass sich diese Spur in einem der Konzentrationslager im Osten verlor, war nicht überraschend. Offenbar war die ganze Familie – Mann und Frau sowie drei Töchter, die kaum älter als Oma Luise gewesen waren – umgebracht worden. Ermordet von den Nationalsozialisten. Und ihr eigener Urgroßvater hatte eine unrühmliche Rolle dabei gespielt. Was hatte er getan? War er es gewesen, der seinen ehemaligen Arbeitgeber denunziert und ihn und seine Familie damit in den sicheren Tod geschickt hatte? Oder hatte er einfach nur danebengestanden, zugesehen und die Gelegenheit beim Schopfe gepackt, als das Geschäft der Goldsteins frei wurde?

Oma Luise musste es wissen, sie musste die Wahrheit kennen. Doch sie wollte ganz offensichtlich nicht darüber reden. Warum eigentlich nicht?

Simone musste daran denken, wie sie in der Schule im Geschichtsunterricht zum ersten Mal bewusst und in voller Härte mit den Gräueltaten im Dritten Reich konfrontiert worden war. Wie sie und jede ihrer Freundinnen gehofft hatten, dass ihre Groß- und Urgroßeltern nicht mitgemacht, sondern sich gegen das Regime aufgelehnt, dass sie zu den Guten gehört hatten. Damals hatte sie sich gefragt, was sie tun würde, wenn sie bei dem bevorstehenden Besuch einer KZ-Gedenkstätte auf einem der ausgestellten Fotos einen Verwandten erkennen würde – in Uniform. Ein so entsetzlicher Gedanke, dass sie ihn damals nicht hatte weiterdenken können.

Doch vielleicht musste sie es jetzt tun. Denn warum wollte Oma Luise nicht darüber reden? Angst vor Repressalien und Sorge um die Sicherheit der eigenen Familie war in den damaligen Verhältnissen verständlich. Wer aus diesen Gründen schwieg, verhielt sich zwar nicht unbedingt heldenhaft, aber menschlich, nachvollziehbar. Es gab keinen Grund, das zu verschweigen, im Gegensatz zu Motiven wie Hass, Gier oder blindem Gehorsam. Also warum gab es Oma Luise nicht ganz einfach zu, wenn ihr Urgroßvater nur seine Familie hatte schützen wollen? Warum wich sie aus? War er etwa ein Nazi gewesen, der sich am Eigentum der Goldsteins bereichert hatte?

Simone versuchte ihre Gedanken zu ordnen und stand auf und wanderte durch den Raum – vom Tisch zur Küchenecke, zum Kamin, zur Terrassentür, wieder zum Tisch. Es wollte ihr nicht gelingen. Ihre Gedanken drehten sich im Kreis.

Laufen. Bewegung. Ich muss den Kopf irgendwie frei bekommen, sonst drehe ich durch. Vielleicht …

Schließlich ging sie hinaus, stieß die Gartenpforte auf und überquerte den Strand, an dem sich nur noch wenige Menschen aufhielten – ein paar Jugendliche und eine Handvoll Touristen, die wahrscheinlich den Sonnenuntergang beobachten wollten. Zuerst langsam, dann immer schneller werdend lief sie zuletzt am Ufer entlang. Ihre nackten Füße versanken tief im weichen Boden, Wasser spritzte an ihr hoch, und innerhalb kurzer Zeit waren ihre Shorts durchnässt. Muschelschalen und spitze Steine bohrten sich in ihre Fußsohlen – sie nahm es hin.

Wer ihr jetzt begegnete, hätte sie wohl für eine abendliche Joggerin gehalten, für eine Frau, die entweder exzellent trainiert oder völlig verrückt war. Denn sie lief nicht mehr, sie rannte, als würde sie vor etwas davonlaufen wollen, dem man doch nicht entrinnen konnte.

Und das zumindest kam der Wahrheit sehr nahe.

Mael trank gerade den letzten Schluck, als er aus dem Augenwinkel eine Bewegung wahrnahm. Der Strand war um diese Zeit am Abend normalerweise menschenleer. Möglicherweise wurde deshalb seine Aufmerksamkeit geweckt. Vielleicht war es aber auch die Art der Bewegung, die den Arzt in ihm alarmierte. Er hob den Kopf, stellte die leere Bierflasche ab und kniff die Augen zusammen.

Da am Strand lief eine Frau. Nein, sie lief nicht, sie taumelte. Und noch während er sich fragte, was da los war, stürzte sie auch schon zu Boden.

Mael sprang auf, flankte über die Gartenpforte und rannte zum Strand. Schon von Weitem hörte er das Stöhnen und Wimmern der Frau. Und als er näher kam, stellte er fest, dass er sie kannte.

»Simone! Was ist passiert?« Er kniete sich neben sie in den Sand und erkannte auf den ersten Blick ihre verkrampften Unterschenkel.

»Ich … habe … Krampf!« Die Worte kamen kaum verständlich durch ihre zusammengebissenen Zähne. Tränen schimmerten auf ihren Wangen.

»Einen Moment, das haben wir gleich.« Er nahm ihren rechten Fuß in beide Hände, zwang ihn in einen Neunzig-Grad-Winkel zum Schienbein und drückte kräftig gegen die Fußsohle. Es dauerte nur wenige Sekunden, und er spürte, dass sich die verkrampften Wadenmuskeln entspannten. Vorsichtig legte er das Bein ab und nahm sich das linke vor. »Besser?«

»Viel besser. Danke.«

»Was ist denn los? Hast du das öfter? Solche Wadenkrämpfe, meine ich.«

Sie schüttelte den Kopf. »Nein, eigentlich nicht. Vielleicht habe ich mich verausgabt.« Sie wischte sich mit beiden Händen die Tränen von den Wangen. »Zu weit, zu schnell, und das noch bei nachgebendem Untergrund …«

»Verstehe.« Wovor läufst du weg?

»So heftige Krämpfe hatte ich noch nie. Die wollten und wollten nicht aufhören. Wenn du nicht gekommen wärst, würde ich vermutlich noch morgen früh hier liegen und mich krümmen.«

»Komm.« Mael stand auf und streckte ihr seine Hand entgegen. »Es ist nicht weit, ich wohne gleich da vorne in dem kleinen Haus. Du brauchst eine Massage und Magnesium, sonst dauert es mindestens drei Tage, bis du wieder einigermaßen gehen kannst.«

Er half ihr auf die Beine. Dabei verzog sie das Gesicht vor Schmerz. Unter Humpeln und unterdrücktem Stöhnen brachte er sie in sein Haus.

»Du setzt dich und legst die Beine hoch«, sagte Mael. »Ich hole Arnikaöl und Magnesium.«

»Na großartig. Jetzt mache ich dir auch noch Umstände.«

»Unsinn. Das ist mein Job. Und außerdem …« Er brach ab, und Simone hätte zu gern gewusst, was er eigentlich hatte sagen wollen. »Einen Moment, ich bin gleich wieder da.«

Mael verschwand im Flur. Stöhnend ließ Simone sich auf das Sofa fallen. Sie musste ihre Beine mit beiden Händen anheben, um sie auf die Kissen zu legen. Ihre Muskeln verweigerten ihr den Gehorsam.

Was hast du dir nur dabei gedacht, dich derart zu verausgaben?

Gar nichts, gab sie sich selbst die Antwort. Das war ja auch Sinn und Zweck der Übung – die Gedanken einfach auszuschalten.

Sie rieb sich vorsichtig die Unterschenkel. Ihre Waden waren so hart, als wären sie aus Stein gemeißelt. Wenigstens hatten die Schmerzen jetzt etwas nachgelassen. Dank Maels Hilfe ...

Sie sah sich in dem Raum um, seinem Wohnzimmer. Abgesehen von dem Sofa gab es noch ein Regal aus Apfelkisten mit einer umfangreichen Plattensammlung, einen Esstisch, einige Stühle und ein niedriges Bücherregal, das gleichzeitig als Couchtisch diente. Es waren die Möbel eines Nomaden, die sich entweder problemlos zusammenlegen oder ohne Reue zurücklassen ließen. Das Teuerste im Raum waren zweifellos die Hi-Fi-Anlage und die beiden mit sandfarbenem Leder bezogenen Klappsessel – Stücke eines namhaften Designers. Ein Mann, dessen Besitz in einen Kombi passt, dachte sie und beneidete ihn beinahe darum.

»Hier habe ich alles.« Er kam zurück mit einer braunen Flasche. Dann streckte er ihr eine Hand entgegen. Auf der Handfläche lag eine Glasampulle. »Das ist Magnesium. Ich kann es dir spritzen, wenn du willst. Das lindert die Muskelschmerzen, und die allgemeine Krampfneigung lässt nach. Notwendig ist es zwar nicht, aber es kann die Regeneration beschleunigen.«

Simone überlegte kurz, dann nickte sie. »Gib mir ruhig die Spritze.«

»In Ordnung.«

Die Vorbereitungen – Stauschlauch um den Oberarm, das Aufziehen der Ampulle in die Spritze, die Desinfektion – musste sie bestimmt schon hundertmal gesehen haben. Aber es hatte sie noch nie so in seinen Bann gezogen wie an diesem Abend. Ich mag seine Hände.

»Was ist?«, fragte er mit einem Lächeln, ließ die Kanüle schmerzlos in ihre Vene gleiten und öffnete mit der anderen Hand den Stauschlauch. »Bekommst du sonst nie eine Spritze?«

»Doch, eigentlich schon. Ich lasse mir vor der Erkältungszeit immer eine Vitaminkur geben. Warum?«

»Nun, du schaust so fasziniert zu.«

»Vermutlich, weil ich nichts gemerkt habe. Gar nichts. Nicht einmal einen kleinen Stich.«

»Übung.« Er begann den Kolben der Spritze hinunterzudrücken. »Es kann dir jetzt warm werden. Das ist normal. Und … fertig.« Er klebte ein Pflaster auf die Einstichstelle. »Möchtest du etwas trinken? Ich habe Wasser, Bier und natürlich Cidre da. Und sogar einen ganz akzeptablen Rotwein.«

Ihre Blicke trafen sich, und tatsächlich wurde Simone warm. Sehr warm. Das Magnesium schien zu wirken.

»Zu einem Glas Rotwein sage ich nicht Nein.«

Er stand auf und verschwand in der angrenzenden Küche. Sie hörte das leise Klirren von Gläsern und das Ploppen einer Flasche, die entkorkt wurde.

Mael kam zurück und reichte ihr eines der beiden Gläser, dann schenkte er ihr ein. Der Wein war so dunkel, dass er sie fast an Tinte erinnerte.

»Danke.«

»Keine Ursache.« Mael setzte sich auf den Boden vor der Couch und streckte seine Beine aus. »Wovor bist du eigentlich weggelaufen?«

Vielleicht konnte er wirklich Gedanken lesen. Sein Blick hatte jedenfalls eine beinahe hypnotische Wirkung.

»Ich habe heute etwas erfahren.« Simone nahm einen großen Schluck Wein, drehte das Glas in ihren Händen und sah zu, wie das Licht der Kerzen Reflexe auf der Oberfläche warf. »Über meine Familie. Und das war …« Sie musste schlucken. »Es war nicht besonders schön.«

»Hat es mit Harri zu tun?«

Sie nickte. »Auch.«

»Wenn du nicht darüber reden möchtest, ist das völlig in Ordnung. Ich möchte jedenfalls nicht aufdringlich sein oder so.«

»Nein, ich …« Dann fasste sie einen Entschluss. »Ach, was soll's. Wenn ich verschweige, was passiert ist, bin ich keinen Deut besser als der Rest meiner sauberen Familie.« Sie runzelte die Stirn und kaute auf ihrer Lippe, während sie überlegte, wie sie die schreckliche Wahrheit in Worte fassen sollte. »Ich war vorhin noch einmal bei Harri – ohne Charlotte. Und er hat mir erzählt, warum er meine Großmutter und Hamburg hinter sich gelassen hat.«

Und dann redete sie, redete sich alles von der Seele. Sie berichtete von Harris Anschuldigungen, von der Reaktion ihrer Großmutter, von ihren eigenen Recherchen, ihren daraus resultierenden Vermutungen. Und ihrem Entsetzen.

»Verstehst du? Diese Geschichte hat zwei Dimensionen für mich. Die erste ist ein absoluter Albtraum. Offenbar gehörte meine Familie in der Zeit des Nationalsozialismus nicht zu den Guten. Sofern mein Urgroßvater die Familie Goldstein nicht aktiv denunziert hat, hat er juristisch gesehen zwar kein Verbrechen begangen, aber moralisch sehe ich das anders. Meine Leute haben den Mund nicht aufgemacht und gegen Unrecht protestiert, sondern sich geduckt, gekuscht und die besten Brocken für sich selbst beiseitegeschafft. Und später haben sie dann alles fein säuberlich unter den Teppich gekehrt, damit niemand davon erfährt. Ich habe gar keine Worte, um zu beschreiben, wie widerlich ich dieses Verhalten finde. Und dann …« Sie machte eine Pause, um Atem zu schöpfen. »Weißt du, ich war immer stolz auf meine Familie. Ich hielt meine Großmutter für eine starke, aufrichtige Frau, emanzipiert und in jeder Hinsicht bewundernswert. Sie hat in den Fünfzigerjahren, als das nun wahrlich noch nicht selbstverständlich war, ihre Tochter allein großgezogen. Sie war immer berufstätig, hat das Geschäft selbst geleitet und es zu einem kleinen Feinkost-Imperium ausgebaut – Feinkost Hansen hat mittlerweile fünf Filialen in den besten Hamburger

Stadtteilen. Und trotzdem war sie immer für mich da, hat mit mir Kuchen und Kekse gebacken, ist mit mir in den Zoo gegangen. Durch sie, durch meine Oma Luise, ist auch meine Mutter eine starke, selbstständige Frau geworden. Und letztlich halte ich mich selbst auch dafür. Aber nun …« Sie schaute auf ihre Hände, als wären sie schmutzig. »Wie kann ich ihr noch glauben, ihr vertrauen? Sie hat mir nie erzählt, wie meine Familie zu ihrem Geschäft gekommen ist. Sie hat mir den wahren Grund verschwiegen, weshalb Harri nicht bei ihr geblieben ist. Harri sagt, er hätte Oma Luise geschrieben, viele Male. Sie sagt, er hätte sich nie gemeldet. Wer von beiden lügt? Bis vor Kurzem wäre das für mich keine Frage gewesen, weil ich meiner Oma grundsätzlich glaube. Geglaubt habe. Aber jetzt? Jetzt habe ich den Eindruck, dass alles, auf dem sich mein Leben aufbaut, nichts als ein fauliger, stinkender Müllhaufen ist. Ich weiß nicht …« Sie seufzte. »Ich habe keine Ahnung, wie ich damit umgehen soll. Vor allem weil ›Ach Kind!‹ und ›Man sollte die Vergangenheit endlich ruhen lassen‹ alles ist, was meine Großmutter dazu zu sagen hat.« Sie lachte bitter. »Nicht gerade viel, oder? In meinen Ohren klingt das nach einem Geständnis.«

»Und in meinen klingt es vor allem nach Scham.«

»Scham?« Simone sah ihn überrascht an. »Wie meinst du das?«

»Ich kenne deine Großmutter natürlich nicht, aber ich höre, was und wie du über sie erzählst. Und ich kenne dich ein bisschen und deine Tochter.« Er machte eine kleine Pause und fuhr sich mit der Hand durch das Haar, als würde ihm das helfen, die richtigen Worte zu finden. »Aus all dem ergibt sich für mich das Bild einer ehrlichen, aufrichtigen Frau. Einer Frau, die ihre Familie liebt und sie beschützt, so gut sie eben kann.«

»Ja, das ist meine Oma Luise. So dachte ich jedenfalls immer. Aber worauf willst du hinaus?«

»Ist es nicht möglich, dass sich gerade so ein ehrlicher, aufrichtiger Mensch in Grund und Boden schämt, weil ihre Eltern damals geschwiegen haben – und sei es nur, um die eigene Familie nicht in Gefahr zu bringen? Könnte es sein, dass sie über die Familie Goldstein nicht sprechen *kann*, weil die Erinnerung zu schmerzhaft ist?«

»Ich weiß nicht.« Simone schüttelte den Kopf. »Hätte sie dann nicht in der Zwischenzeit irgendetwas gesagt oder getan? Hätten wir nicht wenigstens einen Stolperstein vor dem Hauptgeschäft mit den Namen der Familie Goldstein darauf?«

»Möglich. Aber …« Er runzelte die Stirn. »Ich bin kein Psychologe. Aber ich sehe das in meiner Praxis im Falle von einschneidenden Diagnosen wie Krebserkrankungen immer wieder – das Prinzip der Verleugnung. Wenn der Verstand mit Wahrheiten konfrontiert wird, die so ungeheuerlich sind, dass man es kaum erträgt, reagieren nicht wenige Leute mit einer vollständigen Ausblendung darauf. Sie nehmen diesen Teil ihres Körpers einfach nicht mehr wahr, als ob er nicht da wäre. Wir alle wollen doch mehr oder weniger gesund, stark und mutig sein und immer und überall für Menschenrechte und Gerechtigkeit kämpfen. Tief in unserem Inneren sind wir alle Helden.« Ein Lächeln huschte über sein Gesicht. »Die Realität sieht natürlich anders aus. Wir schwindeln oder halten den Mund aus Angst vor Strafe, und wenn im Bus irgendwer beschimpft wird, schauen wir weg, weil wir Angst davor haben, dass unsere eigene Nase dabei Schaden nehmen könnte. Sich anschließend vor den Spiegel zu stellen und sich selbst sagen zu müssen, ›da warst du aber ein echter Feigling‹, das tut weh, und deshalb sucht man Gründe. Oder man verdrängt es. Vielleicht geht es deiner Großmutter ja ähnlich.«

»Und du meinst, deshalb gibt es bei uns in Deutschland so viele von der Wir-haben-von-nichts-gewusst-Fraktion?«

»Nicht nur bei euch in Deutschland. Hier gab es ja auch genügend Leute, die wunderbar von der Politik der Nazis profitiert haben. Aber ja, das denke ich schon. Wenn man den Gedanken zulässt, dass man eben doch vieles gewusst hat, vielleicht sogar etwas hätte tun können, um das Unrecht zu verhindern, müsste man mit dem eigenen Schuldanteil leben, damit irgendwie umgehen. Die meisten von uns wären dann nicht mehr in der Lage, sich im Spiegel anzusehen.«

»Tja, stattdessen stehe ich jetzt da …«

Mael schüttelte den Kopf. »Nein, du warst damals noch nicht geboren, also bist du auch nicht verantwortlich für das, was deine Familie damals getan oder nicht getan hat. Doch mit dem Wissen darum hast du jetzt die Möglichkeit zu handeln. Du könntest in guter alter Familientradition alles einfach vergessen und …«

»Nein!« Simone fuhr so heftig auf, dass sie ihr Glas beinahe umstieß. »Das kann ich nicht! Ich kann doch nicht einfach weitermachen, als wäre nichts gewesen!«

»So schätze ich dich auch nicht ein.« Mael lächelte. »Nein, ich glaube viel eher, dass du dieses Wissen nutzen wirst, um das Andenken an diese jüdische Familie zu bewahren.«

Sie nickte langsam. Mael hatte recht, das spürte sie. Und seine Worte taten ebenso gut wie kurz vorher die Spritze und die Massage mit dem Arnikaöl.

»Ich bin sicher, du wirst einen guten Weg finden«, fuhr er fort. »Doch vergiss dabei nie, nicht du hast damals geschwiegen.«

»Nein. Du hast recht. Doch vielleicht sollte ich jetzt dafür umso lauter reden.«

»Und damit hast du eine Perspektive«, sagte Mael und schenkte ihnen beiden Wein nach. »Wie diejenigen meiner Patienten, die sich nach Diagnosestellung mit den therapeutischen Optionen und ihrer Einstellung dazu auseinandersetzen. Aufrichtig zu sein heißt ja nicht, dass man keine Fehler macht, sondern dass man bereit ist, sie einzugestehen und die Konsequenzen zu tragen.« Er hob sein Glas. »Du machst es richtig.«

»Danke.« Sie lächelte und trank einen Schluck. »Und was ist mit Harris Briefen? Wieso streitet sie vehement ab, dass sie jemals einen Brief bekommen hat?«

»Keine Ahnung.« Mael zuckte mit den Schultern. »Vielleicht hat sie sie tatsächlich nicht bekommen?«

Simone lachte. »Du meinst, sie sind zufällig alle in der Post verloren gegangen? Über Jahre hinweg?«

»Nein. Aber vielleicht haben ihre Eltern sie abgefangen? Sprich mit deiner Großmutter darüber. Frag sie.«

War es so einfach?

Es war still, draußen rollten die Wellen des Atlantiks mit gleichmäßigem Rauschen an den flachen Strand, während in Simones Kopf das Gedankenkarussel allmählich zum Stehen kam. Endlich. Die Puzzleteile fügten sich ineinander und ergaben ein Bild, das wieder aussah wie die Oma Luise, die sie kannte.

»Ich muss sie anrufen«, murmelte sie. »Mit ihr reden …« Sie hob den Kopf. »Danke. Vielen, vielen Dank. Du hast mir sehr weitergeholfen.«

Er verneigte sich leicht. »Gern geschehen.«

»Tut mir leid, dass du dir jetzt meine ganze Familiengeschichte anhören musstest. Du hast doch bestimmt etwas anderes mit deinem Abend vor …«

»Kein Problem«, er winkte ab, »ehrlich. Ich hatte ohnehin keine anderen Pläne, als noch eine Weile sinnlos im Internet zu surfen und Musik zu hören. Normalerweise verbringe ich den Freitagabend bei meiner Schwester Louanne. Aber heute …« Er seufzte und stützte den Kopf auf die Linke, während er das Glas in der rechten Hand drehte. »Ist nicht so wichtig. Familienkram, unterschiedliche Weltanschauungen. Und Louanne mit ihrem Talent, genau die Schwachstellen zu treffen.« Er verzog das

Gesicht zu einem Lächeln, das nicht ganz glücken wollte. »Aber das geht wieder vorbei. Die liebe Familie – ohne sie geht's nicht, und mit ihr ist es oft zum Haareraufen. Ist doch so, oder?«

Sie mussten beide lachen.

»Du hast nichts mehr zu trinken«, stellte Mael fest und stand auf. Als er aus der Küche zurückkam, hatte er nicht nur eine neue Flasche Wein dabei, sondern auch ein Glas mit schwarzen Oliven und eine Tüte Kartoffelchips. Beides stellte er einfach auf den Couchtisch und setzte sich wieder auf den Boden. »Und jetzt lass uns nicht mehr über die Verwandtschaft reden. Welchen Kinofilm hast du zuletzt gesehen?«

Und während sie Oliven und Kartoffelchips aßen, redeten sie. Sie stellten fest, dass Mael ausschließlich Blues und Rock hörte, während Simone Jazz und gelegentlich Rock bevorzugte. Sie fanden heraus, dass sie dieselben Kinofilme mochten und vor Kurzem beide dasselbe Buch gelesen und sich über den Autor, den Stil und die Geschichte gleichermaßen aufgeregt hatten. Und dann begann Mael von seinen Reisen zu berichten. Er konnte so plastisch und lebendig erzählen, dass Simone alles genau vor Augen hatte. Und als er schilderte, wie ein Ägypter ihn und sein Motorrad mit einem uralten, verbeulten Lkw aus einem Schlammloch gezogen hatte wie ein fußlahmes Nilpferd, lachten sie beide Tränen.

Mael teilte den Rest der Weinflasche unter ihnen auf, und Simone schaute auf ihre Armbanduhr.

»Viertel nach zwei?« Sie klang erschrocken und peinlich berührt. »So spät! Es tut mir leid, dass ich dich so lange aufgehalten habe. Ich habe gar nicht gemerkt, wie die Zeit vergeht.«

»Unsinn. Wenn es mir lästig gewesen wäre, hätte ich dich schon längst hinausbegleitet. Keine Sorge, so schüchtern bin ich nicht«, sagte er lächelnd.

Mittlerweile saßen sie beide auf dem Boden vor dem Sofa – so nahe beieinander, dass er das Spiegelbild der Kerze auf dem Couchtisch in ihren blauen Augen sehen konnte. Und doch war genug Platz zwischen ihnen, um sich nicht einander aufzudrängen oder einzuengen. Eine neue Erfahrung. Trotzdem fühlte es sich irgendwie vertraut an, angenehm.

»Ich werde jetzt nach Hause gehen«, erklärte Simone und gähnte hinter vorgehaltener Hand.

»Davon würde ich dir abraten. Du solltest deine Muskeln noch schonen.«

»Und was soll ich machen?«

»Hier übernachten, natürlich. Ich kann dich jetzt nicht fahren. Abgesehen davon, dass ich zu viel getrunken habe, würde ich mit meinem Bike das ganze Dorf wecken. Also bleibst du hier, schläfst dich aus, und nach dem Frühstück fahre ich dich auf der Harley nach Hause.« Er konnte sehen, wie sie mit sich kämpfte. Wäre er eine Frau, hätte sie sein Angebot ohne zu zögern angenommen. Da war er sicher. »Ich habe oben ein Gästezimmer«, sagte er und lächelte. »Die Tür lässt sich sogar von innen abschließen.«

Sie wurde rot. Offenbar hatte er ins Schwarze getroffen.

»Also gut, überredet. Dann bleibe ich hier. Aber nur …«

»Im Gästezimmer, natürlich. Und nein, Umstände machst du mir keine.«

»Kannst du eigentlich Gedanken lesen?«

»Nein. Ich übe noch.« Er grinste, streckte ihr die Hand hin und half ihr auf die Beine. Sie stöhnte und klammerte sich an seinem Arm fest. Die Treppe knarrte unter jedem Schritt, als sie sich mühsam hochschleppte. »Hier ist es.« Mael öffnete die Tür zu dem kleinen, behaglichen Gästezimmer. »Das Bad ist am Ende des Flurs. Du kannst dich zuerst fertig machen, ich räume noch auf. Hier …«, er öffnete einen Schrank, »… sind Handtücher und eine Zahnbürste.«

»Danke. Du bist sehr gut vorbereitet.«

Wieder war das Misstrauen auf ihrem Gesicht zu erkennen, die Zweifel. Offenbar hielt sie ihn für einen Mann, der sich die Abende damit vertrieb, Frauen abzuschleppen. Was sollte er tun, außer die Wahrheit sagen? Ob sie ihm glauben würde oder nicht, lag nicht in seiner Macht. Er zuckte mit den Schultern.

»Ich habe siebzehn Nichten und Neffen. Eigentlich grenzt es fast an ein Wunder, dass dieses Wochenende keiner von ihnen hier ist. Wenn die hier übernachten, vergessen sie gern mal etwas. Deshalb habe ich immer alles vorrätig – Bettwäsche, Zahnbürsten, Duschgel, Shampoo …« Sie schauten einander in die Augen. Lange. Ja, es lag nicht in seiner Macht, ob sie ihm glauben würde. Aber er wünschte es sich. Sein Mund wurde trocken, und er räusperte sich. »Ehrlich, ich …«

»Ist in Ordnung«, sagte sie, stellte sich auf die Zehenspitzen und küsste ihn ganz vorsichtig auf den Mund. »Ich glaube dir.«

Und noch ehe er reagieren konnte, ging sie ins Bad und schloss die Tür hinter sich.

Einen Moment blieb Mael im Flur stehen und starrte auf die geschlossene Tür, dann ging er die Treppe hinunter und auf die Terrasse. Er zündete sich eine Zigarette an und schaute auf den Atlantik hinaus. Das Wasser lag da wie schwarze Tinte. Gelegentlich spiegelten sich Mond, Sterne und die Positionslichter der Fischerboote auf der Oberfläche. Es war still. Nur manchmal kam über das ruhige Meer das Geräusch eines Dieselmotors, wenn einer der Fischer seine Position änderte. Oben in seinem Haus rauschte das Wasser. Es klang …

Es fiel ihm schwer, das vor sich selbst einzugestehen, aber der Gedanke, dass Simone in seinem Haus war, sich gerade im Bad wusch und hier schlafen würde, erzeugte bei ihm kein Unbehagen, keine Fluchtgedanken, kein Engegefühl in der Kehle, keine Atemnot. Im Gegenteil, es gefiel ihm.

Was war geschehen? Es war schließlich erst wenige Stunden her, seit er Louanne gegenüber behauptet hatte, dass er gerne allein lebte, dass er keine Frau brauchte. Und jetzt? Jetzt hörte er die Badezimmertür oben ins Schloss fallen und Schritte im Flur und wünschte sich, sie würde nach ihm rufen.

Was war mit ihm los? War das die Wirkung von Louannes Worten?

Er sog an seiner Zigarette, blies den Rauch in den Nachthimmel und lehnte seinen Kopf gegen den Türrahmen.

Nein, das hatte nichts mit Louanne zu tun. Es lag an Simone. Sie war anders als andere Frauen, vor allem anders als Françoise. Er war damals zweiundzwanzig gewesen, und sie waren nur vier Monate wirklich zusammen gewesen. Und doch hatte diese Beziehung ihn nachhaltig geprägt. Françoise hatte jeden seiner Schritte überwacht, sie hatte seine Briefe geöffnet, Telefonate abgehört, ihn heimlich beobachtet. Sie war sich sogar nicht zu schade, das Kleingeld in seiner Tasche zu zählen und mit der Einkaufsliste zu vergleichen, nur weil sie befürchtet hatte, er könne sich mit einer anderen Frau treffen. Sie hatte sich an ihn geklammert, bis er das Gefühl hatte, ersticken zu müssen. Sich aus diesem Käfig zu befreien hatte ein Jahr und mehrere Umzüge gedauert. Und noch immer spürte er diese Enge in seiner Kehle, wenn er an Françoise dachte, und eine Gänsehaut kroch über seine Arme. In abgeschwächter Form hatte er diese Gefühle bei den meisten Frauen, die sich ihm näherten – wie auch bei Alisé. Nicht aber bei Simone. Da war irgendetwas … Sie waren auf einer Wellenlänge, auf derselben Straße unterwegs, hatten eine gemeinsame Basis. Wenn er ihr in die Augen sah, hatte er den Eindruck, in einen Spiegel zu schauen. Und das passierte ihm zum ersten Mal.

18

Es war schon nach zehn, als Simone aufwachte. Sie fühlte sich wie gerädert. Ihre Waden, Oberschenkel und Schultern schmerzten und hinter ihrer Stirn pochte es leicht. Es waren keine richtigen Kopfschmerzen, das nicht, aber unangenehm war es trotzdem. Die dunkle Bettwäsche und die Möbel im Zimmer, getaucht in ein dämmriges Zwielicht, verwirrten sie, und einen Moment lang wusste sie nicht, wo sie war. Nicht zu Hause jedenfalls. Und auch nicht in ihrem Ferienhaus.

Dann hörte sie Schritte auf dem Gang, schwere Schritte, die keinesfalls zu Charlotte gehörten. Und da fiel es ihr wieder ein. Sie war bei Mael.

Die Treppenstufen knarrten, als er ganz offensichtlich nach unten ging, dann hörte sie das Klappern von Geschirr. Sie schwang ihre Beine aus dem Bett, nahm ihre Kleidung und huschte ins Bad.

Als sie wenige Minuten später in die Küche kam, duftete es bereits nach Kaffee und Croissants.

»Bonjour!«

»Bonjour!«

Er lächelte sie an. Sein Haar war verstrubbelt, auf seinen Wangen zeigte sich der Schatten von Bartstoppeln. Er war barfuß, trug eine ausgebeulte graue Jogginghose und das an den Nähten ausgefranste T-Shirt einer Rockband, die sie nicht kannte. Häufiger Gebrauch hatte das wohl ehemals tiefe Schwarz in Anthrazit verwandelt. Und doch … Selbst in einem Designer-Anzug hätte er nicht besser aussehen können.

»Kann ich helfen?«, fragte sie, um ihre Verlegenheit zu überspielen.

»Du kannst den Tisch decken. Milch, Butter und Marmelade sind im Kühlschrank.«

Sie trug alles zum Esstisch. Durch die offene Terrassentür wehte der Wind den Duft des Atlantiks ins Zimmer. Und mit ihm kamen das Lachen und Kreischen von Kindern, die sich am Strand vergnügten.

Sie frühstückten gemeinsam, als ob sie ihr halbes Leben miteinander verbracht hätten – sie redeten und lachten. Und doch gab es auch Momente, in denen sie beide schwiegen und denselben Dingen zu lauschen schienen – dem Wind, dem Wellenrauschen, einem Kind, das nach seiner Mutter oder seinen Freunden rief.

Vertraut. Es fühlt sich so natürlich an, als ob wir uns schon eine Ewigkeit kennen würden.

Es war Simone, die mit einem schuldbewussten Blick auf die Uhr das Frühstück abbrach.

»Es ist bereits nach elf. Ich muss nach Hause. Charlotte …«

»Natürlich. Ich fahre dich.« Mael stand auf. »Lass ruhig alles stehen, ich mach das gleich.«

Er lief nach oben. Als er wieder herunterkam, war er nicht nur umgezogen, sondern hatte auch zwei Helme und zwei Motorradjacken dabei.

»Ich bin mir nicht sicher, welche Größe die richtige ist. Probier sie mal an.«

Wunderte es sie, dass tatsächlich eins der Outfits passte? Nicht wirklich. Er ist gut vorbereitet. Fast zu gut … Der Gedanke hinterließ einen seltsamen Nachgeschmack.

Als sie sich hinter ihm auf den Sozius setzte und Mael den Motor startete, war für einen Augenblick alles vergessen. Die Vibrationen des Motors verbreiteten sich in ihrem Körper, als wollten sie jeden blöden Gedanken und jedes komische Gefühl aus ihr herausschütteln. Dann fuhr er los. Sie schlang ihre Arme um Mael, fühlte seine Atemzüge, die Bewegungen seines Körpers, wenn er sich in eine Kurve legte. Der warme Fahrtwind blies ihr ins Gesicht. Und sie war fast glücklich.

Viel zu schnell waren sie an ihrem Ferienhaus angekommen. Mael parkte seine Maschine und begleitete Simone bis zur Tür. Sie nahm den Helm ab, zog die Jacke aus und gab ihm beides.

»Danke«, sagte sie.

»Wofür?«

»Für dein Kümmern, deinen Rat. Dass du mich heute Nacht beherbergt und heute früh bewirtet hast.«

»Gerne.« Beim Lächeln bildeten sich feine Fältchen um seine Augen und ließen sie noch wärmer erscheinen. »Jederzeit wieder.« Er beugte sich zu ihr herab. Seine Lippen berührten ihre – weich und sanft. Und dann war es auch schon vorbei. »Bis später!«

Er kehrte zu seinem Motorrad zurück. Simone öffnete, blieb aber in der geöffneten Tür stehen, bis Mael auf seiner Harley nicht mehr zu sehen war. Erst dann ging sie ins Haus und schloss die Tür hinter sich.

Lächelnd ging sie zu ihrer Terrassentür, öffnete sie und ließ frische Luft in das Haus. Doch dann … Dann begannen ihre Gedanken zu kreisen.

War es ein Zufall, dass Mael alles für eine Übernachtung vorrätig hatte? Dass Helm und Motorradjacke in ihrer Größe vorhanden waren? Ja. Er hatte ihr von seinen Nichten und Neffen erzählt – siebzehn an der Zahl, bei vier Schwestern. Kinder und Jugendliche, die gern bei ihrem Onkel übernachteten und auch Motorradausflüge mit ihm unternahmen. Aber …

Sie war ein gebranntes Kind. Zwei Jahre lang hatte sie geflissentlich alle Anzeichen für die Untreue ihres Mannes übersehen, seinen Beteuerungen geglaubt. Konnte sie jetzt Mael glauben? Wieso lebte ein Mann wie Mael – klug, charmant, humorvoll und obendrein noch wirklich gut aussehend – allein? War er es gewohnt, dass Frauen für eine oder zwei Nächte bei ihm übernachteten? War sie jetzt eine davon? Aber …

Sofort drehten sich ihre Gedanken und wanderten in eine andere Richtung. Es ist doch nichts passiert. Wir haben geredet. Und es gab zwei Küsse. Sonst nichts. Dass Mael zu schüchtern war, glaubte sie keine Sekunde. War sie etwa nicht sein Typ?

Sie war froh über die Stille. Charlotte würde noch mindestens bis zum Nachmittag bei Camille bleiben, und das war gut so. Sie brauchte Zeit zum Nachdenken.

Ihr Handy, das auf dem Couchtisch lag, blinkte. Oma Luise hatte angerufen, viermal. Und ihre Mutter ebenfalls. Hatten die beiden ein schlechtes Gewissen? Sie löschte die Benachrichtigung. Irgendwann würde sie Oma Luise zurückrufen und auch mit ihrer Mutter sprechen. Sie musste es klären, fragen, was damals genau mit der Familie Goldstein geschehen war. Und natürlich würde sie auch nach Harris Briefen fragen. Vielleicht hatte Mael ja in allen Punkten recht. Vielleicht …

Ihr Handy läutete, und der Klingelton verriet ihr, dass es wieder Oma Luise war. Sie ließ es klingeln. Kurz darauf rief ihre Mutter an. Sie ignorierte auch das. Zuerst musste sie sich darüber klar werden, wem sie vertrauen wollte.

Kaum zwei Stunden später fiel ihr die Decke auf den Kopf. Normalerweise schätzte sie es, allein zu sein. Wahrscheinlich, weil diese Stunden so selten waren, dass sie kostbar waren wie Gold. Doch heute wusste sie nichts mit sich anzufangen. Sie begann in einem Krimi zu lesen und legte ihn weg. Sie blätterte in einer Zeitschrift und legte sie weg. Sie machte sich Notizen zu einem Interview mit Harri und klappte den Laptop wieder zu. Sie wanderte im Haus hin und her, ging zum Kühlschrank, schaute hinein und schloss ihn wieder, weil sie doch keinen Appetit hatte. Sie kochte sich einen Tee und schüttete ihn dann wieder in den Ausguss, weil sie ihn vergessen hatte und er kalt geworden war.

Simone fühlte sich, als hätte ein Riese sie gegen eine Mauer geschleudert. Ihr Körper war taub, sie fühlte sich wie zerschlagen.

Eine Weile stand sie an der geöffneten Terrassentür und starrte hinaus, ohne wirklich etwas zu sehen.

Wie sollte es jetzt weitergehen? Wie sollte sie nach Hause fahren und ihrer Großmutter gegenübertreten? Wie sollte das funktionieren?

Und was war mit Mael?

Wieder klingelte ihr Handy. Sie ließ es klingeln.

TEIL 4
Perspektive

19

An diesem Sonntagmorgen erwachte Harri früh. Viel zu früh, wie es schien, denn das Licht, das durch die beiden vorderen Fenster ins Atelier fiel, entsprach etwa dem Sonnenstand, bei dem die Fischer draußen auf dem Atlantik ihre Netze einholten. Es konnte nicht später als halb fünf sein. Frühestens um sieben Uhr würde der Pflegedienst kommen, um ihm beim Aufstehen, Waschen und Anziehen zu helfen. Es blieb ihm also noch viel Zeit. Zeit, die er für sich selbst *tote Zeit* nannte, weil die Minuten und Stunden sinnlos verstrichen. Er konnte sie nicht nutzen – wenigstens nicht so, wie er sie normalerweise genutzt hätte, nämlich zum Malen, Spazierengehen oder für die Gartenarbeit, zum Herstellen seiner Farben, Grundieren der Leinwände. Er konnte nicht einmal essen oder wieder einschlafen. Wenn er wach war, war er wach. Das war schon immer so gewesen.

Ohnehin hatte er keinen festen Schlaf-Wach-Rhythmus, keine festen Rituale wie das Acht-Uhr-Frühstück oder Licht aus um elf Uhr. Seit er den Zwängen der Kindheit mit dem täglichen Schulbesuch entkommen war, lebte er nach seinen eigenen, wechselhaften Bedürfnissen. Manchmal ging er erst ins Bett, wenn die Sonne schon aufging, an anderen Tagen war er um fünf bereits draußen in der Bucht oder stand an der Staffelei. Manchmal schlief er zwei Tage hintereinander gar nicht, nur um danach ins Bett zu fallen und erst am übernächsten Tag wieder aufzustehen. Es gab Tage, an denen er kaum etwas aß, weil die Arbeit an einem Gemälde oder einer Skulptur ihn so fesselte, dass allein der Duft und der Anblick von Farben und Material ihn sättigten. Es gab Tage, an denen er mit keinem einzigen Menschen auch nur ein Wort wechselte – und nichts vermisste. Und es gab Tage, an denen er Stunden um Stunden bei Jacques verbrachte, große Portionen Cotriade, Fischauflauf und Galettes mit Schinken und Spiegelei verschlang, Bier trank, Karten spielte und Neuigkeiten, Ansichten und Dorfklatsch austauschte. Sein Leben wurde von seiner Arbeit bestimmt. Er folgte seiner Inspiration – die körperlichen und sozialen Bedürfnisse waren nebensächlich.

So war es gewesen, bis ihn vor einigen Wochen buchstäblich der Schlag getroffen hatte. Er konnte sich noch genau an den Moment erinnern.

Er hatte an der Holzskulptur gearbeitet, die immer noch in der Mitte seines Ateliers stand. Von einem Augenblick zum anderen hatte er sich seltsam gefühlt, als würde sein Kopf nicht mehr mit seinem Körper verbunden sein und mindestens einen Meter über ihm schweben. Dann war ihm der Beitel aus den eigenartig schlaffen und gefühllosen Fingern gerutscht. Das Geräusch, mit dem das Bildhauerwerkzeug auf den Boden traf – überlaut und mit einem unangenehmen Widerhall wie bei einer schlechten Tonaufnahme –, verfolgte ihn bis in seine Träume und ließ ihn oft aus dem Schlaf hochschrecken. Als Nächstes war der Kopfschmerz über ihn hergefallen. So jäh und heftig, als hätte ihm jemand seinen Meißel in den Schädel getrieben. Auf der Intensivstation des Krankenhauses in Quimper war er wieder zu sich gekommen – als halber Mensch. Irgendwo zwischen dem Aufstehen an diesem unheilvollen Tag und dem Aufwachen im Krankenhaus waren ihm das Gefühl und die Kontrolle über seine rechte Körperhälfte abhandengekommen.

Seitdem war er ein Gefangener, eingesperrt in einen Körper, der zur Hälfte seinen Dienst verweigerte. Er war in allem auf andere angewiesen. Er konnte nicht mehr aufstehen oder schlafen gehen, sich waschen, essen oder hinausgehen, wann und wie er wollte. Sein Tagesrhythmus richtete sich nicht mehr nach ihm selbst, seiner Arbeit und seinen Bedürfnissen, sondern nach dem Dienstplan von Pflegedienst, Physiotherapeut und Lieferservice. Wenn er um elf Uhr vormittags Hunger hatte, hatte er eben Pech, denn das Essen wurde erst gegen halb eins geliefert. Wenn er morgens müde war und eigentlich noch länger schlafen wollte, war das egal. Der Pflegedienst kam um sieben und weckte ihn, und um neun wurde er ins Bett gebracht. Wenn er dann noch vier Stunden wach lag, interessierte das niemanden. Zum Glück versorgte Mael ihn immer wieder mit Büchern. Und er hatte ihm sogar einen modernen CD-Spieler besorgt, weil Harris Plattenspieler sich nicht mit einer Fernbedienung bedienen ließ und er die Nutzung von Computer oder gar Smartphones grundsätzlich ablehnte. Er konnte also wenigstens lesen oder Musik hören. Aber er musste sich vorher festlegen. Er konnte ein Buch nicht einfach nach einer gelesenen Seite zuklappen, aufstehen und sich ein anderes holen. Er konnte nicht zum Plattenspieler gehen und eine andere Schallplatte auflegen – ohnehin die einzige Art, in der man seiner Meinung nach Musik neben einem Live-Konzert wirklich genießen konnte.

Immer musste er warten, bis jemand kam. Jemand wie Lisabelle, die ihm half, sich vom Bett in den Rollstuhl zu ziehen, die ihm beim Waschen und Anziehen half, die ihm Kaffee kochte und die Brioche auf einen Teller legte und ihm ein anderes Buch reichte oder eine andere CD in die Anlage schob. Wenn die Flasche Wasser auf seinem Nachttisch leer war, blieb er eben durstig. Und wenn er auf die Terrasse wollte, musste er jemanden bitten, ihn hinauszuschieben. Das Gelände verlassen, zu Jacques fahren, um dort bei einem Bier mit anderen zu plaudern, oder gar nach Carnac? Unmöglich. Carnac …

Harri sah zu, wie das Licht allmählich heller wurde, sich aus den Grauschattierungen Farben entwickelten, Flächen an Konturen gewannen und zu Gegenständen wurden. Dabei dachte er an die Steinkreise in Carnac. Wie oft war er in den vergangenen Jahrzehnten dort gewesen? Natürlich nicht gerade dann, wenn die Schwärme der Touristen über die Steinkreise herfielen wie Wespen über einen Zwetschgenkuchen, sondern zu den Zeiten, in denen die Parkplätze leer waren, die Souvenirgeschäfte geschlossen hatten und die Busfahrer daheim bei ihren Familien saßen. Wie zum Beispiel mitten in der Nacht im silbrigen Licht von Mond und Sternen. Oder ganz früh am Morgen, wenn die Sonne sich langsam über den Horizont erhob und ihre ersten Strahlen die Spitzen der Menhire berührten, als wollte sie die Steine küssen. Carnac war der Grund, weshalb er in La Plage lebte und nicht in einer anderen Stadt an der bretonischen Küste. Es war ein Ort der Kraft, der Macht, der Inspiration. Die unmittelbare Nähe der Menhire und Dolmen, bis hin zu seinem eigenen Grundstück, stärkte in ihm das Bewusstsein, als Künstler in einer Tradition zu stehen, die fast so alt war wie die Menschheit selbst und die über den banalen Wunsch zu überleben und sich fortzupflanzen weit hinausging: der Drang, etwas Schönes zu schaffen – zur Ehre der Götter, zur Erinnerung und Mahnung, zur Feier des Lebens, zum Gedächtnis des Todes. Kunst. Seit die Menschen begonnen haben, sich um ein Feuer zu versammeln, gab es Kunst. Man hat begonnen zu singen, zu trommeln, zu tanzen, sich Geschichten erzählt, gemalt und Figuren geformt oder geschnitzt. Der schöpferische Funke, der Geist der Fantasie, er war es, der seiner Meinung nach den wesentlichen Unterschied zwischen Mensch und Tier ausmachte. Alle anderen Bedürfnisse und Emotionen teilte die Menschheit mit den übrigen Lebewesen auf diesem Planeten, von der Amöbe bis zum Blauwal.

Seit einigen Tagen war er unruhig. Anfangs hatte er es mit Simones Ankunft in Verbindung gebracht. Wer wurde denn nicht nervös, wenn er nach über sechzig Jahren erfuhr, dass er eine Tochter samt Enkelin und Urenkelin hatte? Doch seit zwei oder drei Tagen wusste er, dass es etwas anderes war. Wie das Kribbeln in der Nase, wenn der erlösende Nieser auf sich warten ließ.

Wie so oft in den letzten Tagen dachte er an Luise.

Es gab eine besondere Skulptur in seinem Haus. Sie stand abgeschottet vor den Blicken der Öffentlichkeit oben in seinem Schlafzimmer auf einem kleinen Tisch. Nicht einmal Mael wusste von ihrer Existenz. Doch er hatte sie so aufgestellt, dass sein Blick beim Aufwachen zuerst darauf fiel. Damit er sich erinnerte. Damit er die gesprochenen und vor allem die nicht gesprochenen Worte nicht vergaß. Damit er sich immer an den Unterschied zwischen geschlossenen und verschlossenen Augen erinnerte. Und damit er die Bedrohung durch das Mitläufertum nie aus dem Blick verlor. Damit er die Menschen wachrüttelte mit seiner Arbeit. Damit es nie wieder zu spät war.

Trotzdem hatte er in den vergangenen Jahren nur selten an Luise gedacht. Er hatte die Erinnerung an sie wegsortiert, wie man alte Familienfotos in einer Pappschachtel sammelt, die irgendwo auf dem Kleiderschrank oder im Keller verstaubt. Seit Simone und Charlotte da waren, dachte er wieder häufiger an sie. Durch Simones Augen sah sie ihn an, und sie lächelte mit Simones Mund. Sogar ihre Stimmen ähnelten sich, sodass er anfangs bei jedem Wort eine Gänsehaut auf seinem linken Arm gespürt hatte. Das brachte die Erinnerungen zurück. Diesmal auch an die schönen Momente – an Lachen, Liebe, Leidenschaft. Sie weckten in ihm die Sehnsucht nach Heilung, gaben ihm Hoffnung.

Möglicherweise gab es doch noch eine Lösung – für ihn, für alle?

In diesem Moment geschah es: Eine vage Idee streifte ihn. Er wusste noch nicht, was es werden würde – Gemälde, Zeichnung oder Skulptur? Öl, Kohle, Stein, Holz oder Ton? Alles war möglich. Es war wie ein Wort, das einem auf der Zunge lag, wie ein Name, an den man sich verzweifelt versuchte zu erinnern. Normalerweise war das die Phase, in der er nach draußen lief, stundenlange Wanderungen mit Fiete und Hein unternahm, schwimmen ging, unruhig im Haus und im Garten herumtigerte, bis die Vision endlich deutlich genug wurde, um damit arbeiten zu können. Dann war endlich die Zeit gekommen, sich an den Tisch zu setzen und Skizzen und Studien anzufertigen.

Doch jetzt?

Wie jedes andere würde auch dieses Werk versuchen, in ihm zu wachsen und heranzureifen wie das Kind im Bauch einer schwangeren Frau. Doch er würde es nicht zur Welt bringen können. Statt zu arbeiten, Skizzen anzufertigen, Material zu prüfen, auszuprobieren, lag er in seinem Bett und wartete auf den Pflegedienst. Und selbst wenn er etwas später im Rollstuhl saß, würde es ihm nichts nutzen. Er konnte sich nicht bewegen, damit sich die Gedanken klären konnten. Er konnte nicht einmal eine Skizze anfertigen, wenn er denn endlich wusste, was es sein würde. Er hatte es mehrfach versucht. Mit links brachte er nichts zustande.

Seine Augen begannen zu brennen, und er spürte die Feuchtigkeit auf seiner Wange.

Man konnte es drehen und wenden, wie man wollte, er war hilflos.

Fiete und Hein hoben ihre Köpfe und stellten die Ohren auf, schon lange bevor sich die Tür öffnete. Harri kam diese Zeit wie eine Ewigkeit vor.

»Da ist sie ja endlich, die Ilsebill!«, begrüßte er die Krankenschwester, die er an ihrem forschen Schritt in der Diele erkannte.

Mochte sein Körper auch nur noch eine nahezu bewegungsunfähige Hülle sein, Verstand, Gehör und Augen funktionierten immer noch einwandfrei. Vielleicht sogar besser als bei vielen wesentlich jüngeren Menschen.

»Was haben Sie da gerade gesagt? Sie haben mich doch nicht etwa vermisst?«

Lisabelle zog im Gehen die leichte Jacke aus, die sie an diesem Morgen über ihrer Arbeitskleidung trug, und warf sie über einen der Stühle am Skizzentisch. Die Farbe ihres Schwesternkittels empfand Harri übrigens als Beleidung – es war Rosa. Ein entsetzlicher Farbton, der sicherlich Wärme und Fröhlichkeit ausstrahlen sollte, bei ihm jedoch immer den Geschmack von Zuckerwatte und viel zu süßem Gebäck hinterließ. Das Gegenteil von gut ist gut gemeint.

»Vermisst nicht, aber ich habe auf Sie gewartet.«

»Soll mir das jetzt Angst machen?«

»Nö, aber vielleicht könnten wir ja endlich loslegen. Ich bin schon seit mindestens zwei Stunden hellwach.«

»Oh!« Lisabelle hob eine Augenbraue. »Mein Dienst beginnt um halb sieben, keine Minute früher. Das wissen Sie genau. Wenn Sie jemanden haben wollen, der rund um die Uhr auf Ihr Fingerschnippen reagiert, sollten Sie darüber nachdenken, sich eine Pflegekraft ins Haus zu holen. Die ist dann vierundzwanzig Stunden am Tag, sieben Tage die Woche ausschließlich für Sie da, liest Ihnen jeden Wunsch von den Lippen ab und steht bestimmt auch freudestrahlend um halb fünf auf, um Ihnen aus dem Bett zu helfen und Sie zum Klo zu bringen.«

»Unsinn«, brummte Harri. »Ich würde durchdrehen. Und *das* wissen *Sie* ebenfalls, Ilsebill.«

Anfangs hatte Lisabelle ihn immer noch korrigiert, wenn er sie mit falschem Namen angesprochen hatte, mittlerweile verdrehte sie nur noch die Augen. Sie legte ihren rechten Arm um seine

Schultern, schob die linke Hand unter seine Knie und half ihm dabei, sich zu drehen und aufzusetzen. Harri umklammerte mit der Linken die Bettkante, damit er nicht zur Seite sackte, während sein rechter Arm wie ein kalter toter Fisch auf seinem Schoß lag.

»Kommt Dr. LeGoff heute zu Ihnen?« Lisabelle bückte sich und streifte ihm die Hausschuhe über die Füße. Wie jeden Tag wartete er darauf, dass etwas passierte – ein Zucken, eine Bewegung, die Rückkehr von Kraft und Kontrolle, ein Kribbeln auf der Haut, ein Kältegefühl, irgendetwas. Links spürte er tatsächlich die gepolsterte Sohle, die weiche Baumwolle, Wärme. Und rechts? Nichts. Nichts und wieder nichts.

»Weiß ich nicht«, entgegnete er unwirsch. Seine Laune sank auf ihren Tiefpunkt. Jeden Morgen das Gleiche. Und obwohl er es sich schon so oft verboten hatte – die Hoffnung, dieses kleine zähe Ding, war einfach nicht totzukriegen. »Wahrscheinlich. Warum?«

»Nur so. Immerhin ist Sonntag, und der Doktor hätte auch mal einen freien Tag verdient.« Sie warf ihm einen kurzen, forschenden Blick zu. »Ich setze Sie jetzt in den Rollstuhl. Ein bisschen Mitarbeit wäre dabei schön, Sie sind nicht gerade ein Leichtgewicht, Monsieur.«

»Pff. Wenn ich zur Mitarbeit in der Lage wäre, würde ich Sie wohl kaum brauchen.«

»Trotzdem kein Grund, sich einfach in meinen Armen hängen zu lassen wie ein nasser Sack. Sie haben ja keinen kompletten Querschnitt, sondern …«

»Muss ich mich also auch noch bei Ihnen entschuldigen, weil nur meine rechte Seite lahmgelegt wurde?«

Wieder verdrehte Lisabelle die Augen. »Nein. Sie müssen aber auch nicht so tun, als wäre der Schlaganfall meine Schuld.«

Sie schob ihn ins Bad und machte ihm die Zahnbürste fertig. Harri versank in düsteres Schweigen. Lisabelle hatte natürlich recht. Sie traf keine Schuld an seiner Misere. Wenn jemand schuldig war, dann höchstens er selbst – falsche Ernährung, unstete Lebensführung, Alkohol, manchmal bis zum Umfallen, Nikotin … Mael hatte ihm einiges über die möglichen Gründe für einen Schlaganfall erzählt. Manches davon hatte er gar nicht gern gehört, weil er sein Leben lang jeden ärztlichen Ratschlag beiseitegewischt hatte. Und trotzdem …

Schließlich saß er gewaschen, gekämmt und angezogen am Skizzentisch. Vor ihm stand ein Henkelbecher mit Kaffee – aus der Maschine, was er eigentlich verabscheute, aber wenigstens schwarz und ohne Zucker. Auf dem Teller lagen zwei Scheiben mit Marmelade bestrichene Brioche. Die Butter war kalt gewesen, und das weiche Gebäck war beim Bestreichen zerrissen. Und damit war Lisabelles Aufgabe für den Morgen erledigt.

»Bis morgen«, rief sie über die Schulter in das Atelier, ohne ihn direkt anzusprechen oder anzusehen, und nahm ihre Jacke von der Stuhllehne. Und schon war sie weg.

»Dann beginnen wir mal einen weiteren sinnlosen Tag«, sagte Harri zu Fiete und tätschelte den Kopf des großen Hundes. In seinem Magen schien ein Stein zu liegen. »Mal sehen, wie viele noch folgen werden.«

Nach dem Frühstück, bei dem er die Brioche in kleinen Stücken vom Teller pflücken musste, blieb er am Skizzentisch sitzen, schob lediglich das Geschirr zur Seite und zog das Glas mit der Zeichenkohle und einen Stapel Papier näher zu sich heran.

Die Idee, die ihm kurz nach dem Aufwachen in den Kopf gekommen war, war immer noch undeutlich und wurde wieder und wieder von Luises Gesicht und der Skulptur oben in seinem Schlafzimmer überlagert. Wenn er gekonnt hätte, wäre er jetzt in den Garten hinausgegangen und hätte ein Beet umgegraben. Doch so konnte er lediglich hier sitzen und entweder verrückt werden oder versuchen, dem Werk auf andere Art auf die Sprünge zu helfen.

Harri umfasste sein rechtes Handgelenk mit der linken Hand und hob den Arm auf den Tisch, legte ihn auf dem Papier ab wie einen Briefbeschwerer. Zu mehr als Ballast taugt er auch nicht mehr, dachte er. Dann fischte er ein Stück Zeichenkohle aus dem Glas, drehte es zwischen Daumen, Zeige- und Mittelfinger der linken Hand, versuchte ein Gefühl für das Material zu bekommen. Es war seltsam. Und es fühlte sich fremd an, ungewohnt, falsch.

Seine Hand zitterte, als er die Kohle auf dem Papier aufsetzte, die erste Linie zeichnete. In Gedanken sah er sich einfach draufloszeichnen – mit kurzen, kraftvollen Strichen zuerst Luise porträtieren, danach Simone und Charlotte. Er hatte das Gefühl, dass das Werk, das gerade in ihm entstand, mit ihnen eng verknüpft war. Doch das, was seine linke Hand zustande brachte, hatte nicht mehr Ähnlichkeit mit den drei Frauen als ein Elefant mit einem Reh.

Er wischte die Striche weg, verwischte, korrigierte, knüllte schließlich das Papier zusammen, warf es achtlos in den Raum und begann von Neuem. Und wieder. Und wieder. Es wurde nicht besser.

Schließlich brüllte er auf vor Wut und Frustration, schleuderte die Zeichenkohle von sich und stieß sich vom Skizzentisch ab. Die Kohle zerbarst an der Wand in kleine Stücke, der Rollstuhl balancierte einen Moment auf den hinteren Rädern und drohte nach rückwärts umzukippen. Einen Augenblick lang war es ihm egal. Er wollte sterben, besser jetzt als morgen. Er sah sich umstürzen, seinen Kopf auf den Boden aufschlagen, das Blut, das sich um ihn ausbreitete wie ein zorniger Heiligenschein, und dann …

Ein Gedanke schoss ihm durch den Kopf. Wenn er sich bei

dem Sturz nun nicht den Schädel zertrümmerte, sondern nur die obersten Halswirbel brach? Dann hätte er nicht einmal mehr das Privileg einer einigermaßen funktionierenden linken Körperhälfte. Dann wäre er vom Kinn abwärts vollständig gelähmt, ein Pflegefall rund um die Uhr, ständig angewiesen auf andere. Solange es eben noch dauern mochte. Und bei meinem Glück …

Diese Vorstellung weckte seine Lebensgeister. Hastig riss er den linken Arm nach vorne und klammerte sich an der Tischkante fest. Der Rollstuhl stabilisierte sich, neigte sich langsam ebenfalls nach vorne und ruhte schließlich wieder auf vier Rädern.

Einen Moment saß er am Tisch, die Augen geschlossen. Schweiß lief ihm die Schläfe hinunter. Als sein Atem wieder ruhiger war und er die Augen öffnete, fiel sein Blick auf die Skizze, die er angefertigt hatte. Erneut spürte er, wie es ihm über das Gesicht lief. Doch diesmal waren es Tränen.

Die Zeichnung war kaum mehr als eine Krakelei. Aus ihm war ein Stümper geworden, ein Pfuscher, ein grober Klotz. Jeder in La Plage, selbst ein unbegabtes Kind, hätte es besser gekonnt. Und …

Charlotte!

Eine Weile saß er still da, hing dem Gedanken nach, der kurz in seinem Gehirn Gestalt angenommen hatte. Dann ließ er den Rollstuhl zurückfahren und an das andere Ende des Tisches rollen. Dort lag die Zeichnung, die Charlotte vor wenigen Tagen angefertigt hatte – der Dolmen, auf dem kleine Fabelwesen ausgelassen feierten. Er hob das Bild hoch und betrachtete gründlich die sichere Strichführung. Hier und da war eine Linie am falschen Platz oder die Perspektive etwas verschoben, ja, aber das Kind war eben noch ein Kind. Charlotte war zwölf, Herrgott! Wenn sie jetzt keine Fehler mehr machte, wäre das nichts anderes als ein verdammtes Wunder. Doch mit der richtigen Anleitung würde sie in einigen Jahren Großes vollbringen. Vielleicht würde sie … Vielleicht konnte sie sogar …

Harri fand das Telefon nicht sofort. Das war die Krux an den kabellosen Dingern – sie konnten verschwinden und taten das mit Begeisterung vor allem dann, wenn man sie dringend brauchte. Einmal mehr wusste er, weshalb er sich so lange gegen diese neue Technik gesträubt hatte. Sein altes Telefon aus Bakelit mit der Kordel aus schwarz-weißem Garn hatte seinen festen Platz gehabt. Er hätte es aus dem Stecker ziehen müssen, um seinen Standort zu verändern. Das neue Telefon aber konnte überall sein. Er konnte damit durch das Atelier laufen – oder mittlerweile fahren – und es irgendwo in einem Regal, auf einem Stuhl, einem Stapel Papier, im Garten oder zwischen den Kissen liegen lassen. Und es war so klein, dass es schnell zwischen den anderen Dingen verschwand. Wie heute. Es war zum Verrücktwerden.

Er wollte schon wieder seine Frustration in die Stille des Ateliers hineinbrüllen, als er das kleine schwarze Gerät endlich doch entdeckte. Es lag im Regal zwischen dem Kanister mit Verdünner und der Grundierung. Harri nahm es in die Hand und drückte auf die Schnellwahltaste.

Dass es am anderen Ende läutete, konnte er deutlich hören. Ungeduldig zählte er mit: eins, zwei, dr… Mitten im Tuten brach das Freizeichen ab. Gepolter drang durch den Hörer, gefolgt von einem Fluch, dessen Übersetzung unnötig war.

»Ja?« Die Stimme klang, als hätte der Mann am anderen Ende der Leitung mit Sand gegurgelt.

»Mael, ich brauche deine Hilfe. Das ist ein Notfall.«

»Harri? Was ist passiert?« Mit einem Schlag klang Mael hellwach. »Hast du Kopfschmerzen? Haben die Lähmungserscheinungen wieder zugenommen?« Harri hörte wieder etwas poltern. »Ich bin in fünf Minuten bei dir. Einen Augenblick …«

»Halt, langsam. Du musst nicht herkommen. Ich brauche nur die Telefonnummer meiner Enkelin. Oder noch besser, du rufst sie für mich an. Du hast einen besseren Draht zu ihr.«

Stille.

»Was?«

»Ich möchte, dass du meine Enkelin anrufst und ihr sagst, dass sie mit Charlotte herkommen soll.«

Mael stöhnte. »Das kann doch nicht wahr sein!«

»Tust du mir den Gefallen?«

»Harri! Weißt du, wie spät es ist?«

»Ja, gleich ist es acht.«

»Es ist Sonntag!«

»Was du nicht sagst. Ich hatte zwar einen Schlaganfall, bin aber nicht verblödet!«

»Es gibt Menschen, die möchten an einem Sonntagmorgen etwas länger schlafen.«

»Na und? Ich bin schon seit halb fünf wach.« Am anderen Ende stöhnte Mael wieder auf. »Was ist, rufst du sie nun an?«

»Sod!«

Mit dem bretonischen Wort für Idiot brach das Gespräch ab. Harri drückte erneut die Schnellwahltaste. Es klingelte dreimal, viermal, fünf…

»Hör zu, solange dein sturer Schädel nicht vor dir auf deinen verdammten Knien liegt, ist es kein Notfall, verstanden?« Offenbar war Mael wütend. »Und jetzt lass mich schlafen. Es ist Sonntag, ich bin nicht im Dienst!«

»Du kannst gleich wieder ins Bett gehen und meinetwegen schlafen, bis der Mond aufgeht, wenn du vorher meine Enkelin anrufst.«

»Sag mal, hast du sie noch alle? Die Frau hat Urlaub und …«

»Ich brauche sie, Mael. Oder besser gesagt, ich brauche die Lütte.«

»Aha. Und du meinst, das macht deinen Überfall in irgendeiner Hinsicht besser? Du bist verrückt, Harri. Ein verrückter, egoistischer …«

»Künstler, Mael. Ich bin Künstler.«

Mael schnaubte. »Ich gebe dir noch eine Chance. Entweder du gibst mir einen guten Grund, weshalb ich deine Enkelin um diese Zeit aus dem Bett klingeln soll, oder ich lege auf und schalte mein Smartphone auf stumm. Dann kannst du von mir aus anrufen, bis du Geschwüre an den Fingern hast.«

Harri knirschte mit den Zähnen. Wieso begriff Mael nicht, wie dringend sein Anliegen war?

»Hör mal, es geht um eine Skulptur. Die ist in meinem Kopf und will raus. Und dank dieses Schlaganfalls kann ich nicht einmal die verdammten Skizzen anfertigen! Ich muss …«

»Und dazu brauchst du die Kleine. Um acht Uhr früh an einem Sonntagmorgen.« Maels Stimme troff nur so von Spott und Unverständnis. »Das kann nicht bis mittags warten?«

»Du verstehst das nicht.«

»Richtig, das fällt mir in der Tat schwer.«

»Mael, ich muss an dieser Skulptur arbeiten! Sie ist wichtig! Mir platzt sonst der Schädel!«

Am anderen Ende atmete sein Freund geräuschvoll ein.

»Also gut …«

»Ja!« Harri hätte am liebsten seine Rechte zur triumphierenden Faust geballt, aber es passierte nichts. Natürlich nicht. Sie lag gefühllos und schlaff auf seinem Oberschenkel, den er ebenfalls nicht spürte. Und hätte er sie zur Faust ballen können, würde er hier jetzt nicht am Telefon sitzen und Mael auf Knien anflehen, ihm diesen Gefallen zu tun. »Ich wusste es. Ich wusste, ich kann mich …«

»Halt, warte.« Harri verstummte. »Ich schlafe jetzt noch etwa zwei Stunden. Dann rufe ich Simone an und frage sie, ob sie und Charlotte Zeit und Lust haben, dich zu besuchen.«

Harri legte den Kopf in den Nacken und schloss die Augen.

»Mael, du verstehst nicht. Ich …«

»Irrtum, Harri, du bist es, der nicht versteht. Wir machen es so oder gar nicht. Kapiert?«

»Du nutzt meine Hilflosigkeit aus.«

»Nein, du nutzt sie selbst aus und tyrannisierst damit deine Umgebung. Es mag Menschen geben, mit denen du das machen kannst, aber ich will verdammt sein, wenn ich zulasse, dass du auf meiner Nase herumtanzt. Also wollen wir es so machen oder nicht? Es ist deine Entscheidung.«

Das Gehäuse des Telefons ächzte unter dem Druck seiner Faust, doch es gelang Harri tatsächlich, nicht loszubrüllen. Mit Mael zu streiten war sinnlos, vor allem, wenn man etwas von ihm wollte. Der Bretone konnte stur sein. Mindestens ebenso gut wie er selbst.

»Es bleibt mir wohl nichts anderes übrig«, stieß er hervor.

»Siehst du, jetzt wirst du vernünftig. Ich lege mich also noch einmal hin, und nach dem Frühstück rufe ich Simone an.«

»Wann wird das sein?«

»Weiß ich nicht, je nachdem, wann ich ausgeschlafen habe und aufstehe.«

»Kannst du nicht wenigstens …«

Doch Mael hatte das Gespräch bereits beendet. Und Harri musste sich sehr zusammennehmen, um das Telefon nicht wie vorher die Zeichenkohle gegen die Wand zu schleudern.

Warten – das fiel ihm schon unter normalen Umständen schwer. Allein darauf zu warten, dass der Kaffee endlich durch den Filter gelaufen war, konnte ihn an den Rand seiner Geduld bringen. Richtig schlimm aber war es, wenn eine Idee, ein Kunstwerk in ihm heranwuchs und nach außen wollte. Dann musste er an den Skizzenblock, die Staffelei oder an das Material. Sofort. Egal, wie spät es war oder wo er sich gerade aufhielt. Er hatte schon Vernissagen deswegen gesprengt und Gastgeber vergrault, weil er mitten beim Galadiner plötzlich aufgestanden und gegangen war. Aber sie wussten alle nicht, wie das war, wenn eine vage Idee zu einem Werk heranreifte, wenn sie wuchs und schließlich so groß wurde, dass sie den Schädel schier zu sprengen drohte. Wenn man nichts anderes mehr sehen konnte als die Farben und Formen des Werks, das da gerade im Entstehen war. Wenn Stimmen und Geräusche zu einem nervtötenden, gleichmäßigen Rauschen verschwammen, man den Gesprächen nicht mehr folgen konnte oder Gesichter nicht mehr erkannte. Wenn Hände und Arme wie verrückt zu kribbeln begannen, weil sie sich nach Kohle, Pinsel oder Beitel sehnten. Und alles und jeder, der sich zwischen ihn und das neue Werk stellte, zum Feind wurde – die eigenen Bedürfnisse wie Essen und Schlafen eingeschlossen.

Niemand konnte nachvollziehen, dass man in einer solchen Situation einfach aufstand, Konzert, Vernissage oder Party verließ und nach Hause ging. Dass man sich nicht einmal mehr von seinem Gastgeber verabschiedete, geschweige denn irgendwelche Erklärungen abgab. Und dass man dann zu Hause im Atelier nichts und niemanden um sich herum ertragen konnte, dass man die Zeit allein mit seinem Werk verbringen wollte – nein, verbringen *musste*. Weil jede Form der Ablenkung, jede Störung das ätherisch dünne Band zwischen Vision und Künstler zu zerreißen und damit das Werk unwiderbringlich zu vernichten drohte, bevor es überhaupt die Chance bekam, stark genug zu werden, um für sich allein bestehen zu können.

Niemand wusste davon. Abgesehen von anderen Künstlern.

Harri ließ den Rollstuhl durch sein Atelier fahren – vom Skizzentisch zur Wand mit den Leinwänden, von der Wand zur

Terrassentür, von der Terrassentür zum Bett, vom Bett zur Küchenzeile und von dort wieder zum Skizzentisch. Immer und immer wieder. Sein Kopf drohte zu zerbersten. Fiete und Hein zogen sich in die Ecke auf ihre Decken zurück, hatten die Schnauzen auf ihre Pfoten gelegt und sahen mit stoischer Ruhe zu, wie er im Atelier seine Kreise zog wie ein hungriger Hai. Sie wussten, dass er in diesen Phasen ihren Trost nicht brauchte und auch nicht mit ihnen spielen wollte. Sie waren schon lange genug bei ihm.

Und das Telefon blieb stumm. Das war Folter!

Schließlich gab Harri die Herumfahrerei durch sein Atelier auf und blieb vor der Terrassentür stehen. Er starrte hinaus, ohne wirklich etwas zu sehen. Sein Hirn war ausgefüllt. Ausgefüllt von den Bildern einer Skulptur, die geformt werden wollte. Er rieb sich die schmerzende Stirn. Der Druck in ihm wurde allmählich so stark, dass seine funktionsfähige Körperhälfte zu zittern begann. Er ballte die Faust, legte den Kopf in den Nacken und brüllte die Deckenbalken an.

»Warum?«, schrie er und schüttelte die Faust dem unnahbaren Universum entgegen.

Natürlich antwortete ihm niemand, und er würde auch nie eine Antwort erhalten. Der Himmel hüllte sich in Schweigen, wie er es immer tat, wenn es unbequem wurde und etwas unerklärlich war. Genau wie damals, als Jost hier vor der bretonischen Küste jämmerlich ersoffen war.

Der Entwurf, die Skulptur drängte nach außen, und er konnte nichts anderes tun als warten. Ein Künstler sollte niemals von seiner Kunst getrennt werden.

Er dachte an Luise. Warum sie ihm ausgerechnet in diesem Moment einfiel, war ihm schleierhaft. Aber plötzlich sah er ihr Gesicht vor sich, so, wie er es von früher in Erinnerung hatte. Die Diskussionen fielen ihm ein, die er mit ihr über seine Entscheidung, nach Paris zu gehen, geführt hatte. Er dachte auch an ihre Eltern und den indiskutablen Vorschlag, im Geschäft zu arbeiten und Teil der Allianz des Schweigens zu werden.

Stattdessen war er geflohen, hatte das Schweigen gebrochen und die Wahrheit, wie er sie verstand, in die Welt gebrüllt.

Doch vielleicht hatte er nicht alles richtig verstanden. Vielleicht gab es sie doch noch – Verständnis, Hoffnung, Versöhnung.

Und es war nur noch wenig Zeit. So wenig …

TEIL 5
Komposition

20

Simone lag auf der Terrasse im Liegestuhl und las. Auf der anderen Seite der Hecke hörte sie die Stimmen und das Lachen der Kinder. Heute, an einem Sonntag und noch dazu mit Ferienbeginn, waren neben Englisch, Deutsch und Holländisch auch französische Satzfetzen zu hören. Am Strand wurde sich gesonnt, es wurden Sandburgen gebuddelt, gebadet und gesurft. Charlotte war mit Camille beim Schwimmen und Surfen, und Simone hätte Wetten abgeschlossen, dass die beiden Jungen – Oliver und Dylan aus Manchester – mit von der Partie waren.

Jenseits der Wildrosenhecke schien das Leben zu toben. Doch Simone war froh, dass es eben nicht auf ihrer Seite war. Sie genoss die Beschaulichkeit ihres kleinen Grundstücks. Die Bälle, die gelegentlich in ihr Sichtfeld flogen, das Kreischen und Lachen, das zu ihr drang, waren ausreichend Kontakt zur Außenwelt. Und als ihr Smartphone läutete, überlegte sie einen Moment lang, ob sie überhaupt rangehen sollte. Dann erkannte sie die Nummer von Mael LeGoff auf dem Display. Angenehme Wärme durchflutete sie. Und ehe sie noch richtig darüber nachgedacht hatte, hatte sie das Gespräch auch schon angenommen.

»Bonjour, Simone. Es tut mir leid, dass ich dich störe …« Seine Stimme klang rau, fast ein bisschen verschlafen, als wäre er noch nicht lange wach. Dabei war es knapp vor zwölf Uhr.

»Was gibt es denn?« Ihr Herzschlag beschleunigte sich. Sie dachte an den Kuss, an den Abschied gestern, an das Gedankenkarussell, das danach bei ihr eingesetzt hatte. Jetzt, mit dem

Klang seiner warmen, etwas rauen Stimme im Ohr, waren alle Zweifel wie weggewischt. Heute glaubte sie ihm. »Was kann ich …«

»Es geht um Harri.«

Die Angst um ihren Großvater überflutete sie so schnell, dass sie ihre Enttäuschung kaum registrierte. Ihr wurde kalt.

»Ist etwas mit … mit Harri?«

»Nicht wirklich. Gesundheitlich geht es ihm jedenfalls gut, da besteht derzeit kein Grund zur Sorge. Aber …«

Sie hörte ein Geräusch, das wie das Kratzen von Sandpapier auf Holz klang. Er hat sich noch nicht rasiert, dachte sie.

»Mael? Bist du noch dran?«

»Ja. Ich muss nur überlegen, wie ich das jetzt formuliere, ohne dass es allzu durchgeknallt klingt. Es ist nämlich so …« Er holte tief Luft. »Harri hat die Idee, die *Inspiration* für eine neue Skulptur. Ich kenne das bei ihm, wir sind ja schon lange befreundet. Wenn er so eine Vision hat, steht er normalerweise ohne jede Vorwarnung auf und schließt sich in seinem Atelier ein – manchmal für ein paar Tage, das kann aber auch Wochen bis hin zu Monaten dauern. Und wenn er dann wieder hervorkommt, ist das neue Werk fertig. Nur leider …«

»Leider ist es ihm nicht möglich, aufzustehen und sich in seinem Atelier einzuschließen«, vollendete Simone den Satz. »Wegen des Schlaganfalls.«

»Richtig. Tatsächlich kann er nicht einmal mehr eine Skizze anfertigen, weil er mit links zeichnen müsste. Um ehrlich zu sein, ich würde im Karree springen vor Freude und Stolz, wenn ich so zeichnen könnte wie Harri mit links. Aber ihm reicht die Qualität nicht aus – was ich auch irgendwie nachvollziehen kann. Auf Dauer könnte er sich natürlich antrainieren, mit links zu zeichnen. Doch die Geduld bringt er nicht auf. Verständlicherweise, er ist immerhin über neunzig.«

Die Worte *so viel Zeit hat er nicht mehr* schwebten unausgesprochen in der Luft.

»Das verstehe ich«, sagte Simone. »Aber was hat das mit mir zu tun?«

»Nicht direkt mit dir. Harri möchte, dass ihr beide, du und Charlotte, ihn besucht. Am besten jetzt gleich. Wenn ich es richtig verstanden habe, hofft er, dass Charlotte ihm hilft, die Skizzen anzufertigen und diese Skulptur zu formen.« Er machte eine Pause. »Er hält deine Tochter für überaus begabt.«

Simone klopfte das Herz bis zum Hals. Ihre Gefühle lagen im Widerstreit. Da waren der Ärger über die Unverschämtheit, mit der dieser ihnen bis vor ein paar Tagen unbekannte und fremde Mann über ihre Zeit verfügte, die Enttäuschung darüber, dass es ihm nicht um sie als Personen, sondern lediglich um Charlottes Fähigkeiten ging, und Freude und Stolz, dass jemand wie Harri Behncke Charlottes Talent erkannt hatte und würdigte. Dann dachte sie aber auch daran, dass er es war, der ihr Weltbild gerade vor zwei Tagen vollständig demontiert hatte. Köpfe nicht den Überbringer der Botschaft.

»Und warum ruft er mich nicht selbst an?«

»Ich nehme an, dass er insgeheim hofft, ich würde dich überreden – alter, kranker Mann, einsam, hilflos, mit einem Fuß im Grab …« Mael lachte. »Aber ich werde einen Teufel tun.«

»Danke. Das ist wirklich frech von ihm, so etwas von uns zu fordern.« Sie wartete auf Widerspruch von Mael, auf ein beschwichtigendes: Nein, nein, er wollte euch nur darum bitten. Doch es kam nicht. Und sie war nicht einmal wirklich überrascht oder enttäuscht. »Wir sind doch kein Lieferservice. Außerdem ist Charlotte nicht hier, sie ist mit anderen Kindern am Strand. Und ich werde ihr auf gar keinen Fall den Spaß verderben und sie jetzt von ihren Freunden wegreißen.«

»Willst du ihm das selber sagen, Simone?«

»Das wäre wohl das Beste. Kannst du mir bitte Harris Telefonnummer geben?« Sie notierte auf der Rückseite einer Lebensmittelquittung die Zahlen, die Mael ihr nannte. Er klang jetzt erleichtert. Wahrscheinlich war er froh, dass er die Nachricht nicht selbst überbringen musste. »Am besten rufe ich ihn gleich an.«

»Ja, bringe es hinter dich. Und ein Rat …«

»Ja?«

»Wenn er brüllt und tobt – lass es nicht an dich ran. Er ist egozentrisch und lebt fast ausschließlich für seine Arbeit. Das macht ihn zu dem Künstler, den die Welt bewundert. Leider aber auch gelegentlich zu einem Arschloch.«

Simone musste lachen. »Ich versuche, den Rat zu beherzigen. Aber wenn er so schlimm ist, warum bist du dann mit ihm befreundet?«

»Weil er auch eine andere Seite hat, humorvoll, offen, großzügig und ehrlich. Das sind Eigenschaften, die ich schätze.«

Was dich wiederum sympathisch macht.

»Au revoir.«

Mael beendete das Gespräch, und Simone wählte sofort Harris Nummer. Der alte Mann musste das Telefon direkt in der Hand gehalten haben, denn noch vor dem zweiten Klingeln nahm er das Gespräch bereits entgegen.

»Ja?«

»Hallo, Harri, hier ist Simone.«

»Oh! Hat Mael …«

»Ja, Mael hat mich eben angerufen. Und …«

»Und? Kommt ihr? Jetzt gleich?«

»Nein, wir kommen nicht. Charlotte ist mit ihren Freunden am Strand. Wir sind keine Zirkusmäuse, die auf Fingerschnippen durch Reifen springen. Wir haben ein Leben, Harri. Du hast es bisher prächtig verstanden, dich da rauszuhalten. Und ich werde jetzt nicht damit beginnen, auf dich Rücksicht zu nehmen, nur weil dich gerade eine Laune überfällt.« Sie hörte ihn am Hörer schlucken.

»Es ist aber wichtig«, sagte er leise.

»Das mag sein. Charlotte sind ihre Freunde ebenfalls wichtig. Sie ist zwölf, Harri. Sie ist ein Kind, das Freunde hat, das seine Ferien genießen möchte.«

»Na schön. Ich habe es wohl nicht besser verdient.« Es klang so bitter und zerknirscht, dass Simone beinahe weich wurde. Aber nur beinahe. »Kannst du sie wenigstens fragen, wenn sie wieder da ist?«

»Ich weiß doch nicht einmal, wonach ich sie fragen soll, Harri!«

»Ob sie mir bei der Arbeit an einer Skulptur helfen würde – von Beginn an, Skizzen, Vorarbeiten und schließlich die Ausführung an der Drehscheibe. Ich ...« Sie konnte förmlich den Blick sehen, mit dem er seine unbrauchbare rechte Hand anstarrte, voller Abscheu und Verbitterung. »Ich bin nicht in der Lage, es allein zu schaffen.« Eine Pause. »Wenn du das tust, bekommst du das Interview, auf das du so scharf bist.«

Simone schnappte nach Luft. »Das ist Erpressung!«

»Nenn es, wie du willst.« Seine Stimme klang schroff. »Was ist, kommt ihr oder nicht?«

»Wenn Charlotte zurück ist, frage ich sie. Aber versprechen kann ich nichts. Es ist ihre Entscheidung.«

»Und was ist mit dem Interview?«

»Ich weiß es nicht.« Sie straffte die Schultern und hob ihr Kinn. Obwohl er das durch das Telefon natürlich nicht sehen konnte, fühlte sie sich gleich besser – stärker, selbstbewusster. »Ich melde mich.« Und damit legte sie auf.

Kurz nach zwei Uhr kam Charlotte durch die kleine Pforte gerannt – braun gebrannt, mit nassen Haaren und dem kleinen Übungssurfbrett unter dem Arm, das Camille ihr geliehen hatte.

»Wann gibt es Essen?«

Simone lachte. »So ein Hunger?«

Charlotte nickte und ließ sich auf einen der Gartenstühle fallen. »Und wie. Was gibt es denn?«

»Da ich nicht wusste, wann du zu Hause bist, habe ich noch nichts vorbereitet.« Sie stand auf. »Ich schlage vor, wir essen jetzt Baguette und Oliven und grillen dann heute Abend.«

»Einverstanden.« Auch Charlotte erhob sich. »Ich helfe dir.«

»Oh! Wie komme ich zu der Ehre?«

»Es geht dann schneller.«

Als sie wenige Minuten später am Tisch saßen und Charlotte hastig die ersten drei Scheiben Baguette verspeist hatte, erzählte Simone ihr von Harris Bitte.

»Wow. Das ist ja … Wirklich? Hat er das wirklich gesagt? Dass ich ihm bei einer Skulptur helfen soll?«

»Ja, das hat er gesagt. Hast du denn Lust dazu?«

»Klar!« Charlotte strahlte. Dann wurde sie ernst, runzelte die Stirn und begann mit beiden Händen den Zipfel der Tischdecke aufzurollen, der auf ihrer Seite über den Tisch lappte. »Aber …« Sie kaute auf ihrer Unterlippe.

»Aber was? Wolltest du dich heute noch mit deinen Freunden treffen?« Simone legte ihr eine Hand auf den Arm. »Hör mal, Charlotte, du musst das nicht tun. Harri hat nicht das Recht, dir deine Ferien zu verderben. Wenn du lieber am Strand bist, ist das völlig in Ordnung. Ich werde mit ihm sprechen und …«

»Nein! Darum geht es nicht. Außerdem haben Camille und die anderen heute Nachmittag keine Zeit. Camille fährt jeden Sonntag zu ihrer Oma nach Quimper. Und Oliver und Dylan machen einen Ausflug. Und Lust hätte ich schon. Ich meine … Er ist Harri Behncke! Und er möchte mit mir zusammen eine Skulptur machen. Das ist … Wow!«

»Aber dich bedrückt doch etwas?«

»Nun ja.« Charlotte senkte den Kopf. »Was ist, wenn ich das gar nicht kann, was er von mir will?«

»Ich glaube, er hätte dich nicht gefragt, wenn er nicht davon ausgehen würde.«

»Aber wenn er sich nun täuscht?«

Selbstzweifel – gelegentlich halfen sie dabei, den Boden unter den Füßen nicht zu verlieren und sich in Phasen des Erfolgs für unbesiegbar zu halten. Doch meistens waren sie vor allem quälend. Charlotte litt unter ihnen ebenso wie sie selbst, auch wenn sie, Simone, im Laufe der Jahre gelernt hatte, sie nicht mehr offen zu zeigen.

»Du musst das nicht tun. Es ist dein gutes Recht, Nein zu sagen.«

Charlotte schwieg, kaute auf ihrer Unterlippe und rollte die Tischdecke wieder auf.

»Doch, ich möchte es«, sagte sie schließlich. »Ich möchte ihm helfen. Aber … ich habe auch Angst davor, weißt du? Ich meine, da ist er, Harri Behncke! Und da bin ich, eine Schülerin.«

»Es ist völlig in Ordnung, dass dir diese Vorstellung Angst macht. Und es wäre auch völlig in Ordnung, wenn du ablehnst. Ich kann ihn anrufen und ihm das sagen.«

»Nein.« Charlotte schüttelte entschieden den Kopf. »Ich möchte ihm helfen. Aber … vielleicht kannst du ihm sagen, dass ich es versuche? Dass er aber nicht zu viel erwarten soll, weil …«

»In Ordnung, ich sage es ihm.« Simone griff zum Telefon. »Oder möchtest du selbst mit ihm sprechen?«

»Nein, Mama. Kannst du bitte …«

»Natürlich.« Simone gab ihrer Tochter einen Kuss auf die Stirn. Es war erstaunlich, wie erwachsen Charlotte in manchen Dingen bereits war – und dann war sie wieder ein Kind, gerade eben zwölf Jahre alt.

Heute fuhr Harri ihnen in seinem Rollstuhl entgegen, kaum dass sie die Tür des Hauses geöffnet hatten. Besorgt bemerkte Simone sein blasses Gesicht. Die Wangen waren eingefallen, und dunkle Ränder umgaben seine Augen, die tiefer als sonst in ihren Höhlen zu ruhen schienen und einen eigenartigen, fast fiebrigen Glanz hatten. Doch er winkte ihnen zu, und zum ersten Mal hatte sie den Eindruck, dass er sich wirklich darüber freute, sie zu sehen. Er drückte Simones Hand mit der Linken, dann wandte er sich an Charlotte.

»Komm mit, mien Deern. Ich muss dir erklären, worum es geht.«

Charlotte warf Simone einen unsicheren Blick zu, dann folgte sie aber Harri in das Atelier zum Skizzentisch. Sie setzte sich, und Harri rangierte seinen Rollstuhl so dicht neben sie, dass er ihr über die Schulter schauen konnte, während sie sich leise unterhielten.

Und ich?, dachte Simone in einem Anflug von Bitterkeit und stellte sich an die Küchenzeile, um Kaffee zu kochen, während in ihrem Rücken gewispert wurde. Geflüstert über Dinge, denen sie trotz ihres Abschlusses in Kunstgeschichte nicht wirklich folgen konnte. Trotz ihres Wissens, das sie im Studium und im Laufe ihrer Arbeit bei *Kultur heute* erworben hatte, fehlte ihr der Zugang zur Inspiration und Denkweise der Künstler, über die sie schrieb. Sie besaß das Handwerkszeug zur Analyse der Werke, doch alles, was darüber hinausging, blieb ihr ein großes Rätsel, eine fremde, unbekannte Welt.

In diesem Raum, zusammen mit ihrem Großvater und ihrer Tochter, war sie allein.

Simone streckte ihre Glieder. Sie hatte ihr Buch gerade eben zu Ende gelesen. Der Kaffee war ausgetrunken, die Sonne fast auf der anderen Seite der Bucht angekommen. Und das Licht, das durch das in die Baldachinpfosten eingelegte Glas fiel, war nicht mehr grün und blau, sondern feurig rot, als wollte es zum Abend hin ein wärmendes Feuer imitieren. Sie saß seit drei oder vier Stunden hier. Von Harri und Charlotte hatte sie in der Zeit kaum mehr als ein paar unverständliche Satz- und Wortfetzen gehört. Und wenn sie ihren Hals reckte, hatte sie über die Lehne ihres Liegestuhls hinweg die beiden am Skizzentisch sitzen sehen – mit gebeugten Rücken, die Köpfe dicht nebeneinander. Manchmal hatte es den Anschein, als würde Harri Charlottes Hand führen, dann wieder schien es umgekehrt zu sein.

Die Frage, was die beiden da machten und was es schließlich werden sollte, verkniff sie sich. Als sie einmal in diesen mehr als drei Stunden auf die Toilette musste, hatte sie sich auf dem Rückweg an den Skizzentisch gestellt und zugesehen. Eine ganze Minute lang. Dann war sie vom Blick der beiden wieder auf die Terrasse getrieben worden. Sie hatte sich wie ein Hund gefühlt, der nicht ins Haus darf. Dabei hätte sie nicht sagen können, welcher Blick sie mehr verjagt hatte, der von Harri oder der von Charlotte.

Simone stand auf. Es musste schon nach sechs Uhr sein, vielleicht sogar später. Sie dachte an das Grillfleisch, das sie gekauft hatte und das heute noch verbraucht werden musste. Sie hatte Hunger. Und Charlotte … Energisch ging sie ins Haus zurück.

»Es tut mir sehr leid, euch zu unterbrechen«, sagte sie laut, »aber für heute muss Schluss sein. Es ist Zeit, dass wir nach Hause fahren.«

Keiner der beiden antwortete. Ihr fiel nur auf, dass Charlottes erster Blick Harri galt, als würde sie zuerst auf seine Erlaubnis warten, bevor sie die Zeichenkohle zur Seite legen konnte. In der Stille begann Simone für sich die Sekunden zu zählen. Sie kam bis dreiundvierzig. Dann endlich nickte Harri.

»Gut, für heute können wir Schluss machen. Du kannst gehen.«

Charlotte schob ihren Stuhl zurück.

»Soll ich morgen wiederkommen?«, fragte sie, und erneut war Simone unangenehm berührt, dass nicht sie es war, die Fragen stellen oder eine Entscheidung treffen konnte. Das wurde einzig und allein zwischen Charlotte und Harri entschieden.

»Ja.«

Charlotte stand auf und verschwand im Bad, um ihre kohlegeschwärzten Finger zu waschen.

»Ich hatte vor, morgen endlich mit Charlotte nach Carnac zu fahren. Und sie wollte die Prüfung für den Surfschein ablegen. Ich glaube, wir können nicht …«

»Unsinn. Du solltest deine Prioritäten richtig setzen. Philibert kann die Prüfung an jedem beliebigen Tag abnehmen. Und Carnac wird es noch in tausend Jahren geben. Dieses Werk hingegen …« Er atmete tief ein und starrte in die Ferne. Wieder fühlte Simone sich außen vor. Sie war seine Enkelin, aber sie war nicht Teil seiner Welt. Jedenfalls nicht so, wie Charlotte es zu sein schien. »Kunstwerke sind launisch, flüchtig. Wenn man ihnen nicht nachgeht und sie rechtzeitig auf Leinwand, in Holz, Stein oder Ton bannt, verschwinden sie, oft sogar für immer. Und Künstler … Künstler sind es auch. Flüchtig …«

Simone lief ein kalter Schauer über den Rücken. Doch bevor sie etwas entgegnen konnte, kam Charlotte aus dem Bad zurück.

»Ich habe Hunger, Mama«, sagte sie. Dann wandte sie sich an Harri. »Bis morgen.«

»Bis morgen.«

An diesem Abend hörte Simone nicht mehr viel von ihrer Tochter. Charlotte verschlang zwei Bratwürste und eine große Scheibe gegrillte Putenbrust, dazu Salat und Oliven und bestimmt ein halbes Baguette mit Butter. Aber sie war einsilbig, in sich gekehrt. Während Simone das Geschirr abräumte und abwusch, beobachtete sie, wie Charlotte sich an den Tisch setzte und auf einem Zettel mit Bleistift zu zeichnen begann. Doch im Gegensatz zu sonst zeigte sie ihre Zeichnung nicht bereitwillig, sondern verdeckte sie mit ihrem Arm. Dafür erkannte Simone in den Augen ihrer Tochter den gleichen fiebrigen Glanz, den sie bereits am Nachmittag bei Harri gesehen hatte. Offenbar war es ansteckend.

Und ich bin immun, dachte sie und war beinahe erschrocken, wie sehr dieser Gedanke ihr wehtat.

21

Ein Klopfen weckte Simone, dann wurde die Tür auch schon geöffnet.

Das Licht im Zimmer wirkte noch jung. Ein leichter Wind bauschte den Vorhang und trug die Stimmen einiger Möwen durch das geöffnete Fenster. Keine Menschen. Es musste noch sehr früh am Morgen sein. Trotzdem stand Charlotte bereits fertig angezogen im Schlafzimmer.

»Guten Morgen! Wieso bist du denn so früh wach?«

»Früh? Es ist schon hell, und das sogar schon eine ganze Weile! Kannst du bitte jetzt aufstehen?«

Simone schaltete ihr Handy an, warf einen Blick auf das Display und hielt es dann so, dass Charlotte es sehen konnte.

»Hast du die Uhrzeit gesehen? Es ist fünf vor sechs!«

»Na und?«

»Wir haben Ferien, Charlotte! Zu Hause muss ich dich immer …«

»Zu Hause ist zu Hause.« Charlotte trat von einem Bein auf das andere. »Kommst du jetzt bitte?«

»Bist du so aufgeregt wegen der Prüfung?«

Charlotte schüttelte den Kopf. »Ich mach die Prüfung heute nicht. Ich habe Camille schon eine Nachricht geschrieben. Das verschiebe ich auf morgen oder irgendwann in dieser Woche. Das läuft nicht weg.«

Simone runzelte die Stirn. Hatte sie nicht ähnliche Worte gestern schon einmal gehört?

»Und was hast du stattdessen vor, so früh am Morgen?«
»Zu Opa Harri fahren. Wir haben es versprochen.«
»Wir?«
»Ich decke schon mal den Tisch.«
Fluchtartig verließ Charlotte das Zimmer, und Simone schaute ihr verdutzt hinterher.

Auf der schmalen Zufahrt zu Harris versteckt gelegenem Grundstück kam ihnen ein Wagen entgegen. Simone fuhr das Auto an die Seite und wartete, bis der Zweisitzer mit dem Logo des örtlichen Pflegedienstes auf der Fahrertür an ihnen vorbeigefahren war. Im Rückspiegel beobachtete sie, wie das Auto in einer Wolke aus Staub verschwand. Es war gerade halb acht. Wären sie ein bisschen früher gewesen, hätten sie dabei zusehen dürfen, wie Harri aus dem Bett geholt und gewaschen wurde – Informationen und Bilder, die sie nicht unbedingt brauchte.

Sie warf Charlotte einen verstohlenen Blick zu. Diese saß auf dem Beifahrersitz und schaute geradeaus. Sie war still an diesem Morgen, doch sie kaute auf ihrer Unterlippe und knetete ihre Hände. Und ihre Augen hatten wieder – oder immer noch? – diesen eigentümlichen, fast fiebrigen Glanz. Was geht da vor? Was macht dieser alte Kerl mit ihr? Mit gemischten Gefühlen parkte Simone den Wagen vor Harris Gartenpforte.

Sie hatte den Zündschlüssel noch nicht abgezogen, als Charlotte bereits den Gartenweg entlang zur Haustür lief. Warum hat sie es so eilig? Setzt der Alte sie unter Druck? Hat sie etwa Angst vor ihm? Ich werde dich beobachten. Und wenn ich den Verdacht habe, dass …

Simone schulterte ihre Tasche und warf die Autotür zu. Es klang deutlich lauter, als nötig gewesen wäre. Aber vielleicht war der Alte dann vorgewarnt.

»Guten Morgen!«

Simones Gruß verhallte beinahe ungehört. Fiete und Hein liefen ihr schwanzwedelnd entgegen und winselten leise. Harri hob kurz die Hand, aber es sah eher aus, als wollte er damit sagen, dass sie still sein sollte. Charlotte schien sie gar nicht zu bemerken. Die beiden saßen und standen eng beieinander an dem großen Tisch und studierten eifrig die gestrigen Skizzen. Dabei flüsterten sie unablässig miteinander. Und da war ein Ernst auf ihren Gesichtern, der Simone einen Schauer über den Rücken jagte. Als ob die Existenz der Menschheit akut bedroht ist und sie die Einzigen sind, die wissen, wie man diese Bedrohung aufhalten kann.

Auf Zehenspitzen schlich sie zur Terrassentür und öffnete sie für die beiden Hunde, die sofort an ihr vorbei hinaus in den Garten stürmten, um irgendwo an einem Baum oder einem Busch ihr Geschäft zu erledigen.

»Alles klar?«, klang plötzlich Harris Stimme hinter ihr. Simone wandte sich um und sah, dass seine große, kräftige Hand auf Charlottes Schulter ruhte. »Wollen wir anfangen? Jetzt oder nie.«

Simone hörte den tiefen Atemzug ihrer Tochter. Er klang fast wie ein Seufzer.

»Ja. Jetzt oder nie.«

»Mach dir keinen Kopp, mien Deern. Das schaffen wir.« Er klopfte ihr auf die Schulter. Dann nickte er, als müsste er sich selbst bestätigen. »Das schaffen wir. Simone, hol mal den Ton aus dem Keller.«

»Keller?«

»Ja. Da hinten beim Bett, da ist eine Klappe im Boden. Links an der Wand ist eine Schnur, da kannst du dir Licht machen. Aber vorsichtig, die Treppe ist steil.«

»Ich soll in den Keller?«

Harri hob den Kopf und starrte sie an, als würde er sie zum ersten Mal in seinem Leben sehen.

»Ja. Ich kann in diesem Mistding wohl kaum die Stiege runter. Und der Ton ist zu schwer, als dass die Lütte ihn holen könnte.«

»Warum bewahrst du den Ton denn im Keller auf, Harri?«, fragte Charlotte. »Ist das nicht umständlich?«

»Umständlich? Sicher. Aber weißt du, hier im Haus oder im Schuppen ist es zu warm, besonders im Sommer. Der Ton würde austrocknen, und dann kann man damit nicht mehr arbeiten.«

»Verstehe.«

»Ich …« Simone schüttelte fassungslos den Kopf und schwieg. Es hätte ohnehin keinen Sinn, die beiden hörten ihr nicht zu. Sie ging in die Ecke, in der das Pflegebett hinter dem Wandschirm stand. Tatsächlich war dort eine Klappe im Boden. Sie hob sie an und schaute in das düstere Loch zu ihren Füßen. Die Treppe war so schmal und steil, dass man sie wohl besser als Leiter bezeichnet hätte. Vorsichtig tastete sie sich voran. Tatsächlich fand sie links die Schnur, von der Harri gesprochen hatte, und zog daran. Dann war sie auch schon unten.

Eine einzelne nackte Glühbirne baumelte von der Decke und leuchtete den kleinen, niedrigen, nach Erde, Mauern und Farben riechenden Raum aus. In den schlichten Regalen standen Kanister mit Verdünner und Terpentin, Dosen mit Farbpigmenten, unbenutzte Pinsel und Tuben mit Acrylfarben. Auf den untersten Brettern lagerten einige in Folie eingewickelte Rollen.

»Hast du den Ton gefunden?«

Das muss er sein, dachte Simone. »Ja.«

»Bring gleich zwei Rollen mit. Wir werden sie brauchen.«

Simone wuchtete die schweren Rollen auf ihren Arm. Als sie oben angekommen war und die Klappe schloss, warf Harri ihr einen kurzen Blick zu.

»Gut. Du kannst sie dort auf dem Tisch neben der Drehscheibe ablegen.«

»Und wie wäre es mit einem Danke?«

»Was? Ach so. Dann eben danke.«

Ich glaube nicht, dass ich das hier wirklich tue!, dachte Simone und trug die beiden Tonrollen zu dem schmalen wackeligen Tisch. Der Ton fühlte sich durch die Folie seltsam an, fast lebendig, als würde er nur darauf warten, dass etwas, das in seinem Inneren schlummerte, geweckt wurde. Und vielleicht war es auch tatsächlich so.

»Komm.« Harri winkte Charlotte, ihm zur Drehscheibe zu folgen. Simone wich den beiden aus und ging zur Küchenzeile, um Kaffee zu kochen. »Die Schwierigkeit bei Ton ist, dass man recht schnell arbeiten muss. Bei jedem anderen Material kann man sich beliebig viel Zeit lassen, egal, ob Tage oder Wochen, unter Umständen sogar Jahre. Man kann eine Skulptur ruhen lassen. Nicht aber bei Ton. Wenn du einmal angefangen hast, kannst du nur begrenzt deine Arbeit unterbrechen. Du musst ihn immer feucht halten, denn wenn das Material erst einmal trocken ist, ist es vorbei.«

»Aber ich habe noch nie mit Ton …« Charlottes Stimme klang so verzagt, dass es Simone die Kehle zuschnürte. Einen Moment lang kämpfte sie mit sich. Sollte sie Charlotte einfach bei der Hand nehmen und nach Hause fahren? Sie war zwölf! Sie sollte mit Freunden am Strand sein, schwimmen und Ball spielen und surfen. Es war bestimmt nicht ihre Aufgabe, die rechte Hand eines exzentrischen Künstlers zu sein. Doch Simone konnte nicht. Da war etwas im Raum, das größer und stärker war als sie. Es hielt sie zurück und ließ sie atemlos beobachten, was geschah. Selbst den Wasserkocher hatte sie in diesem Moment vergessen.

»Dass du noch nie mit Ton gearbeitet hast, macht gar nichts«, sagte Harri zu Charlotte. »Wir nehmen erst einen kleinen Klumpen zum Üben, damit du ein Gefühl für das Material und die Drehscheibe bekommst. Und außerdem, solange der Ton feucht ist, kann man immer wieder von vorne anfangen.« Er klopfte ihr beruhigend auf die Schulter. »So, und jetzt nimmst du ein kleines Stück von einer der Rollen da. Etwa faustgroß. Ja, genau so. Zuerst musst du die Luft aus dem Ton schlagen.«

»Warum?«

»Weil sich eingeschlossene Luftblasen beim Brennen anders verhalten und der Ton reißt. Leg das Stück jetzt so hin … Genau.« Eine Zeit lang hörte Simone, wie der schwere, feuchte Klumpen wieder und wieder auf die Drehscheibe klatschte. »Sehr gut. Als hättest du noch nie etwas anderes gemacht. Jetzt platzierst du den Ton genau auf dem Zentrum der Scheibe. Und …« Er hob wieder den Kopf und sah Simone an. »Machst du mal die Sicherung an? In dem Kasten da vorne an der Wand. Drehscheibe steht darüber.«

Simone war zu sehr gefangen in der Situation und der Atmosphäre, die in dem Atelier herrschte, um aufzubegehren. Gehorsam öffnete sie den Sicherungskasten und schaltete die Sicherung ein. Sofort gab es ein Brummen wie von einer Klimaanlage oder wie das Grundrauschen der Lautsprecher einer Hi-Fi-Anlage.

»Siehst du die Lampe dort? Der Strom ist jetzt an. Unter dem Stuhl ist ein Pedal. Damit steuerst du die Geschwindigkeit der Drehscheibe. Je mehr du drauftrittst, umso schneller dreht sie sich. Wenn du den Fuß wegnimmst, hört sie ganz auf.«

»Und wie schnell soll sie werden?«

»Taste dich heran. Du solltest zuerst ein Gefühl dafür bekommen, wie der Ton reagiert. Und nicht wundern, das Zeug entwickelt ein Eigenleben. Wenn du den Ton nicht gut festhältst, haut er dir ab und fliegt durch das Atelier.« Charlotte wurde blass. »Aber keine Sorge. Ich bin ja auch noch da. Fertig?«

Charlotte nickte, schien aber nicht wirklich überzeugt zu sein.

»Dann gib Gas!«

Das Brummen wurde stärker. Harri saß im Rollstuhl halb hinter Charlotte und hielt mit der linken Hand ihre rechte. Das

Mädchen starrte angespannt auf den braunen Klumpen, der sich in der Mitte der Scheibe drehte und dabei hin und her eierte.

»Schneller. Gib mehr Gas!«

Das Geräusch wurde höher. Und plötzlich sah Simone, wie zwischen den Händen ihrer Tochter etwas emporwuchs. Charlottes Gesicht entspannte sich, und schließlich fing sie an zu lachen. Es klang nach Erleichterung und purer Lebensfreude.

»Wie geil!«, rief sie aus, und Simone verzichtete ausnahmsweise auf eine Ermahnung. »Guck mal, Mama!«

Und Simone konnte sehen, wie der Ton zunehmend Gestalt annahm, bis er die Form einer schlanken Vase hatte.

»Und jetzt … Schluss!«

Das Brummen hörte auf. Mit zusammengekniffenen Augen betrachtete Charlotte ihr Werk.

»Das macht Spaß«, sagte sie. »Was denkst du, Harri, werden wir es hinkriegen?«

»Ja, davon bin ich überzeugt. Lass uns anfangen.«

Charlotte hielt und führte Harris rechte Hand, er hielt ihre linke. Das Brummen der Drehscheibe wurde wieder lauter. Und was dann geschah, beschrieb Simone für sich selbst mit nur einem Wort – Magie.

Die Atmosphäre im Raum schien sich zu verändern. Sie wurde still, durchlässig. Simone fühlte einen Schauer über den Rücken laufen und wagte kaum zu atmen. Sie wollte hierbleiben, zusehen, wie etwas Unglaubliches geschaffen wurde. Und gleichzeitig war sie diesem Gefühl nicht gewachsen. Schön, wunderschön und ergreifend und tief, sodass es ihren ganzen Körper durchflutete und ihr dabei die Tränen über die Wangen liefen.

Irgendwann hielt sie es nicht mehr aus. Auf Zehenspitzen schlich sie auf die Terrasse. Dort lehnte sie sich gegen einen der

Pfosten der Pergola und weinte, bis sie sich wieder beruhigt hatte. Zurück blieben Erleichterung, Freude und Dankbarkeit, so erstaunlich das auch sein mochte.

Während der folgenden Stunden hielt Simone sich hauptsächlich auf der Terrasse auf. Gelegentlich streifte sie durch Harris Garten, betrachtete die Skulpturen aus der Nähe und berührte vorsichtig Kunstwerke, die sie von Ausstellungen und aus Kunstführern kannte. Sie versuchte ihre Großmutter anzurufen, um sich mit ihr auszusprechen. Als sie aber einsehen musste, dass der Empfang nicht besser wurde, egal, wo sie im Garten stand oder wie hoch sie ihr Handy hielt, ging sie mit Hein und Fiete an den Strand und sah zu, wie die beiden Hunde im Wasser herumtollten und sich gegenseitig jagten. Die übrige Zeit verbrachte sie in einem Liegestuhl und machte sich auf ihrem Smartphone Notizen. Sie erlebte jetzt mit, wie Harri arbeitete, und überlegte, ob sie diese Erfahrung in einem Artikel verarbeiten sollte – zusätzlich zu dem Interview, das er ihr versprochen hatte. Aber wirklich bei der Sache war sie nicht. Immer wieder schaute sie zu den großen Fenstern des Ateliers – gespannt, beinahe nervös, vor allem aber sehnsüchtig. Gerne wäre sie in diesem Moment an Charlottes und Harris Seite gewesen, hätte sie unterstützt, ihnen geholfen. Doch sie sah ein, dass das, was zwischen den beiden gerade passierte, ihre Fähigkeiten und Möglichkeiten weit überstieg. Sie verstand es nicht, daran war nichts zu ändern. Die beiden vollständig in Ruhe zu lassen war die beste Art, wie sie ihnen helfen konnte. Und so wagte sie sich lediglich zweimal auf Zehenspitzen ins Atelier, um das Bad zu benutzen.

Irgendwann um die Mittagszeit fuhr Simone dann zu Jacques und kaufte Salate und mit Schinken und Käse belegtes Baguette. Sie schnitt es in kleinere Stücke und legte es auf zwei Teller, die sie in der Nähe der Drehscheibe abstellte. Weder Charlotte noch Harri nahmen sie wahr.

Irgendwann, das Licht auf der Terrasse nahm bereits eine rötlich goldene Färbung an, war das Geräusch eines schweren Motorrads zu hören.

So ein Motorrad gibt es nur einmal im Dorf, dachte Simone. Sie erhob sich von dem Terrassenstuhl und ging um das Haus herum nach vorne, um Mael zu begrüßen. Sie freute sich, ihn zu sehen. Und wenn sie sein Lächeln richtig deutete, ging es ihm ebenso. Er nahm den Helm ab und hängte ihn an den Lenker, dann legte er ihr beide Hände auf die Schultern. Sein Kuss war leicht, vorsichtig, fast schüchtern.

»Ist alles in Ordnung?«, fragte sie, als sie sein Zögern bemerkte.

»Ja, ich weiß nur nicht …«

»Trau dich ruhig.« Sie stellte sich auf die Zehenspitzen und erwiderte seinen Kuss. Erst da nahm er sie richtig in die Arme, und es fühlte sich an, als käme sie nach Hause.

»Wie geht es Harri?«, erkundigte sich Mael, als sie ihn schließlich um das Haus herum auf die Terrasse führte.

»Er und Charlotte sind da drin und arbeiten. Seit gestern.«

»Ununterbrochen?« Es klang entsetzt.

»Nein, aber fast. Ich habe vorhin bei Jacques Essen besorgt, doch ich fürchte, sie haben es beide noch nicht einmal angerührt.«

»Künstler.« Mael beschattete seine Augen und lehnte die Stirn gegen die Fensterscheibe des Ateliers. Simone zuckte zusammen. Plötzlich war ihr klar geworden, dass er nicht nur Harri meinte. »Die beiden sind …«

»Ich weiß nicht, was da passiert, Mael. Aber ich glaube …« Auf einmal schnürte es ihr die Kehle zu. »Ich … Es ist …«

Ohne ein Wort nahm Mael sie in die Arme. Sie spürte die Wärme seines Körpers, seine Muskeln unter dem T-Shirt, seine Rippen, seine Atemzüge.

»Ich glaube, ich weiß, was du meinst«, flüsterte er nach einer Weile, ohne seine Umarmung zu lockern. »Mir ist es schon oft so gegangen, wenn ich Zeuge werden durfte, wie eines seiner Kunstwerke entsteht. Man fühlt sich plötzlich an den Rand gedrängt von etwas, das zu groß ist, um es auch nur ansatzweise zu begreifen. Doch diesmal …«

Simone spürte, dass er schluckte. Aber mehr musste er auch nicht sagen. Sie verstand auch so, was er meinte. Denn sie dachte dasselbe. *Dieses Mal ist es anders. Dieses Mal ist es noch größer, sprengt jeden Rahmen. Denn dieses Mal ist Charlotte dabei …*

Es war schon so spät, dass die Sonne wie eine rote Laterne tief am Horizont hing, als Charlotte endlich in der Terrassentür stand.

»Wir sind fertig.«

Einen Augenblick erkannte Simone ihre Tochter fast nicht wieder. Sie war blass und sah müde aus. Doch das schien nur oberflächlich zu sein. Darunter wirkte sie erwachsen, gereift, selbstbewusst.

»Wirklich?«

»Ja. Kommt, ihr dürft es euch anschauen.«

Mael und Simone standen auf und gingen ins Atelier. Leise und behutsam näherten sie sich der Drehscheibe wie einer Wiege mit einem Neugeborenen darin.

»Sie muss nur noch gebrannt werden«, sagte Harri. Und als er den Kopf hob, sah Simone in seinem Augenwinkel eine Träne glitzern. Dann streckte er seine Hand nach Charlotte aus. »Danke.«

Es war schon weit nach Mitternacht, als Simone und Charlotte wieder in ihrem Ferienhaus waren. Charlotte war so müde, dass sie sofort nach oben ging, sich die Zähne putzte und ins Bett fiel. Als Simone in ihr Zimmer kam, um ihr eine gute Nacht zu wünschen, schlief sie schon.

Sie erinnerte sich an den Anblick ihrer Tochter vor wenigen Stunden, als sie so erwachsen gewirkt hatte. Jetzt, mit ihrem blassen Gesicht, den dunklen Schatten unter den Augen und den beinahe eingefallenen Wangen, schien sie keinen Tag älter als sieben zu sein. Ein Kind, zerbrechlich, ausgelaugt, völlig erschöpft.

Leise schloss sie die Zimmertür und ging wieder nach unten. Auf dem Sofa wartete Mael.

»Kunst scheint anstrengend zu sein«, sagte sie und schenkte Cidre in zwei Schalen.

»Ja, das weiß ich von Harri. Er kam immer ziemlich hohlwangig aus seinen Schaffungsperioden.« Mael hob seine Schale. »Aber ich glaube, es hat sich gelohnt. Das, was die beiden da gemacht haben … Ich glaube, ich bin zu dumm, um es in Worte zu fassen. Aber ich fühle, dass es etwas Großartiges ist. Vielleicht das beste und größte Kunstwerk, das er jemals geschaffen hat.«

»Ja, das geht mir genauso.« Sie prosteten sich zu. »Wie lange, sagte Harri, dauert es, bis die Skulptur wirklich fertig ist?«

»Eine Woche muss sie trocknen, dann kann sie gebrannt werden, dann wird sie glasiert und noch einmal gebrannt«, sagte Mael. »Er hat im Laufe der Jahre wohl eine eigene Methode entwickelt, die den Prozess etwas beschleunigt, sodass es insgesamt wohl etwa zehn Tage dauert. Aber frag mich nicht nach Details. Ich kenne mich nicht aus.«

»Und ich sollte mich eigentlich auskennen.« Simone musste gähnen und hielt sich die Hand vor den Mund. »Meine Güte, bin ich müde! Dabei habe ich nichts getan, den ganzen Tag, außer zu warten.«

»Auch das kann sehr anstrengend sein.« Mael fuhr sich mit den Fingern durch das dunkle Haar. »Ich bin auch müde. Die ersten Patienten sind morgen spätestens um neun Uhr in der Praxis. Ich sollte nach Hause fahren.« Er stand auf und stellte seine leere Keramikschale auf den Tisch. »Danke für den Cidre.«

»Gerne.« Simone begleitete ihn zur Tür. Einen Moment lang wirkte er unschlüssig, als wüsste er gerade nicht, was er tun oder sagen sollte.

»Morgen fahre ich wahrscheinlich in der Mittagspause zu Harri«, meinte er schließlich.

»Gut. Vielleicht sind wir auch da. Sonst …«

»Sonst sehen wir uns am Abend?«

»Ja. Ich kann uns etwas kochen. Oder wir grillen hier auf der Terrasse.«

»Das klingt hervorragend. Dann bis morgen.« Er lächelte, streckte seine Hand aus und streichelte ihr über das Haar und die Wange, dann küsste er sie. »Au revoir. Und schlaf gut.«

Sie schloss die Tür hinter ihm und lehnte ihre Stirn gegen das Holz, bis das Geräusch des Harleymotors nicht mehr zu hören war.

22

»Bonjour, Harri!«

Mael stieß die Tür auf und ging in das Atelier. Harri saß am Skizzentisch. Auf dem Kantinenteller vor ihm lag etwas, das wie ein Stück Gemüseauflauf aussah. Es schien, als hätte er das Essen bisher kaum angerührt.

»Du ?«

»Ich habe dir doch gestern versprochen, dass ich heute vorbeikomme. Ist alles in Ordnung?« Mael stellte seinen Rucksack neben dem Rollstuhl ab. »Du siehst müde aus. Erschöpft …« Nein, das ist falsch. Krank sieht er aus, richtig krank.

»Du meinst noch kränker, als ich schon bin? Ein Schlaganfall reicht mir.« Harri grinste, was irgendwie gruselig war angesichts seiner eingefallenen Wangen und der grauen Farbe seines Gesichts.

Als ob ein Totenkopf lächelt, dachte Mael, und eine Gänsehaut kroch über seine Arme.

»Hast du dich gestern überanstrengt?« Mael griff nach Harris Handgelenk und fühlte den Puls. Seine Finger waren kalt und schienen dünn und kraftlos, die Haut war marmoriert. Der Puls war etwas schneller und auch nicht so kräftig wie sonst. Verdammt … »Vielleicht hättet ihr die Arbeit an der Skulptur über ein paar Tage verteilen sollen.«

»Nein.« Harri schüttelte den Kopf. Ihre Blicke trafen sich. Sie kannten beide die Wahrheit. Bei Mael war es die berufliche Erfahrung. Und bei Harri? Vielleicht ein Instinkt?

Merde. Und jetzt?, dachte Mael. »Soll ich dich ins Krankenhaus bringen?«

»Wage es nicht. Denk nicht einmal dran. Ich bleibe hier, solange es möglich ist. Aber du könntest mir einen Gefallen tun. Nun ja, um ehrlich zu sein sind es mehrere.«

»Die da wären?«

»Oben in meinem Schlafzimmer steht eine Skulptur auf einer Konsole. Hol sie bitte herunter.«

»Gut, kein Problem. Und sonst noch?«

»Dann hol bitte die neue Skulptur aus dem Trockenraum und stell sie hier auf den Tisch. Ich möchte sie begutachten. Und danach ruf Simone an und sag ihr, sie soll herkommen. Ich will mit ihr reden. Allein, ohne Charlotte. Oder … warte, lass mal. Ich rufe sie selbst an.«

»Okay. Dann ist es ja wirklich nicht viel, was du da von mir erwartest. Also …«

»Warte ab. Jetzt kommt die Hauptangelegenheit. Es geht nämlich um meinen Letzten Willen.«

Einen Augenblick lagen Mael die üblichen Worte auf der Zunge – was soll denn so ein Gerede, du wirst noch lange leben, wir planen schon deinen hundertsten Geburtstag … Aber er schwieg. Er war kein Freund von Schwindeleien, zwischen ihm und Harri hatte es nie auch nur den Hauch von Unehrlichkeit gegeben. Und es gab keinen Grund, ausgerechnet jetzt damit anzufangen.

»Okay. Soll ich mir Stift und Papier holen?«

Harri grinste spöttisch. »Was ist denn? Ich höre keine Widerrede, keine Beschwichtigung?«

Mael verzog das Gesicht. »Wir kennen beide die Wahrheit, oder? Und …« Er biss sich auf die Unterlippe. »Hör mal, ich betrachte dich als meinen Freund. Und das, was ich dir neben meiner Freundschaft geben kann, ist Aufrichtigkeit.«

Harris Hand zitterte, als er sie ausstreckte und Mael sie ergriff.

»Ja. Ich hätte mir auch nie träumen lassen, dass ausgerechnet ein junger, dickköpfiger Bretone – noch dazu ein Quacksalber der übelsten Sorte – mein bester Freund hier in La Plage werden würde.« Dann nickte Harri. »Papier und Stift wären gut, damit wir nichts vergessen und alles seine Richtigkeit hat.«

Eigentlich war es schon fast Zeit für das Mittagessen. Selbst an freien Wochenenden saßen sie nie so spät am Frühstückstisch. Doch Simone hatte Charlotte so lange schlafen lassen, wie sie es brauchte, und sie war froh darüber. Selbst jetzt wirkte das Mädchen noch etwas blass und erschöpft. Aber auch … zufrieden. So wie … wie ich mich nach der Geburt gefühlt habe, dachte sie. Und nach so vielen Artikeln mit und über Künstler für *Kultur heute* ahnte sie, dass sie damit der Wahrheit wohl ziemlich nahe kam.

»Was hast du heute vor?«, erkundigte sie sich und schenkte Charlotte Orangensaft in ein Glas.

»Keine Ahnung.« Sie nahm sich ein Croissant aus dem Brotkorb. »Wahrscheinlich treffe ich mich wieder mit Camille.«

»Aber nicht, um die Surfprüfung zu machen. Du hast Philibert gehört.« Der Gedanke, dass Charlotte übermüdet auf einem wackeligen Brett hinaus auf den Atlantik trieb, jagte ihr eisige Schauer über den Rücken. »Das verschieben wir auf morgen oder übermorgen, wenn du wieder richtig fit bist.«

»Okay.« Überraschenderweise kam kein Widerspruch. Ein sicheres Zeichen, dass ihre Tochter doch müder war, als es äußerlich den Anschein hatte. »Und was hast du heute vor, Mama?«

Simone zuckte mit den Schultern. »Zuerst werde ich wohl einkaufen fahren. Mich vielleicht im Liegestuhl bräunen lassen, lesen … Immerhin haben wir Ferien!« Sie lächelte. »Und heute Abend kommt wahrscheinlich Mael zum Essen.«

Ein Klopfen unterbrach sie. Auf der Terrasse stand Camille.

»Bonjour, Madame! Bonjour, Charlotte. Wollen wir zusammen schwimmen gehen?«

»Darf ich, Mama?«

»Natürlich.«

Charlotte sprang auf. »Prima! Ich hole nur schnell meine Badesachen!«

Sie raste die Treppe hoch, als wäre sie niemals müde gewesen, als hätte sie sich nicht gestern bei der Arbeit an einer Skulptur völlig verausgabt.

»Camille, versprich mir bitte, dass ihr zwei heute nicht auf das Surfbrett steigt. Charlotte ist nicht ganz fit.«

»Kein Problem, Madame. Ich passe auf.«

Charlotte lief die Treppe herunter. Die letzten drei Stufen sprang sie, als hätte sie es eilig und müsste noch den Bus erwischen.

»Tschüss, Mama!«

»Au revoir!«

Und damit waren beide Mädchen zur Terrassentür hinaus.

Simone blieb in der offenen Tür stehen. Eine Weile konnte sie noch Charlottes und Camilles Stimmen und ihr Lachen identifizieren, dann vermischten sie sich mit den anderen Stimmen am Strand.

Sie ließ ihren Blick über den Frühstückstisch gleiten. Hunger hatte sie keinen mehr. Aber einen Kaffee würde sie sich noch gönnen – ganz gemütlich, in aller Ruhe.

Das Klingeln ihres Handys unterbrach sie beim Befüllen der Kaffeemaschine.

»Ja?«

»Simone?«

»Harri!« Sie hätte nicht überraschter sein können, wenn ein prominenter Schauspieler bei ihr angerufen hätte. Und augenblicklich begannen ihre Alarmglocken zu läuten. »Was ist los? Ist alles in Ordnung bei dir? Soll ich …«

»Ja, ich bin in Ordnung, mir geht es gut, und nein, ich brauche unseren Dorfschamanen nicht, jedenfalls nicht mehr heute. Er war nämlich gerade da.« Sie konnte förmlich sein finsteres Gesicht vor sich sehen. »Warum glaubt nur immer alle Welt, ich würde gleich abnippeln, nur weil ich einmal das Telefon benutze?«

»Vielleicht, weil du es so selten tust?«

»Hier scheint mich jeder für einen Soziopathen zu halten.«

Und damit ist man der Wahrheit näher, als dir selbst bewusst ist. Sie räusperte sich. »Weshalb rufst du denn an, Harri?«

»Wir müssen reden, du und ich. Es gibt einige Dinge zu klären. Und … Nun, ich glaube, es ist besser, wenn du allein kommst. Das, was wir besprechen müssen, ist nichts für die Lütte.«

»Was ist denn …«

»Wann kannst du hier sein?«

Simone schüttelte den Kopf. Auf die Idee, dass sie andere Pläne hatte, kam er offensichtlich nicht.

»Was meinst du denn, wie lange es dauern wird?«

»Was weiß denn ich? Zwei Stunden? Drei?«

»Danke. Ich werde zuerst auf Charlotte warten und dann mit ihr sprechen. Und wenn sie einverstanden ist, frage ich die Eltern ihrer Freundin, ob sie den Nachmittag dort verbringen kann.«

»Warum denn so umständlich?« Jetzt klang er wie ein quengeliges Kind. »Wieso kommst du nicht einfach …«

»Weil wir es in unserer Familie so handhaben. Wir sprechen unsere Termine miteinander ab. Außerdem ist sie zwölf. Ich kann sie nicht für drei oder mehr Stunden allein am Strand lassen. Und ohne dass sie weiß, wo ich bin, schon gar nicht. Sie braucht sich nur an einer Muschel zu verletzen oder von einem Insekt gestochen zu werden. Und dann? Du wirst dich schon etwas gedulden müssen.«

»Na schön. Wann bist du dann hier?«

»Ich weiß es nicht, ich kann dir jetzt nichts versprechen. Was hältst du davon, wenn ich dich anrufe, sobald ich mehr weiß?«

»Von mir aus.« Er legte auf. Ganz abrupt. Und wenn er noch eines von diesen alten Telefonen gehabt hätte, hätte er den Hörer auf die Gabel geknallt, da war Simone sich sicher.

»Na, da bist du ja endlich. Bist du etwa zu Fuß gekommen?«

»Nein. Ich habe dir doch gesagt, dass ich noch auf Charlotte warte.« Simone stellte ihre Tasche auf einem der Stühle ab. »Außerdem habe ich versucht, dich anzurufen, du bist aber nicht ans Telefon gegangen.«

»Ja, kann schon sein. Der Akku ist leer.«

»Du musst das Telefon auch gelegentlich aufladen«, sagte sie und stellte es in die Ladestation. Sofort begann es zu blinken. »Was willst du denn mit mir besprechen?«

»Das wirst du gleich erfahren.« Er ließ den Rollstuhl zum Skizzentisch rollen. »Hier, lies das.« Er reichte ihr ein paar handgeschriebene Blätter. *Mein Letzter Wille* stand auf Französisch und in Großbuchstaben darüber.

»Was ist das?«

»Eine Einkaufsliste?« Harri verdrehte ungeduldig die Augen. »Na, was steht denn drauf?«

»Aber …«

»Ich habe diktiert, und Mael hat alles aufgeschrieben.« Er hob die linke Hand. »Damit hätte es ewig gedauert, und am Ende hätte es doch niemand lesen können.«

»Und Mael hat dir bei diesem Unsinn geholfen? Du bist doch …«

»Was ich bin? Dreiundneunzig. Das bin ich. Halbseitig gelähmt, und der nächste Schlaganfall oder Herzinfarkt steht bereits in den Startlöchern. Wer weiß, ob ich den so glimpflich überstehe. Ob ich mich dann noch äußern kann. Oder ob ich ihn überhaupt überlebe.«

»Aber …« Simone sank kraftlos auf einen Stuhl. Was er da sagte, war furchtbar. Noch schlimmer aber war, dass er recht hatte. »Ich habe dich doch gerade erst …« Sie hatte ihren Großvater gerade erst gefunden. Noch hatten sie kaum Zeit miteinander verbracht. Und jetzt sollte schon Schluss sein?

»Na, na, na.« Etwas unbeholfen tätschelte er Simones Arm. »Kein Grund, Trübsal zu blasen. Ich habe immer das Leben geführt, das ich wollte. Immer gesagt, was ich dachte, getan, woran ich glaubte. Sogar dich und Charlotte durfte ich jetzt noch auf meine letzten Tage kennenlernen. Es gibt nichts, was ich bereuen müsste. Außerdem bin ich ja noch nicht tot.« Er lächelte. »Lies das. Ich möchte, dass du meinen Letzten Willen kennst, denn ich schätze, du wirst diejenige sein, die sich darum kümmern muss.«

Simone las. Dann ließ sie die Blätter sinken.

»Du willst Charlotte wirklich einen Teil deines Vermögens vererben?«

»Ja. Eine Starthilfe für was auch immer sie mit ihrem Leben vorhat.« Er lächelte wieder, und für einen Augenblick nahm sein Gesicht einen fast zärtlichen Ausdruck an. »Natürlich wäre ich stolz, wenn sie Kunst studieren und als Künstlerin arbeiten würde. Das Zeug dazu hat sie. Aber …« Er schüttelte langsam den Kopf. »Niemand hat das Recht, sie in irgendeine Richtung zu drängen.«

»Und diese Stiftung, von der hier die Rede ist?«

»Die muss natürlich erst noch gegründet werden. Ich kenne mich mit diesen Vorgängen nicht aus, du wirst also einen Rechtsanwalt oder Notar hinzuziehen müssen. Aber auch dafür ist genug Geld da. Ich hoffe, du kannst mir meinen großen Wunsch erfüllen und die Stiftung als Vorsitzende leiten. Dann wüsste ich meine Arbeit in den besten Händen.«

Simone schüttelte den Kopf. »Ich kann das noch nicht glauben. Danke für dein Vertrauen. Und was sind das für zwei Skulpturen, die in Familienbesitz bleiben sollen?«

»Natürlich die, die Charlotte und ich gestern begonnen haben. Und die daneben unter dem Tuch.« Er deutete auf einen mit einem dunklen Tuch verhüllten Gegenstand, der auf dem Tisch neben der Drehscheibe stand. »Schau sie dir an!«

Simone stand auf. Sie war neugierig. Seit sie ihre Liebe zur Kunst und zu Harri Behncke entdeckt hatte, verfolgte sie alles, was er machte. Sie kannte jedes seiner Werke, wusste von vielen, in welchen Museen, Galerien oder bei welchen Firmen und Sammlern sie im Besitz waren. Welche dieser Skulpturen verbarg sich also unter dem Tuch?

»Nun mach schon!«

Sie zog das Tuch weg. Augenblicklich hatte sie das Gefühl, jemand hätte ihr eine Faust mitten in den Magen gerammt. Harris Werke hinterließen oft einen schmerzhaften Eindruck, wie zum Beispiel als Oberstufenschülerin die *Verbrannten Träume* in der Sonderausstellung über den Holocaust. Doch diese Skulptur übertraf alle. Sie war wie ein Schmiedehammer, der mit voller Kraft geschwungen die Finger traf. Die Luft blieb ihr weg, benommen taumelte sie zurück.

»Was … was ist das?«

»Diese Skulptur ist das einzige meiner Werke, das der Öffentlichkeit bisher nicht zugänglich war. Sie steht normalerweise oben in meinem Schlafzimmer. Mael hat sie gestern für mich heruntergetragen.« Er neigte den Kopf und betrachtete sie, als sähe er selbst sie zum ersten Mal. »Ich war sehr zornig damals, als ich sie geschaffen habe. Alles, was mir zuwider war, ist in den Ton geflossen. Und heute …« Er lachte. »Meistens halte ich sie unter dem Tuch versteckt. Nicht einmal ich halte es lange aus, sie anzusehen. Dabei …«

»Dabei was?«

»Diese Skulptur ist der Beginn und zugleich die Essenz meiner Arbeit.«

Obwohl der Anblick kaum zu ertragen war, konnte Simone sich nur schwer losreißen von der Skulptur. Es war eine widerliche, aus vielen gesichtslosen Menschen geformte Spinne. Andere Menschen flüchteten vor dem Ungeheuer, doch die Spinne packte sie und stopfte sie gierig mit Beinen und Kiefertastern in ihr weit aufgerissenes Maul. Simone fröstelte.

»Und wir sollen sie behalten?«

»Ja. Sie soll in jedem Fall in Familienbesitz bleiben. Allerdings dürft ihr sie gern als Leihgabe in Ausstellungen geben. Nur verkaufen – nein, das geht nicht. Denn diese Skulptur ist ganz eng mit der Familie verbunden.«

»Hat sie einen Titel?«

»Ja. *Mitläufer.*«

Simone schloss die Augen. »O mein Gott!«

»Ich sagte doch, ich war damals wütend. Andererseits – die Goldsteins dieser Welt können nicht mehr wütend sein, weil die braunen Horden auf genügend Mitläufer zurückgreifen konnten, um sie umzubringen. Wir dürfen das nie vergessen, Simone. Niemals!«

»Nein, Harri, das werden wir nicht.« Sie nahm seine kühle Hand und drückte sie. »Das verspreche ich dir.«

Im Atelier war es still. Harri saß in seinem Rollstuhl an der Terrassentür, die Hunde dösten vor seinen Füßen. Draußen war der Wind eingeschlafen, und das Wasser lag glatt wie ein Spiegel in der Bucht. Das Licht der Abendsonne fiel durch das bunte Glas der Terrassenpfosten und überzog die Terrasse mit Feuer. Irgendwo tickte eine Uhr.

Auch wenn der Mensch versuchte, seine Instinkte zu unterdrücken, zu versklaven oder auszuschalten, sie waren immer noch da und meldeten sich. Meistens ungefragt und unerwartet. Wir haben doch mehr vom Tier, als uns bewusst ist, dachte Harri.

Er strich sich mit der Linken das Haar aus der Stirn und war überrascht, dass sie zitterte. Es war so weit. Die Skulptur ist noch nicht fertig. Sie muss noch trocknen, gebrannt werden, die Glasur fehlt ... Warum ausgerechnet jetzt? Und warum nicht?

Ja, warum denn nicht? Es war alles gesagt, alles getan. Das Werk, so weit er es begleiten musste, war fertig. Charlotte wusste, wie es weiterging. Er hatte ihr alles genau erklärt – vom Trocknen des Tons über den Brennvorgang bis hin zum Glasieren. Sie war plietsch, die Lütte, sie hatte das Auge und die sichere Hand für die Kunst. Sie würde das Werk vollenden. War es dann vollkommen? Nein, das war nicht möglich. Doch für die wenigen letzten Schritte, die noch zu tun waren, brauchte es ihn nicht mehr. Das war wie ein Symbol ...

Also was ist? Bist du bereit, Pinsel, Beitel und Palette weiterzureichen?

Kalter Schweiß brach ihm aus den Poren, und er zitterte plötzlich. Er biss die Zähne zusammen, damit sie nicht unkontrolliert aufeinanderschlugen.

»Was bist du nur für ein erbärmlicher Feigling!«, stieß er hervor. »Bangbüx!«

Hein hob seinen Kopf, schaute ihn aus braunen Hundeaugen an und winselte leise. Ob der Hund es auch spürte?

Es endete.

Harri blies die Luft ganz langsam aus seinen Lungen und ließ seinen Blick durch das Atelier schweifen. Da waren die Leinwände, die er frisch aufgespannt oder gerade erst grundiert hatte, die Skizzen, ein paar Entwürfe sowie ein halb fertiges Gemälde, das er nicht beenden wollte, weil ihm das Thema bereits während der Arbeit zu banal erschienen war und er die Lust daran verloren hatte. Vermutlich würden sich Kritiker, Kunsthistoriker,

Sachverständige und Sammler gerade darüber die Köpfe heißreden. Sollten sie.

Sein Blick blieb auf der Skulptur haften, die immer noch mitten auf dem Skizzentisch stand – in ihrer ganzen Entsetzlichkeit und Härte. Das Tuch, mit dem er sie sonst verhüllte, lag daneben, so wie Simone es hinterlassen hatte. Seine wichtigste Arbeit. Jetzt war sie endlich vollendet, das allein zählte. Er lächelte und nickte ihr zu wie einem alten Freund.

Es war gut. Es war in Ordnung.

Zeit zu gehen, dachte er. Aber nicht hier und nicht so.

Er tätigte noch einen Anruf, dann ließ er den Rollstuhl zur Treppe rollen und hievte sich aus dem Sitz. Von unten vom Boden aus wirkte die Treppe noch steiler als gewöhnlich, und sie schien noch mehr Stufen bekommen zu haben, obwohl er genau wusste, dass es immer noch zwölf waren. Genauso viele wie gestern. Und die Jahre davor. Zwölf kleine schmale Stufen. Los, Alter, nun mach schon.

Er schob sich ungelenk und mit tauber Körperhälfte mit dem Rücken zur Treppe, bis sich die Kante der ersten Stufe in seinen Rücken bohrte. Dann packte er mit der linken Hand das Treppengeländer, stieß sich mit dem linken Bein ab und wuchtete sich hoch. Er konnte sich nicht daran erinnern, wie viel er wog, aber es waren mindestens fünfzig Kilo zu viel. Zu viel für den letzten tauglichen Arm eines alten Mannes. Schweiß lief ihm über die Stirn.

Doch die erste Stufe war geschafft. Jetzt waren es nur noch elf. Wenn er oben angekommen war, musste er nur den Flur entlang – zehn Schritte, fünfzehn vielleicht, das würde er schon irgendwie schaffen. Ihm blieb schließlich die ganze Nacht.

»Und so viel Zeit muss sein.«

23

Simone deckte gerade den Frühstückstisch, als der Anruf kam. »Guten Morgen, Mael! Was …«

»Simone, Lisabelle hat mich gerade angerufen. Es …«

Der Brotkorb glitt ihr aus der Hand. Die Croissants purzelten heraus und verteilten feine Blättchen aus knusprigem Teig auf Tisch und Boden.

»Was ist mit Harri?«

»Offensichtlich ein zweiter Schlaganfall. Ich bin schon fast auf dem Weg.«

»Wir treffen uns dort.«

Simone nahm ihre Handtasche und den Autoschlüssel. Erst als sie ins Auto steigen wollte, merkte sie, dass Charlotte auf der Beifahrerseite stand und auf sie wartete. Ihr Gesicht war bleich, die Augen erschienen größer als gewöhnlich. Und dunkler.

»Charlotte, willst du wirklich…«

»Ich komme mit, Mama.« Sie öffnete die Tür und ließ sich auf den Beifahrersitz fallen. »Du kannst mich nicht hierlassen. Ich will zu Harri. Und wenn du mich nicht mitnimmst, laufe ich zu Fuß.«

Simone zögerte einen Augenblick, dann setzte sie sich hinter das Steuer. Charlotte hatte eine Beziehung zu Harri, die über ein gewöhnliches Urenkel-Großvater-Verhältnis weit hinausging. Sie hatte ein Recht darauf, dabei zu sein, wenn Harri …

Energisch drehte sie den Zündschlüssel um, und der Motor sprang mit leisem Summen an.

Sie brachte es nicht fertig, ihren Gedanken zu Ende zu denken.

Als sie bei Harri ankam, parkten der Wagen des Pflegedienstes und Maels Harley bereits vor der Gartenpforte. Lisabelle schien auf sie gewartet zu haben, denn sie eilte ihnen auf dem Gartenweg entgegen.

»Bonjour, Madame!«

»Bonjour, Lisabelle. Wie schlimm ist es?«

»Ich weiß es nicht. Dr. LeGoff ist gerade bei ihm. Aber ich glaube, er hatte einen zweiten Schlaganfall.«

Einen Moment musste Simone sich an der Hauswand festhalten. Sie drückte Charlottes Hand, dann fing sie sich wieder.

»Wo haben Sie ihn gefunden? Im Bett?«

»Ja.«

Sie lief mit Charlotte in das Atelier und zu dem Wandschirm, der das Pflegebett vor Blicken schützte – doch das Bett war leer.

»Nicht hier.« Lisabelle war ihnen ins Atelier gefolgt, und einen Moment schien es, als würde die erfahrene Krankenschwester ihre Fassung verlieren und anfangen zu weinen. »Oben. In seinem Schlafzimmer.«

»Wie bitte?« Simone starrte fassungslos die schmale, steile Treppe an. »Das ist doch gar nicht möglich. Wie soll er denn da hinaufgekommen sein?«

»Ich weiß es nicht, Madame. Ich weiß es wirklich nicht.« Lisabelle schüttelte den Kopf. Und dann schlug sie plötzlich die Hände vors Gesicht und begann tatsächlich zu schluchzen.

»Lisabelle?« Maels Stimme klang durch das Haus. »Kommen Sie. Ich brauche Sie hier oben.«

Hastig wischte sich die Krankenschwester die Tränen vom Gesicht, dann stieg sie die Treppe hinauf, und Simone und Charlotte folgten ihr.

»Wir müssen ihn besser lagern.« Mael hob kurz den Kopf. »Simone, ist der Krankenwagen schon in Sicht?«

»Nein. Was …«

»Ein Schlaganfall. Diesmal ein gründlicher.«

»Ist er …«

»Ansprechbar? Aber ja.« Er wandte sich an Harri. »Deine Enkelin ist da, mein Freund.«

Er trat zur Seite und machte Simone Platz. Sie setzte sich auf die Bettkante und nahm die schlaffe, seltsam kalte Hand in ihre. Dann beugte sie sich über das bleiche Gesicht. Harri schaute sie an.

»Scchhh… Schhi… mmm…«

»Ja, ich bin bei dir, Harri. Und Charlotte auch.«

Der Alte schien zu lächeln.

Aus der Ferne erklangen Sirenen. Das Geräusch näherte sich rasch. Und je lauter es wurde, umso unruhiger wurde Harris Blick.

»Nnnneeii… nnnn …«

»Lisabelle, gehen Sie bitte den Kollegen entgegen.«

»Natürlich, Doktor.«

Die Krankenschwester eilte die Treppe hinunter. Von der Haustür her erklangen Stimmen. Und Harri knurrte. Es war das Knurren eines wütenden Bären.

Simone warf Mael einen hilflosen Blick zu. War das ein epileptischer Anfall?

Dann füllte sich das Schlafzimmer mit Menschen. Zwei Sanitäter in weißer Kleidung mit leuchtend orangefarbenen Westen lehnten eine Trage an die Wand, ein anderer Mann, auf dessen Weste das Wort »Notarzt« stand, eilte mit einem großen Metallkoffer an Harris Bett.

Simone zog sich mit Charlotte in eine Ecke des Zimmers zurück. Sie drückte ihre Tochter an sich, und die ließ es geschehen und beobachtete die Sanitäter mit großen Augen.

In wenigen Worten berichtete Mael seinen Kollegen über das aktuelle Ereignis, Harris Vorgeschichte und seine Untersuchungsergebnisse. Dennoch führte der Notarzt seine eigene

Untersuchung durch und sprach dabei mit Harri. Dann holte er einen Beutel mit einer klaren Flüssigkeit und einige Päckchen aus seinem Koffer. Er drückte Mael den Beutel und das größere der Päckchen in die Hand und riss selbst das kleine auf.

»Monsieur Behncke, ich werde Ihnen jetzt einen Zugang legen, damit Ihr Körper Flüssigkeit bekommt. Und dann bringen wir Sie auf dem schnellsten Weg nach Quimper ins Krankenhaus.«

Wieder begann Harri zu knurren. Doch diesmal wurde es so laut, dass es beinahe zu einem Schrei wurde. Ein wütender, ein verzweifelter Schrei.

»Harri, was ist los?« Mael beugte sich über ihn. »Willst du uns etwas sagen?«

»Kei…nnn Krrrr…aaann…«

Mael warf Simone einen raschen Blick zu und runzelte die Stirn. Selten hatte sie ein ernsteres Gesicht gesehen. Ob er schon eine Ahnung hatte, was Harri ihnen mitteilen wollte?

»Nicht sprechen, wir schaffen das auch anders. Blinzle einmal für Ja und zweimal für Nein. Hast du mich verstanden?« Kurze Pause. »Simone kommt dazu, in Ordnung?«

Ihre Knie waren wackelig, aber irgendwie schaffte sie es, die Strecke bis zum Bett zurückzulegen, ohne zu stolpern.

»Ich bin da«, sagte sie und legte ihre Hand auf Harris Schulter. Er schloss einmal die Augen und öffnete sie wieder. Es wirkte erleichtert. Und erneut schien es, als würde er lächeln.

»Möchtest du ins Krankenhaus, Harri?«

Zweimaliges heftiges Blinzeln, gefolgt von einem wütenden Knurren.

»Harri«, Mael berührte seine Schulter, »ich frage dich noch einmal: Möchtest du ins Krankenhaus?«

Das Blinzeln wurde heftiger, das Knurren wurde lauter. Winzige Schweißperlen bildeten sich auf Harris Stirn, während sein

Gesicht sich verzog und verzerrte in dem offenbar vergeblichen Versuch zu sprechen.

»Monsieur, wir müssen Sie aber mitnehmen.« Der Notarzt beugte sich jetzt ebenfalls über den alten Mann, und Simone stellte sich vor, wie das aus Harris Perspektive wohl gerade aussehen mochte – drei Gesichter, die sein Gesichtsfeld ausfüllten. »In der Klinik können wir ... Mael, erklär du es ihm. Ihr kennt euch.«

»Harri, hör mal zu. Was Gerard dir sagen will, ist Folgendes: Dass du einen Schlaganfall hattest, ist dir bewusst?« Harris Lider schlossen sich einmal. »Gut. Das betroffene Areal scheint diesmal größer zu sein als beim ersten Schlaganfall. Das können wir aber erst genau sagen, wenn wir dich gründlich untersucht haben. Und das geht nur im Krankenhaus. Im Krankenhaus können wir außerdem versuchen, mit Medikamenten die Durchblutung in einigen Teilen des Gehirns wieder herzustellen. Damit können Dauerschäden vermieden werden. Und selbst wenn das nicht möglich sein sollte – im Krankenhaus wirst du rund um die Uhr überwacht. Du wirst ernährt, mit Medikamenten versorgt, ständig beobachtet und betreut. Das verschafft uns wertvolle Zeit, in der sich dein Körper wieder regenerieren könnte. Sicher ist das natürlich nicht, aber es gibt diese Chance.« Mael machte eine Pause. »Hast du das verstanden?«

Harri blinzelte einmal.

»Also frage ich dich noch einmal: Willst du ins Krankenhaus?«

Zweimal Blinzeln, schnell, energisch.

»Du willst hierbleiben?«

Einmal.

»Harri«, Mael ergriff seine Hand und beugte sich ganz dicht über ihn, »hör mir gut zu. Die Zeit kann für dich arbeiten. Vielleicht bilden sich die Lähmungserscheinungen wieder zurück. Im Krankenhaus können wir dir diese Zeit verschaffen. Hier aber ...«

Mael presste die Lippen aufeinander. Als er weitersprach, klang seine Stimme heiser. »Hier wirst du sterben, Harri. Vermutlich innerhalb weniger Tage.«

Harris Lider schlossen sich langsam. Und als er sie wieder öffnete, war ein Glanz in seinen Augen, der Simone die Kehle zuschnürte. Ihr Großvater hatte es sich offenbar reiflich überlegt.

»Merde«, stieß Mael hervor. »Du bist dir sicher? Wirklich?«

Wieder blinzelte Harri einmal.

»Hat er denn eine Patientenverfügung?«, erkundigte sich der Notarzt.

»Ja, hat er. Sie liegt in seiner Akte bei mir in der Praxis. Außerdem ist er bei klarem Verstand. Simone, was sagst du?«

Sie blickte in Harris Gesicht, dann zu Mael und zum Notarzt.

»Er hat sich selbst entschieden, oder? Ich werde mich nicht gegen seinen Willen stellen.« Sie wandte sich wieder zu Harri. »Auch wenn es mir schwerfällt.«

Er schloss einmal die Augen. Und wieder schien es ihr, als würde er lächeln.

Der Notarzt und die Sanitäter waren fort, und Lisabelle war zu ihrem nächsten Patienten geeilt. Maels Kollege hatte sogar noch zwei von den Infusionsbeuteln dagelassen, damit Harri wenigstens Flüssigkeit zugeführt bekam, bis die Apotheke in La Plage selbst Infusionslösung liefern konnte. Obwohl Simone nicht glaubte, dass sie alle Beutel brauchen würden. Sie hatte das Gefühl, dass Harri sich schon bald für immer verabschieden würde. Er wusste es. Und wenn sie zufällig Maels Blick auffing, glaubte sie zu erkennen, dass er es auch wusste.

»Musst du nicht in die Praxis?«

»Doch, ich fahre gleich, sofern ich dich allein lassen kann.«

»Ich bin nicht allein. Hier sind Charlotte und Fiete und Hein …« Sie versuchte zu lächeln. »Wir kommen schon klar.«

»Aber du rufst mich an, wenn etwas ist?«

»Natürlich.«

»Ich schließe die Praxis heute Nachmittag und komme her. Ich weiß, ich bin kein Angehöriger, aber ... er ist mein Freund, und ich ... ich möchte bei ihm sein.«

Simone musste schlucken. »Danke.«

»Ich komme, so schnell ich kann. Braucht ihr noch etwas?«

»Nein. Aber sollte dir zufällig eine Fee über den Weg laufen, hätte ich einen Wunsch: mehr Zeit.«

Mael nickte knapp, dann fiel die Tür hinter ihm ins Schloss, und kurz darauf erklang das satte tiefe Grollen des startenden Harleymotors.

Simone zog sich einen Sessel näher an das Bett, in dem Harri mit geschlossenen Augen lag. Der große Mann mit den von der Bildhauerei gestählten Muskeln wirkte klein und eingefallen. Noch mehr als im Rollstuhl.

Er stirbt. Sie hatte ihn doch gerade erst gefunden und damit begonnen, sich ihm zu nähern. War das fair?

Danach wird nicht gefragt.

Die Treppenstufen knarrten, als Charlotte hochstieg. Die beiden Hunde folgten ihr.

»Ich war unten am Strand und habe ein bisschen mit Fiete und Hein gespielt«, sagte sie leise und setzte sich neben Simone auf die Armlehne.

»Das ist gut. Die beiden brauchen bestimmt viel Bewegung. Hast du sie auch schon gefüttert?«

Charlotte schüttelte den Kopf. »Nein, ich weiß ja nicht, womit und wo das Futter aufbewahrt wird.«

»Vielleicht weiß Mael Bescheid. Er wird nachher wiederkommen.«

Charlotte stand auf, trat an das Bett und nahm Harris Hand. »Danke, Opa. Du hast mir so viel gezeigt, was ich noch nicht wusste. Und ich werde unsere Skulptur fertig machen.« Dann drehte sie sich um und lief wieder hinunter.

Und als Simone Harri ansah, konnte sie eine Träne sehen, die langsam aus seinem Augenwinkel rollte.

Harri starb noch in derselben Nacht. Es war halb eins. Der Mond war gerade aufgegangen, und seine Sichel schien durch das Fenster ins Schlafzimmer. Es war ein friedlicher Übergang – ohne Kampf, ohne Tränen. Ein paar Atemzüge, jeder langsamer und tiefer als der vorherige, jede Pause zwischen ihnen länger. Und dann …

Um die Mittagszeit war Harri noch unruhig gewesen. Dann war Mael gekommen, und sie hatten gemeinsam noch einmal Harris Letzten Willen und seine Wünsche zur Beisetzung wiederholt. Danach war er ruhig geworden, gefasst. Seine nicht vollständig gelähmten Gesichtsmuskeln hatten sich verzogen, und es hatte ausgesehen, als würde er lächeln.

Der allerletzte Moment klang wie ein Seufzen, ein leises, zufriedenes Ach. Und ein reiches Menschenleben voller Höhen und Tiefen war beendet.

Simone hielt seine Hand. Es war erstaunlich, wie schnell sich die Wärme aus dem Körper davonstahl. Seine Finger wurden kalt.

Schließlich stand sie auf und öffnete die Fenster. Warum war ihr das wichtig? Sie hätte es selbst nicht sagen können. Ein milder Wind kühlte ihre Wangen, sie hörte das Meer rauschen, die Steine, die in der Brandung gegeneinanderschlugen. Und sie stellte sich vor, dass Harris unsterbliche Seele jetzt über den Garten hinweg auf das offene Meer hinauseilte, um dort seinen Bruder zu treffen.

Hände legten sich von hinten auf ihre Schultern. Warme Hände, lebendige Hände. Sie drehte sich um und sah die Tränen auf Maels Gesicht schimmern.

Stumm schlangen sie die Arme umeinander und trösteten sich gegenseitig.

Simone ging die Stufen hinunter. Es waren nur zwölf, doch sie kamen ihr wie zweihundert vor. Unten, mit angezogenen Knien und eingekuschelt in eine Decke, schlief Charlotte in dem großen Ohrensessel. Simone musste daran denken, wie Harri bei ihrer ersten Begegnung in diesem Sessel gesessen hatte – ein Mann, der trotz seines Schlaganfalls groß und stark gewirkt und den Sessel ausgefüllt hatte. Charlotte hingegen war so klein, dass sie darin fast verloren aussah.

Sie wird hineinwachsen, dachte Simone, beugte sich über ihre Tochter und berührte sie an der Schulter. »Charlotte!«

Verschlafen blinzelte sie sie an, dann setzte sie sich abrupt auf. »Ist er …«

Simone konnte nur nicken.

Charlotte schlug die Decke zurück, sprang auf und rannte die Treppe hoch.

Als Simone das Schlafzimmer im ersten Stock betrat, stand Charlotte neben Harris Bett. Ernst sah sie auf den Toten herunter.

»Eigentlich könnte er auch schlafen, so wie er da liegt.« Sie flüsterte, als hätte sie Angst davor, dass Harri sie noch hören oder aufwachen könnte. »Trotzdem sieht er so anders aus. Sein Gesicht … Ich glaube, ich habe noch nie einen Toten gesehen, Mama.« Sie runzelte die Stirn. »Warum ist sein Gesicht nicht mehr schief?« Sie richtete die Frage an Mael, auf dessen Wangen Tränen glitzerten.

»Wenn der Tod eintritt, erschlaffen die Muskeln. Alle. Und dann fällt eine Lähmung natürlich nicht mehr auf.«

»Verstehe.« Charlotte nickte bedächtig, dann seufzte sie. »Ich habe ihn gern.«

»Ja, das geht uns auch so.«

»Aber er wird bei uns bleiben, nicht wahr? Ich meine, wenn wir uns an ihn erinnern und … und … seine Kunst …« Sie schluchzte auf und schlang ihre Arme um Simone.

»Komm, Charlotte, wir gehen runter, und ich koche uns einen Tee. In Ordnung?«

Am unteren Ende der Treppe warteten Fiete und Hein winselnd und mit hängenden Ohren und Schwänzen auf sie.

Die Hunde wissen es auch, dachte Simone und befüllte den Wasserkocher.

Als sie sich umdrehte, stand Charlotte am Skizzentisch. Ihre Hände glitten über die Skulptur, die sie gemeinsam mit Harri geschaffen hatte. Das letzte Werk Harri Behnckes.

Simone legte ihrer Tochter einen Arm um die Schultern und betrachtete das filigrane Tongebilde. Es war kaum zu glauben, dass ihre eigene Tochter – ein zwölfjähriges Mädchen – maßgeblich an der Entstehung dieses Werks beteiligt war. Und welch einen Kontrast sie zu seiner ersten Skulptur, dieser entsetzlichen Spinne, bildete! Selbst im rohen Zustand, noch ungebrannt und unglasiert. Die Skulptur sah aus wie eine Fackel oder eine Laterne. Auf den zweiten Blick erkannte man, dass sie in Wahrheit aus vielen verschiedenen Menschen bestand. Und wenn man ganz genau hinsah, konnte man sogar Unterschiede zwischen den Menschen erkennen: Frauen und Männer, Kinder und alte Menschen, Menschen unterschiedlicher Herkunft und Ethnien. Simone sah eine gebeugte Frau mit einem Rollator, einen bulligen Typen mit Sonnenbrille und Lederjacke, der seine Hände offenbar um die Griffe eines Motorradlenkers gelegt hatte, eine Frau mit Rastalocken und einen Mann mit Hut und Schläfenlocken. Und sie alle hielten einander fest, stützten sich gegenseitig, halfen einander nach oben. *Humanität.* So hatte Harri die Skulptur genannt, und das fühlte man auch, wenn man sie ansah.

Die Lösung wäre so einfach …

»Sie muss noch ein paar Tage trocknen, dann wird sie gebrannt.« Charlotte flüsterte. »Das schaffe ich noch, bevor wir wieder nach Hause fahren müssen. Aber ich will euch trotzdem schon jetzt etwas zeigen.«

In diesem Moment tat Charlotte etwas Seltsames. Sie schob beide Skulpturen aufeinander zu. Mit offenen Mündern standen Simone und Mael dabei und beobachteten, wie die Humanität die Mitläufer aufnahm, sie umarmte – und wie die beiden derart unterschiedlichen Skulpturen zu einer verschmolzen.

»Unglaublich«, flüsterte Mael heiser.

Simone fand keine Worte. Die Tränen liefen ihr ungehindert über die Wangen, während sie das betrachtete, was aus den beiden Skulpturen entstanden war: ein knieendes, lachendes Kind.

So einfach. Es ist so einfach!

»Hoffnung«, sagte Charlotte und trat zwei Schritte zurück. »So wollte Harri die Skulptur nennen. Hoffnung.«

Die letzte Botschaft eines großen Künstlers.

24

Simone saß auf ihrer Terrasse. Die Sonne ging gerade unter und verbreitete rotgoldenes Licht auf dem Atlantik. Es war warm und windstill, am nahen Strand amüsierten sich ein paar Jugendliche. Französischer Rap drang an ihr Ohr – vermutlich hatten die Jugendlichen Bluetooth-Lautsprecher dabei. Ein Hund bellte und wurde von einem Mann zurückgerufen. Charlotte war bei Camille. Simone freute sich für sie, so kam das Mädchen wenigstens auf andere Gedanken. Mael war nach der Sprechstunde zu einem Hausbesuch gefahren. Wahrscheinlich würde er im Anschluss noch vorbeikommen.

Und sie? Sie saß auf der Terrasse mit dem Handy in der Hand und konnte sich nicht dazu durchringen, die Nummer von Oma Luise zu wählen. Sie starrte das Display an. Es war eine Weile her, seit sie das letzte Mal mit ihr telefoniert hatte. Seitdem war einiges passiert.

Sie hat ein Recht zu erfahren, dass Harri … Und sie sollte es nicht erst in der Zeitung lesen.

Mit einem tiefen Seufzen rang sie sich endlich dazu durch, in den Kontakten Oma Luises Nummer auszuwählen. Sie hörte die Pieptöne, als die Verbindung zustande kam, dann das Freizeichen.

Vielleicht ist sie nicht da … Sie wusste nicht, ob sie es sich wünschte oder nicht, bis sich die so wohlbekannte Stimme meldete.

»Simone! Mien Deern, wie schön, dass du dich meldest. Ist alles in Ordnung bei dir? Geht es dir gut?«

Die vertrauten Worte, Omas besorgter Tonfall, die Liebe und Zuneigung, die aus jeder einzelnen Silbe sprach, trieben Simone die Tränen in die Augen.

»Hallo, Oma. Entschuldige, dass ich nicht viel früher angerufen habe. Ich …« Ihre Stimme brach, und sie musste schlucken. »Ich muss dir etwas sagen.«

»Du musst gar nichts, mien Deern. Im Gegenteil, ich habe …«

»Nein, Oma, du verstehst nicht. Harri ist tot.«

Am anderen Ende der Leitung war es einen Augenblick still.

»Wann?« Oma Luises Stimme klang heiser, brüchig.

»Heute Nacht.«

»Wie … wie ist es …«

»Er hatte einen zweiten Schlaganfall, und er hat weitere medizinische Versorgung abgelehnt. Er wollte …« Simone musste pausieren, ihre Stimme versagte. »Er wollte zu Hause sterben. Wir, Charlotte, ich und sein bester Freund, waren die ganze Zeit bei ihm.«

»Was …« Oma Luise räusperte sich, doch Simone kannte ihre Großmutter gut genug, um die Tränen in ihrer Stimme zu hören. »Wie geht es dir? Und wie geht es Charlotte?«

»Es geht so. Charlotte hat hier eine gute Freundin gefunden, die sie tröstet. Aber natürlich ist sie sehr traurig. Und ich …« Sie holte tief Luft. »Als nächste Angehörige habe ich jetzt einiges zu regeln. Aber ich habe einen Freund. Einen sehr guten Freund«, korrigierte sie sich, »der mir bei den ganzen Formalitäten hilft. Trotzdem ist es … seltsam. Ich habe gerade erst begonnen, Harri kennenzulernen. Und jetzt …« Sie sah hinaus auf den Atlantik und stellte sich vor, dass er dort draußen war, irgendwo zwischen den Farben des Sonnenuntergangs und des Wassers. »Es ist seltsam, dass er nicht mehr da ist.«

Sie schwiegen eine Weile, und irgendwie hatte sie das Gefühl, ihre Großmutter säße neben ihr und würde ebenfalls auf das Meer hinausschauen.

»Oma, wir müssen miteinander reden. Es gibt einiges …«

»Ich weiß, Kind. Wir müssen vieles klären. Aber nicht jetzt. Jetzt solltest du dir die Zeit zum Trauern nehmen. Er war immerhin dein … Großvater.« Oma Luises Stimme war deutlich anzuhören, wie schwer ihr dieses Wort fiel. »Für alles andere ist immer noch Zeit, wenn ihr beide wieder in Hamburg seid.«

Simone lächelte unter Tränen.

»Ich habe dich lieb, Oma. Weißt du das?«

»Ich habe dich auch lieb, mien Deern.« Omas Stimme war fast nur noch ein Flüstern, und sie schnäuzte sich. »Wann ist denn die Beerdigung? Steht das schon fest?«

»In drei Tagen.«

»Kommen werde ich nicht, die Reise ist zu beschwerlich. Aber ich werde an euch denken. Und an ihn.«

Sie verabschiedeten sich und legten auf.

Simone umschlang ihre Knie mit beiden Armen, und der Wind streichelte ihre Wange wie eine zarte, tröstende Hand.

Der erste Streifen Licht färbte den Horizont, als die Fischkutter den kleinen Hafen von La Plage verließen. Simone, Charlotte und Mael fuhren mit Maels Schwager, seine Schwester, seine Nichten und Neffen waren ebenfalls an Bord, ebenso Harris Galerist, der Pfarrer, Jacques, Lisabelle und noch ein paar andere, die zum engeren Kreis um Harri zählten. Auf den anderen Kuttern fuhren weitere Dorfbewohner mit, und jene, die keinen Platz mehr auf einem der Boote gefunden hatten, säumten das Ufer. Ein paar Pressewagen waren angerückt, doch auch diese Leute hielten sich zurück. Stumm schauten sie alle zu.

Auf einem mit einer weißen Decke verhüllten Tisch vorne am Bug stand ein schlichtes Gefäß aus Metall, kaum mehr als eine

Teedose. Harri hatte genaue Instruktionen hinterlassen, wie er beigesetzt werden wollte. »Bloß keinen Firlefanz«, hatte er Mael diktiert. Demnach wollte er keine Musikkapelle, keine Redner, keine Blumen und als Urne eine Dose, um die es nicht schade war. Zum Leichenschmaus sollte es Bier und ein schlichtes, bodenständiges Essen geben. Und hoffentlich viel Gelächter. Nur in einem Punkt war er sehr genau: Seine Asche sollte bei Sonnenaufgang an einer ganz bestimmten Stelle ins Meer gestreut werden.

Mael hatte Simone erzählt, dass an dieser Stelle das Wrack eines deutschen U-Bootes aus dem Zweiten Weltkrieg lag. Es war natürlich nicht sicher, aber es könnte sich um jenes U-Boot handeln, auf dem Harris Bruder den Tod gefunden hatte.

Es war frisch an diesem Morgen. Simone fröstelte. Abgesehen von einem schicken Etuikleid – man konnte schließlich nie wissen – hatte sie keine schwarzen Sachen für sich und Charlotte eingepackt. Kein Wunder, als sie vor nicht einmal drei Wochen aus Hamburg aufgebrochen waren, hatten sie nicht daran gedacht, hier in den Ferien an einer Beisetzung teilzunehmen. Und so trug sie jetzt ihre weiße Strickjacke und Charlotte ihren roten Kapuzenpulli.

Aber dir wäre es egal, nicht wahr, Harri? Du liebtest die Farben. Und das Innere war dir sowieso wichtiger.

Sie spürte, dass Charlotte neben ihr zitterte, und schlang ihre Arme um sie.

»Ist dir kalt?«, fragte sie leise.

Charlotte schüttelte den Kopf. »Nein. Ich bin nur traurig.«

»Ja, ich auch.«

Die ersten zwei Tage hatte es sie überrascht, wie sehr sie um diesen Mann trauerte. Natürlich war er ein Künstler, den sie über viele Jahre hinweg bewundert hatte wie andere einen Musiker oder berühmten Schauspieler. Doch ihre Trauer ging tiefer. Eben so, wie es sich anfühlt, wenn man einen geliebten Menschen verliert. Offenbar reichten ein paar Tage aus …

Mael legte ihr einen Arm um die Schultern, und sie lehnte sich an ihn. Wenn er in den vergangenen Tagen nicht gewesen wäre, sie hätte nicht gewusst, was sie hätte tun sollen. Er hatte ihr nicht nur bei den ganzen Formalitäten geholfen, die sie vermutlich sogar in Hamburg überfordert hätten – umso mehr mitten in der Bretagne. Er war auch immer da gewesen, und er schien mit einer geradezu unheimlichen Scherheit zu spüren, was sie gerade brauchte. Er schwieg, wenn sie Stille brauchte, nahm sie in den Arm, wenn sie sich nach Nähe sehnte, hörte zu, redete, tröstete, lachte. Und manchmal weinte er sogar mit ihr. Mit Harri hatte er seinen besten Freund verloren.

»Wir sind da. Es ist so weit.«

Die Maschinen der Kutter stoppten.

»Madame?«

Simone trat an den kleinen Tisch und nahm die Weißblechdose in die Hand. Wie leicht sie war! Nicht einmal ein Kilo Asche war von dem großen Künstler Harri Behncke übrig geblieben. Dann stellte sie sich an den Bug.

Plötzlich war es still auf dem Meer. Die Wellen schlugen leise gegen den Rumpf, der Wind ließ die Wimpel flattern. Und im Osten stieg die Sonne gerade über den Horizont und überzog das Meer mit einer Schicht aus blinkendem Kupfer.

Das ist so schön! Ich bin sicher, es hätte dir gefallen.

Sie öffnete den Deckel. Langsam ließ sie die Asche in den Atlantik rieseln. Eine Zeit lang schwamm sie als braunweißer Teppich auf den Wellen, dann vermischte sie sich mit dem Wasser und versank.

Maels Schwager startete die Maschine seines Kutters wieder, und die anderen folgten seinem Beispiel. Gemeinsam tuckerten sie zurück zum Hafen und zum Leichenschmaus. Ins Leben.

»Keinen Firlefanz«, hatte Harri gefordert. Und es würde auch keinen Firlefanz geben, sondern Labskaus, Spiegelei und Bier aus Hamburg, das Jacques eigens für diesen Anlass bestellt hatte.

Es würde Harri gefallen.

25

War es nicht immer erstaunlich, wie schnell Ferien vorbeigingen? Doch in der Rückschau kamen sie Simone auch lang vor. Sehr lang.

Weil so vieles passiert ist, dachte sie. Sie hatte ihren Großvater gefunden, kennengelernt und wieder verloren, ihn beerdigt und mit dem Notar die ersten Schritte zur Erfüllung seines Letzten Wunsches in die Wege geleitet. Und sie hatte Mael gefunden. Die Stiftung würde es bald geben. Harris Wohnhaus und Atelier würden in einen Lehr- und Arbeitsort für junge Künstler umgewandelt werden. Sein Vermögen war deutlich größer, als Simone angenommen hatte. Selbst nach Abzug des Erbes für Charlotte blieb genug übrig, um die Stiftung über mindestens ein Jahrzehnt hinweg zu finanzieren. Und auch für Hein und Fiete war gesorgt. Maels Schwester und Schwager hatten nicht gezögert, die beiden Hunde in ihrer Familie aufzunehmen. Die Kinder waren begeistert, und die Hunde fühlten sich dort sichtlich wohl.

Nun war es Zeit, Abschied zu nehmen, doch nicht für lange. Sie würde in den kommenden Monaten und Jahren immer wieder nach La Plage kommen müssen, um an Sitzungen teilzunehmen und das Werk ihres Großvaters zu begleiten. Zeit, die sie auch mit Mael verbringen konnte.

Sie stellte das Auto auf dem Parkplatz der Leihfirma ab, und Mael suchte einen Platz für seine Harley, während Charlotte einen Wagen für das Gepäck holte. Sie war in den letzten Tagen stiller gewesen, nachdenklicher.

Simone gab die Schlüssel und Papiere am Schalter ab und nahm die Kaution entgegen, dann gingen sie zu dritt durch die Halle zum Check-in.

Es war Zeit.

»Ich danke dir für alles, was du getan hast, Mael.« Sie umarmten sich und hielten sich einen Moment so fest es eben ging.

»Gerne.« Mael küsste sie, dann schaute er ihr in die Augen. Er lächelte.

»Was gibt es?«

»Mir fällt gerade ein, dass ich noch nie in Hamburg war.«

»Dann solltest du es nachholen.«

»Ja unbedingt. Und jetzt habe ich auch einen sehr guten Grund.«

Sie küssten sich wieder. Dann mussten sie in den Sicherheitsbereich.

Simone drehte sich um und winkte, Mael winkte zurück.

Bis bald …

TEIL 6

Gesamtkunstwerk

26

Simone trug die Kaffeekanne auf die kleine Terrasse hinaus. Oma Luise hatte den Tisch liebevoll gedeckt – das gute Porzellan mit dem Blumenmuster und dem Goldrand, farblich dazu passende Servietten, eine kleine Schale mit Gebäck. Auf den zierlichen Tellern lag jeweils ein Stück Kuchen, ein Stück Butterkuchen für Oma Luise und Schokoladentarte für Simone. Es war ihr Lieblingskuchen.

Zum ersten Mal seit ihrer Rückkehr aus La Plage fand sie die Zeit, Oma Luise zu besuchen. Telefoniert hatten sie in den vergangenen zwei Wochen oft, doch es gab Dinge, über die man besser sprach, wenn man einander gegenübersaß und sich in die Augen sehen konnte.

»Geht es dir gut?«, fragte Oma Luise, schenkte Kaffee in die feinen Porzellantassen und schaute sie dann prüfend an. »Dein Job und die Arbeit für die Stiftung lassen dir auch noch genug Zeit für die Lütte und dich selbst?«

Simone musste lächeln. Ganz Hanseatin sprach Oma *Job* mit einem J wie in *Junge* aus.

»Ja. Es erstaunt mich selbst, aber ich fühle mich nicht gestresst, obwohl ich in den letzten beiden Wochen bereits dreimal nach Nantes fliegen musste, um mit den dortigen Rechtsanwälten zu sprechen. Und in der Redaktion haben eine ganze Reihe Kollegen Urlaub, sodass sich die Arbeit auf wenige verteilt. Aber es macht mir nichts aus. Es macht mir Spaß. Ich wünschte nur …« Sie seufzte und trank einen Schluck Kaffee. »Ich wünschte, wir hätten mehr Zeit mit Harri gehabt. Ich habe noch so viele Fragen.«

Oma Luise stellte ihre Tasse ab. Das Geschirr klapperte leicht, wahrscheinlich, weil ihre Hand zitterte.

»Ja, es ist schade. Ich …« Sie seufzte und legte ihre Hände in den Schoß. Eine Weile schwiegen sie beide.

Simone ließ ihren Blick durch den winzigen Garten schweifen – vier Quadratmeter Terrasse und etwa ein Meter Beet und Rasen darum herum, das war alles. Aber diese wenigen Quadratmeter waren liebevoll gestaltet mit ein paar Stauden und einem üppigen Margeritenbusch, Glaskugeln auf Stöcken, einer Vogeltränke und einem Futterhaus, an dem sich gerade zwei Meisen stärkten. Simone erkannte die Handschrift ihrer Mutter, für die kaum etwas so entspannend und erfüllend war, wie in der Erde zu wühlen und Pflanzen zum Blühen zu bringen.

»Weißt du, ich hatte mir überlegt, mit Harri zu telefonieren. Ich wollte mich mit ihm aussprechen, Missverständnisse aus der Welt schaffen, mich vielleicht sogar mit ihm aussöhnen. Und dann, kaum dass ich diesen Entschluss gefasst hatte, riefst du an, um mir zu sagen, dass er gestorben ist.« Oma Luise blinzelte, und Simone sah die Feuchtigkeit in ihren Augen schimmern. »Ich hätte schon viel früher mit ihm reden sollen. Aber es ist so viel geschehen … Und jetzt …« Sie seufzte schwer. »Jetzt ist es zu spät.«

»Vielleicht nicht.« Simone legte ihrer Großmutter eine Hand auf den Arm. »Harri war nicht zornig, als er ging. Und wir, du und ich, können jetzt darüber reden, aufräumen und Frieden einkehren lassen.«

»Ja, das sollten wir. Endlich. Nach so vielen Jahren.« Oma Luise nickte bedächtig, dann schloss sie die Augen. »Wie wollen wir anfangen? Was willst du wissen?«

Lange hatte Simone über dieses Gespräch nachgedacht, sich vorbereitet, Fotos aus dem Internet herausgesucht, sich Fragen zurechtgelegt – so wie sie es vor Interviews immer tat. Doch nun war alles wie weggewischt, und in ihrem Kopf war nichts als ein leerer Notizblock und ein Durcheinander von Gedanken und Gefühlen. Warum? Weil sie hier nicht mit einer Fremden am Kaffeetisch saß. Und egal, was jetzt gleich gesagt und ans Licht gebracht wurde, es betraf auch sie. Sie hatte plötzlich Angst vor den Antworten, und einen Augenblick lang war sie sogar versucht, das Gespräch einfach wieder in unverfängliche Bahnen zu lenken. Doch es gab jetzt kein Zurück mehr.

»Was war mit der Familie Goldstein?«

Oma Luise begann ihre Hände zu kneten. »Darauf ist wirklich niemand von uns stolz gewesen. Nie und zu keinem Zeitpunkt, das musst du mir glauben.« Sie warf Simone einen bittenden Blick zu, und Simone nickte. »Herr Goldstein und seine Frau waren wunderbare Menschen. Ehrlich, anständig. Papa hätte sich keinen besseren Chef wünschen können. Und ich war mit der Judith befreundet, das war die jüngste Tochter. Sie war nur ein knappes Jahr älter als ich. Damals haben wir die Wohnung im Hinterhaus des Geschäfts bewohnt, die Goldsteins wohnten in der Wohnung direkt darüber. Dann wurden sie *umgesiedelt*. Von dem Zeitpunkt, als sie den Brief bekamen, bis sie abgeholt wurden, vergingen kaum drei Tage. Als der Lastwagen kam, wollte ich mich von Judith verabschieden, doch meine Mutter verbot es mir. Ich verstand nicht, wieso. Aber ich begriff, dass sie Angst hatte. Auch mein Vater hatte Angst. Danach übernahm er das Geschäft. Einmal, als ich nicht schlafen konnte, hörte ich meine Eltern in der Küche reden. ›Niemand hat etwas von ihnen gehört, Heinrich‹, sagte meine Mutter. ›Stattdessen erzählt man sich von Lagern im Osten. Dort bringen sie die Juden um!‹ Mein Vater schwieg. ›Die Erika Greger hat eine Schwester, die in Schlesien wohnt. Die hat ihr davon geschrieben. Wir werden die Goldsteins nicht wiedersehen.‹ – ›Das kann niemand wissen!‹, entgegnete mein Vater so heftig, wie ich es von ihm nicht kannte. ›Und so lange führe ich das Geschäft so weiter, dass Herr Goldstein jederzeit wieder zurückkommen kann.‹ Natürlich haben wir keinen von ihnen jemals wiedergesehen. Nach dem Krieg hofften meine Eltern noch eine Weile. Dann kam mit dem Schweigen irgendwann die Gewissheit, dass sie wie so viele ermordet worden waren. Ich weiß, dass sich meine Eltern gelegentlich Vorwürfe machten, ob sie nicht irgendetwas hätten tun können. Aber ich weiß auch, dass sie selbst Angst gehabt haben. Die Nazis waren unberechenbar. Mal ließen sie Leute, die gegen sie aufbegehrten, ungeschoren davonkommen. Oft aber verhafteten sie sie als Vaterlandsverräter oder Wehrkraftzersetzer, verschleppten sie in irgendwelche Lager oder richteten sie auf der Stelle hin. Es war eine furchtbare Zeit. Wir haben schließlich nicht mehr darüber geredet, nur noch nach vorne geschaut. Doch immer haben wir so gearbeitet, dass Jakob Goldstein stolz auf sein Geschäft sein würde, käme er jemals zurück. Oder Judith. Es war das Einzige, was uns meiner Meinung nach davor bewahrt hat, an unserer Schuld verrückt zu werden. Ob das ein guter Weg war?« Oma Luise rieb sich ihre Stirn. »Ich weiß es nicht, Kind. Ich vermute, es hätte andere, bessere Wege gegeben. Aber das war eben unserer.«

»Und Harri?«

»Harri war ein zorniger junger Mann, der am liebsten mit einem großen Besen durch die ganze Republik gezogen wäre. Eines Tages holte er mich im Geschäft ab. Obwohl er damals mit Zeitungen heizte und von altbackenem Brot und Brühwürfeln lebte, kaufte er eine kleine Schachtel unserer besten Pralinen und schenkte sie mir.« Die Erinnerung daran zauberte ein zärtliches Lächeln auf Oma Luises Gesicht.

Sie hat es verdrängt und verleugnet, dachte Simone betroffen, aber in Wirklichkeit hat sie nie aufgehört, ihn zu lieben.

»An diesem Tag entdeckte er den geschnitzten Davidstern in der Vertäfelung über dem Büro. Ihm fiel so etwas natürlich sofort auf, er hatte ein Auge für Details. Und es war für ihn nicht schwer, die Geschichte unseres Geschäfts herauszufinden. Er hat meinen Vater zur Rede gestellt, und Argumente wie der Schutz der Familie zählten für ihn nicht. Also ging er weg. Und ich habe ihn nie wiedergesehen.«

»Und was ist mit den Briefen? Er erzählte mir, dass er dir geschrieben hat. Immer wieder.«

»Nichts.« Oma Luise seufzte und schüttelte den Kopf. »Dabei hätte ich beim kleinsten Signal von ihm meine Koffer gepackt und wäre mit Elly zu ihm gekommen – egal, ob nach Paris, in die Bretagne oder in die südliche Mongolei. Das wäre mir egal gewesen. Aber ich habe nie einen Brief von ihm bekommen.«

Simone traten Tränen in die Augen. Und in das Mitleid mit ihrer Oma mischte sich noch ein anderes Gefühl, ein überaus bitteres – Enttäuschung.

»Dann hat Harri also doch gelogen?«, fragte sie leise.

»Nein. Nein, ich glaube, er hat die Wahrheit gesagt. Es ist …« Oma Luises Stimme begann zu zittern. »Als meine Mutter 1973 starb, habe ich ihr Tagebuch gefunden. Ich habe damals ein bisschen darin geblättert, bevor ich es weggeworfen habe. Dabei fand ich unter anderem einen Eintrag dass ›schon wieder so ein Brief angekommen‹ sei. Sie hätte ihn ›diesmal gleich verbrannt, ohne ihn Heinrich zu zeigen‹. Irgendwie bin ich immer davon ausgegangen, dass irgendwer Papa und Mama erpresst oder Bettelbriefe geschrieben hat. Jetzt aber habe ich nachgedacht. Könnte es nicht sein, dass das Harris Briefe gewesen sind? Meine Mutter hat ja kaum im Geschäft gearbeitet und war deshalb immer diejenige, die die Post entgegennahm. Es wäre für sie ein Leichtes gewesen, sie abzufangen. Und zu vernichten.«

»O mein Gott«, stieß Simone hervor, als ihr das Ausmaß der Tragödie bewusst wurde. »Es tut mir so leid!«

Sie umarmten sich und weinten. Schließlich löste Oma Luise sich sanft aus der Umarmung.

»Es ist gut, Kind. Mach dir keine Sorgen.«

»Wirklich?«

»Ja. Es hat doch keinen Sinn, sich den Kopf darüber zu zerbrechen, wie das Leben vielleicht hätte sein können. Nein, solche Gedanken verbittern nur und machen unzufrieden. Denn die Vergangenheit zu ändern liegt nicht in unserer Macht. Wir können nur unsere Lehre für heute daraus ziehen.« Sie schwiegen beide und sahen zu, wie eine Meise ein Bad in der Vogeltränke nahm. »Hilft dir in Frankreich jemand bei den Formalitäten für diese Stiftung?«, fragte Oma Luise nach einer Weile.

»Ja, es gibt dort jemanden.« Simones Wangen wurden warm.

»Ist es der Freund, der dir auch nach Harris Tod geholfen hat?«

Simone nickte. »Ja. Sein Name ist Mael. Mael LeGoff. Er ist Arzt in La Plage und war Harris engster Freund.«

»Und offenbar ist er sehr nett.« Oma Luise lächelte. »Besucht er dich auch?«

»Ja.« Simone hob den Kopf und lächelte ebenfalls. »Er kommt spätestens im Oktober, wenn wir Harris letztes Werk der Öffentlichkeit präsentieren. Du wirst ihn dann kennenlernen.«

»Wie schön!« Oma Luise ergriff Simones Hand und hielt sie fest. »Man kann einen Menschen nicht festhalten, nicht an sich binden. Aber man kann ihn lieben. Aus ganzem Herzen. Und dabei spielt die Distanz überhaupt keine Rolle – ob eine Handbreit, tausend Kilometer oder ein ganzes Leben. Das ist egal. Weil Liebe jede Entfernung überwindet.«

27

Simone spähte durch die nur einen Spaltbreit offene Tür. Der Saal war voll bis auf den letzten Sitzplatz. Kolleginnen und Kollegen, Journalisten der Feuilletons großer Zeitungen, namhafte Galeristen, Senatoren und der Bürgermeister mit seiner Frau drängten sich im Festsaal von *Kultur heute*. An den Ausgängen war Security-Personal postiert – zum Schutz. Dabei ging es um keine der anwesenden Personen, sondern um die beiden Skulpturen, die unter schwarzem Samt auf einem Tisch in der Mitte des Podiums standen. Kameras waren auf sie gerichtet, sodass das Publikum die Enthüllung auch auf Leinwänden beobachten konnte.

»Du bist doch nicht etwa nervös?«

Simone fuhr herum. »Johannes! Ich dachte, ihr seid schon längst …«

»In der Karibik? Bald. Morgen geht es los. Wir fliegen nach Miami und stechen dort in See. Freeport auf den Bahamas ist unser erstes Ziel.«

»Dann geht es Henriette gut?«

»Ja, die Ärzte sind zufrieden. Sie verträgt die Therapie sehr gut und hat bisher keine Beschwerden. Deshalb können wir die erste Etappe wagen. Aber ich hätte mir doch nie nehmen lassen, bei deiner Antrittsfeier zu fehlen.« Er lächelte wieder und nahm sie in die Arme. »Du hast es verdient, Simone.«

»Danke. Aber manchmal glaube ich …«

»Der Vorstand hätte dich ohnehin zur Chefredakteurin erhoben, selbst wenn du nicht die Vorsitzende der Behncke-Stiftung geworden wärst. Glaube es mir.« Er zwinkerte ihr zu. »Und nun rauf auf die Bühne. Die Meute wartet darauf, an deinen Lippen zu kleben.«

»Und Harris letzte Skulptur zu sehen.«

»Ja. Ich muss gestehen, dass auch wir neugierig sind.«

»Du wirst nicht enttäuscht sein, glaube es mir.«

Simone drückte Johannes die Hand, dann trat sie an das Pult.

Augenblicklich hörten die Gespräche auf, und alle Augen richteten sich auf sie. Am wichtigsten war ihr aber die Aufmerksamkeit einiger Leute in der ersten Reihe. Da saßen Charlotte, ihre Mutter und Oma Luise. Johannes setzte sich gerade, hielt die Hand seiner Frau und küsste sie zärtlich. Und auf der anderen Seite neben Charlotte saß Mael. Sein Lächeln sagte ihr, dass alles gut gehen, dass sie es schaffen würde.

Sie straffte die Schultern und hob den Blick.

»Ich heiße Sie heute Abend herzlich willkommen und danke Ihnen, dass Sie die Zeit gefunden haben, mich auf meinen ersten Schritten als Chefredakteurin von *Kultur heute* zu begleiten. Ich trete das Erbe eines herausragenden Journalisten an und hoffe, dass ich dem in mich gesetzten Vertrauen gerecht werde. Doch es soll heute und auch in Zukunft nicht um mich gehen, sondern um die Menschen, die wach bleiben. Die Menschen, die hinsehen und hinhören, die fühlen und zeigen, die ihre Stimme erheben, wenn alle anderen um sie herum in Trägheit versinken und einzuschlafen drohen. Es soll um Künstler und ihre Werke gehen. Um Literatur, Theater und Film, Musik und Kunst. Kultur. Erinnerung, Mahnung, Weckruf. Und heute zum Auftakt meiner Tätigkeit als Chefredakteurin von *Kultur heute* habe ich die große Ehre, Ihnen drei bisher der Öffentlichkeit unbekannte Skulpturen des erst kürzlich verstorbenen Malers und Bildhauers Harri Behncke zu präsentieren, bevor sie auf einer Wanderausstellung in verschiedenen europäischen Metropolen gezeigt werden. Der Erlös dieser Ausstellungen kommt unterschiedlichen gemeinnützigen Projekten und Institutionen zugute.«

Simone berichtete kurz aus Harris Leben und von der Entstehungsgeschichte der Skulpturen.

»Und jetzt schreiten wir zur Enthüllung. Wie alle Werke Behnckes sprechen auch diese für sich, deshalb werde ich mich nicht zu ihrer Interpretation äußern. Im Anschluss haben wir alle noch Gelegenheit, bei einem Glas Wein über unsere Eindrücke zu diskutieren.«

Sie nickte einem der Helfer zu. Der junge Mann zog das Tuch von der ersten Skulptur zurück, die Kamera projizierte das Bild auf die Leinwand, und eine Stimme aus dem Off verkündete »Mitläufer«.

Kollektives Erschrecken. Simone sah Gesichter bleich werden, Augen, die sich erschrocken weiteten. Oma Luise war erstarrt, Simones Mutter knetete ihre Hände.

Simone nickte dem zweiten Helfer zu, die andere Skulptur wurde enthüllt.

»Humanität«, sagte die Stimme aus dem Off.

Schrecken und Entsetzen wandelten sich in atemlose Erleichterung. Es wurde geseufzt. Simone sah von ihrem Platz aus in Gesichter, die sich vorsichtig entspannten. Sie nickte.

Das Licht im Saal erlosch. Die beiden jungen Männer traten an den Tisch und schoben den *Mitläufer* und die *Humanität* ineinander. Immer noch ging es weit über Simones Verstand hinaus, wie Harri das nach so vielen Jahren so hatte planen können, dass sie perfekt ineinanderpassten.

Dann ging das Licht an. Scheinwerfer waren auf das gerichtet, was aus den beiden einzelnen Skulpturen entstanden war: Es war ein Kind. Vielleicht war es ein Mädchen, es hätte auch ebenso gut ein Junge sein können. Das Kind kniete, hatte beide Arme nach oben gestreckt und schaute mit lachendem Gesicht den Grashalmen entgegen, die es gerade hochgeworfen hatte. Doch wenn man genau hinsah, konnte man die beiden Skulpturen, aus denen es bestand, noch erkennen.

Hoffnung!

Es war still im Saal. So still, dass man ein zu Boden fallendes Blatt hätte hören können. Simone sah Tränen auf Gesichtern. Oma Luise hatte die Hand ihrer Tochter ergriffen. Sie weinte auch. Und lächelte dabei.

Die Mitläufer, die so viel Schuld auf sich laden. Die Humanität, die die einzige Lösung bildete. Und wenn sie die Mitläufer aufnahm, sich ihnen widmete, dann gab es Hoffnung.

Diese Botschaft war angekommen.

Simone öffnete die Tür der bretonischen Crêperie. Der verführerische Duft der Galettes hieß sie willkommen. Es roch nach Zwiebeln, frischen Muscheln und geschmolzenem Käse. Sie wandte sich um. Mael, der Oma Luise und ihrer Mutter die Tür aufgehalten hatte, kam nach Charlotte als Letzter herein. Er atmete tief ein, schloss kurz die Augen und strahlte.

»Es riecht wie zu Hause«, sagte er leise.

»Bonjour, Medames et Monsieur, bonjour, Mademoiselle!« Jules, der Inhaber der Crêperie, kam auf sie zu und schüttelte zuerst ihr beide Hände, dann begrüßte er auch die anderen. »Ihr Tisch ist oben reserviert, direkt am Fenster für fünf Personen.«

»Danke, Jules.«

Sie stiegen die Treppe hinauf zu der Galerie und nahmen an dem Tisch Platz.

»Es klingt auch wie zu Hause«, sagte Mael leise und küsste ihren Nacken.

Ein junger Kellner begrüßte sie auf Französisch und reichte ihnen die Karten, dann verwickelte Mael ihn in ein Gespräch.

Offenbar hatten beide ihre Freude daran – die Freude von Menschen, die im Exil Landsleute trafen.

»Simone!«

Sie sah auf. Vor ihr stand Stefan Warnholz. Er trug einen gut sitzenden Anzug mit Fliege. Und er sah ein wenig beleidigt aus. Aus sicherer Quelle wusste Simone, dass er bis zuletzt gehofft hatte, selbst Chefredakteur von *Kultur heute* zu werden.

»Ich habe dir noch gar nicht persönlich gratuliert.« Er ergriff ihre Hand.

»Danke, Stefan.« Sie stellte ihm Charlotte, ihre Mutter und ihre Großmutter vor, dann deutete sie auf Mael. »Dr. Mael LeGoff.« Stefans Gesicht wurde einen Hauch blasser. War es der Doktortitel, der ihn mit Neid erfüllte? Oder hatte er gehofft, seine eigene Position beim Magazin durch eine Affäre mit der frischgebackenen Chefredakteurin ausbauen zu können? Sie traute es Stefan zu. Beides. »Möchtest du dich zu uns setzen?«

»Nein, nein, danke. Ich möchte nicht stören.« Er stotterte beinahe. »Ich wollte nur … Herzlichen Glückwunsch, Simone. Du hast den Posten verdient.«

Er drehte sich um und stieg die Treppe hinunter. Mael sah ihm kurz nach.

»Offenbar kam er mit anderen Hoffnungen«, sagte er.

»Schon möglich. Aber … Nein, ganz bestimmt nicht.«

Er lächelte, dann küsste er sie.

Der Cidre wurde serviert, und Mael hob seine Schale.

»Trinken wir auf eine wunderbare Chefredakteurin, einen großartigen Künstler und ein herausragendes sehr junges Talent.«

Charlotte wurde rot. Und Oma Luise beugte sich zu Simone und raunte ihr ins Ohr: »Er ist ein wirklich netter Mann, mien Deern.«

Sie lächelte dabei, und Simone hatte den Eindruck, sie noch nie so voller Güte und Zufriedenheit gesehen zu haben.

Vielleicht galt Harris letztes Werk nicht nur den Menschen da draußen. Vielleicht hatte er dabei auch an sie gedacht – an Charlotte, Oma Luise, ihre Mutter, sie selbst. Und vielleicht war es auch für sie möglich – Hoffnung.

Was für ein kleines, großartiges Wort.

Manchmal findet man das Glück im Vorgarten

YVONNE JARRÉ

Rosenwein und Apfeltarte

Job und Kinder hat die 37-jährige Alexandra fest im Griff – ebenso wie ihre Gefühle, die sie seit dem Tod ihres Mannes einfach nicht mehr zulässt. Daran kann selbst das traumhaft gelegene Ferienhaus im Languedoc nichts ändern. Erst als ein Missverständnis den Journalisten Nick samt Zelt und Nachwuchs in Alexandras Garten führt, bröckelt ihre strenge Fassade. Bei ungeplanten Grillpartys und Motorradtouren durch endlose Weinberge und duftende Lavendelfelder entdeckt Alexandra eine ganz neue Leichtigkeit. Doch dann sind eines Morgens die Kinder verschwunden, und Alexandra gibt ihren Gefühlen für Nick die Schuld daran …

KNAUR

Wenn die Liebe mit einzieht …

YVONNE JARRÉ

Ein kleines Stück Paris

Roman

Svenja Lorentz ist Grundschullehrerin und liebt ihren Beruf, doch ihr unermüdliches Engagement hat sie krank gemacht. Da trifft es sich gut, dass sie eine Wohnung in Paris erbt. Doch in der Lichterstadt erwartet sie eine acht Quadratmeter große, mit alten Möbeln vollgestellte Kammer in einem heruntergekommenen Haus.

Die übrigen Bewohner begegnen ihr mit Misstrauen und Feindseligkeit. Ein Makler drängt sie zum Verkauf der Wohnung, damit das ganze Haus luxussaniert werden kann. Doch Svenja hat sich in die alte Immobilie verliebt. Gegen alle Widerstände startet sie mit großem Optimismus, viel Kreativität und der Hilfe ihres charmanten Nachbarn Marc Decaux ein Rettungsprogramm für das Haus. Und verpasst dabei auch gleich ihrem Leben einen neuen Anstrich – in den Farben der Liebe …

KNAUR